豪夫童话全集

[德] 威廉·豪夫 著　杨武能 译

四川文艺出版社

图书在版编目（CIP）数据

豪夫童话全集 /（德）威廉·豪夫著；杨武能译 . — 成都：四川文艺出版社，2017.3
ISBN 978-7-5411-4592-6

Ⅰ.①豪… Ⅱ.①威… ②杨… Ⅲ.①童话—作品集—德国—近代 Ⅳ.① I516.88

中国版本图书馆 CIP 数据核字（2017）第 041200 号

HAOFU TONGHUA QUANJI

豪夫童话全集

［德］威廉·豪夫　著

杨武能　译

责任编辑　金炀溪　周　轶
封面设计　叶　茂
封面绘图　半　山
内文设计　史小燕
责任校对　蓝　海
责任印制　喻　辉

出版发行　四川文艺出版社（成都市槐树街 2 号）
网　　址　www.scwys.com
电　　话　028-86259287（发行部）　028-86259303（编辑部）
传　　真　028-86259306

邮购地址　成都市槐树街 2 号四川文艺出版社邮购部　610031
排　　版　四川最近文化传播有限公司
印　　刷　成都东江印务有限公司
成品尺寸　145mm×210mm　1/32
印　　张　11　　　　　　　　　字　数　290 千
版　　次　2017 年 6 月第一版　　　印　次　2017 年 6 月第一次印刷
书　　号　ISBN 978-7-5411-4592-6
定　　价　36.00 元

豪夫童话全集

译者序

威廉·豪夫和德国艺术童话

　　18世纪末，和整个欧洲文学一样，德国文学的发展进入了浪漫主义时期。在文学史上以创作童话著称的威廉·豪夫（Wilhelm Hauff，1802—1827），便是德国后期浪漫派的重要作家之一。他虽然只生活了短短的25个年头（今年正好是威廉·豪夫逝世170周年），创作多集中于其早夭前的一两年内，以童话和小说为主的成果却相当丰富。特别是被称作"豪夫童话"的前者，更如格林童话一样不但在德国家喻户晓，而且被译成各种语言，受到了全世界的孩子和青少年，甚至也包括成人在内的广大文学爱好者的喜爱。豪夫童话理所当然地被视作了世界儿童文学的经典。在我国，也早已出版和流行过豪夫童话的各种选本，这儿奉献给读者的，则是完完整整的一个全集。

　　说到格林童话，大家都知道它是德语文学的一大瑰宝，在世界童话之林中与丹麦的安徒生童话一起形同双璧，占据着最显要的、至高无上的地位。豪夫童话比格林童话晚产生十多个年头，同为重视民间文学搜集整理的德国浪漫派的重要成果，在整个风格情调上深受追求奇异、重视想象的浪漫主义文风的影响。

　　不过在豪夫童话和格林童话之间，存在着一个重要的区别：格林童话乃是格林兄弟搜集、整理的民间童话，豪夫童话却系作家所创作——在这点上更近于安徒生童话，因此在德语文学史上也就称作艺术童话。由艺术童话这个称谓，我们大致就可知道这类作品的特点。那就是它们一般都更富于艺术性，更讲究谋篇布局，情节也更曲折复杂，人物刻画、环境描写也更深入、细腻，时代精神和社会意义也更浓重、强烈，读者对象也已经不限于儿童。从一定意义上讲，艺术童话实质上就是具有童话特征的小说，即童话小说。反之，作为民间童话杰出代表的格林童话，则更自然、质朴、单纯和稚拙，就体裁论体裁，也许就更富于童话的特质，更符合儿童的心理和审美趣味。

不过，艺术童话也好，民间童话也好，都一样地具有想象瑰丽奇特、情节生动有趣、是非善恶分明这样一些共同的优点。除了这些共同点，两者可以讲是各有所长。

具体比较格林童话和豪夫童话，前者的内容更加丰富——豪夫童话总计不超过20篇，虽然每篇都要长一些；格林童话则多达200多篇，在世界包括我国也都流传更广，更加受到重视，一些名篇如《白雪公主》《灰姑娘》《小红帽》等受到了一代代小读者的宠爱。豪夫童话，特别是其中的《年轻的英国人》《施廷福岩洞》和《冷酷的心》等名篇，则更富于资本主义发展初期的时代特色和社会批判精神，艺术方面也更成熟、精细，虽说流传还不如格林童话广泛。

艺术童话或者说童话小说，在德语文学中算得上是一种传统久远和独具特色的样式。从歌德开始而迄于当代，许许多多的大作家都进行过艺术童话的创作，特别是在19世纪上半叶的浪漫派时期，这种样式更发展到了登峰造极的地步，产生了无数的名篇佳作，如霍夫曼的《侏儒查赫斯》和《金罐》，福凯的《水精昂蒂娜》（旧译《涡堤孩》），沙米索的《彼得·施勒密奇遇记》（亦译《出卖影子的人》）等等，都流传至今，闻名遐迩。后来的施笃姆、黑塞、格拉斯等等大小说家，同样也在艺术童话的创作方面有所建树。但以这一特殊体裁创作的数量和质量论，像掠过夜空的彗星一样英年早逝的威廉·豪夫，则无疑是其中一位最引人注目的佼佼者。

豪夫1802年出生在德国的斯图加特市，早年在迪宾根大学攻读神学和哲学，毕业后当过家庭教师和报纸编辑。他虽然写过一部开德国历史小说先河的长篇小说《列支敦士登》，也成功地创作了一些中篇小说和诗歌，但是，威廉·豪夫这个名字之所以留在文学史上，之所以迄今仍为世人熟知，主要还是因为他把一系列成功、感人的艺术童话奉献给了读者。

豪夫童话可以说是德国艺术童话的杰出代表。它尽管篇数有限，题材内容和艺术风格却称得上丰富多彩。故事不仅发生在他德意志祖国的城市、乡村和莽莽黑森林（《冷酷的心》和《年轻的英国人》），也发生在遥远的异国他乡，如广袤的阿拉伯大沙漠（《营救法特美》《赛义德历险记》），如荒凉的苏格兰小岛屿（《施廷福岩洞》），等等。在风格上，豪夫童话更是兼收并蓄、广采博取，既富有民间童话善恶分明的教育意义和清新、自然、幽默的语言特色（《鹭鸶哈里发》《小矮子穆克》和《阿布纳尔，什么也没看见的犹太人》），也不乏浪漫派童话小说的想象奇异、诡谲、怪诞，气氛神秘、恐怖（《断手》《幽灵船》和《施廷福岩洞》）。但与此同时，它又有不少区别于，或者说优异于民间童话和一般浪漫派艺术童话的地方。

与民间童话相比，豪夫童话艺术上更成熟、完美，甚至可以讲精雕细刻。它十分讲究情节安排和谋篇布局，对故事套故事的"框形结构"这一源于《十日谈》的传统手法，更是用得纯熟自然，且多有发展创新。十分值得我们玩味和借鉴的是，在豪夫童话中，这种讲故事的"框子"，不只起着交代背景和营造气氛的作用，本身也常常就是一个引人入胜的故事，而且不少时候与包含其中的小故事交织、融合在一起，使情节更加起伏跌宕，紧张曲折，往往叫人一直要读到整个故事的最后结尾，才悬念顿消，恍然大悟。再有，作者有时也借"框子"中讲故事者之口，或发表自己有关童话创作的美学主张，或对作品反映的世态人情进行评论。可惜，在以往的选本里，这意义很大、用处很多的"框子"，几乎都被删去了，因此也没法让人一睹豪夫童话的全貌。

再者，豪夫童话中的人物已不再如民间童话似的简单化、模式化，而多半有了一个性格形成和发展的过程，因此更加栩栩如生，有血有肉，其行为动机、经历、遭遇和结局也更加令人信服。如《冷酷的心》的主人公年轻的烧炭夫彼得，便是一个塑造得很成功的典型，而民主德国根据这篇童话所拍的同名电影，20世纪五六十年代在我国放映以后，更把主人公彼得的形象深深地刻在了当时的一代观众的记忆中。

较之一般浪漫派作品，豪夫童话则更富有现实性和社会批判精神。不管故事发生在什么地方，它反映的多半是资本主义发展初期的社会生活，表达了市民阶层对财富和幸福的渴望和追求，当然也批判了他们金钱至上和贪得无厌的丑行乃至罪恶。从总的倾向上看，豪夫童话的基调都比较明朗、欢快，都更富有积极乐观和向上进取的精神。

在这儿也不能不指出，我们的《豪夫童话全集》中也包含一篇思想内容和艺术风格都欠佳的作品，就是《阿布纳尔，什么也没看见的犹太人》。它与其说是篇童话，不如说是则笑话，而嘲笑的对象正是主人公——身为犹太人的阿布纳尔。这篇原本并不重要但"全集"中似乎又不便随意删掉的作品，反映出欧洲特别是德国长期存在的对于犹太民族的成见和偏见，但是，与此同时，只要我们在读的时候稍加分析，也还可以看出犹太人当时完全处于受压迫的无权地位这一历史事实。

豪夫童话和格林童话都诞生在德国。艺术童话这种样式在德国特别发达，绝非什么偶然现象，而是与德意志民族的民族特性及其所处的社会、历史、地理条件，有着密切的联系。我们都讲日耳曼民族特别善于思索。这个特点和优点，在探索自然宇宙的奥秘、认识社会人生的意义等宏观和深刻的方面得以发挥，便产生了如歌德、康德、黑格尔、马克思以及爱因斯坦似的伟大思想家、哲学家和科学家；在抽象玄虚而又气魄宏大的音乐创作中得以发挥，便产生了如巴赫、贝多芬和门德尔松似的交响乐圣手；而在民间，当无数日常的自然和社会现象需要解释，令人感到压抑、窒息的无聊和苦闷需要排解，善于思索的这一德国民族特点就变成爱好幻象，于是产生出了无数的童话和讲童话故事的能手。我们所译介的豪夫童话，虽包含着更多的作家创作成分，但追根溯源，其题材内容仍多半来自民间，具体地讲，和格林童话一样是来自德国黑森林地区的民间传说，一样是善于思索和幻想的德国民众的创造。

那么，日耳曼民族为什么特别善于思索呢？

对这个问题，当然非一篇短文可以全面回答。略而言之，笔者认为它是这个民族所处的人文、地理环境和所经历的曲折多难的社会发展过程造成的。在人类文明史上，日耳曼民族是个后来者；在近代欧洲，它经历了特别漫长的封建统治和战乱之苦，想改变现状和消除种种社会不公的努力屡遭挫折和失败。于是，在缺少阳光的天空下，在索然寡味的生活中，人们便逃向内心，要么苦思冥索，要么驰骋幻想。这就为大量民间童话和传说的产生，提供了适宜的气候和土壤；就使这些奇丽的幻想之花，在黑森林孤寂的茅舍里，在严寒的冬季的壁炉旁，一朵朵、一束束地竞相开放。

今天我们推出这部《豪夫童话全集》，除了重视它本身积极的思想意义和高度的艺术成就，除了它确实雅俗共赏、老少咸宜，还有以下两个着眼点：

一是读过并喜爱格林童话的众多小朋友和文学爱好者，如果再读一读同样产生于20世纪初的德国，几乎可以看作是它的孪生兄弟的豪夫童话，把两者进行一番对比，一定会有不少新的发现，获得不少意外的惊喜。

二是我们的文学研究家和文学爱好者，读一读似乎不起眼的豪夫童话，同样会有这样那样的收获。举个例子，他们说不定会加深对德国浪漫派乃至后来的一些重要作家和重要作品的认识了解。因为，在德国古今许多大小说家的作品中，如霍夫曼的代表作《熊猫穆尔的生活观》，格拉斯的代表作《鲽鱼》和《铁皮鼓》，都显然可以或多或少地发现艺术童话的痕迹和影响。

总之，豪夫童话也像格林童话一样，会使我们在轻松愉快的阅读中，既增加见识，又获得乐趣。

这个集子的翻译工作，是我和我妻子王荫祺共同完成的，因此它的出版令我倍感欣慰。其实又何止这个集子，在我将近四十年的著译生涯中，又有哪项成果不包含着她的辛劳，融汇着她的心血呢！

CONTENTS

目录

童话装扮成年鉴^①

---

① 年鉴原文为Almanach，16世纪之前纯粹是一种历书。其后渐渐增加了插图和一些短小的消遣性文学作品，例如格言、童话、笑话等，在德国民间广为流传。

相传有一个遥远而美丽的国度，在它四季常青的花园里太阳永远不会沉落。从远古直至今日，都是幻想女王统治着这个国度。千百年来，女王慷慨大度地赐福于她的臣民，因此受到所有知道她的人的尊崇和爱戴。然而，女王的心胸过分博大，不满足于仅仅在自己的国度内施恩行善，而是纡尊降贵，亲临尘世，因为她听说尘世上的人们日子过得不但严肃烦闷，而且劳累艰苦。话说永远是青春焕发、雍容华贵的幻想女王来到世上，把自己国内最贵重的礼物带给人们。美丽的女王走到哪儿，那儿田野上的人们干活儿时便高高兴兴，即使讨论起严肃的问题来也不再愁眉苦脸。

　　为了造福人类，女王还把自己的孩子们派到了人间。一次，她的大女儿童话从地球上回来，一副难过伤心的模样子。可不是吗，母亲打量着她，甚至怀疑她曾经流过泪哭过鼻子来着。

　　"你怎么啦，亲爱的童话？"女王问女儿，"你这次旅行回来一直垂头丧气，愁眉不展，难道不肯告诉妈妈，你到底发生了什么事吗？"

　　"唉，好妈妈，"童话回答，"要是我不知道我的苦闷也是你的苦闷，我肯定不会沉默这么久的。"

　　"只管讲吧，我的女儿，"美丽的女王请求道，"苦闷像块石头，它只能压垮单独的个人，只要两个人在一起，就可以轻轻松松搬走它哪。"

　　"既然你要我讲，"童话回答，"那就听好了：你知道，我多么乐意与人类打交道，多么喜欢与那位最年长者一起坐在他的茅屋前，在干完活儿以后和他闲聊上个一时半会儿。想当初，我一出现，他们总是高高兴兴地立刻握着我的手表示欢迎。我继续往前走，他们仍旧面带微笑，心满意足地目送着我。可是最近以来，再也没有这样的事啦！"

"可怜的童话！"女王说，同时抚摸着女儿被眼泪弄湿了的脸蛋儿，"所有这些，可别都只是你无中生有的想象吧？"

"相信我，我的感觉完全正确，"童话回答，"他们确实不再喜欢我啦。不管去到哪儿，人家都待我以冷眼。我在哪儿都不再受欢迎。就连那些我一直十分钟爱的孩子们也嘲笑我，对我不理不睬，变得来老成又世故。"

女王手撑着额头，默默地堕入了沉思。

"究竟怎么回事呀，世人竟完全变了样？"女王问女儿童话。

"幻想女王啊，听我说，人类给自己派了一些聪明的边境卫士，任何从你的国度去的使者都遭到他们严格的审查和监视。只要有谁不合他的心意，他们立刻大喊大叫，要么揍死他，要么对他大肆诽谤，使得对他们言听计从的人类压根儿不再爱我们，对我们不再有丝毫的信任。唉，我的那些兄长梦才叫幸运喽！他们轻松愉快地在地球上蹦来跳去，根本不理睬聪明的卫士，而是只管去拜访沉睡中的人们，给人们编织和描绘出种种悦目赏心的景象！"

"你的兄长是些轻浮的家伙，"女王说，"你，我的宝贝，没有理由羡慕他们。那些边境上的卫士嘛我很了解；人类让他们守在那儿也并非没有道理。因为不时地有些个浪荡子跑去冒充我的使臣，实际上呢和我们根本没有什么关系。"

"可人类为什么要把气出在我——你的亲生女儿身上呢！"童话哭道，"唉，你要知道他们是怎样对待我的就好啦。他们骂我是个老处女，还威胁说，下次根本不再放我进门。"

"怎么，不再放我的女儿进门？"女王吼道，愤怒烧红了她的脸颊，

"不过我已清楚是怎么回事啦。那个假惺惺的刁婆子诽谤了咱们！"

"时髦吗？不可能！"童话嚷嚷道，"她平常可总是那么友好啊。"

"哦，咱了解她，这个虚伪婆娘，"女王回答，"不过你得努力排除她的干扰。我的女儿，一个想做善事的人不可以松懈。"

"唉，妈妈！要是人家完全拒绝我，或者诽谤我，弄得谁都不愿正眼瞧我一瞧，或者鄙视我，把我独自一人冷在一旁呢？"

"要是成年人受了时髦的蛊惑鄙视你，你就去找那些小孩子们，真的，他们是我的心肝宝贝儿，我经常派你的兄长梦送去我那些最美丽的图画，是的，我还多次亲自飞到他们身边，逗他们欢笑，亲吻他们，和他们一块儿玩儿最有趣的游戏。他们也很了解我，虽说并不知道我叫什么名字。我可经常发现，他们夜里总爱仰望着我在天空中的星星微笑，早上呢，当我那些亮晶晶的羊羔从空中飘过，他们便高兴得拍起手来。即使他们长大些了，他们仍旧爱我，随后他们便帮助可爱的小姑娘们编织五彩的花环；还有那些个野男孩子，我也要坐在高高的崖头上，让他们看见从远方云雾缭绕的蓝色群山中如何高耸起巍峨的城堡，闪亮的宫殿，看见红色的晚霞变成一队队勇敢的骑士，一行行令人赞叹的朝圣者。"

"哦，可爱的孩子们！"童话激动得直嚷嚷，"是的是的！我乐意再去他们那儿试试看。"

"这就对啦，好女儿，"女王说，"去他们那儿吧。不过我要给你穿戴打扮一下，以便讨得孩子们的欢心，使大人也不排斥你。瞧，我就给你穿上这件年鉴的外衣。"

"年鉴的外衣，妈妈？唉！——我可不好意思这副打扮去丢人现眼。"

女王发出信号，使女们应声送来一套精致的年鉴盛装，不只色彩缤纷灿烂，而且绣着许多漂亮的人和动物。

使女们替美丽的童话姑娘梳了一条长长的辫子，系好穿在她脚上的金鞋，最后再给她披上外套。

谦逊腼腆的童话姑娘连头都不敢抬，她母亲却满意地打量着她，把她搂到了怀里。

"去吧，"女王对小姑娘讲，"我时刻为你祝福。万一人家再鄙视你，奚落你，你就回到我这儿来。也许啊，只有那些更忠于自然的未来的人类，才会重新对你敞开他们的心扉。"

幻想女王如是说。童话呢便再次降临尘世。她心怦怦跳着，走向那班聪明的卫士驻守的城市。她低垂着脑袋，裹紧身上的漂亮外衣，脚步哆哆嗦嗦地向城门靠近。

"站住！"一个低沉粗鲁的嗓门儿喝道，"卫士们快出来！那边又来了个新年鉴！"

童话听得浑身颤抖；一大群阴沉着脸的男人冲向她，手里握着尖尖的鹅毛笔，伸到童话的面前指指点点。从人群里走过来一个，用粗大的手抓住她的下巴。

"你给我抬起头来吧，年鉴先生，"他喝道，"让咱们瞅瞅你的眼睛，看有没有啥不对劲儿。"

童话红着脸仰起小脑袋，张大黑溜溜的眼睛。

"童话！"卫士们吼起来，一个个纵声大笑，"原来是你！咱们还当来了神仙呢！你怎么会这身打扮？"

"是妈妈给我穿的。"童话姑娘回答。

"原来这样？她想让你从我们眼皮底下混过去吗？没门儿！走，乖乖儿给我滚开！"男人们七嘴八舌吼起来，同时举起尖利的鹅毛笔。

"可我只是想去孩子们那儿，"童话恳求，"这你们总该允许的吧。"

"咱们国内像你似的流浪汉已经够多啦！"一个卫士吼道，"他们灌输给咱们孩子的净是些蠢话。"

"让咱们瞧瞧，她这次又知道些什么？"另一个卫士说。

"是啊，"卫士们一起嚷嚷，"快讲讲你知道什么，快快，咱们可没有许多时间来陪你玩儿！"

童话于是抬起胳膊，用食指在空中画了许多图形。卫士们随即看见面前飘过无数形象：由骏马组成的一个个商队，骑手们穿着鲜艳的服装，沙漠中帐篷连片；波涛汹涌的大海，鸥鸟与帆船齐飞；静悄悄的森林，人头攒动的广场和街市；浴血的战斗，和平宁静的游牧部落，等等，都以生动的形象和斑驳的场景，打众人眼前飘过。

童话姑娘忙不迭地向卫士们展示着一切，没有发现他们已一个接一个地睡着了。正当她准备画出新的图像，向她走来一个和蔼可亲的男人，抓住了她的手。

"瞧，可爱的童话，"他指着酣睡的卫士，说，"对于这帮家伙，你五彩缤纷的形象毫无意义。快溜进城门去吧，他们做梦也想不到你已经在他们国内。你可以平平安安赶自己的路，任何人也不会察觉。我要带你去我的孩子们那儿。到了我家里，我会给你一个安静、舒适的角落，你可以在那儿居住和无忧无虑地生活。将来我的儿女们要是学习成绩好，我就允许他们跟小伙伴一起上你住处来，听你讲故事，你愿意这样吗？"

"哦，我太乐意跟着您去您的孩子们那儿啦！太乐意为您效劳，时不时地让孩子们开开心啦！"

好心的中年人冲她亲切地点点头，帮助她从酣睡的卫士们的腿上爬了过去。随后，童话面带微笑，环顾四周，一溜烟儿跑进城门去了。

大漠商旅

沙漠中行进着一支长长的商队。无边的原野上，除了黄沙和蓝天，什么也看不见。只听远远地传来驼铃声和骏马辔头上的银管儿的碰击声。陡然腾起的尘云，预示商队正慢慢靠近。当狂风撕开云幛，闪亮的武器和华丽的衣饰却又叫人眼花缭乱。就这样，商队呈现在了一个从侧面驰来的骑手眼前。他骑的是一匹阿拉伯骏马，马背上搭着虎皮毯子，鲜红的辔头挂着银制铃铛，马脑袋上一大丛鸟羽毛颤颤巍巍，煞是威武漂亮。骑手仪表堂堂，穿着打扮和胯下的宝马正好般配。他头缠层层绣金的白头巾，身上的长袍和宽腿裤子颜色火红，腰间斜挎一柄弯刀，刀把上镶着许多宝石。他把头巾压得低低的，加之浓眉底下一双黑眼睛炯炯发光，鹰钩鼻子下边垂着长长的胡须，整个模样就显得勇武而豪放。在离骆驼商队的先导大约五十步光景处，骑士用马刺一踢胯下的坐骑，转瞬之间便奔到了商队头前。看见单独一名骑士驰骋在沙漠中，可算一个非同寻常的经历，商队的护卫们生怕是遭遇到打劫的强盗，都冲他举起了长矛。

"你们这是干吗？"骑士看见自己受到敌视，喊道，"难道你们相信，我单枪匹马就会袭击你们的商队不成？"

卫士们不好意思地放下了长矛，领头的策马到陌生人跟前，问他想干什么。

"哪位是商队的主人？"骑士问。

"它不只一位主人，"对方回答，"而是有许多位商人结伴从麦加返回故乡，请我们护送穿过沙漠，因为经常有各种各样的匪帮叫旅行客商不得安宁。"

"那就请领我去见商人们吧。"陌生人请求。

"眼下还不成，"卫士头儿回答，"咱们得马不停蹄地往前赶，商人们却掉在后边至少有一刻钟路程的地方。您要乐意同我一起继续走一段，等到中午我们停下来休息的时候，我才可能满足您的愿望。"

陌生人听后没有再说什么。他拔下一根捆在马鞍上的长烟袋，一边随着卫队头领往前赶路，一边大口大口地吸起烟来。卫队头儿不知陌生人究竟是干什么的，也不敢直接问他尊姓大名，只得硬着头皮和他搭讪，说什么"您抽的烟草挺香啊"，或者"您的坐骑跑起来挺棒啊"等，陌生人却总是干巴巴地应一声"嗯，嗯！"

终于，他们到了中午准备休息的地方。头儿安排好手下去站岗警戒以后，才和陌生人留在原地，等着大队伍赶上来。三十头满载着货物的骆驼在武装骑手的护卫下走过去了。后边才是商队的东家——五位骑着高头大马的富商。他们多为上了年纪的男子，外貌沉静严肃，只有其中一个显得比其他人年轻得多，也更活泼和富有生气。队伍的最后又是一大串骆驼和驮马。

大伙儿搭起营帐，骆驼和马被安顿在帐篷周围。中央是一顶用蓝色绸子搭建的大帐幕，卫队头儿领着陌生人向帐中走去。他们穿过门帘，便看见金丝编织的垫褥上端坐着五位商人，一群黑奴正在伺候他们饮食。

"你给咱们带什么来啦？"年轻的那位问卫队长。

没等卫队长回答，陌生人已开了口：

"我叫赛里姆·巴鲁赫，巴格达人。在前往麦加途中，我遭到匪帮袭击，三天前才偷偷逃了出来。伟大的预言者让我老远就听见你们商队的驼铃，于是我便不揣冒昧，前来打搅。请允许我与各位结伴同行！我不是忘恩负义之徒，一到巴格达，我就会对各位保护我的盛情以厚报。要知道，在下本是宰相大人的外甥。"

商人中的最年长者接过了话头："赛里姆·巴鲁赫，欢迎您来到我们阴凉的帐中。能帮助您我们挺高兴，可首先还是请坐下来，和我们一同吃喝吧。"

赛里姆·巴鲁赫坐到商人们旁边，同他们一起吃喝起来。吃饱喝足，奴隶们收走了餐具，又送来长长的烟袋和土耳其凉果汁。商人们默默地坐了很久很久，只顾吐着蓝色的烟圈儿，盯着它们在面前旋转缠绕，直至最后消失在空中。临了儿，还是年轻的商人打破了沉默。

"咱们这么坐着已有三天，"他说，"只是骑马加上吃喝，一点儿消遣也没有，我真觉得无聊。因为我总习惯在饭后看看跳舞，听听音乐和唱歌什么的。朋友们，难道你们就不知道任何解闷儿的办法吗？"

四位年长的商人继续抽着烟，似乎已陷入沉思，这时陌生人却开了口：

"要是各位允许，我倒想提个建议。我的意思是，在每一处宿营地，我们都可以由其中一位给其他人讲点什么，这准能帮咱们打发时间。"

"您说得对，赛里姆·巴鲁赫，"阿赫墨德，也就是年纪最大的那位商人道，"让咱们接受他的这个提议好啦。"

"我很高兴，我的建议得到了各位的喜欢，"赛里姆说，"为了让各位看见我的要求公平合理，我愿意带个头。"

于是，五个商人相互挪近了座位，陌生人则被围在了中间。奴隶们趁机又斟满凉果汁，给主子们重新填好烟袋，并送来了烧得红红的点烟木炭。只见这时赛里姆猛喝了一口凉果汁滋润嗓门儿，从嘴上抹开长长的胡须，开始讲道：

"好，各位请听鹭鸶哈里发的故事。"

鹭鸶哈里发

1

一个晴朗的下午，巴格达的哈里发①查希德十分惬意地坐在沙发上。天气太热，他睡了一会儿午觉，醒来后精神爽快。他用一根玫瑰木②做的长烟袋吸着烟，时不时地呷一口仆人给他斟的咖啡。喝得高兴了，他还心满意足地捋一捋胡子。简单说吧，谁都看得出来，哈里发这会儿的心绪很好。在这样的时刻，和他谈话最为合适，因为这时他总是态度和蔼，平易近人。他的大臣曼梭尔每天也就在这个时候来觐见。那天，他又在这个时刻出现了，但与平常不同的是，他看起来满腹心事。哈里发从嘴边挪开烟袋，问：

"干吗这么满腹心事的样子，我的大臣？"

大臣把两手交叉在胸前，向他的主子深深鞠了一躬，回答："陛下，我不知道我的样子是否满腹心事。只不过，宫门外来了一个小贩，有好多好多漂亮的东西，可我没有那么多钱去买，因此感到挺烦恼。"

哈里发很久以来就打算让他这位大臣高兴高兴，所以立刻就叫一个黑奴去把那个小贩带上来。一会儿黑奴领着小贩回来了。他是个矮矮胖胖的男人，面孔棕黑色，衣着破烂不堪。他提着一口箱子，里面装着各式各样的商品，有项链、戒指、装饰精美的手枪以及杯子、梳子等等。哈里发和大臣仔细看了所有的商品，最后哈里发给自己和大

---

① 哈里发是古代一些阿拉伯国家对君主的称呼。
② 一种贵重的木料，深红色，有玫瑰香味，故名。

臣一人买了一把精美的手枪，还给大臣夫人买了一把梳子。小贩正准备把箱子关上，哈里发却发现箱子里面还有一个小抽屉，便问小贩抽屉里是否还有货卖。小贩拉开抽屉让他们看，原来是一个装有黑色粉末的小圆盒和一张纸，纸上写着一种古怪的文字，无论是哈里发还是大臣都没法读懂。

"这两样东西是一位商人给我的，他是在麦加的一条街上拣到的。"小贩说，"我不知道拿它们来干什么，它们对我一点用也没有，我可以便宜地卖给你们。"哈里发喜欢收集古老的手稿放在他图书馆里，即使他看不懂也要。因此他买下了圆盒和那张纸，然后让小贩走了。可是哈里发非常想知道纸上到底写些什么，便问大臣能否找到一个读得懂这种文字的人。

"尊敬的陛下，"大臣回答，"大清真寺里有一个叫赛里姆的人，是位懂多种语言的大学者。叫他来吧，没准儿他搞得清楚这神秘的文字。"

一会儿，侍从就领来了学者赛里姆。

"赛里姆，"哈里发对学者说，"大家都说你很有学问。你看看，认不认识这种文字。你如果讲得出这纸上写的是什么，我就奖给你一件新礼服；如果你讲不出来，就得挨十二记耳光，外加打二十五下脚掌。因为大家把你当大学者看，你却徒有虚名。"

赛里姆一边鞠躬，一边回答："遵令，陛下！"然后久久地琢磨着那文字。突然，他叫了起来：

"这是拉丁文字，陛下！如果不是，我立刻上吊去！"

"你说是拉丁文？那就说说纸上写的是什么。"哈里发命令。

于是赛里姆开始翻译：

赞美真主的恩赐吧，得到这东西的人！谁要吸一下这圆盒里的黑粉，同时嘴里念"姆塔波尔"，谁就能变成任何一种动物，并且能听懂这种动物的语言。如果他想变回来仍然做人，只要面朝东方三鞠躬，口里再念刚才那几个字就行了。不过要注意，在变成动物后你千万不能笑。一笑，咒语就会从记忆里消失得无影无踪，你也只能永远是一只动物了。

听完学者赛里姆的翻译，哈里发非常高兴。他让学者发誓，不再向任何人泄露这秘密，然后奖给他一件新礼服，打发他走了。回过头来，他冲着大臣嚷道：

"这下咱可买着了，曼梭尔！我将变成一只动物，我是多么高兴啊！明天一早，你上我这儿来，我们一块儿到野外去。只要吸点这圆盒里的粉，我们就能倾听所有的动物在嘀咕些什么，不管它是空中飞的，还是水里游的，也不管它是在森林里还是在田野上跑的。"

2

第二天早上，哈里发查希德刚吃完早饭穿好外衣，大臣就来了。他是按主子吩咐来陪他出外散步的。哈里发把那个装着魔粉的小圆盒揣在腰带里，命令侍从留在宫中，独自和大臣上了路。他们首先穿过宫里的大花园，可什么动物也未看见，没法试他们的魔法。后来大臣建议走出花园到湖边去，他经常在那儿看见很多动物。尤其是鹭鸶一本正经的样子和嘎嘎的叫声，总是引起他注意。

哈里发采纳了大臣的建议，一块儿朝湖边走去。到了湖边，正好有一只鹭鸶在神态严肃地踅来踅去，认真地寻找着青蛙，时不时地还发出"笃笃笃"的声音。同时，他们还看见空中有另一只鹭鸶正朝这儿飞来。

"尊敬的陛下，"大臣说，"我敢拿我的胡子打赌，这两只长脚畜生肯定要进行精彩的对话。怎么样，咱们就变成鹭鸶，好吗？"

"很好！"哈里发回答，"不过，这之前我们还是好好想想，怎样才能又变成人。——是这样：向东方鞠三个躬，嘴里念'姆塔波尔'，那么我又成了哈里发，而你还是我的大臣。上帝保佑，我们千万千万不能笑，不然，我们就完蛋了。"

哈里发说这些话的时候，看见空中的那只鹭鸶正飞过他们的头顶，慢慢地向下降落。他赶紧从腰带里取出小圆盒，抓了一小撮粉末儿给大臣，两人吸了吸，同时叫道："姆塔波尔！"

立刻，他们的腿开始收缩，并且变得越来越细，越来越红。哈里发和大臣的漂亮黄鞋子也变成了怪模怪样的鹭鸶腿，他们的手臂变成了翅膀，两肩之间的脖子变得来足有一尺多长。他们的胡子不见了，身上盖着一层柔软的羽毛。

"你的长嘴壳子多么好看啊，大臣先生！"哈里发惊呆了，好一阵才说出话来，"我敢凭先知的胡子起誓，我一辈子都没见过哪！"

"谢谢，我的陛下！"大臣点了点头，回答，"恕我冒昧，陛下您变成鹭鸶比您当哈里发还要英俊。不过，您要愿意的话，咱们快去听听我们那边的同类在聊些什么，同时也好检验一下，我们究竟会不会鹭鸶的语言。"

这时天上那只鹭鸶已经飞到地面，正用嘴修整自己的细腿，理顺了羽毛，随后朝着另一只鹭鸶走去。这两只新变的鹭鸶赶紧凑到它们身边；令他两惊讶的是竟听到了下面的对话：

"早晨好，长腿女士！这么早就上草地来了么？"

"你好，亲爱的呱哒嘴先生！我早餐只吃了一点东西。也许你想吃一小块壁虎肉，或者一条青蛙腿吧？"

"非常感谢！可我一点儿胃口也没有。我来草地完全是为了另外的事。我今天要在父亲的客人面前表演跳舞，想悄悄地一个人先练练。"

说着，年轻的鹭鸶就姿态奇特地穿过田野，哈里发和大臣吃惊地盯着它。当这只鹭鸶单腿独立，摆出一副优美的架势，两只翅膀同时妩媚地舞动时，他俩再也忍不住了，便哈哈大笑起来。笑了好久他们才停住。哈里发首先回过神，嚷道：

"真是一场精彩演出哪，花钱也看不到的。可惜咱们的笑声打扰了它，不然它肯定还会高歌一曲。"

这时大臣猛然想起，在变成动物时是笑不得的。他立刻把自己的忧虑告诉哈里发：

"天哟，要是我一辈子永远是一只鹭鸶，那就糟啦。你快想想那倒霉的咒语吧，我怎么竟想不起来了呢？"

"朝东方三鞠躬，同时念道：'姆——姆——姆——'"

他们面朝东方站好，不停地鞠躬鞠躬鞠躬，嘴都要挨着地了。然而，可悲啊！咒语已远离他们而去。不管哈里发怎样一个劲儿地鞠躬，也不管大臣怎样使劲地姆——姆——姆叫，他们的记忆力已消失殆尽。可怜的哈里发查希德和他的大臣现在变成了鹭鸶，永远也只能是鹭鸶了。

3

被魔法变成了鹭鸶的哈里发和他的大臣忧伤地穿过田野，对自己遇上的这种倒霉事一筹莫展。他们没法脱掉身上鹭鸶的外衣，也没法回到城里让人们认出他们。谁能相信一只鹭鸶就是哈里发呢？就算相信了，巴格达的市民还能让一只鹭鸶当哈里发吗？

几天来他们就这样游来荡去，可怜巴巴地靠野果充饥。即便这样，由于嘴太长了，啄野果也很困难。再说，他们又不敢吃壁虎或者青蛙，怕这样的美食把胃搞坏。在这些忧伤的日子里，他们聊以自慰的是还能够飞行。因此他们常常飞到巴格达城上空，看看下面发生了什么事情。

开头几天他们发现，大街小巷充满了不安和悲伤。可大约在第四天，他们正歇在哈里发宫殿的屋顶上，就看见下面街上走过来一队华丽的人马，同时锣鼓喧天。一个穿着绣金的鲜红色长袍的人，骑着一匹披红挂绿的骏马，被仆从们兴高采烈地簇拥着。半个巴格达城的市民紧跟在后面，使劲地呼喊："巴格达的君王米孜拉万岁！万岁！"

宫殿屋顶上的两只鹭鸶面面相觑，随后哈里发查希德说：

"大臣，你现在明白了吗，我怎么会中魔法？这个米孜拉是我的仇敌卡史奴——一个有名的魔法师——的儿子。卡史奴曾发誓一定要向我复仇，让我遭受劫难。可我不会失去信心。你是我生死与共的忠实朋友，和我待在一起吧！咱们到穆罕默德的墓地去，也许在圣地魔法能够解除。"

于是他们离开宫殿的屋顶，向墓地那边飞去。

然而飞行并不轻松，因为这两只鹭鸶还没怎么飞过。

"哦，陛下！"飞了几小时后，大臣唉声叹气地说，"原谅我，我实在坚持不了啦！您飞得太快些，再说天也要黑了。最好先找一个地方过夜，对吗？"

查希德同意了他仆从的恳求。他发现山谷下面有一座废墟，也隐隐约约看见了屋顶，于是就朝那儿飞去，打算在那里过夜。废墟看样子以前是一座宫殿，在断垣残壁中还矗立着漂亮的石柱。从好几间保存得相当完整的房间看来，这宫殿曾经十分豪华。查希德和他的伙伴穿过走廊，踅来踅去想找一个干燥点的地方。突然，曼梭尔站住不动了。

"陛下，"他悄悄说，"假如一个大臣怕鬼算不上愚蠢，那对于鹭鸶怕鬼就更算不了什么，对吧？我真的害怕极了，在这附近我清清楚楚听到了叹息声和呻吟声。"

哈里发也就停下脚步，十分清楚地听见了像人而不是动物发出的啜泣声。他想朝发出声音的地方走去，搞清楚是怎么回事。大臣却用喙子紧紧拽住他的翅膀，哀求他不要又陷入新的莫名其妙的危险中。

但毫无作用！哈里发尽管长着鹭鸶翅膀，胸中仍然跳动着一颗勇敢的心。他使劲挣脱开来，掉了几片羽毛也毫不在意，快步朝一条黑暗的走廊奔去。一会儿，他就到了一扇虚掩着的门前，刚才听到的叹息和呻吟声就是从里边传出来的。他用嘴顶开门，却一下子惊呆了，站在门槛上一动不动。这是一间倾倒了的小屋，透过装有栅栏的小窗射进来的稀疏光线，他看见一只大猫头鹰蹲在地上。从猫头鹰又大又圆的眼睛里，不断地滚出来大滴大滴的眼泪。她弯弯的嘴巴发出了嘶哑的声音，诉说着她的哀怨。当她看见哈里发和跟在他后面进来的大臣，高兴得大声叫了起来。她轻轻地用褐色的翅膀擦去眼泪，用人的声音说起了标准的阿拉伯语，令他俩大吃一惊：

“欢迎你们，鹭鸶先生！你们是我获救的吉兆，因为有人曾经预言，鹭鸶能给我带来好运气。”

哈里发从惊讶中回过神来，弯下长长的脖子，细长的双腿摆出一个优雅的姿势，然后说：

“猫头鹰，照你的说法，我完全可以把你看成我的难友啊！但是，唉，你希望我们救你出苦海，却是不可能的。你只要听听我们的遭遇，就会明白我们真的是爱莫能助啊。”

猫头鹰请他讲讲自己的故事，哈里发马上满足了它的要求。

4

哈里发向猫头鹰讲述了他们的遭遇，猫头鹰感谢他并说道：

“听听我的故事吧，这样你们就会知道，我的不幸丝毫也不比你们少。我的父亲是印度的一位国王，我是他唯一的女儿，名叫露萨。那个让你们中魔法的巫师卡史奴也使我遭到不幸。有一天，他来找我父亲，想让我做他儿子米孜拉的妻子。我父亲是一个急性子人，马上就撵走了他。这个无赖却不死心，改头换面地来到了我身边。一次，我在花园里感到口渴，他便装成一个仆人给我送来饮料，我一喝就成了这个鬼模样。我吓得昏过去了，他就把我带到了这儿，还用可怕的声音冲着我耳朵吼："你一辈子就这样丑陋地待在这儿，直到死去，连动物也会瞧不起你；要不就看有哪个人会自觉自愿地娶你这丑八怪做妻子。我就用这办法向你和你傲慢的父亲报仇雪耻。'

"几个月就这样过去了，我悲哀地、孤苦伶仃地蜷缩在这破屋里，受到世人的憎恶；连动物也讨厌我。美丽的大自然也远离了我，因为白天我双目失明；只有微弱的月光洒进我这小屋时，遮住我眼睛的雾障才掉下来。"

猫头鹰讲完自己的遭遇，不由得泪水涟涟，便用翅膀揩拭眼睛。

哈里发听着公主的叙述，陷入了沉思。

"如果我感觉不错，"他说，"在我们的不幸中可能存在某种神秘的联系。然而我又在哪儿能找到解开这个秘密的钥匙呢？"

猫头鹰回答道：

"噢，先生，我同样也有这种感觉！在我还很小的时候，有一位聪慧的夫人曾经预言，说一只仙鹤能带给我巨大的幸福！我也许知道，我们该怎样救自己。"

哈里发大吃一惊，便问她指的是什么方法。

"那个使我们遭到不幸的巫师，"猫头鹰说，"他每个月都要到这废墟来一次，和他的同伙在离我房间不远的一个厅堂里大吃大喝；好几次我都听见他们在那边讲话。他们相互吹嘘各自所做的缺德事，他没准儿会说出你们忘记了的那个咒语来。"

"啊，可爱的公主！"哈里发叫起来，"快快告诉我，他什么时候来，那间大厅又在哪里？"

猫头鹰沉默片刻，然后说道："请别见怪，你们得先答应我一个条件，我才能满足你们的愿望。"

"说呀，快说呀！"查希德吼起来，"只管吩咐好了，我什么条件都答应！"

"我直说吧，我也一样想赶快获得自由，而要做到这点，必须你们二位中间的一个向我求婚。"

两只鹭鸶听了这要求，一下子都愣住了。哈里发示意他的大臣，跟他出去一会儿。

"大臣，"他们出了门，哈里发就说，"这可是件荒谬的交易，不过，你娶她蛮好的。"

"我娶她？"大臣应道，"那我回家我老婆不把我眼珠子抠出来才怪呢！再说我也老了，而你还年轻，又没结过婚，不正好向这个年轻貌美的公主求婚吗？"

"问题就在这儿，"哈里发叹了一口气，忧心忡忡地耷拉着翅膀，"谁告诉了你她年轻貌美？这不等于黑布袋里买猫吗？"

他们两个你劝我，我劝你，谈了好一阵子。最后，哈里发看出来，他的大臣宁肯当一辈子鹭鸶，也不愿娶猫头鹰为妻，只好咬咬牙自己满足这个条件。猫头鹰听了高兴得手舞足蹈。她说，他们来得再巧也不过了，好像就在今晚上，巫师们要来聚会。

猫头鹰领着两只鹭鸶离开她的小屋，朝那间大厅走去。他们在一道阴暗的长廊里走了很久，终于，从一堵半倒塌的墙后边射来了明亮的光线。他们走到了大厅外边，猫头鹰提醒两只鹭鸶动作轻轻的，不要弄出响声。从面前的一个墙缺口，他们可以看到下面的一座大厅。厅的四周全是高大的圆柱，装饰得富丽堂皇。五颜六色的灯光取代了太阳光，大厅正中的一张圆桌上放满了美味佳肴。围绕着桌子的软椅上坐着八个男人。两只鹭鸶一眼就认出了那个卖魔粉给他们的小贩。他的邻座正在请他讲最近有何作为。他讲了很多很多，也提到哈里发和他大臣的事。

"你究竟给了他们一句什么咒语？"一个巫师问。

"一句很难的拉丁语，就是：姆塔波尔。"

5

站在墙缺口处的两只鹭鸶一听到这咒语，高兴得几乎控制不住自己。他们迈开长腿，拼命朝废墟跑去，猫头鹰好不容易才跟上他们。到了那儿，哈里发无限深情地对猫头鹰说：

"你是我和我大臣的救命恩人；为了感谢你为我们所做的一切，请让我做你的丈夫吧！"

然后他面向东方，和大臣一起弯下他们长长的脖子，朝着刚从山那边冉冉升起的红太阳三鞠躬。"姆塔波尔！"他们叫道。话音未落，他们已恢复人形！为此他俩高兴得又是哭，又是笑，同时紧紧拥抱在一起。

可是，当他们回过头来，有谁描述得出他们的那份惊讶啊？一位穿着华丽的美貌小姐站在他们面前，她笑眯眯地握住哈里发的手。

"还认得出您的猫头鹰吗？"她问。

原来她就是那猫头鹰！她美丽的容貌和优雅的风度令哈里发如痴如醉。

接着，三人一起向巴格达城走去。哈里发一摸他的衣服口袋，里面不仅有装魔粉的小盒子，钱包也还在，于是就用钱在附近的一个村庄里购买了路上的必需品，没多久就来到巴格达的城门口。哈里发的出现使人们大吃一惊，因为据说他已经死了。老百姓看见自己爱戴的君主归来，个个兴高采烈。

他们对骗子米孜拉的仇恨一下子如火山爆发，跑进皇宫捉住了老巫师和他的儿子。哈里发下令把老巫师关进废墟，吊在公主变成猫头鹰时待的那间屋子里。巫师的儿子对父亲的魔法一点不了解，哈里发就让他自己选择：要么去死，要么嗅那魔粉。他选择嗅魔粉，大臣于是把小魔盒递给了他。他猛吸一口，同时哈里发为他念了咒语，他立刻就变成了一只鹭鸶。哈里发吩咐把他关进铁笼子，放在自己的御花园里。

哈里发查希德和他妻子，也就是印度公主，幸福地生活了很多很多年。每天下午大臣进宫来拜谒，是他最愉快的事。这时他们常常回忆被变成鹭鸶的种种经历。谈到兴头儿上，哈里发还不顾自己的身份，屈尊模仿大臣变成鹭鸶后的可笑模样。他一本正经地挺直双腿在房里踱来踱去，一边发出鹭鸶笃笃笃的叫声，一边把手臂当作翅膀来回扇动。他还学大臣当时冲着东方直鞠躬，可就是记不起咒语，只好"姆——姆——姆"地叫个不停。这样精彩的表演每次都使哈里发的妻子儿女十分开心。但是每逢哈里发没完没了地学他以前的傻样，老是鞠躬和"姆——姆——姆"地一个劲儿怪叫，大臣就会笑嘻嘻地发出警告：再闹下去，小心他会把他俩当初在猫头鹰公主门外讨价还价的那些话，原原本本地告诉他的王后。

幽灵船

我的父亲在巴索拉开着一家小商店，既不贫穷，也不富有，他属于那种谨小慎微的人，生怕一不小心就会失去本来有的一点点财产。他切实认真地对我进行教育，没有过多久我就已经可以做他的帮手。正当我满十八岁的那年，他做了毕生第一次较大的投机，但也因此一命归西，多半是气恼自己不该把数千金币托付给大海吧。过后我却很快就不得不说死了倒是他的福气，须知没过几个礼拜便传来噩耗，因为我父亲装运货物的那条船在海上沉了。然而我年轻气盛，并没就此低头认输。我把父亲遗留下来的一切通通变卖成现钱，为的是动身去异国他乡碰一碰自己的运气，随身只带了父亲留下的一个老仆人作为陪伴。

趁着顺风，我们在巴索拉的码头上了船。我们搭乘的这条船准备驶往印度。船沿着通常的航道已经行驶了十五天，船长突然来预报即将出现风暴。他满面愁容，看样子对这一带的水域不太熟悉，没法沉着冷静地应付面临的风暴。他让收起所有的帆，我们的船前进得很慢很慢。夜色降临了，四周明亮而又寒冷，船长以为自己说有风暴是发生了错觉。可是忽然间，一艘刚才压根儿没见影儿的船飘忽而来，紧擦着我们的船驶了过去。同时从它的甲板上传来一阵阵粗野的呐喊和吆喝，叫本来就担心风暴降临的我吃惊非小。我身旁的船长更是面如死灰。

"咱的船完了，"他失声呼叫，"是死神驾驶着那艘帆船！"

还没等我问他这奇怪的呼叫是何意思，他的水手已一个个惊惊慌慌地冲进舱来。"您瞧见他了吗？"水手们喊，"这下咱们算完啦！"

船长吩咐念《古兰经》中驱邪的箴言，并且亲自动手掌舵。然而没有用！风暴看着看着就咆哮起来，不到一小时，船就搁浅在礁石上了。救生艇纷纷放到水里，最后一批水手刚刚爬到艇上，船就在我们的眼前沉没了；而我也就成了一个漂流在海上的乞丐。可是不幸尚未到此为止。风暴越来越凶猛可怕，救生艇已没法控制。我紧紧抱住我的老仆人，我俩发誓绝不分开。天终于破晓。谁知随着第一抹朝霞的出现，我们乘坐的小艇就被暴风攫住，翻了个底儿朝天。我再也没见到我们的水手。船翻时我晕过去了，等醒来已在我老仆人的怀抱里；他先逃到了翻转的船底上，然后将我拽了上去。风暴终于平息。我们的船已经什么也没剩下，但在不远处却漂着另外一艘船，我们正被海浪推着慢慢向它靠拢。到了近旁，我认出它就是昨天夜里擦着我们的船舷驶过去的那条帆船，就是那条令我们的船长惊恐万状的帆船。在这条船面前，我不禁毛骨悚然起来。船长说的那些后来可怕地被证实了的话，这条船阴森森的情景——我们靠近后大声喊叫，甲板上却不见一个人影——叫我不寒而栗。然而，它却是我们的唯一生路。于是我们赞美先知，赞美他如此奇迹般地让我们活了下来。

从帆船的前部垂下一条帆布。我们用手和脚一齐划过去抓它，最后终于达到目的。我最后高叫一声，船面上仍旧肃静得可怕。我们于是抓住帆布往上爬，年轻的我爬在前面。真是可怕呀！我爬上甲板，眼前呈现一幅何等样的惨象啊！整个甲板让血水染红了，二三十个穿着土耳其服装的尸体躺在上面，中间的桅杆前站着一个衣饰华丽的男人，手里握住弯弯的长刀，面孔苍白、扭曲，一颗铁钉穿过额头，把他牢牢钉在桅杆上面，也已经死了。恐怖拴住了我的双脚，我连气都透不过来。终于我的旅伴也爬上来了，同样被甲板上的惨象吓愣了，眼前毫无生命的迹象，只有许许多多可怕的死人。我们胆战心惊地祈求着先知，然后才壮着胆往前走。每走一步我们都瞻前顾后，看有没有什么新的可怕的情况；一切仍旧是这个样子，四周除了我们俩就是茫茫的大海，别无活动的东西。我们连大声讲话都不敢，生怕那钉死在桅杆上的船长会向我们转过他那凝滞的眼睛，或者有哪个死尸会扭过脑袋来。终于，我们走到了一道通向舱房的舷梯前。我们下意识地停住脚步，你望着我我望着你，谁也不敢说出自己想干啥。

"噢，少爷，"我忠实的仆人说，"这船上发生了可怕的事情。可是，就算这舱房底下藏着许多杀人凶手，我仍要不顾一切地跟着你下去，而不愿继续待在这上边的死人堆中间。"我和他想法一样，于是就大起胆子，怀着期待往下走。下边也是一片死寂，只有我们的脚踩得舷梯直响。我们站在舱房的门口。我把耳朵贴在门上倾听，一点声音也听不见。我推开门，舱房中一片狼藉。衣服、武器和其他各种器具四处乱放着，毫无一点秩序。船员们或者至少是船长必定是刚刚吃喝过，因为到处是食物和杯盘。我们从一个舱走进另一个舱，从一个房间走进另一个房间，到处都见到大批的绸缎、珠宝、食糖等等。面对此情景我真个喜出望外，因为船上别无他人，便相信可以把一切占为己有。可是伊卜拉欣却提醒我，咱们看样子离陆地还远着哪，没有他人的帮助，光咱俩根本没法驶拢岸边。

我们发现了大量的食物和饮料，因此美美地吃喝了一顿，然后再回到甲板上。然而一见那死尸遍地的惨象，我们仍旧毛骨悚然。为改变这种处境，于是我们决定把尸体都抛下海去；然而我们是何等骇异哟，我们发现它们竟然没有哪个是挪动的。尸体一具具跟被魔法钉死在了地上似的，要想搬走它们必须揭掉甲板，而这非有工具不行。还有船长同样没法与桅杆分开，就连那弯弯的长刀也从他僵硬的手中拽不出来。整个白天我们都只能用来考虑自己可悲的处境；夜晚到了，我允许老伊卜拉欣躺下睡觉，自己愿意醒着待在甲板上，瞭望有没有救星出现。可是当月亮升起在夜空，根据星座的位置计算大概到了十一点光景，一阵无法抗拒的睡意也向我袭来，我不知不觉地便倒在了一只立在甲板上的大木桶后边。不过与其说是睡着了，不如说只是迷迷糊糊，因为我还清楚地听得见一旁的海水在击打船帮，船帆在夜风中发出呼啦呼啦和吱吱嘎嘎的响声。突然，我觉得甲板上传来男人的脚步声和嗓音。我企图坐起来看是怎么回事。然而一种无形的力量拴住了我的手脚，我连眼睛也没法睁开。可那些声音越来越清晰，我觉得仿佛有一伙快活的船员在甲板上奔走忙乎；其间还有一个有力的嗓音在发号施令，船缆和帆篷被扯上扯下的声音同样听得清清楚楚。渐渐地，我终于失去知觉，堕入了沉沉睡梦之中，只是梦中觉得还听见一阵兵器撞击的响声。等我醒来，太阳已升得老高，阳光正直射着我的脸。我惊奇地环顾四周，风暴、帆船、死尸以及我夜里听见的一切，仿佛都是一场噩梦；可等我一抬眼，又发现一切仍如昨天一个样。尸体仍一动不动地躺着，船长仍死死地钉在桅杆前。我笑自己瞎做梦，爬起来去找我那老爷子。

伊卜拉欣坐在舱房中陷入了沉思。

"哦，少爷，"见我走到他跟前，他叫起来，"我宁肯躺在深深的海底里，也不愿再在这中了邪的船上过夜！"我问他如此烦恼的原因，他回答说："我先睡了几个钟头，后来醒了，就听见头顶上有人在跑来跑去。起初还以为是你，但在上边乱跑一气的至少有二十个人，而且又叫又喊。最后有沉重的脚步声走下舱梯。这一来我全没了知觉，只是断断续续地清醒一会儿，便看见上边原本钉在桅杆上的那个人坐在桌子前面，一边唱歌一边喝酒；另外一个穿猩红色上衣的汉子坐在一旁服侍着他，就是在甲板上离他不远躺着的那一个。"我的老仆人对我这么讲。

亲爱的朋友，你们可以相信我心里很不是滋味。因为看来他没有发生错觉，我不也听见死鬼们在同样地活动吗？和这样的家伙们在一起行船，令我心中怕得要死。我的伊卜拉欣这时又陷入了沉思。"现在有啦！"他终于叫起来。原来他想起了一段咒语，一段他那见多识广、周游四方的祖父教给他的咒语，据说可以抵挡任何的妖魔鬼怪。

他并且讲，那袭击我们的睡魔，今天夜里也有办法降服，只要我们不住地念《古兰经》中的箴言。老人的建议很合我的心意。我们怀着恐怖的期待，迎接夜的慢慢降临。在主舱房旁边有一间小斗室，我们决定藏进里边。我们在门上钻了几个大洞，足以看清整个舱房里的一切情况。然后我们从里边把门锁得牢得不能再牢，伊卜拉欣还在四个屋角写上先知的名字。就这样，我们等待恐怖之夜的到来。又到了约莫十一点光景，我开始瞌睡得要命。我的旅伴建议我念念《古兰经》中的祈祷文，这确实也有效。突然，甲板上看样子又热闹了起来：缆绳嘎嘎直响，脚步声此起彼伏，听得清楚有好几条嗓子在喊叫。我们这么坐了几分钟，既紧张又充满期待；突然，有什么从舷梯上下来了。老人一听见立刻开始念祖父教给他的降魔驱邪的咒语。只听他道：

> 你们来自高高的空中，
> 你们来自深深的海底，
> 你们在黑暗深渊酣眠，
> 你们从烈火繁衍生息——
> 真主安拉是你们的主宰，
> 魑魅魍魉全听从他旨意。

我必须承认，我并不多么相信这个咒语，因此当门猛地一下打开时，我已经毛发倒竖。走进来的是那个我们看见钉在桅杆上的高大、气派的男人。就是这会儿，那颗大铁钉仍然正正中中穿透他的脑门儿，只是那把长刀他已经插进刀鞘。他背后跟进来另一个汉子，穿着没有他讲究，也是我在上边躺着的人中见过的。船长——一眼就可看出他这个身份——脸色苍白，大胡子漆黑，一双粗野的眼睛滴溜溜转动，巡视着整个舱房中的情况。他从我面前经过的时候，我把他看得一清二楚，可他却似乎压根儿没留意我们藏在背后的这扇小门。两人坐到舱房中央的桌子前面，开始用一种我们陌生的语言大声交谈，或者说甚至是嚷叫。他俩越吵越响，越吵越凶，最后船长猛地捶了桌子一拳，整个舱房都震动起来。另一个家伙狂笑着一跃而起，示意船长跟着他走。船长站起身来，从鞘里拔出刀，二人随即离开了房间。他俩走后，我们呼吸自如了一些；只是我们的恐怖仍然没到头。甲板上吵得一塌糊涂，越来越响，越来越响。听得见来回奔跑，喊叫，狂笑，吆喝。最后竟像到了真正的地狱中，叫人觉得整个甲板连同所有的篷帆、桅杆，劈头盖脑地向我们塌了下来，再加上刀剑叮当，杀声震天——可一眨眼又重归死寂！一直过了许多个小时，我们才壮着胆爬上去，发现一切如故；没有谁的姿势有任何变动。所有尸体仍僵硬得跟木头一样。

　　一连数天船上都是这个情形。它一直向着东方行驶，我估计再走必定有陆地；可是尽管白天船已前进许多海里，夜里却似乎在倒着开，等太阳出来时总又回到了老地方。对此我们无法有别的解释，只能认为是死鬼们夜夜都在趁着顺风，满帆回航。为了防止他们这样干，我们在天黑之前收起了所有帆篷，并用昨晚镇压房门的办法将它们镇住：我们把先知的名字写上羊皮纸，还有伊卜拉欣祖父传授的咒语，把羊皮纸绑在卷起的篷帆外面。然后我们藏在小斗室里，战战兢兢地等着看这么干的效果。夜里闹鬼的情形似乎比以前更加凶，可是瞧啊，第二天早上帆篷仍跟我们离开甲板时一样卷着。到了白天我们也只张起必需的帆，好让大船缓缓前进，如此这般坚持了五天，我们已走了好大一段路程。

　　终于，在第六天的早上，在我们不太远的前方发现了陆地，于是感谢真主和他的先知帮助我们奇迹般地获救。一整天和接着的夜晚我们都沿着海岸航行，在第七天的清晨，我们觉得眼前已出现一座城市，于是费尽力气把锚抛下海里，锚很快便触到了底。我们放下一条停在甲板上的小艇，奋力划向眼前的城市。半小时后，我们拐进了一条注入大海的河流，然后靠了岸。在城门口，我向人打听这座城市叫什么名字，了解到它是一座印度的大城，离我本来要去的地方已经不远。我们下榻在一家商队客栈，盥洗吃喝，解除充满惊险的旅程的疲惫。在客栈里，我就近打听哪儿能找到一位通达世情的智者；我明白告诉店主，我需要找的是一位懂得一些魔法的人。他领我进了一条僻静的街道，走到一幢不起眼的房屋前，敲了敲门；他叫我进去后只管打听穆赖得啦。

进屋后迎面碰见个小老头儿，灰白的胡须，长长的鼻头，他问我有何贵干。我说我找聪明的穆赖，他回答他就是。我问他该拿那些个死尸怎么办，可有什么法子从船上弄下来。他答道，那伙人看样子是造了孽，所以被镇住在了船上；他相信，只要把他们搬到陆地，镇压即可解除；而要搬他们上陆地，没有别的办法，只能将他们躺在上边的船板锯掉。他还讲不管是根据神的旨意还是法律，这条船连同它载的所有货物都该归我所有，因为它差不多是我捡的嘛。只不过呢，我得一切严格保密，并从自己丰厚的得获中分一小部分出来送给他作酬劳。为此，他愿意带领自己的仆人，帮我一起搬运尸体。我保证好好地酬谢他，然后就和他率领五个带着锯子斧头的仆人上了路。半道上，魔法师穆赖对用《古兰经》的箴言包裹帆篷的想法赞不绝口，说我们真是太幸运啦。他讲，这实际上是我们唯一能自救的手段。

我们登上船时天还相当早。大伙儿立刻动手，一小时后已有四具尸体搬上了小艇。几名仆人奉命把它们划到岸边，以便在岸上将它们埋起来。仆人们回来讲，死鬼们免去了他们挖坑埋的麻烦，因为一被放到地上，尸体立刻化成了灰烬。我们继续锯掉死尸，在天晚之前已全部运上了岸。最后甲板上仅剩下还钉在桅杆上的那家伙，我们怎么也把那颗长钉拔不出来，用再大的气力仍不能移动它分毫。我不知该怎么办才好，总不能为搬他上岸而锯断桅杆吧？仍旧是穆赖想法解除了困境。他吩咐一个仆人马上划船去岸边，取回一罐土来。土送到后，穆赖冲着它念念有词，然后把它泼洒在死尸的脑袋上。这死鬼顿时睁开了眼睛，长长喘了一口气，额头上钉子钉的伤口开始流起血来。这时我们轻轻一拨，钉子便出来了，被钉伤的船长一头栽进一名仆人的怀里。

"谁把我带到了这儿？"他在好像恢复一点后问。穆赖指着我，我走到他面前，"谢谢你，陌生的年轻人，你使我免除了长期的痛苦。五十年了，我的躯体驾着这条船航行在海上，灵魂却受到诅咒，在每天夜里回到体内。现在我的头触到了泥土，终于能够安宁地去见我的祖先了。"

我请求他说一说，他怎么落到了如此悲惨的境地，他于是道：

"五十年前，我还是一个强壮而又体面的男子，住在阿尔及尔。对金钱的贪欲驱使我武装了一条船，干起海盗营生来。在海上为非作歹了很长时间以后，一次我带了一名想白搭船的游方修士上赞特岛。我和我的伙计都是些粗人，对这位神职人员一点不尊重，我甚至嘲讽讥笑他。一天晚上，当他热心虔诚地指出我过的乃是一种罪恶的生活，我由于和舵手已喝了许多酒，便在舱房里大发雷霆。我气得要命，心想连一位苏丹也不敢指责我的话，一个穷修士却当面对我说了出来，于是冲到甲板上，一匕首戳穿了他胸脯。临死前他诅咒了我和我的船员，叫我们既活不成，也死不了，直至我们的头颅能碰着泥土。修士死了，我们把他的尸体抛进了大海，一边还嘲笑他对我们的威胁；可谁知就在当天晚上，他的话便应了验。我的一部分船员起而反叛我，结果发生一场恶斗，最后我的人打败了，我被钉在了桅杆上。反叛者些同样因伤势过重而丧了命，我的船很快变成了一座大坟墓。我也两眼暴突，气息奄奄，以为自己就要死去。哪知控制着我的只是一种僵硬麻木状态。到了第二天夜里我们把修士抛进海里的同一时辰，我和我的伙计们又苏醒转来，恢复了生命力，但是我们除了重演昨晚的一幕，便什么也不能做，什么也不能说。五十年来，我们就这样不死不活地航行在海上，永远也到不了陆地。白天我们总是兴高采烈，乘风破浪，希望终于能在一处礁石上把船撞碎，以便疲倦的头颅能枕着海底安息。然而事与愿违。可是现在，我可以死啦。再次感谢你，我不知名的恩人，如果财物能作为对你的报答，那就请收下这条船，算作我心意的表示吧。"

说完，船长脑袋一沉，死掉了。马上，和他的水手们一样，他也化作了灰烬。我们把他的尸灰搜集进一只匣子里，埋在了岸上。然后我从城里请来一些匠人，帮我把船修理好。同时我用船上的货物去换了另一些货物，从中获利甚丰，并雇用一批水手，大大地酬谢了我的朋友穆赖，便登船向故乡回航。不过我们有意绕一点路，在一些海岛和国家靠了岸，以便把货物运到市场上做交易。完全托先知的福，九个月后我的船驶进巴索拉的码头时，我的财产比那位垂死的船长赠送的又多了一倍。我的老乡们对我的财富和幸运惊讶莫名，只好相信我找到了有名的旅行家辛巴达曾经发现的钻石谷。我也随他们的便。只是从此以后，巴索拉的年轻人一满十八岁就得远走他乡，为的是跟我一样地去碰碰运气。我呢，生活得平静而又满足，每五年都要去朝拜一次麦加，以便在圣地感谢真主赐予我的幸福，并为我那位船长和他的伙计们祷告，求真主让他们进入天国。

第二天，商队一路平安。在到达宿营地休息以后，做客的赛里姆便对最年轻的那位富商穆莱说：

"您尽管年纪最轻，却一直乐乐呵呵的，肯定能给大家伙儿讲一个好听的笑话。别客气啦，咱们受了一天热，让咱们舒坦舒坦好不好？"

"我自然很乐意给你们讲点什么，"穆莱回答，"让几位开心开心；不过呢，年轻人凡事都应该谦让，所以只好由上了年纪的同伴先讲啦。扎罗科斯一路上绷着面孔,沉默寡言,让他给咱们讲讲什么事情把他的生活变得这么严肃不好么?没准儿咱们还能减轻他的苦闷,如果他有苦闷的话。要知道咱们都乐于帮助自己的弟兄,即使他的信仰和我们不同。"

被点名的是一位希腊商人,年届中年,堂堂仪表,身强力壮,可就是老绷着面孔。尽管他是个异教徒(不是穆斯林),旅伴们仍然挺喜欢他,因为他的整个外貌气质都令人信赖和尊敬。再说他仅有一只手,所以有的同伴就猜测,他也许正由于这个残疾而变得来郁郁寡欢。

对穆莱表现出信赖的询问,扎罗科斯回答说:

"我很荣幸能得到您的邀请。可是我眼下并无任何苦闷,至少是没有那种你们能凭诚意帮助我减轻的苦闷。不过呢,穆莱看样子在责怪我太严肃,那我就给大伙儿讲个故事,让这个故事为我辩白辩白,我为什么会变得比别人严肃。你们看见了,我没了左手。我并非生来就没有它,而是在我一生中那些个最可怕的日子里把它给失去了。自此以后我就变得分外地严肃,是对是错抑或是我咎由自取,诸位尽可以在听罢这则断手的故事后做出评判。"

断　手

我出生在君士坦丁堡，父亲是宫里的翻译，同时经营着一家卖香料和丝绸的店铺，因此收入颇为丰厚。他让我受了很好的教育，一方面亲自教我，一方面还请一位祭师给我授课。开始时他打算让我接管他的商店，可后来我表现了出乎他意料的才能，他接受亲友们的劝告，便改变初衷，决定培养我成为一位医生。因为只需比那些卖嘴皮子的走方郎中稍微多一点真才实学，在君士坦丁堡做大夫就可以发迹。当时有许多弗兰克人在我家进出，其中一个就劝我父亲送我去他的国家，送我去巴黎城学习医术，说在那儿上这种学不但免费，而且效果也最好。他并且愿意顺便带我走，不需要任何报酬。父亲年轻时也曾远游，很快便把事情定了下来；弗兰克人告诉我可以用三个月时间做准备。能够去外国看看，我高兴得要死。

弗兰克人终于办完了他的事，做好了旅行准备。在动身的前一天晚上，父亲把我领进他的小卧室。只见在室内的桌子上，摆着一些漂亮的衣服和武器。但最吸引我目光的，却是一大堆金币，要知道我有生以来还从未见过这么多钱集中在一起啊。父亲拥抱了我，然后说：

"瞧，孩子，我为你备办了旅途穿的衣服。那些武器也归你，它们可是我当年出国远游时，你祖父亲自给我挂在腰间的。我知道你会使，可是除非遭到进攻，千万别在任何时候动用它们。要是非用不可，就用出个样子。我的财产不多。你瞧，我把它分成了三份，一份归你，一份留给我维持生活和应急，而还有一份对于我来说就神圣不可侵犯，那是在你危难之时救你急的！"我的老父亲这么说着说着，泪水已经盈满眼眶，也许是预感到了我再也见不着他老人家了吧。

一路顺风，我们很快到了弗兰克人的国度，随后又走了六天，便抵达了大都市巴黎。在城里一位弗兰克朋友租给我一间房子，并且建议我小心使用我带来的钱；它们总共是两千金币。我在巴黎生活了三年，学到了一个能干的医生必须通晓的一切。可是，如果我说我喜欢在那儿的生活，那我必定是在撒谎；因为我看不惯那里的民风，再说好朋友也很少，虽然它们都是些高尚的年轻人。

　　我心中的思乡之情终于变得十分强烈，整整三年我一点也没有父亲的消息，于是抓住一个有利的机会便踏上了归途。

　　这机会就是弗兰克国准备向土耳其宫中派遣使节。我应征当上了随使的外科医生，幸运地回到了君士坦丁堡。然而我发现父亲的房子上了锁，邻里们看见我很惊讶，告诉我父亲在两个月前去世了。那位小时候教过我的祭师给我送来钥匙，我影只形单地走进冷清的家中。一切的摆设仍像我父亲在世时一个样，只是父亲答应留给我的那笔钱没有了。我问祭师是怎么回事，这老头鞠了一躬，回答说：

　　"令尊死时成了一位圣人，因为他把自己的钱遗赠给了教会。"

　　这事我当时不理解，始终不理解。然而不理解又能怎样？我没有任何可以对付他的证人，只得庆幸他还没有把我父亲的住宅和商店也视为给他的合法遗产。

　　这是我遭遇的第一桩不幸。从此以后便打击接着打击。由于我不像江湖郎中那样卖嘴皮子，我作为医生的名声一直传播不开。父亲不在了，没谁去向那些最有钱和最高贵的人引荐我，他们现在再也想不到可怜的扎罗科斯啦。还有父亲的货物也没了销路，他死后原来的买主跑散了，新的买主迟迟难得上门。在一筹莫展地考虑着自己的处境之时，我突然想起在弗兰克国经常看见一些土耳其老乡，他们在那个国家穿来穿去，在各处的市集上摆摊卖货。我回忆起弗兰克人很喜欢买他们的商品，因为他们是外国来的，而靠这种买卖挣的钱肯定要多一百倍。于是我也很快下定决心，变卖了父亲的住宅，把所得的钱交了一部分给一位经过考验的朋友保管，其余的全用来备办在弗兰克国稀罕的商品，诸如纱巾、丝绸制品、香膏、油脂等等，然后在一条船上租了舱位，第二次踏上了前往弗兰克国的旅程。

似乎我一把那些鞑靼苏丹的宫室抛在身后，命运之神又重新对我好起来了。我们的航程短而顺畅。我穿行于弗兰克国的大小城镇，到处都碰着好买主。我的朋友从君士坦丁堡源源不断发来新货，我一天一天变得更加富有。终于，我积累了足够的资金，相信是干更大事业的时候了，便带着货物前往意大利。可我还必须承认一件事，它也帮我挣了不少钱：我并未荒废我的医术。我每到一座城市都散发传单，说是有一位希腊大夫来啦，他已治好了众多的患者。真的，我的油膏和我的药丸、药粉确实给我赚到了不少金币。

就这样，最后我来到意大利的城市佛罗伦萨。我决定在这座城市多待些时候，一来因为我喜欢它，再有也想解除解除长期往来奔波的疲劳。在城里的圣克罗斯区，我租了一间铺面。在离铺子不远的一家旅社里包了几件朝着阳台的舒适房间。与此同时，我的传单也已散发到各处，传单上宣称我是一位大夫兼商人。我的铺子刚开张，顾客便源源不断，尽管我要的价钱比较高，脱手的货却比别人的多，原因是我对自己的顾客殷勤又和气。在佛罗伦萨，我已开开心心地度过了四天。一天傍晚，我关了铺门，正按老习惯准备再看看油罐里还有多少存货，突然在一只小罐子内发现了一张想不起是什么时候塞进去的小字条。我展开字条，发现是一个邀请，有人要我当晚十二时到当地人称作Pontevecchio①的桥上去一下。我想了很久，这位邀请我去那儿的人到底是什么人呢，要知道我在佛罗伦萨一个熟人也没有啊。我琢磨，也许他要领我秘密去看一个病人吧，这种事情在我可是已发生过多次。我决定应邀前往，不过为小心起见，我仍随身带上了父亲赠送的

---

① 意大利语：老桥。

那把长刀。

时近午夜，我动身上路，很快就到了那座老桥。我发现桥上空荡清寂，决定等上一等，相信那邀请我的人终会出现。那是一个寒冷的夜晚，月色青白，我俯视桥下流过的阿尔诺河，只见河水在月光下一闪一闪。这当儿，城市教堂的座座钟楼同时敲起十二点来。我挺了挺身子，突然面前站着个高大的男子，整个身体都裹在一件红色斗篷中，还扯起斗篷的一角来遮挡住了脸。

一开始我有点害怕，因为他是冷不丁儿地突然站在我身后；然而，我很快便镇定下来，问道：

"要是您邀请我来这儿的，那就请讲有何指教吧！"

红斗篷转过身去，慢慢说："跟上我！"

单独跟着这个陌生人走，在我心中颇不是滋味；我停住脚，告诉他："这可不行，亲爱的先生，您得先讲清楚上哪儿，并且露出一点您的面孔，让我瞧瞧您对我是否怀着好意。"

红斗篷似乎不理这一套。"你要是不乐意，扎罗科斯，那就请留步！"他一边回答，一边往前赶。

我突然怒火中烧，厉声叫道："您难道以为，像我这样的汉子可以任随哪个傻瓜戏弄不成？未必在这样的寒夜我愿白白地来这里等候么？"我三脚两步就追上了他，一手拽住他的斗篷，一手捏着刀柄，越叫越厉害。然而只是斗篷留在我的手里，陌生人却转过一个街角就不见了。我的怒气渐渐平息下来，好歹还有一件斗篷嘛。我要让它成为我开启这奇异经历之门的钥匙。

我把斗篷披在肩上，继续往住所走去。还没走出一百步远，一个黑影和我擦身而过，同时用弗兰克语悄声说：

"留点神，伯爵，今晚上没戏！"

不等我扭过头去，这家伙已走远了，我只见着一条黑影贴着房屋晃过去了。刚才的话是对红斗篷，而不是对我讲的，我心里明白；但它并未使事情清楚半点。第二天早晨,我考虑该怎么办。一开始我打算装作斗篷是捡来的,公开进行招领。可那样一来,陌生人能通过第三者将它领走,我仍旧弄不清事情的真相。我一边这么想着,一边仔细观察斗篷。它的质地是热那亚产的厚天鹅绒,紫红颜色,用阿斯特拉罕产的毛皮绲了边,用金丝线绣着繁复的花饰。斗篷的华贵外观使我产生了一个想法,我决定马上实行。

我把它带进铺子,陈列起来出卖,但却标了一个很高很高的价格,断定绝不可能有真正的买主。我这么做的目的是观察、牢牢盯住每一个来打听斗篷的人;要知道那陌生人在失去斗篷后虽然只匆匆露了一面,但却足够真切,我相信从一千个人里也能认出他来。斗篷异常华贵的外观令所有人注目,有意的买主也不少。只是没有一个哪怕勉勉强强像那个陌生人,也没有一个舍得出多达两百金币的高价。其间引起我注意的是,当我问这个或是那个佛罗伦萨可还有一件相同的斗篷时,所有人的回答都说"没有",并且保证从来不曾见过做工如此精致、如此高雅的斗篷。

天快要黑了,最后终于出现一个青年。这小伙子经常光顾我的商店,今天也来给斗篷出过几次价,现在把一只装满金币的钱袋往柜上一丢,高声说:

"看在上帝分上! 扎罗科斯,我非有你这斗篷不可,哪怕为此沦为乞丐! "说着就开始数起自己的钱来。我尴尬极了。我挂出斗篷来只是为了吸引那陌生男子的目光,现在硬是来了一个年轻傻瓜,愿意出高得出奇的价格。然而我还有什么法子呢? 我只得让步,加之转念一想,昨天夜里的冒险总算有了可观的补偿,心中也蛮受用。小伙子穿上斗篷走了,可到了门口却转回身来,把一张固定在斗篷上的纸条取下来扔给我,说:"这儿别着什么,扎罗科斯,它显然不属于这件斗篷。"

我漫不经心地接过纸条,一看,谁知上面却写着:

今晚按我们知道的时间把斗篷送到老桥，在那儿你将得到四百金币。

我站在店里呆若木鸡。就这样，我不只轻率地放走了自己的幸运，也完全违背了自己既定的目的！不过呢，我稍一考虑，立刻凑足两百金币，飞跑出店门，赶上了那个买斗篷的年轻人，对他说："请收回您的两百金币，好朋友，把斗篷还给我，我不能卖掉它。"他一开始当我是开玩笑，可马上发现我是当真的，对我的要求就火冒三丈，骂我是个傻瓜，临了我们终于动起手来。然而幸运的是，在争执中，我从他手里夺回了斗篷，拿着就想跑回去，而他却叫来警察帮助，把我送进了法院。法官对年轻人的指控非常惊讶，把斗篷断给了他。我呢，答应在他付的两百金币之外，再加二十、五十、八十直至一百金币，只要他肯把斗篷还给我。我用恳求达不到的目的，用金钱却达到了。他拿走了我的宝贝金币，我也带着斗篷胜利而归，但不得不心甘情愿地让佛罗伦萨全城的人都把我当成是个疯子。别人怎么看我无所谓；只有我比他们清楚，我做的仍是有利可图的买卖。

我焦急地等待夜晚的到来。和昨天同一时刻，我挟着斗篷，走上了老桥。午夜十二点的钟声刚敲完最后一下，从夜幕中便向我走来一个人。毫无疑问就是昨天夜里那个男子。

"斗篷带来了吗？"他问我。

"是的，先生，"我回答，"不过它花去了我一百个响当当的金币。"

"这我知道，"他说。"瞧这儿，整四百哪。"他和我走近宽宽的桥栏杆，把金币数在上面。确实是四百金币，在月光下闪耀着迷人的光辉，令我心花怒放。可是，唉！我的心哪里知道，这是它最后一次感到欣喜。

我把钱放进口袋，然后想好好观察一下这位大度的陌生人；谁知他却戴着假面具，只看得见两只黑眼睛冲着我可怕地一闪一闪。

"先生，我感谢您的慷慨，"我对他说，"请问现在可还有吩咐？只不过我预先声明，任何违法的事我都是不干的。"

"多余的担心，"他一边回答，一边披上斗篷，"我需要的是您作为大夫的帮助；不过不是为一位活人，而是为一位死者。"

"这怎么可能？"我愕然叫道。

"我和我的妹妹来自遥远的异国，"他讲，同时示意我跟上他，"我们客居在本城的一位朋友家中。昨天我妹妹突然患急病死了，亲友们打算明天就将她下葬。可是根据家族的一个古老风俗，所有亡故的人都必须合葬在祖传的公墓里；有的尽管死在异国他乡，尸体也得涂上香膏运回去安葬。就算眼下能把她的躯干留给此地的亲友，我却至少必须把妹妹的头颅带回去给父亲再看上一眼呀。"——这个砍下自己亲人头颅的风俗，尽管叫我觉得有些可怕；但却不敢提出任何看法，担心的是会开罪陌生人。我于是回答他，为尸体涂抹香膏我肯定可以，并请他带我去死者那里。只是我仍忍不住问，为什么这一切都要搞得如此神秘，而且总是在深更半夜。他回答，他的亲友们认为他的做法太残忍，在白天一定会来阻止；可只要头颅一经割下，他们也就没有多少话好说。虽然他也可以把妹妹的头割下来送到我那儿去，但一种自然的亲情却叫他自己下不了手。

说话间，我们已走到一座高大豪华的邸宅前。我的向导告诉我，我们匆匆夜行的目的地到了。我们绕过邸宅的大门，跨进一道小门内，陌生人随即小心翼翼地把门掩好，领着我登上了黑暗中的一道旋梯。旋梯口接着一条灯光昏暗的走廊，经过走廊我们进入一间房间；房内只有一盏从天花板上吊下来的灯照明。

房间里摆着一张床，床上躺着尸体。陌生人背过了脸，像是不愿让我看见他在流泪。他指了指床，吩咐我把事情办快办好，说完退到门外去了。

我取出作为医生随时带在身边的手术刀，走到床前。只看得见死者的头颅；可它是那样的美，我不禁产生了深深的怜悯。乌黑的秀发编成大辫子垂在肩上，脸色苍白，双唇紧闭。按照医生在截肢时通常的程序，我先在她皮肤表面划了一道口子。随后我取出更锋利的刀来，一下割断她的咽喉。我的天啊！死者突然睁开眼睛，可马上又闭上了，随着一口深深的叹息，看样子现在才真正断了气。与此同时，从伤口中向我喷出一股热血。我由此断定，是我杀死了可怜的姑娘。因为现在她肯定死了，那样的创伤是根本没法挽救的。我被发生的事情吓呆了，一动不动地站了足有好几分钟。是红斗篷蓄意欺骗我，或者他妹妹也许只是假死？后一种推测在我看来更加可能。但是我不能告诉死者的兄长，我只要下手稍微慢一些，没准儿就还能救醒她，而不至于将她杀死；于是我打算把她的头完全割下来。谁料死者又呻吟了一声，并且极其痛苦地伸了伸手脚，然后才真死了。我不禁骇了一大跳，失魂落魄地冲出了房间。外边走廊上漆黑一片，因为灯已被关闭。陌生人没了踪影，我不得不摸着墙壁往旋梯走去。终于找到了旋梯，便一半是滚一半是梭地下了楼。下边同样没有一个人。我发现门只是掩着，一直等站在了街上，呼吸才自由了一点；在那邸宅中我心里真恐怖极了。

我惊惊慌慌地奔回住所，一头钻进床上的被子里，想要忘记自己刚干的可怕事情。可是睡眠却逃避我；直到早晨光临，才鼓舞我重新镇定下来。可以肯定，那个引诱我去干这桩现在我看来是如此伤天害理的勾当的家伙，他是不会去告发我的。我决定马上照样去铺子做生意，并且要尽量显得无忧无虑。可是，唉！一个新发现的情况增加了我的苦闷。我的帽子，我的腰带，还有我的手术刀通通不见了；我不知是把它们忘记在了死者的房里，还是失落在逃回住所的路上。遗憾的是前一种假设更加现实，也就是说，人家将会发现我是凶手。

我一如往常地准时开了店门。我的邻居是一个爱唠叨的人，又像每天早上似的走过来寒暄。

"嘿，对昨天晚上发生的可怕惨案你有什么看法？"他一开口就问。我装出一无所知的样子。"怎么，全城都传遍了，你竟一点儿不知道？不知道佛罗伦萨的市花，总督大人的千金比安卡，她在昨天夜里给人谋杀啦！唉，昨天我还看见她坐着马车，跟她未婚夫一起高高兴兴从街上走过，因为他们原定今天举行婚礼啊！"

邻居的每一句话都像匕首刺进我心里，而且这样的苦刑没完没了。每一位顾客都要向我讲一遍这个故事，而且一个比一个讲得更加恐怖，可是呢，没有哪个讲的比我亲眼所见的更加可怕。大约在中午，法院的一个职员来到我铺子里，请我打发走铺子里的其他人。

"扎罗科斯先生，"他随后说，同时取出我丢失了的衣物和器械，"这些东西都是您的吗？"

我沉吟片刻，不知是否该来个完全不认账。可透过半开着的铺门，我看见我的房东和几个熟人站在那儿，他们准会揭发我啊，于是决定别再撒谎，以免弄巧成拙，便硬着头皮承认这些东西确实是我的。法院的职员请我跟他走一趟，把我领进一座很大的建筑，我一看便知是个监狱。在那儿他让我等在一间房里，听候发落。

一个人冷静地考虑考虑，我的处境十分可怕。尽管不是出自本意，到底还是杀了人——这想法在脑子里反复出现。而且我对自己也不能不承认，是金币的光辉迷惑了我的良知，否则我不会昏头昏脑地受人控制，落入陷阱。

被捕两小时后，我从牢房里被带了出来，走下几道台阶，进了一间大厅。在一张铺着黑台布的长桌前坐着十二个男人，多半是上年纪的老者。大厅的两旁，靠着墙摆了一些长凳，坐满了佛罗伦萨的达官显贵；在地势较高一些的游廊上，则挤挤挨挨地站着无数观众。我被一直带到了黑色的长桌跟前，这时站起来一位脸色阴沉、忧伤的老人；他就是总督本人。他对与会者讲道，作为被害人的父亲，今天他不便主持审判，因此把这项任务转给其他元老中最年长的一位。最年长的元老是一位少说也有九十高龄的老翁。他弯腰驼背地站在那儿，两鬓垂着稀疏的银发，然而两眼却炯炯有神，嗓音也洪亮而沉稳。他开始问我，可承认犯了谋杀之罪？我求他听我申诉，随后镇定自若地，声音清晰地，讲出了我所做的和所知道的一切。我发现，在我讲述的过程中，总督的脸色一会儿煞白，一会儿通红；我讲完了，他一下跳起来，冲我怒喝道：

"什么，你这恶棍！你贪财害命，罪大恶极，现在却想嫁祸于人？"

主持审判的元老请他别打断，因为他是自愿让出了自己的权力；再说，我犯罪似乎也无证据表明是出于贪财。要知道根据总督刚才自己的陈述，死者并没有被偷任何东西嘛。是的，元老继续进行审判，并且告诉总督，他有必要对他女儿被害前的生活情况作一个概括的说明。因为只有这样才能得出结论，我的供词是不是真实。接着，他便宣布今天的庭审到此为止，据他说为的是先研究研究总督即将交给他的死者的书信，从中找到可能的线索。我重新被关进了牢房，在里边熬过了提心吊胆的一天，总是热切地渴望着人们能在死者与那红斗篷之间发现什么联系。翌日，我满怀着希望走进了法庭。在那长桌上摆着一些个信札。年迈的元老问信上可是我的笔迹。我仔细看了看，发现它们和我曾收到的两张字条都必定出自一个人笔下。我把自己的想法告诉元老们，谁知他们根本没听见，而是回答所有的信函、字条都只能是我写的，必定是我写的。因为在信的末尾都清清楚楚地签着一个Z字，这可正是我姓氏的头一个字母啊。而信上确实对死者有不少威胁，警告她，要她取消准备举行的婚礼。

看样子，是总督为归罪于我而预先做了特别关照，因为今天审判官们对我更加不信任，更加严厉。为辩清冤枉，我要求取我的文书来做对证，并说它们在我房里是肯定有的；哪知他们回答，已在我那里搜查过了，什么文书也没找着。如此一来，在休庭时我完全没有了指望。第三天，我一被带到法庭，人家就宣读了对我的判决，说什么我是蓄意杀人，因此判处死刑。就这样，我被推到了绝望的边缘。被剥夺了人世间我珍视的一切，孤身一人，远离故乡，正当盛年就得在刑斧下做冤死鬼。

在这决定我命运的可怕的一天，傍晚我独自坐在冷清的牢房里，已经没有任何希望，头脑里只认认真真考虑着死。这时牢门突然开了，一个人跨门进来，一声不吭地打量了我老半天。

"这么说真是你喽，扎罗科斯？"他道。

但是在暗淡的灯光下，我却没有认出他是谁，只是他的嗓音唤起了我的回忆：　他叫瓦雷提，我在巴黎念书时结交的少数好朋友之一。他告诉我，他偶然来到佛罗伦萨，他的父亲住在此地，是市里一位有声望的大人物；他听说了我的事情，因此来再见我一面，并想听我自己讲讲，我怎么可能犯下如此大罪。我把事情经过一五一十告诉了他。他显得非常吃惊，恳求我对他——我在此间唯一的朋友，一定要毫无保留，不能让他带着谎言走出这监狱。我对他发了天大的誓言，保证讲的全是真话，还说除了受金钱迷惑而未能识破陌生人本来可疑的胡诌以外，自己真的是问心无愧。

"照你讲你根本不认识比安卡？"他问。

我保证我从未见过她。瓦雷提于是说，在这案件背后一定隐藏着某个影响深远的秘密，所以总督才催促着匆匆结案。而且眼下市民中谣传四起，说什么我早就认识比安卡，是怀恨她嫁给了另一个男人，所以将她杀害。我让他注意，这一切完全适合那个穿红斗篷的人。可惜的只是我毫无办法证明他的参与。瓦雷提流着眼泪拥抱了我，答应我尽一切努力，为了哪怕至少保住我的性命。我觉得希望渺茫。不过我了解瓦雷提，知道他是个聪明而精通法律的人，相信他会尽力搭救我。整整两天，我的心七上八下。终于，瓦雷提出现了。

"我给你带来了安慰，虽然是一个痛苦的安慰。你命保住了，并将获得释放，不过得失去一只手。"

我激动不已，感激瓦雷提救了我的性命。他告诉我，总督严酷无情，坚持不让再调查这个案件；但为了不给人有失公正的印象，最后也只好答应：如果能在佛罗伦萨的史书文献中找出一个类似的案例，那对我的惩处也可改成和当初的一个样。于是瓦雷提和他的父亲日夜翻查古籍，终于发现一桩与我一模一样的案子。书上记载的判决是：砍掉案犯的左手，没收他的全部财产，本人处以终身流放。眼下对我的处罚也是这样，因此他要我做好准备，迎接那等待着我的痛苦时刻。我不愿描述当时的惨状；我只记得在露天的集市上，我的手搁上了刑台，我自己的鲜血流满了全身！

瓦雷提把我收养在了家中，直至我的创伤痊愈；然后慷慨地送给我盘缠。要知道我辛辛苦苦挣来的一切，现在已成了法院的收获。我从佛罗伦萨动身前往西西里，从西西里搭上找着的第一条船返回君士坦丁堡。我交给故乡一位朋友保管的款子成了我唯一的指望，我并且请求他允许我暂住在他家中。可是叫我多么地惊讶哦，他竟然问我，干吗不住进我自己的府上去！他告诉我，一个陌生人以我的名义在希腊人居住区购置了一幢住宅；此人还对邻居讲，我自己很快就回来。我和我的朋友立刻赶到那儿，受到了我所有熟人的欢迎。一位老商人交给我一封信，说是那个替我买房子的人留下的。

我念那信：

> 扎罗科斯！有两只手准备不停地工作，以使你不再感觉到失去了一只手的痛苦。你眼前的这幢房子和里边的一切都是你的，而且每年还会给你送足够的钱来，让你能跻身你同胞中的富人之

列。但愿你宽恕他，宽恕那个比你更加不幸的人!

我猜得出写信的是谁；经我问起，老商人也讲：那男子他看像一个弗兰克人，穿着一件红色斗篷。事情已够清楚，我必须对自己承认，陌生人肯定尚未完全丧失他高贵的天性。我发现，在自己的新居一切都布置得再好不过，同时还开了一爿商店，货色比我从前什么时候的都更精美。如此过了十年，更多地出于老习惯，而不是必须，我又开始经常外出作经商旅行；只是那个使我惨遭不测的国家，我永远不曾再见。从他那儿，每年我都得到六千金币；它们让我知道那个不幸的人是位君子，因此也感到一些快慰，但却没法赎买我心灵的伤痛。要知道啊，被惨杀的比安卡的可怖形象，永永远远活在我的心里。

希腊商人扎罗科斯讲完了他的故事。听众都对他怀着极大的同情，特别是那位客人看样子更加感动，边听边在那儿唉声叹气；还有年轻的穆莱，有一次甚至像已经热泪盈眶。大伙儿继续久久地谈论着扎罗科斯的遭遇。

"您不恨那个陌生人吗，他卑鄙地使您失去了一件宝贵的肢体，甚至危及您的生命?"赛里姆问。

"自然曾经有过这样一段时间，"希腊人回答，"我的心在主的面前一次次对他发出控告，怨他带给我痛苦，毁了我的生活。然而在我父辈的信仰里，我得到了慰藉；我们的信仰要求我们爱自己的仇人，再说，他多半还比我更加不幸啊。"

"您是一位高尚的人。"赛里姆大声道，同时紧紧握着希腊人的手。

然而这时卫队长打断了他们的谈话。他满面愁容地跨进帐来，说不好继续这么休息下去，因为商队在此地通常会遭到袭击，而他的手下声称已经远远地发现了一群骑手。

商人们听了一个个惊慌失措，赛里姆却对他们的惊恐感到奇怪，说什么他们既有如此严密的保护，哪里还用得着惧怕一伙阿拉伯强盗。

"说得是，老爷！"卫队长回答赛里姆·巴鲁赫，"要真是这样一伙强盗，那确实可以高枕无忧；可一些时候以来，可怕的奥尔巴赞又出没在这一带，对他可就得小心提防着喽。"

赛里姆问这个奥尔巴赞究竟是何许人。老商人阿赫墨德回答他道：

"关于这个非凡的汉子，在老百姓中间有各式各样的传说。一些人当他是个超人什么的，常常一个人能敌五六个对手；另一些人认为他是一位不幸流落到阿拉伯勇敢的弗兰克骑士。不管怎么讲吧，反正可以肯定他是一个臭名昭著的凶徒和强盗。"

"您可不好这么说，"一个叫勒扎的商人反驳他道，"虽说他是个强盗，为人却很高尚，我兄弟的亲身经历可以证明；让我给各位讲好啦。什么时候只要他还驰骋在沙漠里，其他任何匪帮都不敢再露头。他呢也不像别的强盗似的胡抢一气，而是只收取商队的保护费，谁心甘情愿地缴纳，就可以平平安安地走路；他奥尔巴赞原本就是沙漠之王嘛。"

商人们正这么在帐篷里聊着，被安排在营地四周的卫士已经着起慌来。一大队武装骑手出现在大约一里开外的地平线上，看样子正直奔营地。一名守卫因此冲进帐篷，报告说商队多半要遭到袭击啦。商人七嘴八舌地商讨对策，不知是该主动迎上去好呢，还是坐等人家来攻击好。阿赫墨德和两位年纪大些的商人主张坐等，脾气火爆的穆莱和扎罗科斯赞成主动迎击，并叫客人赛里姆支持他们的意见。赛里姆呢，却不慌不忙地从腰带中扯出一条绣有一颗颗红星的蓝色小绸巾来，绑在一柄长矛上，命令一个奴隶把矛拿去插在营地外面。他说，他以生命担保，那帮骑手只要看见他这信号，就会安安静静地走自个儿的路。穆莱不相信会有这样的效果，不过矛仍被奴隶插在了营地前面。与此同时帐篷中的人们都拿起了武器，紧张地等待着骑手们的到来。然而来人像是看见了营地外的信号，突然间改变前进方向，绕着营地转了一个大圈儿，驰向别处去了。

商队的人们惊讶得呆站在那里，一会儿望望远去的骑手，一会儿瞅瞅赛里姆。赛里姆却在帐外漠然平视大漠，仿佛什么事情也不曾发生似的。终于，穆莱打破了沉寂。

"您到底是谁，强大有力的贵客，"他嚷道，"您只需示意一下，沙漠里最狂野的盗帮就变得服服帖帖？"

"你们高估了我的能耐，"赛里姆·巴鲁赫回答，"我是在逃离盗匪拘禁的时候，才搞到这方作暗号的绸巾的；它到底有何含义，我自个儿也不知道。我只晓得，谁带着这暗号旅行，谁就准保平安。"

商人们感激赛里姆，称他为他们的救星。可不是吗，那伙骑士人多势众，商队根本抵抗不了多久。

现在大伙儿才放心大胆地躺下休息，直到太阳开始沉落，习习晚风又拂过茫茫沙漠，才动身继续往前行。

第二天，在离大漠的出口约莫还有一天路程的地方，商队再次停下来休息。大家伙儿重新聚集在主帐篷里，商人勒扎便开了口：

"昨天我曾告诉你们，可怕的奥尔巴赞是位高尚的人，为了证明我所言不虚，请允许我今天给各位讲讲我弟弟的遭遇。我父亲是阿卡拉的卡迪。他有三个儿子，我是老大，一个弟弟和一个妹妹年纪都比我小得多。我二十岁那年，一位伯父收养了我，立我做了他财产的继承人，条件是在他死以前我得一直留在他身边。然而他活了很大岁数，所以两年前我才回到了故乡，全然不知家里曾经遭了大祸，多亏仁慈的安拉才转危为安。"

营救法特美

　　我兄弟穆斯塔法和妹妹法特美年龄相仿，弟弟最多长妹妹两岁。他俩相亲相爱，由于父亲年迈多病，兄妹俩总是齐心协力地做很多事情，以减轻父亲的负担。法特美过十六岁生日时，我弟弟专门举办宴会庆祝，她所有的女伴都应邀出席。在父亲的花园里，她们吃着美味佳肴。夜幕降临，弟弟邀请大家登上他租来的游船去海上转转。游船装饰得如同过节一般。法特美和她的女伴们欣然同意，因为那天天气很好，从海上眺望，夜色笼罩着的城市分外壮观。姑娘们坐在游船上心花怒放，她们一而再再而三地劝说我弟弟，让把船开得离岸越来越远。穆斯塔法知道前不久这儿出现过海盗，不太情愿地答应了她们的要求。离城市不远有一个伸入海中的岬角，女孩子们还想把船开过去，在那儿观看海上落日的壮丽景象。她们的船正要绕过岬角，就发现不远的地方有另一只船，船上的人全副武装。我弟弟料到事情不好，便让舵手赶紧掉头，拼命向岸边划去。他的担忧看来已被证实：那只船很快追了上来，在我弟弟的船前面行驶，因为他们的划手多些。武装船总是堵在我弟弟的船前头，使他们无法划向岸边。姑娘们看出处境危险，便惊慌失措，大呼小叫。穆斯塔法安慰她们，劝她们安安静静地坐着，不要在船上跑来跑去，要不船会翻掉；然而都没有用。最后，海盗船靠近了，姑娘们一齐朝船尾跑去，猛一摇晃船就翻了。这当儿，岸上有人发现了那只陌生船只的动向，加之前一段时间又出现过海盗船，已有一些警觉，因此对它产生了怀疑，便马上驶出几艘船去帮助我们的人。等他们赶到，只来得及把落水的人救上船，海盗船却已趁混乱溜走。获救的人分别待在两艘船上，只是谁也不清楚是否全都获救。两艘船靠拢后，唉，才知道缺了我的妹妹和她的一个女伴！与此同时，在有条船上却发现了一个陌生人。经不住穆斯塔法的警告威胁，他承认他确实是海盗船上的，他们的船通常停泊往东约两海里的地方。当时他正想帮助搭救落水的人，他的同伙却忙于逃命，扔下他不管了。他还说看见同伙把两个姑娘拖上了他们的船。

我年迈的父亲悲痛万分，我的弟弟穆斯塔法更忧心如焚。他不仅丢失了心爱的妹妹，责怪自己使妹妹和她的女友身遭不测；而且，正好这女孩已经由她的父母许配给他，只因她家境穷困，出身卑微，我弟弟还不敢把这门婚事告诉父亲罢了。我父亲呢，却是个很严厉的人，一等悲痛缓和了一些，便把穆斯塔法叫到跟前，说道："你的愚蠢使我失去了晚年的安慰和眼前的欢乐。你走吧！我不想再看到你，并诅咒你和你的后代！除非你把法特美给我找回来，我这个当父亲的才愿收回对你的诅咒！"

我可怜的弟弟没想到父亲会这样；他原本就下了决心，一定要救回妹妹和她的女友。他只想恳求父亲赐福给他，谁料父亲却诅咒他，赶他出门。他本来就够痛苦的了，现在又不得不承受额外的不幸；可这反而增强了他的勇气和决心。

我弟弟问被俘的海盗，他们的船打算开往哪里。他了解到，海盗们常去巴索拉的市场上贩卖奴隶。

我弟弟回到家里，做出远门的准备。看来父亲的火气渐渐消了，让人给弟弟送来了一袋金币作为旅费。穆斯塔法含着眼泪，告别他钟爱的未婚妻佐拉伊德的父母，踏上前往巴索拉的旅途。

穆斯塔法走的是陆路，我故乡的小城没有船直达巴索拉。为了不比海盗们抵达巴索拉的时间晚太久，他不得不拼命赶路。他骑着一匹骏马，也没有行李的拖累，有希望在第六天傍晚到达。谁知第四天晚上，他一人正心急火燎地在赶路，忽然向他冲来三个男人。我兄弟发现他们全副武装，并且身强力壮，看来贪图的是他的钱和马，而不是他的命，于是就朝他们喊愿意立即投降。三条汉子跳下马来，把我弟弟的双脚捆在马肚子下面，由两人把他夹在中间，另一个人牵着缰绳，二话没说就押着他跑了。

穆斯塔法深感绝望，看来父亲的诅咒将要在他这个不幸的人身上变为现实。如果他所有的钱被抢走，只剩下一条命，那还有什么希望去营救他妹妹和佐拉伊德呢？穆斯塔法和那三个一言不发的押送者大约跑了一小时，就转入一道小山谷。山谷四周长满参天大树，一片柔软的深绿色草地是宿营的好地方；草地中央有一条湍急的小溪匆匆流过。穆斯塔法确实看见那里搭着大约十五到二十顶帐篷，一些骆驼和骏马拴在帐篷的木桩上。从其中一个帐篷里，传出齐特尔琴悠扬的琴声和两个男子悦耳的歌声。我弟弟觉得，选这样优美的环境安营扎寨的人似乎不会对他心怀恶意，所以不再害怕。他听从押他的人摆布。他们给他松了绑，让他下马，领他走进一顶帐篷。这顶帐篷比其他帐篷大些，里面很漂亮，甚至说得上豪华。绣金的坐垫、精织的地毯和镀金的香炉，在其他地方足以显示一个人的富有和生活舒适；在这儿却揭露着肆无忌惮的掠夺。一个身材矮小的老头坐在一块软垫上，面目丑陋，皮肤棕黑发亮，眼睛和嘴角流露出奸诈狡猾，让人望而生厌。老头尽量想摆出威风的架势，穆斯塔法却一会儿就看出，这装饰阔气的帐篷并非为他而设，押他来的人的谈话似乎证实了这点。

"头儿上哪儿去了？"他们问小老头。

"他去打一会儿猎，"老头回答，"他委托我代他管事。"

"怎么在这个时候！"一个强盗说，"咱们可得赶快决定，是处死这畜生还是让他交钱。这事头儿比你清楚！"

小老头神气活现地站起来，伸出胳臂，想揪那个与他唱反调的小子耳朵，并且揍他一下以示报复。可很快他就明白这是徒劳，于是破口大骂。（真的，其他的人也毫不示弱。）帐篷里吵得一塌糊涂。忽然，帐篷的门一下推开，走了进来一个高大魁梧的人。他年纪轻轻，气宇轩昂，活像一位波斯王子。他的匕首镶满珍宝，弯刀闪闪发光，衣着却很简朴，武器也一般。他威严的目光和举止让人肃然起敬，却并不可怕。

"谁这么胆大妄为，竟在我的帐篷里吵吵闹闹？"他冲被吓破了胆的手下大喝。好一阵子帐篷里都鸦雀无声，最后一个带穆斯塔法来的人汇报了发生的事。被称作头儿的人一听这话，气得来脸红筋涨。

"我什么时候让你替我管事来着，哈桑？"他厉声呵斥小老头。老头吓得缩成一团，显得比刚才更加矮小，悄悄地朝门口溜去。头儿使劲地跺了一下脚，老头儿连滚带爬地逃出了帐篷。

老头儿出去后，那三个强盗把穆斯塔法带到已端坐在椅子上的头儿面前，"瞧，你命令我们抓的人已带来了！"

头儿盯着俘虏看了一会儿才说："苏利艾卡的总督，你自己的良心会告诉你，你怎么会落到我奥尔巴赞的手中！"

我弟弟听他这么一讲，一下子跪到他的面前，说："哦，老爷！看来你搞错了，我是个可怜而不幸的人，不是你要找的那个总督！"

帐篷里的其他人被我弟弟的话惊呆了，然而他们的主子却讲："装蒜儿对你没什么好处，我要把认识你的人叫来。"

他命令带祖蕾玛进来。人们引进来一个老妇人，头儿问她，我弟弟是不是那个总督。妇人回答"千真万确！"说她敢发誓，此人确实正是那个总督。

"看见了吗，卑鄙的家伙，你的诡计被戳穿了！"头儿火冒三丈，"你太无耻，你的血不配来玷污我这么珍贵的匕首。明天太阳一升起来，我要把你绑在我的马尾巴上，让它拖着你在森林里面跑，直到太阳在苏利艾卡山后落下！"

我弟弟彻底绝望了。

"都怪我冷酷无情的父亲对我的诅咒，我只有这样屈辱地死去啦。"他哭叫着，"你也没救了，亲爱的妹妹！还有你，佐拉伊德！"

"你装模作样有屁用，"一个强盗一边把我弟弟的手绑在背后，一边说，"赶快滚出帐篷！没看见头儿正死咬牙切齿地盯住他的匕首！你还想多活一夜的话，就快跟我出去！"

几个强盗正带我弟弟出帐篷，就碰上另外的三个强盗，他们也押着一个俘虏走进帐来。"你命令我们抓的总督，我们捉来了。"他们边说边把俘虏带到头儿的座前。俘虏被带过去的时候，我兄弟趁机看了他一眼，觉得自己和他确实非常相像，只是新来者脸上的肤色比他深，胡子也要黑一些。

头儿也对一下子抓来两个俘虏大吃一惊。"你们两个究竟谁是真正的总督？"他问，同时一会儿瞅瞅我弟弟，一会儿瞧瞧刚进来的人。

"你是指苏利艾卡的总督？"刚来的俘虏傲气十足地回答，"那就是我！"

头儿用他严厉的、令人生畏的目光久久地盯住他，然后一言不发地示意把他带下去。

俘虏带下去后，头儿朝我弟弟走来，用匕首割断捆绑他的绳子，招手让他坐在自己身边的椅子上。

"真对不起，朋友，"他说，"我竟把你当成了那个坏蛋！你刚好在那恶棍自取灭亡的时刻落到我的弟兄手里，也算是老天的奇特安排吧！"

我弟弟唯一的请求是获准立刻上路，因为任何延误都可能毁了他的事情。头儿询问什么事让他如此心急火燎。我弟弟讲述了发生的不幸。头儿劝他留下过夜，说他本人和坐骑都需要休息休息。第二天他会给我弟弟指一条近路，只要一天半就能到达巴索拉。弟弟接受了他的建议，并受到热情的款待，在强盗们的帐篷里舒适地睡到了第二天早上。

他醒来时，发现只有自己一个人在帐篷里，却听见篷外好像是主人家在和那个小老头说话。仔细一听，弟弟不禁一惊，原来是小老头在拼命劝头儿把他干掉，以免他出去后泄露这儿的全部秘密。

穆斯塔法马上明白了，小老头对他恨之入骨；由于他的缘故，小老头昨天才被搞得灰溜溜的。头儿似乎考虑了一下，然后说：

"不，他是我的客人，礼貌待客是我的最高准则；再说我也看不出来，他会泄露我们些什么。"说完这话，他便掀开帘子走了进来，"真主保佑你，穆斯塔法！"他说，"来，咱们先喝点什么，然后你再上路！"他递给我弟弟一杯凉茶。

喝完以后，他们备好马，跃上马背就出发了。自然，弟弟的心情比来的时候轻松了许多。不一会儿，所有的帐篷都被远远地抛在身后，他们走上了一条通向森林的小道。头儿给我弟弟讲，他们在打猎时抓获的总督曾答应他们，让他们安全地在他管辖的地区通行。但是几个星期前，他却背信弃义地抓走了他们中间最勇敢的一个弟兄，对他百般折磨，最后绞死了他。头儿派人埋伏了很久，才抓住了这个总督；今天就是他的死期。对此穆斯塔法不敢多言多语，能平安离去已经心满意足。

走出森林，头儿勒住马缰，把路指给我弟弟，然后就握住他的手，告别道：

"穆斯塔法，你很奇特地做了强盗奥尔巴赞的贵客。我不苛求你，要你对看到的和听见的保密。你不明不白地遭到死的威胁，对此我该赔偿。拿这匕首去作个纪念吧！一旦你需要帮助，就把它送回来，我立刻会去助你一臂之力。这袋钱你收下，也许路上用得着。"

我弟弟感谢他的友情，收下了匕首，却没要他的钱袋。可是奥尔巴赞再一次紧紧握住我弟弟的手，让钱袋掉在了地上，然后策马转身飞快地朝森林里奔去。穆斯塔法明白根本无法赶上他，只好下马捡起钱袋。这是满满一口袋金币哪！主人如此慷慨大方，令我弟弟十分惊讶。他感谢安拉救了他，希望他也庇护这位义盗。随后，他心情愉快地继续朝巴索拉城赶去。

上路后的第七天中午，穆斯塔法走进了巴索拉的城门。他来到一家商队客栈，一下马就急忙打听那个一年一度买卖奴隶的市场什么时候开市。让他失望的是他刚好晚到了两天。大家替他感到遗憾，因为他错过了好机会：就在集市的最后一天，还送来了两个女奴，她们天仙般的容貌吸引了所有买主的注意。为了得到她俩，买主们大动干戈，自然她们的卖价也高得吓人，除了她们现在的主人谁也付不起。我弟弟详细地问了两个姑娘的情况，深信正是他寻找的两个不幸的人儿。他还得知，买她俩的人名叫提乌里-科斯，一个上了年纪的有名望的阔佬，住在离巴索拉四十公里的地方。此人曾担任过苏丹的海军大臣，现在已退休，靠着多年积蓄的大量财富颐养天年。

起初，穆斯塔法想立即上马去追先走还不到一天的提乌里-科斯。但转念一想，自己单枪匹马，怎么斗得过那个有钱有势的买主？要夺回他手中的猎物更不可能。他只好另想办法，不一会儿就有了主意：他酷似苏利艾卡的那位总督，为此差一点陷入绝境，何不冒他的名去提乌里-科斯家，想法救出那两个不幸的女孩。他赶快雇了几个仆人，租了几匹马——奥尔巴赞送他的钱恰好派上用场，还让仆人和自己都换上体面的衣裳。随后，一行人朝着提乌里-科斯的庄园走去。走了五天，他们来到庄园附近。庄园建在一片平原上，四周高高的院墙几乎挡住了所有的屋顶。这儿环境优美。到了目的地，穆斯塔法立刻把头发和胡子染黑，还朝脸上使劲涂一种使肤色变成棕色的植物汁；这样一来，他和那个总督的模样就毫无区别了。接着，他派一个仆人到庄园里去，以苏利艾卡总督的名义请求借宿一夜。仆人很快回来了，与他一起还来了四个穿着讲究的奴隶。他们牵着穆斯塔法的马，将其迎进庄园，扶他下了马。又来了四个奴隶领我弟沿着宽阔的大理石台阶向上走，去见提乌里-科斯。

提乌里-科斯上了年纪，但性格诙谐活泼，彬彬有礼。他让厨师做出最好的菜肴款待我弟弟。酒足饭饱，弟弟慢慢把话题转到新买来的女奴身上。提乌里-科斯对她们的美貌赞不绝口，但说她们总是郁郁寡欢，让他很伤脑筋。不过，他相信过一些时候，情况会好转的。我弟弟对他的接待非常满意，睡觉时心中充满着美好的希望。

大约只睡了一个小时，他却被一股刺眼的灯光照醒了，翻身坐起来，还以为自己是在梦中，因为奥尔巴赞帐篷里那个皮肤棕黑的小老头就站在他床前，手里掌着一盏灯，咧开大嘴装出笑脸，让人煞是讨厌。穆斯塔法赶忙又拧胳臂，又揪鼻子，想证实自己是否真的醒着。然而床前那人却纹丝不动。"你站在我床前想干啥？"穆斯塔法从惊骇中回过神来，大声吼道。

"别这么吼，先生！"小老头回道，"我多半已猜出您的来意。再说，您的尊容我也记忆犹新。确实，要不是我亲手参与了绞死那个总督，您也许就把我蒙骗了。我现在到这儿来，是有个问题向您请教。"

"那你得先告诉我，你是怎么到这儿来的？"穆斯塔法以守为攻。老头识破了他的打算，使他很是恼火。

"这个我可以告诉您，"老头说，"我和头儿看法不一致，就离开了他。实话对你讲吧，你穆斯塔法就是我们争吵的真正原因。所以，你得把你妹妹嫁给我做老婆，这样我也可以帮你逃跑。要是你不把她嫁给我，我就到我新主子那儿去，把你这个冒牌总督的事儿全部兜出来。"

穆斯塔法大吃一惊，简直气得快疯了。他本来以为已稳操胜券，却不知从哪儿又冒出来这个无耻之徒，想破坏他的意图。要确保计划成功，唯一的办法是杀死这个老怪物。他一下从床上跳起，猛地朝老头扑去。想必老家伙已料到这一手，他扔下油灯，慌忙逃去；灯熄灭了，黑暗中老头声嘶力竭地呼喊救命。

现在真不知如何是好，穆斯塔法顾不上救姑娘们，只有先考虑如何保住自己的小命。于是他奔到窗前，看是否能跳下去。窗户离地面还相当远，即使能跳下去，还得爬过高高的院墙。他正站在窗前冥思苦想，就听见扰攘呼叫的人群，朝着自己房间走来。转瞬间他们已到房门口，我弟弟只好急忙抓起匕首和衣服，不顾一切地从窗口跳出去。他重重地摔在地上，不过他觉得手脚都没受伤，所以一跃而起，朝着环绕庄园的高墙跑去。他爬上围墙，一下子跳到了墙外，令追赶他的人目瞪口呆。他一口气跑到一座小森林旁边，才精疲力竭地倒在地上。他考虑现在该怎么办？马匹和仆人只有丢了，万幸的是腰带里的钱还完好无损。

脑瓜灵活的他马上想出另一个主意去搭救姑娘们。他在森林里走啊走啊，最后在一座小村子里很便宜地买到一匹马，便骑上它很快来到一座城市。一到城里，他立刻寻找医生。人们给他介绍了一位有经验的老大夫。他花了几个金币，大夫就给他一种药，说谁服了这种药，很快会陷入沉睡，如同死去一般；可再服另一种药，又马上会醒过来。穆斯塔法掌握了这个诀窍，然后买来一副长长的假胡须，一件黑色长袍，还有一些瓶瓶罐罐，像模像样地装扮成了一个走方郎中。他把全部行头驮在一头驴背上，又回到提乌里-科斯的庄园。他有把握这次不会再被识破，假胡子使他完全变了样，他自己都差一点认不出来了。到了庄园门口，他自称查卡曼卡布帝巴巴大夫，让人进去通报提乌里-科斯。事情的进展正如他所料，他花哨的名字对那个老傻瓜起了非凡的作用，他立刻被待为上宾。

查卡曼卡布帝巴巴大夫和提乌里很快攀谈起来，不到一个小时，老头儿就决定请精明的大夫为他家所有的女奴检查一下身体。我弟弟几乎没法掩饰内心的喜悦，他可能就要见到亲爱的妹妹啦！他紧张地跟在提乌里身后朝里走，里面的房间异常漂亮，然而阒无一人。"您是叫查门巴巴还是什么来着，亲爱的大夫？"提乌里-科斯说，"请看那墙上的小洞，我所有的女奴都从洞口伸一只胳臂出来，请您摸脉检查她们是否健康。"老头儿想不让大夫见女奴的面，穆斯塔法先不同意。但是提乌里说，他可以把女奴们平时的身体状况告诉他。果然他从腰带里取出一张长纸条，开始一个一个地叫女奴的名字，每叫一个就有一条胳臂从洞里伸出来，让大夫摸脉。先点了六个名，大夫都说健康。等轮到第七个，提乌里叫"法特美！"，马上从洞口伸了出来一只白皙的小手，穆斯塔法激动得浑身哆嗦，一把抓住那小手煞有介事地说，这个女奴得了重病。提乌里一听非常着急，立刻命令聪明的查卡曼卡布帝巴巴大夫为她处方配药。医生走出去，在一张小纸条上写道：

> 法特美，我是来救你的。但你先得下决心服一种药，服后你
> 会死去两天；我还有另外一种药，能使你活过来。如果你同意这
> 样做，只需说"这药一点儿也没用"，我就明白你愿意照我说的
> 去做。

穆斯塔法一会儿又回到屋里，提乌里还等在那儿。他取出一点无关痛痒的药水，再为生病的法特美摸了摸脉，同时把刚写的条子塞在她手镯下面，药水也通过墙上的小洞递给了她。看来提乌里很为法特美的病担忧，因此终止了其他女奴的体检，说是等到更合适的时候再进行。从房里出来，提乌里语气沉重地问："查帝巴巴，实话告诉我，法特美的病究竟怎样？"

查卡曼卡布帝巴巴深深叹了一口气，回答道："唉，老爷！愿先知安慰你！她得的是一种潜伏的热病，可能有生命危险。"

提乌里一听勃然大怒："胡说，你这混蛋郎中！她就要死了，像一头母牛似的死了？我买她可花了两千个金币啊！告诉你，你要医不好她，就砍掉你的脑袋！"

我弟弟意识到把问题说严重了些，赶忙给提乌里一点希望。他们继续谈着话，这时从里面房间出来一个黑奴，对医生说"那药水不起作用"。

　　"施出你所有的本事吧，查卡嵋达贝日巴，或者叫什么别的来着！你要多少钱，我就给你多少！"提乌里吼道。他害怕损失掉那很多钱，几乎哭了起来。

　　"我要给她吃一种植物汁儿，她就可免一死。"医生回答。

　　"行，行！给她服这种汁儿吧！"老提乌里抽泣着。

　　穆斯塔法高兴地取来他的安眠药，交给那个黑奴，并且告诉她一次应该服多少。然后他来到提乌里跟前，说他还得去湖边采几种有疗效的药草，说完就急匆匆地出了门。湖泊离庄园不远；到了湖边他立刻脱掉医生的长袍，扔到湖里，随它在水中自由地打转儿。他自己却藏在灌木丛中，待到了半夜，才悄没声儿地溜进提乌里庄园旁边的坟场。

　　穆斯塔法离开庄园还不到一小时，提乌里已得到可怕的消息，说他的女奴法特美快要死了。他迫不及待地派人到湖边，想请医生回来。不一会儿，派去的人回来报告，那可怜的医生掉进水中淹死了，还看得见他的黑色长袍在湖里打转儿，他好看的胡须也在水波里时隐时现。提乌里看到大势已去，女奴已没希望获救，便开始诅咒自己和整个世界，气得把胡子都扯了下来，还直把脑袋往墙上撞。但一切于事无补，法特美很快就躺在其他女奴怀中咽了气。提乌里一听到法特美的死讯，马上下令赶做棺木。他不愿意尸体停放在家里，便让运往坟场。用人们匆匆将它下了葬，随后赶紧往回跑；他们听到其他棺材下面传来呻吟和叹气声。原来穆斯塔法一直躲在其他棺材后面，就是他吓得抬工们飞跑了的。现在他走了出来，点亮他准备好的灯，接着摸出装着醒药的小玻璃瓶，马上去揭法特美棺材的盖子。灯光下，他看见的却是一张陌生的面孔，真叫吃惊非小！棺材里躺着的既不是我们的妹妹，也不是佐拉伊德，而是另外一个不认识的姑娘。过了好久，他才从命运的又一次打击中镇静下来，恻隐之心终于战胜了愤怒，我弟弟打开药瓶，把药水灌入姑娘的口中。慢慢地，姑娘有了呼吸，慢慢地睁开眼睛，好像努力思索着自己究竟在哪儿。最后她回忆起了所发生的事情，很快从棺材里爬出来，一头跪倒在穆斯塔法的脚下。

"叫我怎么感谢你呀，好心的先生！"她叫道，"是你搭救了我，使我摆脱了可怖的监狱生活！"

穆斯塔法打断她没完没了的感谢，问怎么不是他妹妹法特美，而是她被救了出来。姑娘惊讶地盯着他，答道：

"我一直没想清楚怎么有人搭救我，现在总算明白了。你知道吗，庄园里的人都叫我法特美，这样你写的纸条和开的药都到了我手里。"

我弟弟急不可待地让她讲讲自己妹妹和佐拉伊德的情况。她说，她们俩都在庄园里，只是按照提乌里的习惯改了名字，现在分别叫作弥尔扎和努尔玛哈。

获救的女奴法特美看到，我弟弟让自己的失误搞得垂头丧气，就鼓劲他，答应告诉他一种营救两个姑娘的办法。听她这么一讲，穆斯塔法又来劲了，又充满了新的希望，立刻请求她说出这个办法。于是，法特美讲：

"尽管我当提乌里的女奴只有五个月，但从来的第一天起，就在盘算如何逃离虎口。显而易见，靠我一个人是不行的。你可能注意到了，庄园里有一口井，它的水同时从十条管道里流出。我之所以留意它，是因为我父亲家里也有口类似的井，井里的水是通过一条粗大的水管引过来的。为了搞清楚这口井的建造和我父亲那口是否一样，有一天，我故意在提乌里面前夸奖它工程巨大，并询问建筑师的名字。'是我自己建造的，'提乌里回答，'你在这儿看到的，只是微不足道的一部分。水是通过一根拱形的管道引进来的，水管起码有一人高，水源是一条小溪，离这儿至少有一千步。一切全是我自己设计建造的喽。'听他说完以后，我常常渴望自己有男子汉的力气，哪怕有短短的一会儿也行啊，这样我就能掀开井边的石板逃出来，自由自在地想去哪儿就去哪儿。我现在就指给你看那水管，你半夜可以通过它爬进庄园去搭救她们。可你至少还得找两个帮手，才对付得了庄园里守夜的人。"

我弟弟的两次希望都破灭了，经她这么一说又鼓足勇气，盼望安拉保佑他能实现女奴的计划。他答应把女奴一直送回家，条件是她帮助他进入庄园。还有一件事让他伤脑筋，就是上哪儿去找两三个忠实的助手呢？蓦然间他想起了奥尔巴赞送他的匕首和许诺：只要需要，他就会赶来帮助穆斯塔法。我弟弟随即和法特美离开坟场，去找那位义盗首领。

就在穆斯塔法乔装成医生的那座城市，他用剩下的最后一笔钱买了匹骏马，为法特美在市郊一个穷老太太那里租了房子让她住下。他自己则快马加鞭，朝当初碰见奥尔巴赞的山谷奔去，三天后便到达了目的地。他很快找到强盗们的帐篷，喜出望外地遇到了奥尔巴赞；后者友好地欢迎他的到来。我弟弟向他讲述了几次营救失败的经过，一向严肃的奥尔巴赞忍不住不时地开怀大笑，特别在听见我弟弟装扮成查卡曼卡布帝巴巴大夫时更是如此。他对小老头的叛逆行径深恶痛绝，发誓只要抓到他一定亲自将他绞死。他答应，一旦我弟弟从旅途的疲惫中恢复过来，就鼎力相助。这样，穆斯塔法又在奥尔巴赞的帐篷里过了一夜。第二天清晨，他们就出发了。奥尔巴赞挑选了三名最勇敢的手下，一个个装备良好，骑着高头大马随同前往。他们星夜兼程，只用两天时间就到了穆斯塔法留下法特美暂住的小镇。他们带上法特美又继续前进，一直走到一个小树林里。从那儿可以就近观察提乌里的庄园，大家歇下来等待着夜晚到来。

天一擦黑，一行人就在法特美的带领下悄悄摸到那条小溪边，水管的头子就在这儿，他们一下子就找着了。法特美和一个助手留下照看马匹，其他人准备钻进水管。他们正要朝下走，法特美喊住他们，又详细地叮嘱了一番，说穿过水井就到了庄园的内院，左右的角落上各有一座塔楼，另外那位法特美和佐拉伊德就关在从右边塔楼数起的第六间屋里，由两名黑奴看守着。穆斯塔法、奥尔巴赞和另外两个人带好武器和铁撬，钻到了水管里面。尽管水齐腰深，他们也毫不畏惧，一直勇敢地朝前走去。大约走了半小时，他们终于触到了井壁，马上使用起铁撬来。井壁又厚又结实，但终究抵挡不住四个男子汉齐心协力的撬挖，不一会儿就出现一个足够让人随便钻进钻出的大洞。奥尔巴赞一马当先钻了过去，随后又协助其他人钻。他们四人已站在院子里，仔细地观察前面的情况，想找出法特美所说的那间房子。究竟是哪一间呢，他们众说纷纭。因为从右边的塔楼向左数，他们发现有一扇门是堵死了的，不知道法特美计算时是跳过了它，还是把它也算了进去。奥尔巴赞却不假思索地喊道："我锋利的长刀随便什么门都打得开！"说着就直奔第六扇门，其他的人尾随其后。

　　他们打开了门，看到六个黑奴躺在地上睡觉。显然他们搞错了，就想悄悄往回撤，谁料突然墙角站起来一个人，大声呼叫救命，那声音听来好熟。一看正是奥尔巴赞那里叛逃出来那个小老头。睡觉的黑奴还没搞清楚出了什么事，奥尔巴赞已一个箭步猛扑到小老头身上，扯断他的腰带塞到了他嘴里，又将他双手反绑在背后。这期间，穆斯塔法和同伴也把几个黑奴差不多要捆好了，奥尔巴赞回过头来一起制服了他们。然后，他把匕首抵在一个黑奴胸前，让他说出关努尔玛哈和弥尔扎的地方。黑奴回答就在隔壁。穆斯塔法赶紧冲过去，看见了法特美和佐拉伊德。她们已被响声惊醒，急忙抓起衣裳、首饰，跟着穆斯塔法出门。这时候，一同进来的两个强盗正在建议奥尔巴赞顺便大捞一把。但是他不准许他们这样干，说："不要让人抓住把柄，说我奥尔巴赞深更半夜闯进别人家偷金银财宝。"穆斯塔法和两个获救的姑娘很快钻进水管，奥尔巴赞答应他们马上跟来。等他们一走，奥尔巴赞和他的随从就抓住小老头，把他带到院子里，用事先准备的丝绳套住他的脖子，把他吊死在了井栏的最高处。惩罚完可恶的叛徒，他们自己也钻到水管里，追上了穆斯塔法一行。姑娘们眼含热泪，感谢她们高尚的救命恩人奥尔巴赞。他使劲催她们赶快逃走，因为提乌里没准儿马上就会派人四处捉拿她们。第二天，穆斯塔法他们和奥尔巴赞依依惜别，真的，他们一辈子也忘不了他。另一个获救的法特美乔装打扮后进了巴索拉城，然后从那儿乘船回家。

我的弟弟、妹妹和未来的弟媳愉快地登上归途，没多久便回到了家乡。全家团聚使我年迈的父亲高兴得要命，第二天便举办一个盛大的宴会，邀请全城的乡亲参加。他还让我弟弟向众多亲朋好友讲述自己的经历，大家对他和那个高尚的义盗首领赞不绝口。

弟弟讲完后，我父亲站起来，牵着佐拉伊德的手走到他跟前。"现在，"他郑重其事地宣布，"我从你头上解除我的诅咒。接受这个姑娘吧，这是你历尽艰险获得的奖赏！接受我这个当父亲的祝福吧，祝愿我们的城市永远都不缺少你这样的男子汉，充满兄弟情义又大智大勇的男子汉！"

商队已走到沙漠尽头，旅行者们个个兴高采烈，终于又见到了他们久违多时的绿色的草地，见到了枝繁叶茂、悦目赏心的树林。大队挑选了一处美丽的山谷当宿营地，虽然还不十分舒适凉爽，一行人却比什么时候都更加愉快，更加亲热。因为只要想到已经脱离沙漠旅行的种种危险和困苦，所有人的心扉都敞开了，都有了说说笑笑的兴致。年轻乐天的穆莱跳起滑稽舞蹈，边跳边唱，甚至逗得严肃的希腊商人扎罗科斯也露出了微笑。穆莱不只用唱歌跳舞娱悦自己的旅伴，还兑现他的诺言，给他们讲故事。他跳累了，一等喘过气来，便开始讲小矮子穆克的故事。

小矮子穆克

　　从前，有一个人叫作小矮子穆克，住在我可爱的家乡尼策阿。尽管我当时年龄很小，对他却迄今记忆犹新，特别有一次就是因为他的缘故，我被我父亲揍得半死。我认识小矮子穆克的时候，他已经是个老头子，但身高却只有三四尺。他身子尽管又矮又小，上面长的那个脑袋却比一般人肥大得多，因此看上去很特别。他独自住在一所大房子里，甚至连饭也是自己做。所以，要不是中午时分有一股浓烟从他房顶袅袅升起，住在城里的人也就无从知道他是否还活着，因为他一个月才出一次门。不过，傍晚还是能经常看见他在自己的房顶上走动，而从街上望去，人家还以为只是他的大脑袋在滚去滚来呢。那时候，我和我的小伙伴都是些调皮鬼，喜欢愚弄和嘲笑别人，因此小矮子穆克一出门来，我们就像过节一样高兴。每个月固定的那一天，我们就聚在他的门口等他。一会儿门开了，先是一个大脑袋伸出来看看，脑袋上裹的头巾当然还要大些，然后身子才跟了出来。他穿着一件褪了色的小大衣，一条宽松的裤子。宽宽的腰带上挂着一把弯刀，弯刀长得让人搞不清楚究竟是穆克挂在刀把上，还是刀挂在穆克身上。他这样一露面，我们都欢呼雀跃，高兴得把帽子朝天上扔，像发了疯一样围着他不停地跳。小矮子穆克倒一本正经地冲我们点头问好，同时慢慢地朝街上走去。我们这群捣蛋鬼却跟着他追，不断地叫着"矮子穆克，矮子穆克！"我们还特地为他编了一首滑稽的歌，追着他到处唱：

　　矮子穆克，穆克矮子，

住着一栋大大的房子，

四个星期只出门一次，

好一个能干的小矮子。

脑袋大得来像座小山，

转过脸来瞧瞧，瞧瞧，

捉拿我们呀，穆克矮子！

　　我们常常就这样拿他开心。而今令我羞愧的是，我不得不承认每次恶作剧都是我闹得最厉害。因为我总是去扯他的小大衣，有一次甚至于从后面踩住他的大拖鞋，害得他摔了一跤。当时我觉得好笑极了；然而，当我看见穆克朝我父亲的房子走去，我却再也笑不出来。他径直走进父亲屋里，在里面待了好一会儿。我躲在大门边，看见父亲陪着穆克出来，毕恭毕敬地搀扶着他，在门口还不断地向他鞠躬告别。我的情绪一下子糟透啦，因此在外边躲了很久。后来，肚子饿得我只好回家；我这人是宁愿挨打也不肯忍受饥饿。我耷拉着脑袋，规规矩矩地走到父亲面前。

　　"听说你嘲笑了善良的穆克？"他非常严肃地问，"我要给你讲讲这个穆克的身世，这样你以后大概就不会再去捉弄他了。不过，先还是按规矩办。"

　　这个规矩就是打我二十五烟袋，而每次他都是一五一十地数得清清楚楚的。说着，他取来他的长烟袋，拧下琥珀烟嘴就开始揍我；这次比以往任何一次都揍得厉害。

　　二十五下打完了，他就命令我，注意听他讲小矮子穆克的故事：

　　小矮子穆克原来叫穆克拉赫，他父亲是我们尼策阿这地方一个有名望但却贫穷的人，几乎和他儿子现在一样地离群索居。儿子是个侏儒，他感到没脸见人，也不大喜欢儿子，因此没给他受教育，就这样稀里糊涂地让他长大了。小穆克已长到十六岁，还是个成天嬉皮笑脸的孩子。父亲却严肃古板，总是责骂他，说他早就该长大成人，却还一天傻乎乎的不懂事。

一天，穆克的父亲不幸跌了一跤，就这样离开了人间，留下小穆克一个人又贫穷又不懂事。狠心的亲戚们把可怜的穆克赶出门，因为父亲欠他们的债无法还清。他们劝穆克去世界上流浪，碰一碰自己的运气。小穆克回答他同意走，只是希望把父亲的外套留给他；亲戚们满足了他的请求。但是父亲个子又高又大，穆克穿他的衣服显然不合适。不过穆克很快就想到了办法，他剪去了衣服过长的部分再穿。看来他忘了还应该把衣服裁瘦一点，所以他的穿着直到今天仍旧那样古里古怪：大大的头巾，宽宽的腰带，肥大的裤子，蓝色的小大衣，全部都是父亲的遗物；打那个时候起，他就一直这样穿着打扮。他把父亲那把长长的大马士革弯刀往腰带里一插，抓起一根小木棍当拐杖就出了门。

穆克兴奋地逛了一整天，因为他是出来寻找自己的幸福呀。一瞅见地上有块碎玻璃在太阳下闪闪发光，他赶紧就捡起来藏好，相信它不久会变成美丽的钻石。一旦看到远处清真寺的圆顶像火焰一般辉煌灿烂，湖面像明镜一样熠熠生辉，他都会欣喜若狂地跑过去，相信自己已经来到神话世界。可是，唉！走近一看，幻境完全消失。随之而来的疲惫和饿得咕咕叫的肚子使他想起，他还生活在尘世！就这样，他在外面流浪了两天，又饥饿又苦恼，对能否找到幸福已经失望。地里的野果是他充饥的唯一食物，坚硬的土地成了他睡觉的床铺。第三天清晨，他从一个山坡上望见了一座大城市。半轮残月照到城墙的雉堞上，房顶上飘扬着五颜六色的彩旗，一切都仿佛在召唤他向那儿奔去。小矮子穆克吃惊地站在坡上，静静地观察着那座城市和它四周地区。"对，小穆克会在那儿找到自己的幸福！"他自言自语，说着就不顾劳累，高高跳起，"要么在那儿，要么哪儿也没戏！"他鼓起全身的力量，朝着那座城市走去。看起来近在咫尺，他还是中午时分才走到；因为短小的腿脚已几乎不再听使唤，他不得不经常跑到棕榈树下坐着休息一会儿。终于，他来到了城门，赶忙整理整理小大衣，把头巾也扎得好看一些，并且系紧腰带，让长长的弯刀挂得更加倾斜。然后，他弹去鞋上的尘土，拿起他的手杖，勇敢地走进城门。

他已转了好几条街道，却还没有一扇门敞开欢迎他，也没有谁像他想象那样招呼他："喂，小穆克，进来呀！来和咱们一起吃喝！让你的小腿儿也歇一歇！"

他来到一幢漂亮的宅邸前，再一次满怀希望地朝上张望。这时恰好有一扇窗户打开了，一个上了年纪的妇女伸出头来，用唱歌般的嗓音叫道：

> 快来呀，快来！
> 稀饭已熬好，
> 餐桌已摆上，
> 邻居们快快来，
> 稀饭已熬好，
> 请把口福享！

宅邸的门开了，穆克看到很多狗和猫朝里面跑去。他犹豫不决地站了好一会儿，不知自己该不该接受邀请也去进餐。临了儿，他还是鼓足勇气，跨进大门。几只小猫跑在他前面，他决定跟着它们走，没准儿它们比他更清楚厨房的位置。

穆克上完楼梯，就碰见刚才从窗口朝外喊的那个老太太。她满脸不高兴地盯着穆克，问他有何贵干。"你请大家来你这儿吃饭，"小穆克回答，"我正饿得难受，所以就来了。"

老太太乐了，说："你真是个奇怪的人，打哪儿来的哟？全城谁都知道，我不是给哪一个人做饭，而是喂我可爱的猫咪。有时我也邀请周围的猫来陪陪它们，就像你刚才看见的来着。"

小穆克给老太太讲父亲死后他过的艰难日子，请求她让他今天和猫儿一块儿吃点东西。小穆克老老实实的讲述打动了老太太，她允许他在家中做客，并给了他很多吃的和喝的。等小穆克吃饱喝足了，老太太久久地打量着他，然后说："留下来在我这儿干活儿吧，小矮子穆克！要你干的活儿不多，我也不会亏待你。"

小穆克觉得猫粥很好吃，便同意留下来，成了阿哈兹太太的小工。他的工作很轻松，也很特别：这是因为阿哈兹太太养了六只猫，两只公的，四只母的。小穆克每天早上得给它们梳理皮毛，涂上珍贵的香膏。如果太太出门走了，小穆克就得照料这些猫儿：把盘子端到它们面前，让它们吃东西；晚上又把它们放在丝垫上睡觉，还盖上天鹅绒毯子。家里还有几条小狗要他照应，不过没有照料猫儿那样麻烦，因为老太太对待猫咪就像对自己亲生儿女一样。穆克在这儿生活也很孤单寂寞，就像当年和父亲一块儿一样，因为除了老太太，他整天就只能看见猫儿狗崽。有一段时间，小穆克过得还不错，有足够的东西吃，干的活儿也不多，老太太看来对他也还满意。可是猫儿却变得越来越调皮，只要老太太一出门，它们就像着了魔似的在房里乱蹦乱跳，把所有的东西扔得乱七八糟，还打碎挡了它们路的一些漂亮餐具。然而，一听见老太太上楼的脚步声，它们马上就缩回到自己的垫子上，看见女主人进门就赶忙摇着尾巴迎上去，跟什么事也没发生一样。屋里乱得一塌糊涂，使阿哈兹太太非常生气，并且责怪小穆克。不管穆克怎样分辩，她都听不进去；她更相信她那些看样子温驯听话的猫儿，不相信自己这个仆人。

小穆克在这儿也没找到幸福，心头十分难过。他暗暗拿定主意，不再为阿哈兹太太干下去。前一段的流浪让他尝到了没有钱的苦头，他决心要搞到女东家多次答应过给却从来没给的工钱。阿哈兹太太住宅里有一间房子，一年到头都锁着，穆克从没见过里面是个什么样子。但他经常听见主人在那里面搞得叮当乱响，就非常想知道她究竟藏着些什么东西。现在他考虑出走需要花钱，一下子就想到老太太的财宝很可能藏在那间屋子里面。然而屋子的门总是牢牢地锁着，他根本无法接近那些财富。

一天早上，阿哈兹太太又出门了。这时一只小狗总是来扯小穆克宽大的裤脚，好像要穆克和它一块儿去什么地方。这条狗平常老是受老太婆的虐待，只有穆克才心疼它，照料它，因而它也最喜欢穆克。穆克本来就乐意和狗一起玩，这时就顺着这小狗的意思，跟着它走去。瞧啊，小狗领他进了阿哈兹太太的卧室，走到一扇小门前；而在这之前穆克从未发现这儿还有一扇门。门是半掩着的，小狗钻进去了，穆克也跟着进去。这时他才发现，他正站在早就想进去的那间屋子里，真是喜出望外。他东瞅西瞅，看能否找到几个钱，谁料一个子儿也没有。到处放的只是一些旧衣服和奇形怪状的器皿。有一件东西特别引起了他的注意，这是个水晶玻璃制品，上面雕刻着美丽的图案。他把这器皿拿在手上，翻来覆去地细看。啊，倒霉，闯了祸啦！他没注意到器皿上还有一个盖子，盖子只是松松地搁在上面，这当儿掉下去了，跌得来粉碎。

小穆克吓得目瞪口呆，好一会儿动弹不得。这一来，他的命运也就注定了只有逃走，不然老太太肯定会揍死他。他决定立刻就走，不过走之前还想看一看，也许能在阿哈兹太太的财宝中找到点他路上有用的东西。突然，他看见一双硕大无比的拖鞋，尽管式样不好看，但自个儿的已经旧了，根本走不了远路；再有，他喜欢这双鞋子的码子大，希望一旦穿上这双大鞋，人们不再把他当作小孩子。因此他迅速地蹬掉脚上的旧的，穿上了那双大拖鞋。房角里有一根手杖，杖顶上精雕细刻着一个狮子头，穆克认为这玩意儿放在屋里也多余，便拎着它急急忙忙离开了屋子。他赶快回到自己房间，穿上小外套，捆扎好父亲留下的头巾，把弯刀别在腰带上，随后就飞快地奔出宅邸，跑出城去了。他担心老太太会派人追他，所以越跑越快，直到累得快要趴下。他这一辈子从来没跑得这么快过，是呀，他觉得根本就停不下来，似乎有一股无形的力量在拽着他朝前跑。终于，他发现，一定是这双大拖鞋有奇特的作用。因为这鞋不停地朝前飞奔，同时也拖着他飞奔。他千方百计想停下来，可就是办不到。实在无奈，他只好像赶马的人那样吆喝："喔——喔！停下，喔！"这样，拖鞋总算停了下来，穆克也精疲力竭地倒在了地上。

穆克得到这双魔鞋真是心花怒放，这样，他辛苦的劳动总算挣回来一件宝物，这宝物在他寻找幸福的途中也许能派上用场啊。尽管非常兴奋，小穆克还是累得睡着了。要知道，他小小的身躯没法长时间地支撑一颗这么重的大脑袋。在梦里，那只领穆克到阿哈兹太太房里找到拖鞋的小狗对他讲："亲爱的穆克，你还不大懂得怎样使用这拖鞋呢。让我告诉你吧，你只要穿上它，用鞋后跟转三个圈，就能想飞到哪里就飞到哪里。而用那小手杖，你能找到金银财宝，因为什么地方埋有金子，手杖自己就会在地面上敲打三下；在埋银子的地面上则敲打两下。"穆克醒来后便思考这个奇怪的梦，决定马上尝试尝试。他于是穿上拖鞋，跷起一只脚，用另外一只脚的后跟打转儿。谁要是尝试过穿双大拖鞋接二连三地打转是怎么回事，那他看到穆克第一次转没有成功也就不会大惊小怪啦，更何况他脑袋又大又重，转起来总是东倒西歪。

可怜的穆克不断地摔倒，把鼻子都跌痛了。但他没被吓住，仍一次又一次地试下去，终于，他成功了。他站在鞋后跟上，像轮子似的转了起来。他希望到附近的一座大城市去，突然——拖鞋托着他一下子升上天空，像风一般穿过云层。小穆克还没明白发生了什么事，就已经降落在一个集市广场上。这儿货摊一个挨着一个，人们摩肩接踵，忙忙碌碌。小穆克夹在人群中走来走去。后来，他觉得还是到偏僻的街道去好一些，因为在集市上，时不时有人踩着他的大拖鞋，害得他差点摔倒；还有他插在腰上的长弯刀，不是碰着这个就是撞着那个，他费了好大的劲才避免挨揍。

这当儿，小穆克认真地考虑究竟该干点什么事，才能挣到钱。尽管他有一根魔杖，可以给他指出隐藏的财宝，然而他又怎么能够马上找到埋有金银财宝的地方呢？当然，在急需的时候，他可以通过展览自己来挣钱；可是他很骄傲，不屑于干这种事。终于，他想起了他的快腿。"也许，"他捉摸，"这双拖鞋能帮我挣钱糊口呢。"就这样，他决定给别人当跑腿儿。他期望这座城市的国王会需要这样一个用人，并为此付一份好工钱。于是，他四处打听到王宫去的路。王宫门前站着卫兵，问他来干什么。他回答想找个差事，卫兵便让他去找宫中总管。小穆克找到了总管，向他谈了自己的想法，并请求在宫廷信使队里给他一份活干。总管睁大眼睛，从头到脚把小矮子穆克打量了一番，然后说："什么，凭你这双还不足一尺长的小腿儿，你竟想当宫里的神行快差？马上滚蛋吧！我在这儿要干的可不是陪着傻瓜闲扯。"可穆克向他保证，他是郑重其事地前来求职，为此愿意和宫中最快的信使赛跑。总管觉得这事可能非常好笑，就让穆克做好晚上比赛的准备，随即带他来到厨房，叫人先给小矮子饱餐一顿。他自己则去向国王禀报小穆克的情况和请求。国王是个爱闹热的人，听说总管专门留下了穆克来寻开心，非常地满意。他命令把王宫后面的大草坪布置起来，好让宫内所有的人都能舒舒服服地观看比赛，并且吩咐总管照料好穆克。国王告诉王子和公主，今晚他们将会看到一场精彩表演。他们马上又把消息转给了自己的仆人。因此，当夜幕降临，凡是能走动的人都急不可待地拥向草坪，草坪上已搭起看台，可以让大家清楚地看见那个吹大牛的小矮子赛跑。

国王和王子、公主刚在看台上坐定，小穆克就来到了草地上。他向高贵的观众们鞠了一躬，动作非常之优雅。观众们一见小矮人，就爆发出阵阵欢呼声；他们可从来还没见过这样一个侏儒啊：小小的身体支撑着硕大的脑袋，身上穿一件小外套，裤子显得格外肥大；宽宽的腰带上别着把长长的弯刀，短小的脚上套着双大拖鞋——不！那样子太滑稽，叫人没办法不笑出来！小穆克面对满场的哄笑却面不改色。他拄着自己的小拐杖，傲气十足地站在那儿等着他的对手。按照穆克的愿望，总管挑出跑得最快的信使同他较量。此人立即走过来站在穆克身旁，一块儿等着起跑的信号。依照约定，阿玛扎公主挥了挥面纱，说时迟，那时快，两个赛跑者就像离弦的箭似的穿过草地，向同一个目标飞奔而去。

一开始，对手遥遥领先，但乘着大拖鞋的小穆克紧追不舍，很快就追赶上来，并且将他抛在了身后。小穆克到了终点好一阵子，对手才气喘吁吁地赶到。观众们又惊又喜，竟然发了好一会儿呆，直到国王带头鼓起掌来，大伙儿才欢呼雀跃，兴奋地吼叫：

"赛跑冠军小穆克万岁！"这时已有人把小穆克带过来。他跪在国王面前，说道："至高无上的国王啊！我刚才只是小试身手。求您在您的信使队里赏我一个职位吧！"

国王却回答："不，亲爱的穆克，我要你做我的贴身信使，时刻都待在我身边。我赐你年薪一百金币，同时准许你和我最亲近的仆人一同进餐。"

小穆克心花怒放，觉得梦寐以求的幸福终于找到。国王也特别宠爱他，总是让他去送最紧急和最机密的信件；而他也每次投递都准确无误，并且快得令人难以置信。

可是，奴仆们却不喜欢穆克。他们很不乐意看到，主子去宠爱一个除了跑得快就别无可取的小矮子，因而冷淡了他们自己。他们因此想方设法要陷害他，可是由于国王对自己这位高等枢密信使——在短短的时间内穆克已提升到了这个职衔——非常地宠信，他们所有的阴谋诡计都未能得逞。

穆克对这些人搞的鬼把戏本来一清二楚，只是他心地太善良，压根儿就没想到要进行报复。反之，他倒想方设法让对方喜欢自己，使自己成为他们不可缺少的人。突然，他脑海里浮现出了他的魔杖；近来他完全沉浸在了幸福中，竟把这件宝贝抛到了脑后。现在他想，如果找到了宝藏，这些人准会对他好些。他常听说起当年敌人入侵时，现在这位国王的父亲埋藏了很多宝物，可还没来得及把秘密告诉儿子就去世了。从现在起，小穆克总是随身带着他的魔杖，希望有朝一日能走到老国王埋藏宝物的地方。一天黄昏，他偶然地来到国王花园里一个偏僻的角落，以前他很少到这儿来。忽然，他感觉手中的魔杖在动，并且朝地下敲击了三下，小穆克立刻明白是怎么回事儿。他随即抽出弯刀，在旁边的树上刻上了标记。然后他悄悄地溜回宫中，找来一把铲子，静静地等待天黑，以便行动。

对于小穆克来说，挖掘宝藏这事比他想象的要艰难得多。

他的臂力太小，铲子却又大又重。他大约已经干了两个小时，才挖了几尺深。好不容易，他的铲子总算碰到了点硬东西，听声音像是什么铁家伙；于是他挖得更加带劲儿。又挖了一会儿，终于露出一个大铁盖子。为了搞清楚这个盖子下面究竟藏着什么东西，他索性跳进了坑。他发现真是一个装满金币的大罐子，但想捧出这个罐子却力不从心，只得从罐中取出一块块金币，拼命地朝裤兜和腰带里塞，连小外套也派上了用场。随后他细心地埋好剩下的金币，把装满钱的小外套驮在背上。真的，要是脚上没有这双神奇的拖鞋，他在原地根本甭想动，沉重的金币会把他给完全压垮。然而，没有让一个人察觉，小矮子穆克已回到房中，在沙发坐垫下面藏好了他弄到的钱。

眼看着这么多属于自己的钱，小穆克心想这下子情况会变了，他可以从宫里反对他的人中争取到不少的保护人和热心追随者啦。单凭这点人们就不难看出，善良的小穆克一定没受过什么教育；不然，他绝不会以为用金钱就能获得真正的朋友。唉，要是小穆克当机立断，马上擦亮他的拖鞋，带着他包金币的小外套逃之夭夭就好喽！

小矮子穆克慷慨大方地把钱分给大家，不想倒引起其他侍从的嫉妒。厨师长阿胡里说：

"穆克准是个造假币的家伙！"

侍从总监阿赫迈特断言：

"穆克油嘴滑舌地从国王那里得到了好处！"

大司库阿尔哈兹是穆克的死敌，自己总想在国库里捞一把，这时便干脆讲：

"这些钱都是他偷的！"

为了弄清事实真相，他们想出了一个计策。一天，大司酒考尔舒兹垂头丧气地来到国王面前。他忧心忡忡的样子引起了国王的注意，于是便问他是否身体不舒服。

"唉，"大司酒回答，"我失去了陛下的宠幸，是多么的伤心啊！"

"你瞎说些什么呀，亲爱的考尔舒兹？"国王说，"从什么时候起，我恩泽的阳光不再照耀你？"对此，大司酒回答，国王恩赐给了高等枢密信使那么多金币，而忠实、可怜的仆从他却一个子儿也没得到。

国王听后大吃一惊，让他详细地讲了小穆克送别人金币的情况。这个阴谋家轻而易举就让国王怀疑起小穆克来，认为他使用鬼点子盗窃了国库。事情的这一转变正中大司库阿尔哈兹的下怀，他当然不情愿查清楚国库的账。于是国王下令秘密监视小穆克的所有行踪，指示要尽可能在现场将他拿获。紧接着这个不幸的白天，夜幕又已降临。小穆克扛着铁铲，悄悄溜进宫中的花园。由于他不断地赠送金币，手里的钱眼看已不多了，就想从秘密的埋藏地再取一些出来备用。谁知厨师长阿胡里和大司库阿尔哈兹正领着卫兵，在远远地跟随着他。就在他从坛子里取出钱来朝小外套中塞时，卫兵们一拥而上，把小矮子打翻在地，捆将起来，不由分说地立刻带到了国王面前。

国王从酣梦中被吵醒，心中自然不高兴，也就对他可怜的高等枢密信使小穆克毫不留情，马上开始审讯。整个坛子已从地下挖出来，连同铲子和塞满金币的小外套，一一呈送到了国王的跟前。大司库阿尔哈兹上前禀报说，是穆克正在把装满金币的坛子往地下埋时，他和卫兵上前抓住了他。

国王接着问被告小穆克，事情是不是这样；还问他，他埋的金币是哪里来的。

小穆克自信无罪，便坦然回答是在花园里发现了这个坛子；再说，他也不是在埋，恰恰相反，他正想把坛子挖起来。

听了穆克的辩解，在场的人哄堂大笑。国王也觉得小矮子太放肆了，怒不可遏地吼道：

"什么？你这无耻之徒！你偷了国王的钱，还想欺骗他，竟这么愚蠢，这么卑鄙！大司库阿尔哈兹，我要你告诉我，你能否认出这些钱是不是我国库里被盗的那些？"

这家伙回答说，他对自己掌管的事了如指掌，近一段时间国库不断被盗，丢失的比这些还要多。他敢发誓，这正是被盗走的金币。

国王一听，就命令给小穆克戴上脚链手铐，把他关到高塔里去。同时，他把金币交给大司库，让他放回国库里去。阿尔哈兹对事情如此了结心满意足，回到家中就数那些闪闪发光的金币，并在坛子底部发现了一张纸条；然而，这个黑心肠的坏蛋一直也没向谁透露过此事。条子上写着：

> 敌人正像潮水般席卷我的国土，我不得已埋藏部分钱财于此。不管是谁找到了它，都得立即交给我的儿子，否则就要受到他的国王的惩罚！
>
> 国王萨迪

关在牢房里的小穆克忧伤地想来想去；他清楚，偷了国王的东西必死无疑。但是，他又不想告诉国王小魔杖的秘密，怕的是一旦如实讲出来，他们就会抢去他的魔杖和拖鞋。他的担心并非没有道理。可遗憾的是，他的拖鞋现在没法帮助他，因为他已戴上镣铐，牢牢地锁在了墙上；哪怕他使出浑身解数，也没法站在鞋后跟上打转了。不过，第二天宣判了他的死刑，他的想法就改变了：舍去魔杖保住小命儿，总比保住魔杖丢了性命强。因此，他请求国王单独接见他，对他道出了魔杖的秘密。一开始，国王根本不相信他的话。小穆克要求当面试一试，条件是国王得免他一死。国王答应了穆克的请求，让人背着小矮子穆克埋了几个金币在地里。随后，国王命令穆克用他的魔杖来寻找那些钱。不一会儿，穆克就找着了，因为魔杖清清楚楚地在埋钱的地面上敲打了三下。这一来，国王明白大司库欺骗了他，于是按照东方国家的风俗，赐给大司库一条丝带自己去吊死。对穆克呢国王却说："尽管我答应了免你死刑，可我觉得你不仅有魔杖这一个秘密，你跑得如此快同样是有奥秘的，如果你不把它也告诉我，我就叫你一辈子都待在监狱里。"小穆克在高塔里已关了一夜，再也不愿尝蹲监狱的滋味，就告诉国王他的所有奥秘都在脚上的拖鞋，但并没教给国王站在鞋后跟上打三个转的诀窍。国王想试试魔鞋，很快把它套在自己脚上，随即像疯子一样在花园里拼命奔跑。好几次他都想停下来，无奈又不知道怎样才能使拖鞋停住。小穆克呢又不愿放弃这么一个小小的报复机会，就让国王不停地跑，跑，跑，直跑得跌倒在地，昏厥过去。

国王终于苏醒过来，对让他跑得半死不活的小穆克火冒三丈："我答应了给你生命和自由，但你必须在十二小时内离开我的国家，不然我就下令绞死你！"小穆克的魔杖和拖鞋呢，他都让没收进了自己的宝库。

小穆克又开始像从前那样可怜地流浪。他咒骂自己太愚蠢，竟妄想在王宫中变成个大人物。幸好驱逐他的那个国家并不大，八小时后他已抵达边境；小穆克穿惯了他亲爱的拖鞋，光着脚走得很苦。

越过国界以后，小穆克离开了人们通常走的大道，想寻找最茂密蛮荒的森林，独自在里面隐居；对所有的人他都恨透了。在一座密林深处，他发现了一块看上去对实现他的决心完全适合的地方。一条清澈的小溪，沿岸长着一排高大阴凉的无花果树，还有一片柔软的草地，都好像在对他发出邀请；他躺下来，决心不再进食，而是在那里等待死亡。思考着死的种种可悲情景，他不知不觉就睡着了。等他再醒来时，肚子开始饿得难受；他于是得出结论，饿死是件挺糟糕的事，便东张西望，看什么地方能找到点吃的。

他是在树下睡着的，树上正好挂着无数鲜美成熟的无花果；他爬上树采摘了几个，吃得来津津有味，随后又走到溪边饮水解渴。可一见自己在溪水中的倒影，小穆克真吓坏啦：他脑袋上长了两只奇大无比的耳朵，一条鼻子又粗又长！他惊慌失措地伸手一摸，妈呀，他的耳朵的长度都足有半尺多！

"我活该长一对驴子耳朵，就因为我像头蠢驴一样糟蹋掉了自己的幸福！"小穆克哭喊着，在无花果树下东转西转。终于又感到饿了，他只好再去摘那些果子，因为树上除去无花果，别无其他可吃的东西。吃完第二批果子，他突然想起也许可以把耳朵藏在自己的大头巾底下，这样看上去就不会太可笑，可是却觉得似乎没有了耳朵。他立即跑到溪边想看个究竟，真的啊，他的耳朵又恢复了原来的形状，鼻子也不再又大又难看了。这下他明白了是怎么回事：第一棵无花果树使他长出长耳朵和长鼻子，第二棵却治好了他。小穆克欣喜地意识到，他的好运又一次给了他获取幸福的手段。于是，他能拿动多少，就分别从两棵树上摘了多少果子，带着它们回到自己刚离开不久的那个国家。在那里的第一个小镇上，他乔装打扮得叫人再也认不出来，然后才继续向那位国王居住的城市走去，也很快走到了。

其时正逢成熟的水果还很稀罕的季节，小矮子穆克于是往宫门前一坐，因为他早就了解，厨师长总是来这里采买稀罕的水果，献上国王的餐桌。穆克还没坐多一会儿，就看见厨师长从宫里走来了。他先将宫门前一个个小贩的货色巡视一番，最后目光才落在小穆克的提篮里。"啊，难得一见的鲜果，"他说，"陛下他一定喜欢。这整篮多少钱？"小穆克喊了个便宜价格，两人很快成了交。厨师长把提篮交给一个用人，继续往前走。小穆克呢却赶快溜之大吉，生怕宫里的大老爷们儿脑袋上一出毛病，就会来抓他这个贩子去治罪。

国王在用餐时情绪好极了，不住地夸奖厨师长手艺高超，还尽心竭力地为他备办山珍海味。厨师长呢，明知自己还藏有时鲜美味，便故意笑眯眯地欲言又止，道"好戏还在后头喽"或者"结尾满意，一切满意"，害得王子公主们好奇到了极点，巴不得知道他还会端上来什么好吃的东西。当他终于献上那些鲜美诱人的无花果，在场的王室成员全禁不住长长地"啊！"了一声。

"真熟透啦，叫人馋涎欲滴！"国王嚷嚷，"厨师长，你真是好样儿的，我要特别地、大大地奖赏你！"说着，对这样的美味一贯节省的国王亲自动手分配无花果，给每位王子和公主一人两只，给嫔妃、宰相、大臣一人一只，其余的则通通揽到自己面前，开始津津有味地大吃大嚼起来。

"天啊，你的样子怎么变得这么怪，父王？"阿玛扎公主突然叫起来。

大家吃惊地望着国王，只见他脑袋旁立着两只硕大无朋的耳朵，一条长鼻子一直拖到了下巴。他们再你望望我，我看看你，也同样又惊又怕；所有人的脑袋上都或多或少地增加了这样的装饰。

不难想象王宫上下是何等的惊慌失措！立刻差人去请城里所有的医生。大夫们蜂拥而至，有的开丸药，有的让服冲剂；可是耳朵和鼻子仍旧是老样子。试着拿一位王子来动了手术，可割掉的长耳朵很快又长了出来。

穆克在藏身之处听到了事情的整个经过，断定谈判的时机已到。

在此之前，他就用卖无花果的钱买了一套衣服，现在穿起来装扮成一个学者；一束用山羊毛做的胡须更使他的化装无懈可击。他扛着一小口袋无花果踱进宫中，自称是个来为王室治病的外地名医。一开始大家很不以为然，可一当小穆克给一位王子吃了无花果，使他的耳朵和鼻子恢复了正常，所有人立刻都争着请外地的神医替自己医治。然而国王一声不吭，拉着小矮子的手就把他领去自己房里。在那儿他打开一道通宝库的门，示意穆克跟着他进去。

"我所有的财宝都在这里了，"国王说，"随便你挑吧，但你必须治好我这个恶疾！"

这话小穆克听起来就像美妙的音乐一样。他进门时就看见他的拖鞋摆在地上，他那根小手杖也紧挨在旁边。现在他在库房中踱来踱去，做出像在欣赏国王的宝贝的样子，可是一走到那拖鞋跟前就急忙将它穿上，同时抓起小手杖，扯掉下巴上的假胡须，让大惊失色的国王看见一张再熟悉不过的面孔，认出被他放逐了的小穆克。

"你这忘恩负义的国王，"小穆克说，"忠心耿耿的臣仆不得你好报，你活该变成现在这样个丑八怪。我让你永远长着驴子的长耳朵，以便你每天都回忆起小穆克！"说完，小穆克就踩着鞋后跟迅速转了三转，希望自己走得远远的。国王还没来得及喊卫士帮助，小穆克已逃之夭夭。从此穆克就在这城里过着富足的生活，只是孤孤单单；因为他鄙视世人。他成了一位饱经世事的智者，虽然外表有些奇特，却不该受到你嘲弄，相反倒应赢得你的尊敬。

"我父亲就是这么对我讲的。我向他表示，我很后悔自己对善良的小穆克的粗鲁行为，他于是原谅我，免去了原本想给我的处罚的另一半。我还把小穆克的奇特经历告诉我的伙伴，大伙儿都喜欢上了他，谁也不骂他啦。相反，在他有生之年，我们都敬重他，在他面前总是深深地鞠躬，就像对卡迪和穆夫提一样。"

旅行者们决定停下作一天休整，让自己和牲口养精蓄锐，以便继续前进。昨天的欢快情绪延续到了第二天，人们在以各种各样的方式取乐。可是吃过了饭，大伙儿便异口同声地冲第五位商人阿里·斯扎直嚷嚷，要他立刻尽自己的义务，给别的人也讲个故事。他回道自己的一生经历贫乏，实在讲不出什么惊人的事情，不过他愿意讲点别的，也就是讲一个假王子的故事。

假王子

从前，有一个诚实的小裁缝，名字叫拉巴康，在亚历山大城一位老师傅手下当学徒。谁也不能说拉巴康手艺差劲儿，相反，他干得一手漂亮活儿。要骂他懒惰，同样是对他冤枉。不过呢，这小子也的确有些个不对劲儿，因为他经常可以一口气缝上好几个钟头，直缝到针发烫，线冒烟；这就使他显得与众不同。除此之外，可惜也十分经常地，他还爱坐在那儿沉思默想，两眼发直发呆，脸上表情和整个神态都显得异样。对他这副德行，他师傅和别的伙计总会说："拉巴康又在假装正经啦！"

可是在礼拜五，别人做完祷告都安安静静回家去干活儿，拉巴康却穿着自己千辛万苦攒钱缝的漂亮衣服，在离开清真寺后并不回家，而是慢慢地，悠闲自得地，在城里的大街和广场上溜达来溜达去。要是正好有一个伙伴碰见他，问候他"你好啊，拉巴康"，或者对他说"祝你平安"，他便会降尊纡贵地扬一扬手，或者充其量点点他那脑袋。随后，要是他师傅和他开玩笑，对他讲："拉巴康，我看哪，你本来该是位王子呢！"——对师傅的话拉巴康很高兴，总是回答："您也看出来了么？"或者："我早就这么想啊！"

诚实的小裁缝拉巴康像这样子已经老长时间，他师傅呢也容忍他发他的傻气，因为除此而外他人挺好，干活儿也勤快机灵。可是有一天，苏丹的弟弟塞利姆途经亚历山大城，送了一件礼服来他师傅店里，要求修改几个地方；师傅把这个活儿分配给了拉巴康，因为他手艺最精湛。傍晚，师傅和师兄弟们劳累了一天，都回家休息去了，拉巴康却受一阵难以抗拒的欲望的驱使，又返回挂着亲王那件礼服的工场里。他站在礼服前久久沉思，一会儿欣赏它刺绣的精美，一会儿赞叹它用的绸缎和天鹅绒色泽华丽。别无他法，他必须穿一穿这件衣服，可瞧啊！它对他多么合身，简直就像为他定做的一样。

"我这不完全像个王子了么？"他问自己，同时在工场中踱来踱去，"师傅自己不早说过，我生来就该是位王子嘛？"小裁缝活像不仅穿上了亲王的礼服，而是同时接受了地道的王家意识；他没法再改变想法，一心只以为自己真是个不为人知的王子。既然如此，他决定马上去世界闯荡闯荡，马上离开眼前这个人们迄今只愚蠢地看见他低贱的外表，而忽视了他高贵出身的鬼地方。这件华丽的礼服看样子是一位仁慈的仙女给他送来的，他可千万不能小视一件如此珍贵的礼物；他把所有的一点儿积蓄揣进口袋，借着夜色的掩护溜出了亚历山大城的城门。

漫游途中，新王子所到之处都引起人们的惊奇，原因是他衣饰华贵，仪表非凡，却偏偏是个步行者。人们问他这是为什么，他总报之以神秘的微笑，并说自有原因喽。可是，他终于发现自己这么徒步漫游是有些可笑，便花很少一点儿钱买了一匹老马；这马呢对他倒挺适合，因为既安静又温驯，从来也不叫他难堪。须知要表现精湛的骑术，他拉巴康可不在行。

一天，他正骑着他的穆尔法——他这么称呼自己那匹老马，一步一步地在大路上走，这时另一位骑手凑拢来，要求与他结伴同行，说是两人交谈交谈路途会缩短许多。这位骑手是位快活的年轻人，相貌英俊，举止文雅。不一会儿他就和拉巴康谈开来，告诉他自己从哪儿来，向何处去；事有凑巧，他和拉巴康一样，也是漫无目的地出外闯荡。他讲他叫奥玛尔，是不幸的开罗总督厄尔菲·拜伊的侄儿；他眼下四处漫游，就是为了完成叔叔临死时给予他的一个嘱托。拉巴康可不像他似的坦言一切，只讲自己出身高贵，眼下出来纯属玩玩儿而已。

两位少爷相互都挺喜欢，一路上便并辔而行。第二日，拉巴康问旅伴奥玛尔究竟要去完成什么样的嘱托，他得到的如下回答令他大吃一惊：

厄尔菲·拜伊，开罗的总督，从小收养了奥玛尔，奥玛尔一直不知道谁是自己亲生的父母亲。前不久，厄尔菲·拜伊遭到敌人的攻击，在三次失败的战役之后身负重伤，命在旦夕，不得不逃离开罗，这才向自己的养子宣布，奥玛尔并非他的侄儿，而是一位强大的君主的儿子。这位君王慑于占星家的预言，把小小的王子送出了王宫，发誓要等儿子年满二十二岁才再见他。厄尔菲·拜伊没告诉奥玛尔他父亲的名字，而只是千叮咛万嘱咐，要他一定在下个拉马丹月①的第五日，也即是他过二十二岁生日的那一天，去到从亚历山大城向东走四天的著名的塞鲁亚石柱旁，说是有几个男人等在那儿，奥玛尔应该把他给他的一把匕首递过去，并且说："我就是你们要找的人。"如果对方回答："感谢先知，感谢他保佑了你！"那么奥玛尔就应跟他们走，他们会带他去见自己的父亲。

小裁缝拉巴康对旅伴的一席话异常惊讶，从此便以忌妒的目光观察奥玛尔王子，而且对命运的不公感到愤懑：奥玛尔当了总督的侄儿还不够，还锦上添花，获得王子的尊荣；他拉巴康呢具备一个王子必须的所有品质，命运却像嘲弄他似的让他出身低贱，走一条平平庸庸的生活道路。他把自己和那位王子做了一番比较，不得不承认这位在长相方面有许多优越之处：奥玛尔两眼活泼漂亮，鼻弓透着英武之气，举止温文尔雅，一句话，仪表确实有许多招人喜欢的地方。可是，尽管发现自己的旅伴有这么多优点，他仍然得对自己承认，和这位真正的王子相比，他拉巴康定然会赢得一位父王更大的欢心。

这样的想法整天追逐着小裁缝，并且在夜里进入了他的梦中。第

---

① 拉马丹月系穆斯林阴历的九月，即教民们禁止吃荤、饮酒、抽烟等生活享受的斋月。

二天清晨，他醒来时目光落在睡在旁边的奥玛尔身上，见他睡得那么宁静安稳，没准儿正做着一个幸福的美梦吧，于是心中陡然出现一个念头：何不用计谋或者暴力，取得不幸的命运拒绝给他的东西呢？这时候，那把当作辨认归来的王子的信物的匕首，正好从睡着的奥玛尔的腰带中露了出来，拉巴康一把拔出它，准备刺进它主人的胸脯。可是，生性平和的小裁缝一想这是谋杀，便吓得停了下来，只满足于把匕首藏在身上，让人备好王子的快马；还在奥玛尔醒来，发现自己已经失去一切希望之前，他这不忠实的旅伴已快马加鞭，跑出好几里以外去啦。

拉巴康正好是在圣拉马丹月的头一天偷了王子的匕首和骏马，这样他还有四天时间赶去他本来就十分熟悉的塞鲁亚石柱。尽管眼前所在的地区离石柱最多还有两天路程，拉巴康还是急急忙忙朝前赶，因为他始终害怕让真王子赶上。

第二天傍晚，拉巴康看见了塞鲁亚石柱。它立在平原中的一座小丘上，数里以外就望得见。望着石柱，拉巴康的心怦怦跳动；尽管在剩下的两天，他还有足够的时间考虑考虑自己即将扮演的新角色，干了亏心事总还是令他有些心神不定。不过，一想到自己生就该做王子，胆子又壮了起来，最后仍心安理得地向着目的地走去。

塞鲁亚周围一带荒无人迹，新王子要不是准备了好几天的粮食，生计一定会陷入窘境。在一丛棕榈树下，他挨着自己的马躺下来，就地等待着他未来的命运。

又过了一天，时近正午，他发现一队人马和骆驼越过荒原，慢慢向塞鲁亚石柱走来。人马停在了立着石柱的小丘脚下，在那儿搭起一顶顶色彩缤纷的帐篷，整个看上去就像一位富有的总督或者酋长的行营。拉巴康猜想，他看见的这许多人不辞辛劳，正是为了他而来的，真巴不得让他们今天就一睹自己未来的主子的风采；可是他仍克制住自己以王子面目出现的急切心情，因为只需再过一天，自己大胆的愿望便会得到满足啦。

朝阳从睡梦中唤醒过得幸福的小裁缝，让他去迎接自己一生中最重要的时刻；这一刻，要把他从一个低贱而默默无闻的凡夫俗子，提升到一位伟大的父王身边。虽然在给马备鞍戴套，打算驰向石柱的当儿，他对自己的行径也产生了一点歉疚；虽然他也设身处地，想到了那失去一切美好希望的真王子会多么痛苦，可是——骰子已经掷出去，想收回也收不回来啦。再说，他的自恋情结也悄悄告诉他，他足够仪表堂堂，完全可以去充当一位伟大君主的儿子。受到这个想法的鼓舞，他跃上马背，大起胆子让胯下的骏马真正驰骋了起来，没要一刻钟就奔到了小丘的脚下。他翻身下马，把马拴在小丘旁长着的一丛灌木上，随即拔出奥玛尔王子的匕首，朝丘顶爬去。在石柱下面站着六个男人，中间围着一位气宇轩昂、有王者气派的老者。他身着华丽的绣金长袍，腰束一条克什米尔的百丝带，饰着宝石的白头巾闪闪发亮，一看就是位大富大贵的主儿。

拉巴康走上前去对他深深一鞠躬，一边递过匕首一边说：

“我就是你们要找的人。”

“赞美先知，赞美他保佑了你！”老人回答，一高兴便流出了眼泪，“快拥抱你的父亲呀，我亲爱的儿子奥玛尔！”善良的小裁缝听了这庄严的呼唤大为感动，带着又是喜悦又是惭愧的心情，投入了老国王的怀抱。

然而，新身份带来的纯净的喜悦，他只享受了短短的片刻：他刚离开老国王的怀抱，一抬头就看见一位骑手正越过荒原，直奔小丘而来。可骑手和他的坐骑给人一个很古怪的印象。不知是出于固执还是因为疲劳，那马似乎不肯前进，脚步跟跟跄跄，既不是款款行走，也不是纵蹄飞驰；相反，骑手却手腿并用，一心想驱赶那马跑得更快一些。不一会儿，拉巴康已认出自己的老马穆尔法和真王子奥玛尔，然而撒谎的魔鬼已经附了体，他决定不管发生什么情况都要硬着头皮，坚持自己已经非法获得的权利。

人们已看见那骑手远远地在招手；尽管老马穆尔法跑得很不像样，他现在仍到了小丘脚下。只见他跃下马来，冲上小丘。

"等一等！"他喊道，"不管你们是谁，也等一等，千万别上这最最卑鄙的家伙的当！我叫奥玛尔，任何人都别想来冒名顶替！"

对于事情这突如其来的转折，周围的人全满脸惊愕；特别是那老者更是给搞蒙了，一会儿瞅瞅这个，一会儿望望那个，眼睛里充满疑问。拉巴康好不容易镇定了下来，说：

"高贵的父王，您可别受这个人的迷惑！据我所知，他不过是亚历山大城里一个有神经病的小裁缝，名叫拉巴康，不配我们对他生气，倒怪叫人怜悯。"

这几句话可把王子气得真快要发神经。他气急败坏地扑向拉巴康，周围的人赶紧挡在中间，紧紧将他拽住。老国王说：

"真的，我亲爱的儿子，这可怜的人是疯了。把他捆起来，放到我们的一头骆驼上，也许咱们能给这不幸的青年一点帮助。"

王子的怒气平息下来，哭着对国王喊："我的心告诉我，您就是我的父亲；看在我母亲的分上，求求您听我说吧！"

"唉，真主保佑咱们！"国王回答，"他又开始说胡话啦。一个人怎么可以这么想入非非！"说着就挽起拉巴康的胳臂，让他扶自己走下小丘。他俩跨上搭着厚厚毯子的骏马，走在越过荒原的队伍最前面。倒霉的王子却被拴住双手，牢牢绑在一头骆驼背上，两名骑手时刻不离他左右，监视着他的一举一动。

老国王叫萨乌德，是伊斯兰教清净派的苏丹。他长时间没有子嗣，后来好不容易盼到一个儿子，可是为孩子预卜未来的占星士们却宣称，"他在二十二岁以前有难，可能遭到一个敌人的排挤"；因此，为了消灾保险，苏丹把王子托付给了自己可靠的老朋友厄尔菲·拜伊抚养，苦苦地等了二十二年才得与儿子见面。

这些就是老苏丹对被他错当成了自己儿子的拉巴康讲的，并表现出对他的仪表和高雅举止异常满意。

回到了苏丹的国度，父子俩走到哪儿都受到民众的欢呼迎接；王子归来的喜讯早已像野火一样迅速传遍城乡。他们途经的一条条大街，全用树枝和鲜花扎起了牌坊，两旁的房舍全装饰着色彩鲜艳的挂毯。民众齐声赞美真主和先知给他们送来这样一位英俊的王子。这所有一切，都令小裁缝骄傲的心中充满喜悦；反之，真王子奥玛尔越发感觉到自己不幸。他这会儿仍旧被捆绑着，绝望地跟在队伍的最后面。人们尽情欢呼，谁也顾不上他，虽然这欢呼原本是冲着他的；万众一而再再而三地呼喊着奥玛尔这个名字，真正叫这个名字的他却没任何人理睬；充其量只偶尔有这个那个问：这么紧紧捆绑着被押解的究竟是什么人啊？此刻，传进王子耳际的就会是看守可怕的回答：一个发了疯的小裁缝呗。

一行人终于抵达苏丹的国都，在这儿迎接他们的整个场面比其他城市更加盛大辉煌。苏丹后，一位仪态端庄的老太太，带领着自己全部的宫娥仕女，在宫里最豪华的大殿上迎候着他们。殿中铺着一块硕大无朋的地毯；一面面浅蓝色的呢绒装饰着四壁，用金色的流苏和丝带挂在壁间的巨大银钩上。

队伍到达时天已经黑了，殿内点起来无数圆球形的彩灯，把夜晚变成了白昼。可最辉煌、最色彩斑斓的灯光来自大殿的背后，苏丹后就坐在那前面的宝座上。宝座是用纯金铸造，镶嵌着巨大的紫石英，下方有四级御阶。四位最显赫的女官为苏丹后撑着一顶红绸华盖，麦地那①的大司祭轻摇着一把白孔雀翎的羽扇，送给她阵阵凉风。

她就这么等待着自己的丈夫和儿子归来。她也是儿子一生下来就没有再见过，可一些意味深长的梦境向她显现了她亲人的模样，并告

---

① 麦加附近的另一伊斯兰教圣城，穆罕默德墓所在地。

诉她，得从千万人中间将儿子认出来。这时候，已传来队伍开近的嘈杂声，鼓号齐鸣，欢声雷动，嘚嘚嘚的马蹄声在宫院中发出回响，噔噔噔的脚步声越来越近，殿门随之一齐大打开，老苏丹穿过跪倒在两旁的臣仆，手牵着儿子走到了苏丹后的御座跟前。

"这儿，"他说，"我把你日夜思念的人给领来啦！"

谁知苏丹后抢过话头：

"他不是我的儿子！"她叫道，"先知让我在梦里看见的不是这个模样！"

正当苏丹要指责她不该迷信，殿门却猛地被撞开了。奥玛尔王子冲进来，身后跟着拼命抓住他仍让他挣脱了的卫士。他气喘吁吁地跪倒在御座下，喊道：

"我宁肯死在这里。残忍的父王啊，处死我吧，我再不能忍受这样的耻辱！"

所有人都被他的话惊呆了，随后一齐围住这不幸的人，急急忙忙赶来的卫士已经抓住他，准备重新给他套上锁链，这时惊讶地默默观察着一切的苏丹后从御座上跳起来。

"等一等！"她喝道，"真王子不是别人，正好是他！这孩子我虽从未见过，我的心却认得出来！"

卫士们下意识地放开了奥玛尔，然而老苏丹火冒三丈，冲他们怒吼，命令他们快把那疯子捆住。

"这儿由我说了算，"他声色俱厉地喊，"这儿不能根据妇人家做的梦下判断，而必须看有没有可靠的物证！面前这孩子"——他指着拉巴康——"是我的儿子，因为他带给我了匕首，带给我了我朋友厄尔菲保存的信物。"

"是他偷了我的，"奥玛尔叫起来，"是他欺骗我，辜负了我好心的信赖！"

老苏丹却根本不听儿子的，因为他已习惯事事独断专行，硬是下令把不幸的奥玛尔生拉活扯地拖出了大厅。随后他竟独自带着拉巴康回自己房间去了，对苏丹后，对他二十五年来一直和睦相处的妻子，怀着满肚子的怨怒。

苏丹后呢，对发生的一切真是苦闷极了。她坚信丈夫的心被骗子迷住了；要知道，在无数意味深长的梦中，她看见的儿子正是那个可怜人。

悲痛缓和了一点以后，苏丹后考虑用什么办法才能使丈夫相信他错了。要达到这个目的自然挺困难，因为冒充她儿子那个人带来了作为信物的匕首，而且奥玛尔详细给他讲过自己过去的生活，所以扮演起他的角色来没有破绽。

她传来那几位陪苏丹去过塞鲁亚石柱的人，让他们给自己详细讲了当时的全部经过，然后才和自己最亲信的女侍一起商量对策。她们想出一个个办法，随即又一个个否定掉，最后聪明的梅蕾克萨拉，一位上了年纪的负责首饰收发的女官开了口：

"要是我没有听错的话，尊敬的陛下，那个带来匕首的家伙称你当作儿子的青年拉巴康，并说他是一个有神经病的裁缝？"

"没错儿，是这样的，"苏丹后回答，"可那又怎么样？"

"您认不认为，"梅蕾克萨拉继续说，"这骗子可能把自己的名字强加给了您儿子呢？——要真这样，就有一个抓住骗子马脚的绝妙方法，它我得绝对秘密地告诉您。"

苏丹后把耳朵凑向自己的女官，这一位便对她窃窃私语；办法像挺称她的心，因为她立马准备去见苏丹。

苏丹后是个很机灵的女人，自然了解自己丈夫的种种弱点，并且善于加以利用。她装作对他让步了，准备承认那个儿子，只是请求丈夫答应一个条件；苏丹呢，也对刚才对妻子的态度感到歉意，便接受了这个条件。于是，苏丹后说：

"我很想考考他两个是否灵巧；换上别人，多半会让他们骑马、斗剑、掷标枪，这些可是谁都有的本领。不，我要让他们干的是需要细心的事！也就是，他俩每一个得缝一件长袍和几条裤子，咱们倒要看看，哪一个缝得最漂亮。"

苏丹笑起来，说：

"嗨，你到底想出了个聪明点子，竟要我儿子和你那疯裁缝比赛谁长袍做得好？不，绝对不行。"

然而苏丹后坚持说，他事先已答应了她的条件，结果说话算话的苏丹终于让步，尽管发誓道即使那疯子长袍缝得再好，他也绝不会认他作自己的儿子。

老苏丹亲自去到儿子房中，请求他好歹顺他母亲一次心意，虽然她是异想天开，竟要考他长袍缝得咋样。老实的拉巴康高兴得心都笑了；他暗忖，如果缺的就是这个，苏丹后她马上就会喜欢我的。

宫里于是布置好两间房间，一间给王子，一间给裁缝；他俩要在里边大显身手，每人只得到了一块足够大的绸子，一把剪刀，还有针和线。苏丹很好奇，急欲看见他儿子会缝出怎样一件长袍来；苏丹后也忐忑不安，不晓得自己的计谋是否会成功。给两个小伙子规定的工作时间是两天，第三天苏丹便请来妻子；苏丹后来了，他又派人去那两间房里把两件长袍以及它们的缝制者带来。拉巴康趾高气扬地跨进苏丹的房中，把自己缝的袍子展开在他惊异的父亲眼前。

"瞧瞧，父王，"他说，"瞧瞧，尊敬的母后，难道这袍子不是一件杰作吗？在此我敢和最能干的宫廷御裁打赌，量他缝不出一件同样的来。"

苏丹后笑了笑，转过头问奥玛尔：

"可你缝的呢，我的儿？"

奥玛尔气呼呼地把绸子和剪刀扔到地上，说：

"人家只教过我驯服烈马，挥舞战刀，我掷出的标枪六十步外能命中靶心——可这飞针走线的活儿我却陌生，再说开罗总督厄尔菲·拜伊的养子也不屑于干这档子事情。"

"噢，你——我的陛下的真正的儿子！"苏丹后叫起来，"哦，让我拥抱你，叫你一声儿子吧！请恕罪，我的夫君，我的主上，"她随即转身朝着苏丹，说，"饶恕我对你用了这个诡计。难道你现在还没看出谁是王子，谁是裁缝么？不错，您的王子阁下缝的这件长袍的确精美，不过我很想问一下，他这手艺是跟哪位师傅学的呢？"

苏丹陷入了沉思，满脸狐疑地时而瞅瞅妻子，时而瞅瞅拉巴康。拉巴康呢，对自己如此愚蠢地暴露了真面目惶惶不安，满面通红，极力掩饰却没有效果。

"这还不足以证明什么，"苏丹说，"可我知道一个办法，感谢真主，一个确实可以弄清楚我是否受了骗的办法。"

他下令牵来自己最快的马，跃上马背，骑着进了一座离城不远的森林。根据古老的传说，林中住着一位善良的仙女，名叫阿多尔扎伊德，从前他族里的先王们在危难之时都经常得到过她的帮助指点；苏丹就是找她去。

林子中央是一块开阔地，周围长着高高的雪松和云杉。仙女据说便隐居在这儿。这是一个凡人极少涉足的所在，因为从古至今，代代相传，人们对这地方总怀着某种畏惧。

老苏丹到达林中，跳下马背，把马缰系在一棵树上，然后走到开阔地的中央，大声喊道：

"如果在我父辈危难之时，你真的给了他们帮助指点，那么请也别蔑视他们子孙我的恳求，给我点拨，要是我已变得糊涂短视了的话！"

话音未落，一棵雪松已从中间分开，走出来一个戴着面纱，白裙曳地的女子。

"我知道你干吗上这儿来，萨乌德苏丹。你的愿望是真诚的，所以我也要帮助你。拿走这两只小盒子！让那两个都自称是你儿子的人挑选！我知道，那位真王子不会失手的。"戴面纱的女子如是说，同时递给他两只小匣儿。匣子是象牙做成，镶了许多的金饰和珍珠，盖子上都有用金刚钻嵌成的铭文，苏丹怎么使劲儿也揭不开。

回家的路上，苏丹骑在马背上想过来想过去，仍不明白这两只怎么也开不了的盒子究竟装着什么东西。还有盖子上的铭文，同样叫他莫名其妙，因为一只上是："尊严和荣耀"，另一只上是："幸福和财富"，如此而已。苏丹暗暗想，就算让他自己来挑选也会十分困难，这两种东西可都是一样地具有吸引力，一样地令人向往哪。

回到宫中，苏丹让人请来妻子，把仙女说的话告诉了她。苏丹后立刻满怀希望，相信自己倾心的那个青年，一定能选中证明他王家出身的小盒子。

在御座前面摆了两张桌子，苏丹亲手把小盒子搁到桌上。然后他重新登上御座，示意一名侍从打开殿门。被苏丹从全国各地招来的总督和王公大臣们随即拥进殿来，一个个为出席御前的聚会而华服盛装，在沿着墙壁排放的豪华软垫上落了座。

大臣们坐定后，苏丹第二次挥挥手，拉巴康被带了上来。他高视阔步地走过大殿，在御座跟前跪下，问：

"父王有何吩咐？"

苏丹从座位上站起来，回答：

"我的儿！对你拥有我这个姓氏的说法是否真实，人家提出了怀疑。那两只盒子中有一只装着你真正出身的凭证，挑选吧！我不怀疑你将挑到该挑的那只！"

拉巴康站起来，走到盒子前面，在那儿考虑了很久也不知该挑哪只，最后终于说：

"尊敬的父王啊！有什么比做您儿子的幸福更加崇高，有什么比享有您恩宠的财富更加高贵呢？我就选这只盒子，它上面写着'幸福和财富'。"

"咱们一会儿就会知道你选得对不对；你先坐到那边挨着麦地那总督的位子上去吧。"苏丹说，同时又对侍从扬了扬手。

奥玛尔被带了进来；他的目光阴郁，他的神色忧伤，他的模样儿引起在场的人普遍的同情。他跪倒在御座前，问苏丹有何吩咐。

苏丹指示他去挑一只盒子。他站起来，走到桌前。

他仔细读了盒子上的两条铭文，然后说：

"最近几天的经历教训我，幸福是多么地靠不住，财富多么容易失去；可同时也叫我懂得，不可摧毁的珍宝原本藏在一个勇敢者的心中，那就是尊严，须知荣誉的明星不会随着幸福的逝去而逝去。即使我得不到王位，我的决心仍是——'尊严和荣誉'，我挑选你们！"

奥玛尔把手搭在自己选中的那只盒子上，苏丹却叫他停住别动，同时示意拉巴康也走到桌子前，一样把手搭在他选的盒子上面。

苏丹自己呢，让人端来一盆取自麦加城内的泽姆泽姆圣泉之水，盥手诵经，面朝东方，跪在地上开始祷告：

"我祖祖辈辈敬奉的神啊！几百年来，你保护了我的宗族的纯净无瑕，现在也请别容忍一个小人玷污阿巴西德家的英明，在这考验的时刻保佑我真正的儿子吧！"

苏丹站起来，重新登上御座；在场的人充满期待，屏息凝神，大殿里安静得跑过一只小老鼠也听得见，人人都紧张到极点，坐在后排的更伸长了脖子，想越过前边的人头看看那两只小匣儿。这当口儿，苏丹宣布："开盒子！"两只在此以前怎么用劲儿也开不开的小盒儿，突然一下便自己跳开了。

在奥玛尔选中的盒子里，绒垫子上放着一顶小小的王冠和一柄小王笏；在拉巴康选中的盒子里—— 一颗大针，一小绞线！苏丹吩咐两人把自己的盒子都送到他面前。他从绒垫上取那小王冠，可瞧啊，王冠一到他手里就开始变大，变大，一直大到跟真王冠一个样！他把王冠戴在跪在他面前的儿子奥玛尔头上，吻了吻他的额头，叫他坐在自已右手边的宝座上；对站在一旁的拉巴康却说：

"是鞋匠就该老老实实伺候楦头！看来呀，你也该和针线待在一起。本来你不配得到我的恩典，不过有人为你求过情，他我今天也不便拒绝；所以我饶你这条小命儿，但我要给你个劝告，那就是赶快滚出我的国家！"

可怜的小裁缝羞愧难当，无地自容，什么话也回答不出来。他跪倒在王子面前，泪如雨下："您能饶恕我么，王子？"

"对朋友忠诚，对敌人大度，这是阿巴西德家的骄傲，"王子回答，同时扶起拉巴康，对他说，"祝你一路平安！"

"哦，你是我真正的儿子！"老苏丹大为感动，扑到了儿子怀里。王国的众位大臣、总督和显贵一齐从座位上站起来，同声高呼："新王子万岁！万万岁！"在响彻大殿的欢呼声中，拉巴康夹着自己的盒子，悄悄溜出去了。

他走到下边苏丹的厩舍里，给自己的老马穆尔法套上辔头，骑着它出了城门，向亚历山大城走去。整个的王子生涯在他如同做了一场梦，只有那镶着珠宝和钻石的漂亮盒儿，叫他想起一切并非发生在梦里。

终于回到了亚历山大城，他走到自己那位年迈的师傅的铺子前面，下马来把穆尔法拴在店门上，自己跛进店内。师傅没有马上认出他，郑重其事地问他"先生有何吩咐"；可等他仔细看清楚顾客，认出竟是他的老徒弟拉巴康，便唤来所有的伙计和学徒。这些人全愤怒地扑向可怜的小裁缝，他万万没想到会受到如此接待。他们推他搡他，用熨斗和尺片揍他，用针扎他，用锋利的剪刀夹他，直到他精疲力竭，倒在了一堆旧衣服上。

等他躺着不动了，师傅才来慢慢教训他，说他不该偷走礼服。拉巴康发誓，他只是为了弥补自己的所有过失才回来的；但是没有用。他说他愿意付出三倍的赔偿；还是不行，师傅和伙计们又扑向他，给他一顿狠揍饱打，然后把他扔到了门外。他遍体鳞伤，衣衫褴褛，爬上老马穆尔法，来到一家商队客栈。在那儿，他搁平自己疲惫的、带伤的脑袋，开始对人世的种种苦难，对常常被忽视颠倒了的价值，对富贵荣华的虚妄和稍纵即逝进行思考，最后决心从此不再想入非非，而要做个老老实实的公民。这么想着想着，他便入睡了。

第二天，他仍未后悔自己的决定；师傅和伙计们沉重的拳头，似乎已捶跑了他身上所有的高贵。

他把自己的小盒子卖给一位珠宝商，价钱相当高，买了一所房子，布置成一间裁缝铺。一切就绪，他还在窗外挂出一块招牌，上面写着：拉巴康成衣店。

随后，他便坐下来，用在那盒子里找到的针和线，修补被他师傅愤怒地撕破了的礼服。有人来叫他去了一会儿，当他准备再坐下来干活儿时，一瞧，我的天呀！那针没有任何人碰一碰，却在一个劲儿缝啊，缝啊，而且缝出的针脚又匀、又细，甚至他拉巴康最得意时刻也不曾有过如此好的手艺！

真的呢，一位善良的仙女的哪怕一点点礼物，也大有价值，大有用处！除了这颗宝贝针，那一小绞线同样挺贵重：它永远抽不完，不管走得再快，再勤！

拉巴康有了许多顾客，很快成为远远近近最著名的裁缝。他只需把衣料剪裁好，缝上第一针，这针就自个儿继续往下缝，直到衣服完全成功。没过多久，全城都成了他的主顾，因为拉巴康师傅的活儿干得既漂亮，价格还格外便宜。只对一点，亚历山大城的市民们仍然摇头，就是：拉巴康完全不用伙计，而且干活儿时总是紧闭着门。

就这样，小盒子上关于"幸福和财富"的许诺也兑了现；幸福和财富的确步步伴随着善良的裁缝师傅，虽然只在一个小小的限度内。每当有口皆碑的年轻苏丹奥玛尔的荣名传到他耳中，每当他听见这位勇敢的统治者成了他人民的骄傲，受到人民的爱戴，却让他的敌人闻风丧胆，一度也做过王子的拉巴康就暗想："看来我还是仍旧当裁缝好些；要知道获取尊严和荣誉，可是件有些风险的事儿。"

就这样，拉巴康受着乡亲们的尊重，生活得也算心满意足。要是他的针还未失去魔力，它现在肯定仍拖着善良的仙女阿多尔扎伊德那永远用不完的线，继续在那儿缝啊，缝啊。

太阳升起，商队上了路，不一会儿就到了比尔科特·额尔·哈德和朝圣泉，再往前走三个小时，就是开罗啦。此刻那里已期待着商队到来，商人们个个怀着受到朋友们迎接的喜悦。

一行人穿过北贝尔·法尔赫门进入开罗；因为人们相信打麦加来从这道门进城，就预示着好运气，因为当初先知也是从此进的开罗。

在市集广场上，四位土耳其商人与赛里姆和希腊商人扎罗科斯分了手，跟自己的朋友回家去了。扎罗科斯呢却对赛里姆表现出商队主人的好客精神，邀请他与自己共进午餐。赛里姆·巴鲁赫接受了邀请，答应去换换衣服就来。

希腊人在旅途中对赛里姆产生了好感，决心尽可能好好地招待他。等菜肴和饮料都摆放妥帖以后，他才坐下来静待客人的到来。

终于，走廊上传来走向他房间的缓慢而沉重的脚步声。他站起身来，准备去门边对客人表示热烈殷勤的欢迎。房门开了，谁知他却吓得连连后退：出现在他面前的竟是那个穿红斗篷的怪人。他再望望来客，没有错！那魁梧威严的身材，那假面具后面炯炯有神的一双黑眼睛，那绣金的大红斗篷，这一切一切在他生命中那些最可怕的时刻他真是再熟悉不过啦。

一股股反感厌恶情绪在扎罗科斯胸中涌起；本来，他早已与记忆里的这个形象和解，早已原谅了他。可现在面对面站在一起，又重新撕开了所有的伤口。所有那些充满死的恐怖的痛苦时刻，所有对自己青春年华遭到毁灭的愤懑怨恨，在一瞬间都闪现在他心上。

"你想干什么，可怕的家伙？"希腊人吼起来，当他看见那怪客仍然一动不动地站在门槛上，"快走吧，不然我就要诅咒啦！"

"扎罗科斯！"面具后响起一个熟悉的声音，"扎罗科斯！你就这样欢迎你的客人么？"怪客摘下面具，脱掉斗篷，正是赛里姆·巴鲁赫。

然而扎罗科斯的心情仍旧平静不下来，对客人仍旧感到畏惧；因为他认得清清楚楚，面前这位确实就是当初那个出现在老桥上的蒙面人。不过呢，临了儿还是好客传统占了上风；他默默招了招手，请客人坐到餐桌边。

"我猜得出你的想法，"客人在坐定以后开了口，"你瞪着我的眼睛在发出疑问——我原本可以保持沉默，不在你眼前露面得啦。可是呢，我老觉得欠你的债，因此冒着遭你诅咒的危险，以我当初的面目出现在你面前。你曾说过，我父辈的信仰要求我爱他，没准儿他比我还更加不幸啰。相信这是真的吧，朋友，并且听我替自己辩解辩解！

"我得从头讲起，不然你不能完全理解。我出生在亚历山大城，父母亲都信奉基督教。我父亲是一个古老的法国世家最小的儿子，当上了法国驻亚历山大的公使。我从十岁起寄养在法国的一位舅舅家，直到革命爆发以后好几年才离开对于舅舅来说已不再安全的祖国，跟着他漂洋过海，逃到了我父母那里。我们到达时满怀希望，以为在此地能重新找到被法兰西愤怒的民众破坏了的和平宁静。可是，唉！我在父亲家中却未能找到本该找到的一切，动乱年代的外部风暴尽管未曾追逼至此，我的家庭却突然遭到不幸，损害了根基和核心。我的哥哥作为父亲的一秘，是位前途远大的青年，不久前刚与一位年轻小姐，一位邻近城市的佛罗伦萨的贵族的千金结了婚。就在我和舅舅抵达前两天，谁知新娘子莫名其妙地失踪了，不管是我们家还是她的娘家，都找不着一点踪迹。最后大家相信，她是散步时走得太远，落到了匪帮的手中。对于我可怜的哥哥，真这样倒还算不错，很快弄清楚的实情却还要糟糕得多。那不忠实的婆娘跟随一个在娘家认识的那不勒斯男子双双登船而去；我哥哥义愤填膺，用尽一切办法要惩罚那贼人。然而白费劲！他的努力在那不勒斯和佛罗伦萨闹得满城风雨，只能叫咱家倒霉倒到底。他的丈人，那佛罗伦萨贵族回国去了，虽然口称要替我哥讨回公道，实际上呢却是准备害我们。他在佛罗伦萨破坏了我哥的一切努力，并且巧妙地利用他千方百计赢得的影响，在法国政府败坏我父亲和哥哥的声誉，并以最卑劣的手段将二人抓捕，然后引渡回法国，在那儿被斩首。我母亲因此疯了，拖了整整十个月，才由死神解救出可怕的苦境；然而在最后几日，她已完全恢复理智。于是留下我一个人，在世上举目无亲；唯有一个念头缠绕在我心里，唯有一个念头让我忘记自己的哀痛，那就是母亲于临终时在我心中煽起的复仇烈火。

"我对你说过，在临终时她已恢复理智。她让人叫我到她跟前，平静地告诉我家里的遭遇及其结局。随后她吩咐所有其他人离开房间，痛苦地从她那病榻上强撑起身来，表情庄严地对我讲，要是我愿起誓完成她嘱托的事，我就能获得她的祝福。被垂死的母亲的言语感动了的我，发誓要照母亲的话去做。于是她便狠狠诅咒那佛罗伦萨贵族和他的女儿，殷切地嘱咐我，要我死也为自己不幸的家族报仇。母亲在我的怀里断了气。我心里早已沉睡着那复仇的想法，现在一下子苏醒过来了。我集中家里剩余的财产，决心全部用到复仇的事业上，甚至毁灭自身也在所不惜。

"我很快到了佛罗伦萨，尽可能地隐姓埋名。随着我那仇人地位的改变，我的计划实现起来困难多了。老家伙此时已当上佛罗伦萨的总督，只要嗅出一点点儿我的气味儿，要干掉我有的是办法。偶然的机会帮助了我。一天傍晚，我看见一个人戴着我熟悉的面具走在街上；那颤颤巍巍的步履，那沉郁的目光，还有他低声的诅咒

'该死的家伙！''恶魔！'——都让我认出他就是老彼得罗，那个我在亚历山大城已认识的佛罗伦萨贵族家的用人。我确信他正在恼火自己的主子，决定利用他的愤懑情绪。在此地看见我，他像挺惊讶，开始对我抱怨他的主子，说老家伙自从当上总督，就对他再也不满意，把他折磨得够呛。我的金钱，再加上他的怒气，很快把他拉到了我这一边。最大的障碍已经消除了，我已收买到一个人，随时可以为我打开仇人家的大门。接着，我的复仇计划迅速成熟。与我家族的没落比较起来，那老贵族的性命对于我来说分量似乎太轻了。必须让他眼看着自己的心肝儿宝贝，也就是他的女儿比安卡被人谋杀。她不仅对我哥哥犯下了可耻罪行，甚至是我全家不幸的根源。正好这时传来她准备再婚的消息，于我渴望复仇的心简直叫求之不得，于是判了她的死刑。然而我害怕自己动手，老彼得罗也感到力气不足；因此我才到处物色一个男人，一个能完成这一使命的男人。在佛罗伦萨市民中我谁也不敢雇佣，因为没有任何人愿对总督干这种事。这时彼得罗有了主意，后来我便照着做了。他向我推荐你，说你既是外乡人，又是位大夫，再适合干这件事不过。后来的经过你知道了。只为你太小心谨慎，太诚实正直，我的打算看样子可能失败。这样，偶然便有了红斗篷。

"彼得罗为我们偷偷开了总督邸宅的大门；同样秘密地，他又会把我们送出去，如果我们没有让从门缝中窥见的可怕景象吓跑的话。被恐怖和悔恨驱赶着，我一口气逃出两百多步开外，倒在了教堂的台阶上。在那儿我重新振作起来，首先想到的就是你，以及你要是在宅第里被抓住了，将会有怎样可怕的命运。我偷偷溜回宅子附近，然而却既不见彼得罗，也不见你的影子；只是大门还敞着，我至少还可以希望，你能利用这个机会逃出来。

"可是，随着新的一天开始，会被抓住的担忧和一股无法摆脱的悔恨之情，叫我在佛罗伦萨城里再也待不下去。我匆匆逃往罗马。然而没过几天，案情已在那儿四处传遍，还说已经抓住了凶手，原来是个希腊郎中，你可以想象这一下我会怎样惶惶不安。我胆战心惊地折回佛罗伦萨；想当初，我已经觉得自己复仇的手段过于凶狠，现在就更诅咒它，因为连累你付出生命，代价实在太高了。我赶到那天正好你要被斩去手。我眼睁睁看着你登上行刑台，勇敢地承受着痛苦，而我呢，虽百感交集，却只能默不作声。可是，就在你的鲜血喷洒的那一瞬间，我已下定决心，要使你的余生过得美满幸福。后来发誓的事你了解，我要补充的只是，干吗我要陪伴你来完成此次旅行。

"一个想法始终像压在我心上的石头，就是以为你仍然没有原谅我。所以我决定来和你相处一些日子，最后把我干的事做一个了结。"

希腊商人仔细听着赛里姆的讲述；讲完了，他便把右手伸给客人，目光显得和蔼温柔。

"我知道嘛，你必定比我更加不幸，因为那一残忍行径会像一团乌云，永远笼罩着你的生活。我打心眼儿里原谅你了。不过请允许我提个问题：你是怎么以眼下这个形象到沙漠里来的？你为我在君士坦丁堡买下那所房子以后，又干什么来着？"

"我回到了亚历山大城，"赛里姆·巴鲁赫回答，"胸中怀着对所有人的疯狂仇恨，特别是恨那些所谓有教养的民族。相信我，生活在穆斯林中间，我心情舒畅一些！我在亚历山大城没待几个月，我的同胞就登陆了。

"在我眼里，他们都是杀害我父亲和兄长的刽子手，因此我便把我熟人中的一群志同道合者团结起来，参加到那些勇敢的马墨鲁肯①的行动，常常令法国侵略军胆战心惊。战争结束后，我下不了决心重返和平生活。和少数想法一致的朋友一起，我东游西荡，打打抢抢，大伙儿拥戴我像君王一般，在他们中间我过得心满意足。我这些亚洲

---

① 抗击法国入侵的土耳其雇佣军。

伙伴尽管不像你们欧洲人有教养，却远远赶不上你们自私自利，也很少因为嫉妒而陷害他人。"

扎罗科斯感谢客人开诚相见，可也不隐瞒自己的看法，认为以他的出身，以他的教养，他还是生活在欧洲的基督教国家，在那儿追求自己的事业，更加合适一些。他抓住客人的手，请他和自己一块儿回去，住在他家，和他共度余生。

客人瞅着他，看样子挺感动。

"由此我看出你完全原谅了我，喜欢上了我。请接受我最诚挚的感谢！"说完他跳了起来，挺直身板站在希腊商人面前。他的姿态那么威武，黑色的眼睛那么炯炯有神，嗓音那么低沉，扎罗科斯几乎有些害怕起来。"你的建议很中听，"客人继续说，"换上另外任何人都会受到引诱——可是我不能接受。我的马已备好鞍，手下都等着我。再见了，扎罗科斯！"

让命运如此奇特地结合起来的一对朋友，分别时紧紧拥抱。

"我该怎么称呼你呢？永远活在我记忆里的朋友姓什么叫什么？"希腊商人问。

客人久久地凝视着他，再一次握了握他的手，回答说：

"人们都叫我沙漠之王；我就是强盗奥尔巴赞。"

亚历山大城总督和他的奴隶

亚历山大城的总督阿里·巴努是个怪人。每天清晨，他戴着用精美绝伦的克什米尔绸缠成的头巾，身穿大礼服，腰系价值五十头骆驼的华贵饰带，皱额蹙眉，低垂双眼，慢吞吞地、架子十足地走过城里的一条条街道，每走五步就要若有所思地将一抔他那又黑又长的胡须；他这么走向清真寺，准备按照他的地位的要求，在那儿向穆斯林信徒们宣讲《古兰经》——每当这时，街上的行人便会停下脚步目送着他，并议论开来：

　　"真是个仪表堂堂、气度不凡的男子啊，而且有钱，是个富翁。"

　　"大大的富翁！"还多半有谁会补充，"在伊斯坦布尔港他不还有一座宫殿吗？他不还有许多的庄园、田产以及成千上万的牲畜和奴隶吗？"

　　"可不！"第三个道，"那个最近从伊斯坦布尔来的鞑靼人，那个由王爷——先知保佑他——亲自派来的鞑靼人，他就告诉我，咱们总督在莱斯－厄分迪跟前，在卡皮芝－巴什跟前，在所有大人们跟前，是的，甚至在苏丹的宫中，都深受器重呢。"

　　"可不！"第四个嚷嚷，"他真是平步青云。他有钱又有势，只不过——只不过，你们知道我想讲什么！"

　　"是啊，是啊！"众人嘀嘀咕咕，七嘴八舌，"实在的，他确实也有自己的烦恼，叫咱和他换个位置咱还不干呢。是个有钱有势的老爷；不过，不过！"

　　阿里·巴努在亚历山大城最漂亮的地区有一座豪华的宅第。宅子跟前，棕榈荫下，是用大理石砌成的一坡宽阔的台阶；傍晚，他便常常坐在上边抽他的水烟袋。在显示出敬重的距离之外，立着十二名盛装的奴隶，准备随时将他伺候：一个替他捧着槟榔叶，一个打着阳伞，第三个手捧用黄金打造的罐子，罐内盛着高级土耳其清凉饮料，第四个手执用孔雀翎编的拂尘，为他驱赶近旁的苍蝇；余下的是些伶人，全备有吹弹的乐器，时刻能满足他欣赏音乐的要求；其中，最有学问的那个奴隶则挟着一些经卷，准备朗诵给主人听。

然而，奴隶们却白白等着他的指示；他既不要求奏乐歌唱，也不想听那些睿智的古代诗哲的格言和诗句；既不爱喝清凉饮料，也不愿嚼槟榔叶。是的，甚至那个举着孔雀翎拂尘的家伙也白费力气，因为即使有只苍蝇绕着主人的脑袋嗡嗡飞来飞去，老爷他也不会察觉。

这时候，过往行人便常常停下来，不禁对宅第的豪华，对奴隶的盛装，对总督老爷的舒适享受，发出连声赞叹。可是呢，只要随后看看总督本人，看看他那么愁容满面地坐在棕榈树下，两眼只是痴痴地盯着从自己水烟袋里冒出的淡蓝色烟圈儿，他们立刻又会摇脑袋，说：

"真的啊，这个富翁挺可怜。他是有许多财富，却穷得赛过一无所有的乞丐；因为先知没给他享受自己财富的智慧。"

人们就这么谈论着，一边取笑他，一边继续走自己的路。

一天傍晚，总督又这么被世间所有的豪华富足包围着，坐在自己宅第的门前。他忧伤而又孤独地抽着他那水烟袋，远远站着的几个年轻人正一边端详他，一边说说笑笑。

"确实啊，"一个小伙子说，"这位阿里·巴努老爷是个傻瓜。我要有那么多财富，一定花出个样子来给他看。我会过得每天都潇洒、快乐，一定在府中的大厅里不断款待自己的众多好友，让那些沉闷的房间里总是充满笑声和欢呼。"

"是的，"另一个应和道，"这挺不错。不过呢，朋友多了会吃光产业，哪怕它大得跟先知祝福的苏丹的产业一样。换上了我，傍晚舒舒服服地坐在棕榈树下的宝座上，一定让奴隶们为我唱歌奏乐，让舞女们来为我献舞，演出她们的种种令人叫绝的节目。一边儿我还气派十足地抽我的水烟袋，吩咐送贵重的清凉饮料给我解渴，就像巴格达的国王一般尽情享受这一切的一切。"

"据说总督还是个博学而聪明的人呢，"给别人当文书的第三个青年说，"可不，他讲起《古兰经》来头头是道，说明他曾博览群书，包括所有诗人和智者的著作。可是，他的生活安排也像个有头脑的人吗？瞧那儿站着个奴隶，两手抱满经卷，只要允许我读读其中的哪怕就这么一卷，我也宁肯舍弃身上这套礼服。须知那肯定都是些罕见的珍本啰！可他怎么着？他坐在那儿抽水烟袋，对那些宝卷视而不见。我要是阿里·巴努老爷，那奴隶就准得给我念、念、念，直念到这小子上气不接下气，直念到夜幕降临，可他仍旧得念下去，直念到我酣然入睡。"

"哈！你们听听我的，看看我怎么享受生活，"第四个青年笑道，"吃啊、喝啊、唱啊、跳啊，还有读格言，听那些倒霉的诗人的作品朗诵什么的，通通滚蛋！不，我完全是另一种活法。他有成群的骏马和骆驼，大堆的金币。我要是他，便立马周游世界，甚至去到天涯海角，甚至去到莫斯科，去到弗兰克人居住的地方。只要能见到花花世界，没有啥地方对我太遥远。我就这样干，如果我是那儿那个人。"

"青年时代的确很美，可以乐乐呵呵，"一位其貌不扬的老者站在旁边听着他们，这时接过话茬道，"不过允许我指出，青年人也呆头傻脑，成天夸夸其谈，实际上却不知道自己到底在干些什么。"

"老伯，您的意思是？"年轻人吃惊地问，"您这是讲我们吗？我们在这儿议论总督的生活方式，跟您有什么干系？"

"谁要比他人明智一些，就该纠正他人的谬误，先知如此教导，"老者回答说，"不错，总督是挺有福气，家财万贯，人渴望的东西他全不缺；可尽管如此，他那么严肃、忧郁仍有理由。你们以为，他一直是这副模样么？不，十五年前我就见过他；那时候他活泼、矫健得像只羚羊，生活快乐而又满足。他有过一个儿子，既英俊又有教养，成了他生命的喜悦和寄托，谁要见着这小男孩，听听他的谈吐，谁都会羡慕总督养了这么一位宝贝儿，因为当时他才十岁，然而博学程度已超过其他十八九岁的大小伙儿。"

"他未必死了吗？可怜的总督！"年轻的文书失声喊出。

"要是知道儿子回到了先知的住地，在那儿过得比在亚历山大城还好，对总督来说倒是个安慰；他所了解到的情况，比这要遭得多。事情发生时，正值弗兰克人像饿狼一般拥入我国，和咱们打仗。他们占领了亚历山大城，从这里继续推进，与马墨鲁肯雇佣军对阵。总督是个聪明人，原本懂得怎么应付这些占领者。可是，也不知是人家觊觎他的金银财宝，还是他真的关照了自己那些同一信仰的兄弟，总之，有一天，占领者闯进他家里，指责他暗中给了马墨鲁肯军武器、马匹和给养方面的支援。他千方百计证明自己冤枉，但毫无用处，弗兰克人在敲诈钱财方面可是个粗暴、狠毒的民族。他们把他叫凯拉姆的幼子带回军营当作人质。他给了他们大笔金钱，可是人家仍旧不放过他，企图把赎金再往上提。这时候，他们接到一位统领或是其他什么上级的命令，要他们马上登船启程；在亚历山大城里却谁都一点儿信息没有——他们突然一下已到了海上，阿里·巴努的小儿子凯拉姆看样子也给带走了，因为从此就再无他的音信。"

"哦，可怜的人，安拉给他的打击真是沉重！"年轻人异口同声地叹道，同时一齐朝那位被荣华富贵包围着，却忧郁而孤单地坐在棕榈树下的总督望去，目光充满着同情。

"他的爱妻也死于丧子的苦闷之中。他自己则买了一艘船，将船装备起来，并且说动住在下边喷泉旁的那位弗兰克医生，让人家带他去弗兰克斯坦寻找丢失的儿子。他们驾船在大海上航行了很久很久，终于抵达那些曾经驻扎在亚历山大城的异教徒的国度。谁知那里正发生可怕的事变。他们推翻了自己的苏丹，王公贵族以及富人和穷人相互残杀，整个国家一片混乱。阿里和他的助手在城里四处寻找小凯拉姆，可没谁知道孩子的下落。临了儿，弗兰克医生劝他还是登船回老家的好，不然，他们自己的脑袋也可能弄掉。

"这样，他们又回到了亚历山大。从此，总督就生活得跟今天一个样，就老在为失去了儿子而哀痛，可也挺有道理。当他吃喝的时候，他不是一定会想，眼下我可怜的凯拉姆没准儿正在忍受着饥渴吧？

"当他按照职务和地位的要求戴上贵重的头巾，身着华丽的礼服，难道他能不想，这会儿我儿子也许正衣不蔽体吧？当他被自己的奴仆，被那些歌手、舞女和朗诵师围绕着，难道他能不想，我可怜的孩子眼下没准儿正在他的弗兰克主人面前献舞、弹唱，人家叫他做啥就得做啥吧？还有，令阿里最最苦恼的，是他相信小凯拉姆远离故土，生活在异教徒中间，一定会受到奚落歧视，被迫背叛祖宗的信仰，将来就算到了天国的花园里，做父亲的阿里想拥抱一下他也不能够了啊！

"也正因为这个缘故，总督才善待自己的奴隶，给穷人慷慨的施舍，心想安拉会报答他，感化那些弗兰克老爷的心，使他们也善待他的儿子。还有，每年在他儿子被抓走的那一天，他都要解放十二个奴隶。"

"这我也听说了，"年轻的文书应道，"不过各种说法奇奇怪怪，只是压根儿没提到他那儿子，却讲什么他是个大怪人，爱听讲故事得要命，因此年年都在自己的奴隶中举行比赛，谁的故事讲得最棒，他就还给谁自由。"

"别相信那些人胡扯，"老者说，"事实正如我讲的；我知道得一清二楚。可能的只是，为了在难挨的日子里有所消遣，他也让人给自己讲故事；但解放奴隶纯粹是为他儿子的缘故。不过呢天已凉了，我得走喽。年轻的先生们，我祝各位平安如意，可在将来请把咱们善良的总督想得好一些！"

青年们感谢老先生提供情况，再瞅了瞅那位忧伤的父亲，也顺着大道走了，边走还边相互表白："我才不愿变成阿里·巴努总督喽。"

在青年们和那位老者一起谈论阿里·巴努总督之后不久，他们又在差不多该做早祷的时候来到了总督府前的街上。这时候他们想起了老先生和他讲的那段往事，禁不住为总督惋惜起来，同时一起向那座府第望去。谁料他们多么吃惊啊！他们发现那儿一切都装饰得再漂亮不过：屋顶上飘扬着各色各样的旗帜，一群打扮得花枝招展的女奴悠闲地走来走去；大厅的墙壁上蒙着精美的挂毯，从挂毯旁垂下来的绸缎一直盖住了台阶宽阔的梯级，甚至大街上也铺着好看而细软的布料，叫人恨不得剪下一段来给自己缝套节日盛装，或者作冬天盖腿的毯子。

"呵，短短几天总督就完全变了样！"年轻的文书说，"他打算大宴宾客？还是想叫他的歌手和舞女们露一手？瞧瞧这些地毯！整个亚历山大还有谁家的这么漂亮？再看地上铺的这些布料，真的，太可惜啦！"

"你们知道我怎么想吗？"另一个青年说，"他呀，准是要迎接一位贵客。要知道，每当一位大国的国君或是国君的大臣幸临下访，主人都会这么大肆准备。可今天来的到底是谁呢？"

"快看，那下边不是咱们上次见过的老头又来了吗？嘿，他无所不知，一定能给咱们揭开谜底。喂喂！老人家！劳驾您过来一下好吗？"

青年们这么喊着，老头儿听见了，走了过来；因为他已认出他们，想起几天前曾和他们谈过话。青年们让他注意看总督府第的装饰排场，问他知不知道有什么贵客要来。

"你们大概以为，"老者回答，"阿里·巴努今儿个是要大宴宾朋，或者准备迎接什么王公大人来访喽？没有的事儿。不过嘛，今天是拉马丹月的第九天，你们都知道；就是在这一天，他的儿子被占领者抓到军营去了。"

"可是先知保佑！"一个青年说，"眼下一切看上去就跟要举行婚礼，或者有其他盛典似的，这与他那著名的悲哀日子怎么对得起头来呢？就算总督这人本来就有些神经兮兮的。"

"您还是这么快就下结论么，小伙子？"老先生笑眯眯地问，"这次您的箭同样十分锋利，您的弓弦也拉得很紧，可是射出去却远远离开了靶心。告诉你，总督今天是在等他的儿子。"

"这么说他已找到啦？"年轻人欢呼起来。

"不，还差得远哦。可我告诉你们：在八年或者十年前，总督也一样怀着悲哀和怨恨度过这不幸的一天，也曾解放奴隶，周济穷人吃的喝的，不想这时却发现府第的阴暗处躺着个托钵僧，精疲力竭，奄奄一息，便叫人也给他送了饮食。这位托钵僧他可是个圣者，擅长预言和占星术。他从总督仁慈的手里得到施舍，吃饱了喝足了，便走上前去对总督道：我了解你苦恼的原因；今天是拉马丹月的第九天，你不就是在这一天失去了你的儿子吗？可是别伤心，这悲哀的日子对于你会变成一个节日；要知道正是在这一天，你的儿子会回来的！

"托钵僧如是说，而身为穆斯林如果怀疑这样一个人讲的话，那简直就是罪过。阿里的苦闷虽然并未因此而减轻，可在这一天他便总是期待着儿子归来，便尽量装饰宅第、大厅和各处的台阶，仿佛他儿子凯拉姆随时会出现一样。"

"真妙！"文书接过话茬，"不过呢，我倒挺喜欢看这所有辉煌的布置，看处在这辉煌中间的阿里本人的哭丧样儿，而最最重要的，是听听他的奴隶们给他讲些什么故事。"

"这再容易不过，"老者回答，"府第里的奴隶总管是我多年的朋友，每逢这一天他都在大厅里给我留个座位；那里边挤满总督的亲朋好友和仆佣，没谁会注意多了一个两个人。我准备和总管说说，求他放各位进去。你们总共四个，看来不成问题。九点钟的时候再上这儿来，我准回你们话。"

老者讲完，青年们向他道过谢走了，只是都好奇得要死，巴不得看见整个事情如何进展。

青年们按时回到总督府外的老地方，碰见了老者。老者告诉他们，总管已经答应带他们进去。随后他便带头往前走，但不是经过装饰得漂漂亮亮的台阶和大门，而是溜进一道小小的侧门，进去后就小心翼翼地随手把门关严了。接着他再领着小伙子们穿过一条又一条走道，直至进入大厅。厅中挤挤挨挨四处是人：盛装的大人先生，本城的绅士名流，总督的知交好友，全都来安慰他，分担他的哀痛。此外还有大批不同种族和不同职司的仆人使女，也是一个个哭丧着脸，因为他们都爱戴自己东家，和他一样感到悲哀。在大厅尽头一张豪华的长沙发上，坐着阿里·巴努最显赫的朋友，一群奴隶正在伺候他们。在他们旁边的光地板上，坐着总督本人；失子的哀痛不允许他贪图享受。他手撑着脑袋，似乎很少听朋友们冲他低声讲的安慰话。在他正对面，坐着一些个奴隶装束的男子，有少有老。老先生提醒他的年轻朋友，说那些正是阿里准备今天解放的奴隶。他们里边也有几个弗兰克人；老先生特别让青年们注意其中一个格外英俊的小青年。仅仅几天之前，总督才花一大笔钱从一个突尼斯奴隶贩子手里买来了他，今天就打算恢复他的自由；因为阿里相信，他放回国去的弗兰克人越多，先知也会越早解救他的儿子。

等饮料都已分送到了各处的客人手中，总督才给奴隶总管一个暗示。后者站起身来，于是大厅内一片沉寂。他走到那群将要获得自由的奴隶跟前，以庄严的声调宣布：

"多亏亚历山大城的总督，多亏咱阿里·巴努老爷的仁慈，你们这些人今天即将获得自由，按照咱们府里在这一天的规矩，你们就开始献上你们的故事吧！"

奴隶们先是交头接耳，嘀嘀咕咕。紧接着，一个老奴便开始讲下面的故事。

矮子长鼻儿

老爷！有些人相信只是在哈伦·阿里－拉希德还统治着巴格达的时代，才存在仙女和巫师，或者甚至认为城里市集广场上的说书人讲那些有关精灵及其主子们的事迹都属于子虚乌有，这些人便大错而特错了。现而今仍然有仙女。就在前不久，我亲身经历了一件事，其中显然有精灵在作祟。且听我慢慢道来。

许多许多年以前，在我亲爱的德意志祖国的某座大城市里，住着一个鞋匠和他的妻子，夫妻二人过着俭朴而又规矩的生活。白天，丈夫坐在街角上，忙着缝补各种鞋子和拖鞋。他有时也做双把新活儿，要是有谁来定做的话；可这一来他就得现去买皮子，因为太穷了，家里没有现存的材料。妻子则在城外一个小园子里种蔬菜和水果卖；许多市民都乐意在她这里买，因为她不只穿戴整洁，还把商品摆放陈列得令人赏心悦目。

夫妇俩有个漂亮小男孩。小家伙生得眉清目秀，身材匀称，才十二岁个子已相当高。他通常喜欢坐在母亲的蔬果摊子上；对那些常来照顾鞋匠太太生意的妇女和厨师们，他也乐意帮着送货上门，而送完回来时，很少手里不是拿着一朵鲜花或是一枚钱币或是一块蛋糕什么的。厨师们的东家看见带回家来这么个漂亮男孩都挺高兴，常常送给他不少礼物。

一天，鞋匠太太又跟往常一样地坐在集市上，面前摆着一筐筐白菜、青菜、菜秧和其他蔬菜，还有一小篮早熟的梨儿、苹果和杏子。小雅可卜——男孩叫这个名字——坐在母亲身边，正嗓音清脆地吆喝着卖货：

"来呀来呀，各位先生太太，您瞧瞧这白菜多水灵儿，这大葱蒜苗真是香喷喷；还有早熟的梨儿、苹果和杏子，你们哪位买啊？我妈妈开价便宜又公道！"

小家伙这么喊着，集市上走来一个老婆子。她看上去衣衫褴褛，长着一张尖溜溜的小脸儿，两眼通红，又尖又长的弯钩鼻子几乎伸拢下巴，已老得脸上全是皱纹。只见她拄着一根长长的拐杖，走起路来一瘸一拐，摇摇晃晃，不，很难讲真是在走，简直就像双脚踩着滑轮，随时都可能尖鼻子朝下摔倒。

鞋匠太太仔细端详老太婆。她每天在集市上做生意已经整整十六年，可却从未见过这么个怪人。发现老婆子颤颤巍巍地向自己走来，停在她的菜筐子前面，她禁不住吓了一跳。

"你就是卖菜的汉娜吧？"老太婆嗓音嘶哑难听地问，同时脑袋不住晃动。

"是的，我就是汉娜，"鞋匠太太回答，"想买点什么吗？"

"咱们瞧瞧，咱们瞧瞧！瞧瞧你这些破菜，瞧瞧你这些破菜，看可有我要买的。"老婆子回答，同时在菜筐前弯下腰，把她那双深褐色的丑陋的手伸进筐中，用蜘蛛腿一样的瘦长手指抓起那些原本摆放得整齐漂亮的蔬菜来乱翻一通，并且将它们一颗颗凑到自己的长鼻子下嗅来嗅去。看着她这么糟蹋自己珍贵的蔬菜，鞋匠太太的心都快缩紧了，但是又不敢讲什么，因为挑挑拣拣本是顾客的权利；再说，对这个老太婆，她还感到一种特别的恐惧。把全筐都翻遍以后，老婆子竟嘟嘟囔囔说："破玩意儿，烂菜叶，没有一点我想要的，五十年前的货色可好多啦；破玩意儿，破玩意儿！"

这样的胡说终于使小雅可卜不耐烦了。

"我说，你这个老太婆脸皮真叫厚，"他气得叫起来，"先是把自己又脏又丑的手指伸进好好的菜里乱捏乱翻，随后又凑到你那长鼻子底下嗅来嗅去，叫别人看见谁还会再来买？这会儿呢，竟然骂我们的菜是破玩意儿；要知道连公爵的厨子什么都在咱们这儿买呢！"

老婆子瞟了大胆的男孩一眼，冷笑了笑，声音嘶哑地道：

"小崽子，小崽子！这么说，你不喜欢我的鼻子，不喜欢我漂亮的长鼻子喽？我让你脸上同样长一个，一直垂到下巴上。"说时，她已移动到另一个摆着卷心菜的筐子边。她把那些洁净美丽的圆白菜抓在手里猛挤猛捏，挤捏得白菜发出吱吱吱的叫声，然后又胡乱扔回筐中，还是那句话："破玩意儿，烂白菜！"

"别把脑袋那么讨厌地摇来摇去！"小男孩恐惧地喊道，"你的脖子细得跟卷心菜的把儿差不多，容易折断喽；真这样你的脑袋就会滚进筐子里，叫谁还敢来买咱们的菜呢！"

"你不喜欢细长的脖子，是不是？"老太婆笑嘻嘻地嘟囔说，"我让你压根儿没脖子，脑袋只好陷进两肩中间，免得它从你小小的身躯上掉下来！"

"别跟小孩子这么胡说八道好不好！"面对老婆子一个劲儿地闻来嗅去、吹毛求疵，鞋匠太太终于不高兴地说，"您要是想买什么就赶快买，别把我其他买主给赶跑了。"

"好好好，就照你说的办！"老婆子眼露凶光，大声回答，"你所有这六颗圆白菜咱全买啦；可你瞧，我得拄着拐杖，什么也不能再拿。叫你儿子把菜送回我家去吧，我会给他小费的。"

小男孩不肯去，哭了起来；对这个丑陋的老太婆，他可害怕啦。然而母亲严肃地命令他去，因为在她看来，让一个如此瘦弱的小老太婆独自搬这些菜，真正是罪过。雅可卜只好从命，哭丧着脸用布将白菜裹起来，跟随着老婆子走出市场去了。

他们走得挺慢挺慢，用了将近三刻钟才走到城外一个很偏僻的地区，终于站在一幢破旧歪斜的小屋前。这时候，老婆子从衣袋里掏出一只生了锈的旧铁钩子，把它敏捷地伸进门上的一个小孔，门便一下嘎啦嘎啦地自动开了。可是一跨进门，小雅可卜是多么惊讶啊！房子内部的装修豪华之极，天花板和墙壁全是大理石板铺的，家具则一色的高级紫檀木，而且嵌满了宝石和金丝，地板却为玻璃镶成，因此滑得要命，小男孩一连摔倒了好多次。只见老婆子从衣袋里掏出一只小银笛儿来，吹出一个刺耳的曲调；笛声传遍了整个屋子。立刻从楼梯上跑下来几只豚鼠，那德行叫小雅可卜感觉非常之奇怪，因为豚鼠都直着身子用两条后腿走道儿，爪子上还套着核桃壳儿当鞋子，身上穿着人类的小衣服，头上甚至戴着最时兴的礼帽。

"我的拖鞋到哪儿去了，你们这帮坏蛋！"老太婆嚷嚷着，用拐杖打得豚鼠些又是叫又是蹦，"还想让我这样子站多久？"

豚鼠们飞快蹿上楼梯，带回来一双毛皮衬里的椰子壳拖鞋，灵巧地套在老婆子脚上。

这一下她一点儿不瘸不晃啦。只见她扔掉拐杖，一把拽住小雅可卜的手，飞快地滑过玻璃地面。老太婆终于停在一个房间里；那儿摆放着各式各样的器皿，很像是个厨房，尽管有一些桃花心木的桌子和铺着华丽毯子的沙发，使人觉得更可能是间客厅。

"坐下，孩子，"老太婆一边把雅可卜按进一只沙发角，并且移了一张桌子到他面前让他出不来，一边说，"坐下歇会儿吧，你搬了够重的东西，那些个人脑袋可是不轻，可是不轻。"

"瞧您说什么呀，夫人！"小男孩叫起来，"我累是累，但我搬的只是些圆白菜，您从我妈妈那儿买的圆白菜。"

"嘿，你错啦！"老婆子哈哈一笑，揭开筐盖，果然拽住头发从筐中拖出一个人头来。小家伙吓了一大跳，不明白一切是怎么搞的；可他立刻想到自己的母亲。要是有谁知道了这些人头的事，他暗自想，那他一定会去控告我妈妈的。

"现在也得给你一些个奖赏，因为你够乖的，"老婆子喃喃道，"不过得耐心等一会儿，我要为你烧一碗汤，叫你喝过以后一辈子也不会忘记。"她说着又吹了吹笛子。

首先应声到来的是一些穿着人衣服的豚鼠，它们扎着围裙，腰带上别着汤勺和餐刀；接着又蹦进来一群小松鼠，穿着宽大的土耳其裤子，站着走路，头戴着绿色的小便帽。松鼠们活像一群厨房打下手的小厮，只见它们动作麻利地爬上墙壁，取下来锅盆碗钵，鸡蛋黄油，蔬菜面粉，把它们一齐搬到灶台上。穿着椰子壳儿拖鞋的老太婆呢，在灶跟前不住地忙来忙去；小雅可卜看在眼里，以为她真是想要为他烧点什么可口的东西呢。一会儿，灶火哗哗剥剥冒了起来，烟雾腾腾，锅子里发出煎炸之声，屋子里弥漫着浓浓的香味。老婆子奔来奔去，松鼠豚鼠紧随其后，每次经过灶跟前，她都要伸长鼻子瞅瞅锅子里的情况。终于开始冒泡，开始沸腾；一股股水汽从锅里腾起来，泡沫溢出，流进火中。老婆子端下锅子，把汤倒进一只银碗，把碗放到小雅可卜面前。

"喏，孩子，"老太婆说，"喏，快喝下这汤，喝了你就会得到我身上你所喜欢的一切！你还会成为一名能干的厨师，还会有些出息。可是圆白菜，不，圆白菜你再也找不到啦。你的妈妈为什么不把它放在篮子里呢？"

小家伙不明白她嘟囔些什么，便专心一意地喝起那他觉得很可口的汤来。他妈妈也曾经给过他许多好吃的东西，可却从来没有什么的味道像这汤一样鲜美。蔬菜和佐料的浓郁香味从汤里飘起来，汤味儿酸甜酸甜的，稠糊糊的。在他喝最后两口汤的时候，豚鼠们点燃了阿拉伯线香，于是房中便有淡蓝色的烟雾弥漫飘逸。烟雾越来越浓重，越来越浓重，终于渐渐下沉；烟味儿叫小家伙昏昏沉沉。他多次想大声对自己喊，他得回母亲身边去。他努力打起精神，却一次又一次地堕入梦乡，最后还是在老婆子的沙发上沉沉入睡。

他做了一些个怪梦。他觉得老婆子脱掉他的衣服，在他身上裹了一张松鼠皮。现在他也能像只松鼠似的蹦蹦跳跳和攀登高处了。他和其他的豚鼠、松鼠一块儿四处忙乎，替老婆子干这干那；它们全都是些规规矩矩的老好人。一开始，小雅可卜只配当一名擦鞋工，也就是说，他必须给老婆子当拖鞋穿的椰子壳儿涂上油，然后把它揎得锃亮。由于在父亲那儿他已经常奉命干类似的活儿，他擦起鞋来得心应手，因此大概过了一年，如他继续梦见的，他已被分配去干比较精细的差事。也就是说，他现在得和其他几只松鼠一块儿去逮太阳光中的尘埃，逮够了再用发丝编的细筛子筛。老太婆认为这才是最精细的粮食；她因为没有牙，不好咀嚼，就吩咐用阳光中的微尘做面包给她吃。

又过了一年，雅可卜被提升为替老太婆搜集饮水的用人。你可别以为她是要挖一个蓄水池，或者让人摆一只桶在院坝中接雨水；不，事情要细得多，雅可卜和松鼠们必须用榛子壳儿从玫瑰花上采花露，这才是老太婆的饮水。由于她喝很多很多，挑水夫们的活儿真不轻松。再过一年，雅可卜调到了家里干内勤，任务是保持地板的清洁。因为地板是玻璃的，哈口气儿都看得出来，活儿也挺繁重。他们得用刷子刷，还在脚上缠些破抹布，踏着布在屋里不停地逛来逛去。第四年，他终于被派进了厨房。这可是桩荣誉职务，只有经受住了长期的考验才能获得。雅可卜从小帮工一直干到首席糕点师，凡是厨房里的活儿无所不懂，无所不精，以致他自己也常常感觉十分惊异。就连用两百种原料烤的糕点，用地球上所有蔬菜烧的菜汤，他也通通学会做了；他领悟得快，做得也呱呱叫。

就这么样，雅可卜在老婆子家里一干干了七年。一天，老婆子一边脱掉脚上的椰子儿，攥起篮子和拐杖准备出门，一边吩咐雅可卜在家里揎一只小鸡，然后在鸡肚子里塞满香菜，等她回来时就得把鸡烤得黄酥酥的。雅可卜按部就班地干着。他先拧断鸡脖子，把鸡浸进开水里，很麻利地揎掉鸡毛，剥去鸡的老皮，使它变得光光生生，最后再掏掉它的内脏。接着，他开始找寻各种准备塞进鸡肚子里的香菜。可是在菜库里，他这次发现了一个以前从未注意的小壁橱，半掩着门。他好奇地走过去，想看看里边装些什么。可瞧啊，里边摆着些小篮子，一阵阵浓郁的芳香从篮子中飘了出来。他揭开一只小篮儿，发现里边盛着一种形状和颜色都很特别的蔬菜。茎和叶都青绿青绿的，顶上托着一朵镶着黄边儿的火红色小花。雅可卜端详着小花，闻着花香，不知不觉陷入了沉思。花香浓郁扑鼻，和当初老婆子给他喝的汤香味一个样。可是香味实在太强烈，雅可卜开始打起喷嚏来，越打越响，越打越厉害——最后一下把他给打醒了。

他躺在老太婆的沙发上，莫名其妙地瞅着四周。"不，做梦可哪会这么生动！"雅可卜自言自语，"现在我甚至敢起誓，我真的当过松鼠、豚鼠和其他小动物的伙伴，但最后成了一位大厨师。要是我把这些告诉母亲，她定会狠狠笑话我！还有她会不会生气呢，我竟在陌生人的家里睡着了，而没有在市场上帮她看摊子？"这么想着，雅可卜已振作精神，准备离开。只不过呢，他的手脚睡得已有些僵直，特别是脖子，他连脑袋也没法子再好好转来转去。他自己也忍不住好笑，竟会睡得这么迷迷糊糊；以至于经常莫名其妙地让鼻子撞着橱柜或者墙壁，要不转身快一点，鼻子就打在了门框上。松鼠和豚鼠们呜咽着围住他跑来跑去，像是要给他送行；他呢，站在门槛上也真与它们挥手告别，因为它们确实是些可爱的小动物呀。可它们蹬着榛子壳儿滑进屋里去了，雅可卜只能听见它们在远处哀嚎。

老婆子引他去的是城外一个很偏僻的地区，雅可卜从那些狭窄的小巷里几乎找不出来，再说周围人又特别拥挤。该不是附近刚好出现了一个侏儒吧，雅可卜想，因为他走到哪儿哪儿就有人喊："嘿，快瞧那矮怪物！这小侏儒是打哪儿来的？噻，鼻子可真叫长！脑袋怎么陷进了肩膀里，一双手爪爪又黑又丑喽！"

要换在别的时候，雅可卜肯定也会跟着跑去瞧热闹，因为他有生以来就喜欢看巨人哪，侏儒哪，还有奇装异服什么的；可这会儿他得加紧往母亲那儿赶。

快走拢市场，他心里真是怕极了。母亲仍然坐在那里，筐子中还有相当多的蔬菜，也就是说他不可能睡了很久。然而，他远远地就已察觉，母亲似乎很悲伤；因为她没有吆喝着让人家买自己的菜，而是用手撑着脑袋。走近了，他也肯定她脸色确实比以前苍白。他迟疑着，不知该怎么办才好。他终于鼓起勇气，轻轻溜到母亲身后，用手抚着她的胳臂，亲切地问：

"妈妈，你怎么啦？你生我的气了么？"

妇人转过身来，可马上惊叫一声退了回去。

"你要干什么，丑陋的侏儒？"她喊道，"滚开，快滚开！我可受不了这样的玩笑！"

"可妈妈，你这是怎么啦？"雅可卜惊诧莫名，问，"你大概不舒服了吧；不然干吗赶自己的儿子走？"

"我说了快给我滚开！"汉娜太太恼怒地回答，"从我这儿你甭想骗到一个子儿，你这丑八怪！"

"真的，上帝使她失去了理智！"小雅可卜忧心忡忡地自言自语，"我怎样才能把她弄回家去呢？亲爱的妈妈，清醒清醒吧；好好看看我，我可是你的儿子，你的雅可卜啊！"

"胡说，你这样瞎扯我再不能容忍啦！"汉娜开始呼唤旁边的女贩，"喂，快瞧瞧这个小丑八怪；他站在这儿把我的买主全赶跑了。他竟敢对我的不幸进行讥讽，说什么：我是你的儿子，你的雅可卜！这不要脸的家伙！"

旁边的女贩一听都跳起来，扯开喉咙拼命谩骂——女贩们这可在行啦，你们了解——骂他不该取笑可怜的汉娜，因为七年前她遭遇了不幸，她那漂亮得跟画儿似的小男孩被人拐走了。骂着骂着，女贩们就一起扑过来，小家伙要不是马上逃之夭夭，一定会被抓得遍体鳞伤。

对刚发生的这一切，可怜的雅可卜不知道该怎么想。今天早上，他不是跟平时一样陪妈妈来到市场上，帮着她摆好蔬菜水果，然后跟一个老太婆去她家，在那儿喝了一碗汤，打了一小会儿盹儿，现在不又回来了吗？可他妈妈和其他女贩却说什么七年！而且，她们还叫他小丑八怪！他这是到底怎么啦？——雅可卜看见妈妈压根儿不愿再听他说什么，禁不住热泪盈眶。他伤心地转过街角，朝着父亲白天在那儿补鞋的小铺走去。"我倒要看看，"他暗想，"他是不是也不肯认我；我要站在铺子门口，和他说话。"到了铺子，雅可卜走到门口往里边瞅，只见鞋匠师傅正起劲地干活儿，根本没看见他。可没想到父亲偶然抬眼朝门口一望，手里的鞋、线和锥子全掉在了地上，而且惊呼：

"上帝啊，那是什么？那是什么？"

"早上好，师傅！"小家伙边说边走进铺子里，"您过得怎么样？"

"糟透啦，糟透啦，小先生！"父亲的回答令雅可卜大为惊讶，似乎根本不认识他是谁，"生意做不走哟。年纪大了，就自己一个人，又请不起伙计。"

"可您不是有个小儿子吗？他慢慢就可以当你的帮手了呀！"雅可卜继续探听。

"我是有过小男孩，名叫雅可卜，现在该已是个魁梧能干的大小伙子啦，本来真可以好好帮我一把的。嗨，命该如此！他已经长到十二岁，又听话，又机灵，已学会干不少活儿，模样儿既漂亮又可爱；他要在准会给我引来不少主顾，我也用不着再补补缝缝，而是只做新鞋呢！可世间的事就这样！"

"您的儿子他到底去哪儿啦？"雅可卜声音颤抖地问自己父亲。

"鬼才知道，"老人回答，"七年前，是啊，已经是很久以前的事了，他在市场上让人给拐走了！"

"七年前！"雅可卜惊叫一声。

"是啊，小先生，是七年前；我记得清清楚楚，就像今天才发生的事情一样：我的老婆又哭又喊地跑回家来，说是孩子一整天没看见了，她到处打听到处寻找，还是找不着。我早就想早就说，有一天会出事！雅可卜是个漂亮男孩，谁都得承认；我老婆因此很骄傲，总爱听别人夸奖他，也常常打发他送蔬菜到大户人家去。这样做倒没错，他每次都得到不少小费；可是，我说过，得留神啊！城市挺大，住的坏人也不少，可给我照看好雅可卜哟！结果就像我讲的，一天市场上来了个丑老婆子，对蔬菜瓜果讨了很久的价，临了儿买的东西自己却拿不动。我老婆心肠好，就派儿子送她回家——从此就不见了儿子。"

"您说，到今天已经七年？"

"到春天就整七年。我们发寻人启事，我们挨家挨户打听。许多人认识这漂亮男孩，喜欢他，也跟我们一起寻找，可全都白费力气。还有那个买菜的老婆子，她也没任何人认识。只有一位很老很老的妇人说——她大概活了已有九十岁了吧——这可能就是恶毒的老妖婆滥菜帮干的，她每隔五十年来城里采购一次这样那样的东西。"

雅可卜的父亲一边讲述，一边猛力地敲打鞋底，用两手从鞋里拽出长长的麻线。小家伙渐渐明白自己出了什么事，原来他不是在做梦，而是真的变成了一只小松鼠，给可恶的老妖婆当了七年差啊！他又恼又恨，肺都快气炸了。那鬼老婆子夺去了他七年的青春，为此给了他什么报酬呢？就是为她擦椰子壳儿拖鞋？为她打扫玻璃地板房间？就是从豚鼠们那儿学习烹调的秘密？雅可卜木呆呆地站了好一会儿，思考着自己的遭遇。这时他父亲终于问：

"您也许要我替您干点儿活儿吧，少爷？比如一双新拖鞋呀，或者"——他笑了笑，继续说——"也许为您的鼻子做个套套？"

"您想把我鼻子怎么着？"雅可卜问，"我干吗要给它做个套套？"

"喏，"鞋匠回答，"人跟人口味不同；可我必须告诉您，要是我有这么一个可怕的长鼻子，我定让人用玫瑰红的光亮皮给我做一个鼻套。瞧，我手头就有一块挺漂亮的；没错，至少得用六七寸才够。那时候您就会安然无恙了，小先生；而现在，我清楚，您想躲也躲不开，鼻子老是撞在门框上，车门上。"

小家伙惊呆了。他摸摸自己的鼻子，它真粗大啊，足足有一卡长！这么说，老妖婆把他的模样也改变了！难怪母亲不认识他！难怪人家都骂他小丑八怪！

"师傅，"他哭声哭调地对鞋匠说，"您手边有没有一面镜子？可不可以借我照一照？"

"我说少爷，"他父亲一本正经地回答，"您可偏偏没有一个值得骄傲的好模样啊，您没有理由过一会儿就照照镜子啊。改掉这个坏习惯吧，它会让您显得特别可笑。"

"唉，还是请您让我照一照，"雅可卜提高嗓门说，"不是出于虚荣，真的！"

"别再烦我啦，我店里没镜子。我老婆有面小圆镜，可我不知道她藏在哪儿。如果您非照不可，喏，去住在街对面的乌尔班那儿，这理发师有面镜子，比您脑袋还大一倍呢。去那儿照个够吧，咱们再见！"

父亲一边说，一边将雅可卜慢慢推出铺子，在他背后关上铺门，又坐下干他的活儿去了。小家伙却十分懊恼，垂头丧气地向街对面的理发铺走去；乌尔班他可是先前就认识。

"早上好，乌尔班，"他招呼理发匠，"我来求您一件事；行行好，让我照照您的镜子吧！"

"请便，它挂在那儿，"乌尔班笑着回答，正等他刮胡子的顾客们也跟着哄堂大笑，"您可是位英俊小伙儿呢，身材修长挺拔，脖子长长的如同天鹅，小手保养得像位王后，鼻头儿更是美得不能再美！您为此有些个骄傲，真的；您要照就照个够吧！可别让人说我乌尔班出于妒忌，连镜子也不借您照喽。"

理发匠如是说，整个铺子笑声震天。这时，小家伙已蹩到镜子跟前，只是往里一瞅，泪水就涌进了眼眶。"是啊，亲爱的妈妈，这样子你当然认不出你的雅可卜，"他自言自语，"在你还喜欢拿他在人前显示的欢乐时日，他可不是这副模样哟！"他的眼睛现在小得跟猪一般，鼻子长得拖过嘴巴快触到下巴，脖子似乎完全给截走了，脑袋深深陷进肩膀里，往左右转动都痛得要命。他的身高还跟七年前十二岁时一个样；如果说其他人从十二岁到二十岁都是往上长个儿的话，他却只是横着在长，因此胸和背远远地鼓出来，整个身躯看上去犹如一只塞得满满的口袋一样；如此臃肿的上身却由两条瘦弱的小腿儿勉勉强强支撑着，身上拖下来的两条胳臂因此显得格外的长，其长度和发育正常的成人差不多，手掌皮肤粗糙，呈黄褐色，指头儿细瘦得像蜘蛛腿儿，认真伸直手臂不弯腰就够得着地面上。他，小雅可卜，就是这么副怪样子，完全变成一个畸形的侏儒啦。

　　这当儿，他又回忆起了那天早上老妖婆来他母亲菜摊前的情形。她当时令他讨厌的一切，这长长的鼻子，这丑陋的指头，她全都移到他身上来啦；只有那条十分细瘦的颤巍巍的脖子，她全给免了。

　　"喏，您现在照够了吧，我的王子？"理发匠走到雅可卜面前，笑嘻嘻地打量着他说，"真的，即使是安起心做梦，也梦想不出会有如此滑稽可笑的相貌。可我要给你一个建议，小汉子。我的理发铺尽管生意还不错，可一些时候以来却不够理想。原因我的邻居邵姆，他不知从哪儿弄来一个巨人当广告，把顾客都吸引到他的理发铺里去了。喏，要变成巨人你自然没本事，可就像你这么个小东西，倒也别有一番趣味儿。替我干吧，小家伙，住的、吃的、喝的、穿的，我通通包了，你只需每天早上往我店门前一站，为我招徕顾客。然后呢，你就帮我打打肥皂沫儿，给顾客递递毛巾；你相信好啦，咱俩会合得来。我将比用巨人作幌子那家伙顾客多，而每位顾客还乐意给你点小费。"

　　对于替理发匠当幌子的建议，小雅可卜打心眼儿里感到愤慨。可是这奇耻大辱他除了忍着，还能作何反应？他因此心平气和地回答理发师，他没时间干这样的差事，说完便走开了。

可恶的老妖婆尽管压制了他的身体，却一点奈何不得他的精神，这点雅可卜心里十分明白。要知道他的思想，他的感情，已不再是七年前的那个样子；不，他相信在此期间，他变得更加聪明，更加理智了。他现在难过的并不是失去了美貌，并不是外表丑陋，而是他竟像狗一样，被父亲赶离了家门。因此他决定，再上母亲那儿去试一试。

他走到市场上母亲面前，求她静静地听他把话说完。他对她讲他跟老婆子去那天的情形，讲他童年时代的一桩桩细小的事情，他然后告诉她，他怎么变成了小松鼠，在妖婆家里干了七年活儿；而老妖婆之所以把他变成眼下这样，就因为他当时骂了她。鞋匠太太不知道该怎么想；雅可卜对他讲的一切，包括他小时候的事情，都那么准确。只是当他说到当了七年的小松鼠，她才打断了他："不，不可能，哪里有什么妖婆。"而且仔细看看雅可卜，这小丑八怪立刻叫她感到厌恶，怎么也不相信他就是自己的儿子。临了儿，她觉得最好还是和自己丈夫再商量商量。于是她收拢菜筐，叫小东西跟她去。一会儿，他们走到了鞋匠铺。

"你看看，"她告诉丈夫，"这个人硬说他是咱们丢失了的雅可卜。他给我讲了七年前被拐走时的全部情况，还说什么中了一个妖婆的魔法。"

"什么？"鞋匠怒冲冲地打断了她，"他给你讲这个？等着，你这坏种！一个钟头前我刚对他讲了一切，他竟马上就来愚弄你！你真中了魔法不是，小子？等着吧，我这就来替你驱魔！"说着，他抓起几条刚割好的皮子，冲到小矮子跟前，照他高高弓着的脊背和长长拖着的手臂上一阵猛抽，痛得小东西尖声哭叫着逃走了。

跟四处一样，这座城市里也很少有同情心的人，愿意可怜一个既不幸又长得有些可笑的侏儒。于是，不幸的小矮子一整天都没吃没喝，天黑了也只有待在一座教堂前的台阶上，把这又冷又硬的地方权当自己过夜的床铺。

可第二天清晨，当头一束阳光唤他醒来，雅可卜就开始认真考虑自己该怎么活下去，因为父母亲都已经不要他了。他觉得自尊心太强，不可能替理发匠当活广告；他才不愿意为了钱丢人现眼，做别人取笑玩弄的小丑呢。他该怎么办呢？突然，他一下想起自己在当小松鼠时，烹调技术大有长进；他有理由相信，他比许多厨师毫不逊色；他决定利用自己的技术。

一当街上人多了些，天完全大亮了，他便首先去教堂里做了祷告。随后他上了路，去自己决定去的地方。公爵，这个国家的国君，嗨，那真是一位出了名的美食家。为饱口福，他派人在全世界物色厨子。小矮子就要去他的宫中。当他来到大门前，门卫问他干什么，还拿他当笑料。他要求见大厨师，他们一边取笑他，一边领他穿过前面的院子。他所到之处，用人们都停住脚伸长脖子瞅他，冲他嘻嘻哈哈，向他聚拢，渐渐地就出现一支由各式各样的仆佣组成的大队伍，顺着宫里的台阶往上移动。马夫们扔下了手里的刷子，听差一个个跑得更欢，清洁地毯的忘记了抽打地毯，全都争先恐后，你推我攘，那乱劲儿叫人感到似乎敌人已经杀到宫外。一阵阵叫嚷声在空中回荡："一个侏儒！一个矮子！你们看见侏儒了吗？"

这当口，宫中的总管满脸恼怒，手里提着一条粗大的鞭子，从殿内走出来。"吵什么吵什么！你们这些狗东西，翻天了吗？你们不晓得，公爵正在睡觉？"说着便挥动皮鞭，狠狠地抽在几名马夫和门卫的脊背上。

"唉，老爷！"他们叫起来，"您难道没瞧见？咱们给您带来了一个矮子，一个侏儒，您从未见过的侏儒。"

宫廷总管一见那个小丑八怪，好不容易才忍住了没有笑出声来，因为他怕大声地笑有损尊严。他用皮鞭赶走了其他人，自己把侏儒领进殿中，问他有何愿望。当他听说雅可卜想见厨师长，便说：

"你错啦，小伙子，你是想来见我，见宫廷总管；你是想当公爵身边的侏儒，对不对？"

"不，老爷！"侏儒回答，"我是一个能干的厨师，有做各种罕见菜肴的经验。求您领我去见厨师长，他也许用得着我的手艺。"

"人各有志喽，小伙子；只不过呢你确实是欠考虑。当什么厨师！做公爵的贴身侏儒不需要干活儿，却有的是吃喝，还穿漂亮衣服。相反，咱们可以看见，你的烹调手艺将很难达到对一位宫廷御厨的要求啊；而让你在厨房里打下手，又大材小用。"这么讲着，总管已牵着小矮子的手，领他进了厨师长的屋子。

"老爷，"小矮子在屋里深深一鞠躬，长鼻子几乎碰着了地毯，问，"您老不需要一个能干的厨师吗？"

厨师长从头到脚地打量了他一通，随即扑哧一声笑了出来，叫道："什么什么？你当厨师？你以为我们的灶台就那么矮，你只要踮起脚尖，拼命伸出小脑袋，就能看得见上面吗？哦，亲爱的小伙子！谁劝你来我手下受雇当厨师，谁就是存心愚弄你。"说完厨师长又是一阵大笑，宫廷总管和在屋里的所有仆人也跟着笑起来。

小矮子却毫不动摇，镇定自若。"在老爷您这里，东西多的是，哪会在乎一两只鸡蛋，一些个糖浆和料酒，一点儿面粉和佐料呢？"他说，"请让我做一份精美可口的菜肴，给我所必需的东西吧！我要当着您的面很快把它做好，让您不得不说，他确实是个合格的厨子。"小矮子如此这般地讲着，讲得两只小眼睛闪闪发光，讲得长鼻子甩过来摆过去，同时用蜘蛛腿儿一般纤细的手指比比画画，看上去实在是古怪稀奇。

"成啊！"厨师长大喝一声，挽起宫廷总管的胳臂，"成啊，就算开开心好了；咱们上厨房去！"

经过一座座大厅，一条条走廊，一行人终于来到了厨房里。这是一幢高大宽敞的建筑，布置陈设很是讲究；二十个灶台上一直烧着火，一道兼作养鱼池的清澈水渠从中间流过；在一些用大理石和珍贵木料做成的橱柜里，摆放着各种随时用得着的厨具；在左右两厢还各有十间大房间，里边储存着从弗兰克斯坦诸国，甚至从东方的阿拉伯远远搜罗来的珍奇美味。形形色色的厨房仆佣往来奔忙，锅碗瓢盆碰撞之声此起彼伏，不绝于耳。可是，一当厨师长跨进大门，所有人全没了动静，只听得见灶床里的火还烧得哗剥有声，小水渠中的水还流得潺潺作响。

"公爵命令今天早餐做什么？"厨师长问头号早点师——一个上了年纪的厨子。"大人，他传下旨来，命令做丹麦汤和汉堡红丸子。"

"好，"厨师长继续说，"你听清楚公爵要吃什么了吧？你有胆量做这些难做的早点么？这种丸子你绝对烧不出来，它是个秘密。"

"这可是再容易不过啦，"小矮子回答，令在场的人无不感到惊讶；要知道，他在当小松鼠的时候，就经常做这些点心呀，"再容易不过！为了烧丹麦汤，请给我这种那种蔬菜，这样那样佐料，还有野猪身上的肥肉，还有蒜头和鸡蛋。至于做丸子嘛，"他压低了嗓音，只让厨师长和头号早点师听得见，"我就需要各种各样的鲜鱼，一点儿料酒，还有鸭油、生姜和一些叫'暖胃菜'的蔬菜。"

"哈！圣伯讷迪克特保佑！你是从哪位魔术师那儿学来这一手的？"老厨子惊叫道，"他说的丝毫不差，还有'暖胃菜'什么的连我们也不知道啊。是的，加上它味道会更美。哦，你真是个天才的厨师！"

"我可不这么认为，"厨师长说，"他先得做来试试看；给他他要的东西，厨具和所有材料。让他把早餐准备好。"

仆佣们执行他的命令，在灶台上摆好了所需的厨具。可这时问题来啦，小矮子连鼻子也够不上灶台。于是只得在灶前拼起几张凳子，在凳子上搭一块大理石板，然后才邀请小小的异人儿登台献技。厨师、仆佣、帮厨小厮和各色人等在他旁边围了一大圈，惊讶地看着他如何熟练在行地进行操作，干脆利落地备办好一切。随后，他吩咐在火上搁两只大锅，并让一直烧到他发出指令为止。接下来他便开始数数：一，二，三……数啊数啊，一直数到了五百，突然听他大喝一声："停！"锅子立刻端下灶火，小厨师便邀请厨师长前去品尝。

头号早点师让小厮取来一把金勺，在水渠中涮了涮，递给厨师长。厨师长郑重其事地走到灶台前，舀一点汤来送进嘴里，马上美得眯缝起眼睛，舌头咂得吧嗒吧嗒直响，随即说：

"好吃，以公爵的生命担保，真太好吃啦！您老不想也尝一口吗，总管？"

总管弯下腰，操起勺，舀了一勺尝尝，同样快意舒服得要死，"你的手艺也令人钦佩，亲爱的早点师，你也是一位在行的厨师；可不管是丹麦汤或是汉堡丸子，您还从来没烧得这么可口喽！"

现在早点师自己也尝了尝，尝完便充满敬意地握侏儒的手，同时说："好小子！你是个呱呱叫的大师傅，是的，那'暖胃菜'，它放到哪儿都别有滋味。"

这当儿，公爵的贴身侍从来到厨房，宣布公爵要求开饭。汤和菜立刻放到银托盘上给公爵送去，厨师长却拉着小矮子的手，领他到自己房中谈话。还没谈到念半篇《圣父经》的时间，一个听差就跑来喊厨师长去见公爵。他马上换一身礼服，跟随听差去了。

公爵看上去很惬意。他把银托盘上的东西吃得干干净净，厨师长进去时他正在抹胡子。"我说，厨师长，"他道，"我对你的厨子们一直非常满意；可告诉我，今天的早餐是谁做的？我自从接位登基以来，它从未像今天这么可口过。告诉我，这个厨子叫什么名字，咱们好赏赐他几个金币。"

"大人，说来真叫稀奇。"厨师长回答，接着讲了今天早上下人下面怎么给他带来一个侏儒，这侏儒怎么一定要当厨子，并且做了早点，等等。公爵一听惊讶极了，让人叫小矮子来，问他是谁，从哪儿来的。这时候可怜的雅可卜自然不好讲他是中了魔法，曾经给老妖婆当过小松鼠；不过仍旧实话实说，只回答自己眼下无父无母，手艺是在一个老太太处学的。公爵没有进一步追问，而是对新来的厨子的奇怪长相大为开心。

"你要乐意留在我宫里干活儿，"他说，"我愿意每年给你五十个金币，一套礼服，外加两条裤子。为此你得每天亲手为我准备早餐，并安排午餐怎样做，负责我的整个膳食。因为宫里谁都有一个我亲授的特别的名字，我就叫你'长鼻儿'，并且授予你厨师长助理的荣衔。"

小矮子长鼻儿跪倒在弗兰克国伟大的公爵面前，吻他的脚，发誓为他效忠。

这样，小雅可卜的生计暂时算是有了着落，作为厨师长助理也确实不辱使命。因为大家都讲，自从侏儒长鼻儿来到宫里，公爵完全变成了另一个人。从前，他经常爱把给他端上来的碗碟和托盘，劈头盖脑向厨子扔去；是的，有一次他勃然大怒，甚至把一只还硬邦邦的烤牛腿朝厨师长的脑门儿砸去，砸得那么狠，厨师长仰面倒地，卧床三天起不来。事后，为对自己气头上的莽撞行为表示歉意，公爵赏给他了大把大把的金币，可尽管如此，厨师们再给公爵送饮食去的时候，没有一个不是战战兢兢的。自从小矮子来到宫中，一切都像发生了奇迹似的变啦。公爵现在一天不再是进三餐，而是五餐，为的是好好品尝品尝他这位个头儿最小的臣仆的手艺，还有呢，他连额头都再也没皱过。不，他感觉一切都很新鲜，美妙，待人也和蔼可亲起来，并且一天比一天更加肥胖了。

经常地，他吃着吃着就把厨师长和他的长鼻儿助理招来，让他俩一个坐在右边，一个坐在左边，并亲自用指头拈几片美味塞进他们的嘴里面。这是何等样的恩宠啊，他俩自然知道。

小矮子也是整座城市的奇迹。市民们经常乞求厨师长恩准，为了能目睹小厨师进行烹调。有些个头面人物甚至获得公爵特许，把他们自己的厨子送到御厨中来接受长鼻儿厨师的培训，给小矮子增加了不少收入；因为每个学员一天得缴半个金币来着。不过呢，他把他们的主人交来的这些钱全分给了其他厨师，使他们总是高高兴兴，而不对他产生妒忌。

就这样，长鼻儿侏儒过了差不多两年极其富足荣耀的生活；只是有时思念父母，使他心里难受。日子如此平平淡淡地过去，直到发生了下面这件事。长鼻儿矮子特别擅长做采买。所以只要时间允许，他总是亲自上市场去采购蔬菜和家禽。一天早上，他又来到鹅市，挑选公爵爱吃的那种又肥又重的大鹅。他在市场上已经巡视了几个来回。在这儿，他的长相不再引起嘲笑讥讽，而是令人产生敬畏；因为谁都认得他这位大厨师，他的长鼻子冲着哪个卖鹅的女贩，哪个女贩就感到幸运。

这时，在市场尽头的一个角落上，他发现坐着一个妇人，虽然也在卖鹅，却不像其他贩子似的大声吆喝。长鼻儿走过去，瞅了瞅掂了掂她的鹅。鹅正是他想要的，于是就连笼子一起买了三只，扛到他宽宽的肩膀上，开始往回走。走着走着，他奇怪怎么只有两只鹅在嘎嘎嘎嘎叫，就是鹅总要叫那样，而第三只偏偏闷声不响，却蹲在那儿像人似的堕入了沉思，还不住地唉声叹气。"准是病啦，"长鼻儿自言自语，"我得赶快回去宰了它，清理出来。"谁料那鹅竟搭了话，既大声，又清楚：

　　　　你如杀我，
　　　　我准咬你。
　　　　你要是割断我脖子，
　　　　我送你早早入墓穴。

长鼻儿矮子吓得赶快放下笼子，发现那只鹅正用一双美丽又聪明的眼睛望着他，一边仍在叹息。

"我的天啊！"长鼻儿惊叫，"您会说话，鹅小姐？这我可没想到。哪，一点儿别害怕！咱通情达理，不会伤害一只这么稀罕的鸟儿。可我敢打赌，您不是生来就披着羽毛。我本人也曾经是一只美丽的小松鼠。"

"你讲得不错，"鹅回答，"我出生时是没裹着这可耻的臭皮囊。唉，真是做梦也想不到啊，伟大的威特玻克的女儿蜜蜜将被宰杀在一位公爵的厨房里！"

"别着急，亲爱的蜜蜜小姐，"小矮子安慰她说，"只要我还是个诚实的青年，只要我还当殿下的厨师长助理，谁都别想碰一碰您的喉管。我愿在自己房里为您搭一座巢，让您有足够的饲料，空闲的时间我将来陪你消遣。对其他厨师，我说你是我用特别的草料替公爵圈养的一只肥鹅；一当机会到来，我便放你出去享受自由。"

鹅对长鼻儿矮子感激涕零。长鼻儿也说话算话，只宰了另外两只鹅，却为蜜蜜专门搭建一座巢，借口为公爵特别饲养。还有他喂蜜蜜的也不是通常的鹅饲料，而是供给她面包和甜汤什么的。

只要一有空，他就去陪蜜蜜说话，并且安慰她。他俩还相互讲了自己的身世经历，这样长鼻儿才知道蜜蜜是住在果特兰岛的魔术师威特玻克的女儿。魔术师和一个妖婆发生了争斗，妖婆施诡计战胜了他，为报复他把他的女儿变成一只鹅，远远地遭送到了这儿。长鼻儿矮子对她同样讲完自己的遭遇以后，她便说：

"对魔法什么的我并非一无所知。父亲教了我和我的姐妹一些入门知识，大概他也只能透露这么多吧。在菜筐前的争论，你闻了那菜叶后突然变成这个模样，还有你告诉我的老婆子讲的话，所有这些都向我证明，你是中了菜邪；只要你能找到妖婆在蛊惑你时意念里的那种菜，你就获得襄解啦。"

蜜蜜的这些话，并没有使小矮子感觉多少安慰。叫他上哪儿寻找那鬼菜去呀？可尽管如此，他仍旧感激蜜蜜，心里也产生了一点儿希望。

正好这时，公爵准备接待他的朋友，一位住在邻近地区的侯爵。他因此叫住矮子长鼻儿，对他讲："现在是你表现的时候了，让我看看你是否效忠于我，你是否真是自己这一行里的大师。众所周知，这位来拜访我的侯爵是除我以外最讲究吃的人，是一位伟大的美食家和智者。喏，动动脑子，让每天摆上桌子的菜都令他惊讶，而且越来越惊讶。在他做客期间，我警告你，任何菜肴也不得在桌上出现第二次。为此，你需要什么就可以叫保管给你什么。即使你要油炸烩黄金和钻石，也请便！我宁肯变成一个穷光蛋，也不愿在他面前丢脸。"

这就是公爵的原话！长鼻儿呢，文质彬彬地先鞠了一躬，然后答道："遵命，殿下！我一定做得既使上帝满意，也叫这位美食家侯爵喜欢。"

小厨子于是使出浑身解数，既不吝惜主人家的财富，更不吝惜他自己的时间精力。只见他整天都处于烟雾和炉火的包围中，拱顶的厨房内不时回荡着他的喊声；那是他在对低级厨子和帮工的小厮们发号施令……

做客的侯爵在公爵府里已经住了十四天，极尽奢侈享乐之能事。他们一天至少吃五顿，公爵对长鼻儿的手艺挺满意，因为他看见客人脸上也总现出心满意足的神气。可是第十五天，公爵把长鼻儿唤到了席前，把他介绍给自己的那位贵客，然后问客人对他这个矮子厨师印象怎样。

"你是个了不起的厨师，"做客的侯爵回答，"你知道何谓美食。我来府上叨扰的整个时间里，你的菜没有一道重复，而且都做得呱呱叫。可是告诉我，这么久你为什么还不上菜中的女王——索泽拉涅馅饼呢？”

矮子厨师大吃一惊，他可是从来没听说过这种馅饼女王啊！不过他仍镇定自若地回答：

“哦，阁下！我是希望您的容颜能长久地为我主上的宫廷增辉，因此才迟迟没有上这道菜；要知道，在告别宴会上，小的我最好莫过于用馅饼女王向您表示敬意对吧？”

“是吗？”公爵哈哈大笑，“如此说来，你是要等到我死的那天，才肯向我表示敬意喽？要知道，你还一直没有让我品尝过这种馅饼啊。告别宴会的事咱们另外再说；明天你必须给咱们上馅饼女王！”

“遵命，殿下！”矮子厨师回答，然后闷闷不乐地离开了公爵。这下他出丑和倒霉的日子到啦。他不知道该怎样做那馅饼，因此一回到房中就放声大哭，哭自己命太不好。

鹅儿蜜蜜本可以在他房中散步，这时候来到他身边，问他痛哭流涕是何原因。听说是为索泽拉涅馅饼，她便告诉雅可卜：

“别掉眼泪啦，这道菜我父亲的餐桌上常有，我大概知道需要哪些材料。你只需用多少这个，多少那个，如此如此，这般这般，就成啦。即使弄不到所需要的一切，爵爷们的嘴巴也未必那么厉害，能吃得出来。”

一听完蜜蜜的话，长鼻儿矮子高兴得跳了起来，连声祝福他买回鹅儿的那一天，然后就动手做馅饼。他先做了个小的尝尝，发现味道真叫美；帮着他尝的厨师长又一次夸奖他的技艺精湛。

第二天，他做了一个大大的馅饼，还装饰上一圈花边，等它一出炉就趁热送到了餐桌上去。他自己则穿上最漂亮的礼服，走进餐厅。他跨进厅门的当口儿，首席上菜师已切好馅饼，正用一只小银铲把它一块一块地上给公爵和客人。公爵狠狠咬了一口，眼睛翻起去盯着天花板，在咽下去以后才说：

“啊，啊，啊！难怪称为馅饼女王；可我的长鼻儿矮子也是厨师之王喽！难道不对吗，亲爱的朋友？"

那客人小口小口地咬着，细细地品味着，脸上微微露出神秘的冷笑。"这饼儿嘛做得倒也不错，"他回答，"只是呢，我琢磨着，还并非完全地道的索泽拉涅馅饼。"

公爵不高兴地蹙了蹙额头，难堪得脸红筋涨。"狗侏儒！"他喝道，"竟敢对主子来这一套？为了惩罚你蹩脚的烹调技术，要我砍掉你的大脑袋不成？"

"唉，殿下！老天在上，我可完全是按规矩做的这道菜啊，绝对没任何差错！"矮子厨师哆哆嗦嗦地回答。

"撒谎，混蛋！"公爵应道，同时一脚踢开长鼻儿，"真那样，我的客人不会说有问题。我要把你剁成肉酱，烤成馅饼！"

"您开开恩吧！"小矮子跪倒在地，爬到客人跟前，抱住他的腿哀求，"请告诉我，饼里缺少什么，叫您吃起来不是滋味？别为了一小撮肉和面粉的缘故，就让我丧命啊！"

"告诉你也没有用喽，我亲爱的长鼻儿，"客人笑着回答，"昨天我就料到了，你没法像咱的厨师那样做这馅饼。知道吗，缺少一种蔬菜，一种本地人压根儿就不认识的蔬菜，名叫'喷嚏叶儿'；缺了它馅饼就没有香味，你的主人一辈子也甭想有我一样的口福喽。"

弗兰克斯坦的君主怒不可遏。"老爷偏要吃上这种馅饼！"他大吼一声，两眼喷火，"我凭自己君王的荣誉起誓：要么明天让你见到你所要求的馅饼，要么砍下这矮子的脑袋，又在我的宫门上示众。滚，你这狗东西，我再给你二十四小时！"

公爵吼得好凶，小矮子哭着回到他房里，对蜜蜜述说他的不幸，说自己必死无疑。要知道，他可从来没听说过那种菜哟。

"就这点事吗？"蜜蜜问，"那我可以帮助你；我父亲教过我识别所有的蔬菜。要是换到另外的时间，你也许死定了；可眼下幸好正当出现新月，喷嚏叶儿在这时正好茂盛。不过告诉我，这爵爷府的附近可有一些老板栗树？”

“有，有！”长鼻儿回答，放心了一点，“在湖边上，离这房子两百步光景，有一大丛老板栗树。可干吗问这个？”

“喷嚏叶儿只长在老栗子树下，”蜜蜜回答，“让咱们别再浪费时间，快找你需要的东西去吧。抱上我，到野外再放下；我会帮你找的。”

蜜蜜怎么说就怎么做，长鼻儿抱着她来到了宫门口。谁知门卫把矛一横，说道：

“我的好长鼻儿，你小子完啦；我收到严格的命令，不允许你出宫！”

“可到花园里去总可以吧？”小矮子回答，“行行好，派个伙计去请示宫廷总管，看允不允许我去花园里走走，摘一点菜？”门卫照办了，得到的回答是允许；因为花园的围墙很高，根本甭想逃出去。长鼻儿抱着蜜蜜一到旷地上，就轻轻放下蜜蜜；她呢，立刻赶在头里冲向长着栗子树的湖滨。长鼻儿跟在后面，心怦怦跳着，因为这已是他唯一的、最后的希望；要是找不着喷嚏叶儿，他决心已定，宁肯一头栽进湖中淹死，也不让人砍掉脑袋。蜜蜜细细地找着，找遍了栗子树下的所有地方，用喙子翻动了每一株小草，然而一无所获。出于同情和恐惧，蜜蜜开始哭泣；要知道夜色越来越浓，四周的一切更难看清楚了。

这时候，小矮子的目光越过湖面，突然叫起来：

“瞧，瞧，那边湖对岸还有一棵高大的老栗子树！咱们快过去找找，也许在那儿我会走运。”

鹅儿一纵身飞向前方，小矮子紧跟在后，两条小腿儿翻得快得不能再快。栗子树投下巨大的阴影，四周黑得来什么也辨不清。可谁知蜜蜜突然站住不走了，高兴得拍打着翅膀，然后把头伸进深草，用喙子摘下一点什么来，斯斯文文地递到惊讶的长鼻儿面前，说：

"这就是喷嚏叶儿；此地长得很多，你永远也用不完。"

小矮子若有所思地端详着那野菜。从中向他飘来一股甜香，使他不禁想起自己当初改变长相的情景：那菜茎和菜叶儿都是青绿青绿的，顶上开着一朵镶着黄边儿的火红色小花。

"赞美上帝！"他终于叫起来，"竟有这样的奇迹！你知道，我相信这正是它，正是那把我变成现在这丑八怪的同一种野菜！我要再试一试吗？"

"现在别！"鹅儿请求，"你先采一把带上，让咱们先回去收拾好你的钱和其他东西，然后再试试这喷嚏叶儿的魔力！"

他俩依计而行，走回自己的房间；一路上，小矮子充满期待的心跳得可以听见。他把节省的五六十个金币、一些衣服和鞋子捆在一个包袱里，说："上帝保佑，我将获得解脱！"说着就把长鼻子深深埋进野菜中，猛吸它的香气。

吸着吸着，他全身的关节开始嘎啦嘎啦作响，他感觉脑袋正慢慢伸出肩膀，眼睛往下一瞟，看见鼻子也越变越短，后背和前胸开始变平，两条腿儿却长了起来。

鹅儿蜜蜜吃惊地看着这一切。

"哈！你好魁梧高大，好英俊漂亮啊！"她叫起来，"感谢上帝，你身上再没有过去的一点影子！"

雅可卜同样非常高兴，立刻合起掌来进行祈祷。不过，尽管高兴，他仍没有忘记应该感谢鹅儿蜜蜜。虽然他巴不得马上回去见自己父母，出于对蜜蜜的感激，他仍克制住这个欲望，说：

"我能恢复正常，除了你还感谢谁啊？没有你，我永远找不到这种野菜，只能一直那么丑陋，没准儿甚至已经死在了斧头底下啦！得，我定要报答你。我要把你送到你父亲那儿。他通晓所有的魔法，将轻而易举地帮你解脱。"

鹅儿蜜蜜高兴得流出了眼泪，接受雅可卜的建议。雅可卜带着蜜蜜顺利地混出了宫门，动身前往蜜蜜的故乡所在的海滨。

他俩一路顺风，威特玻克解除了女儿身上的魔障，送了雅可卜许多礼物。雅可卜回到故乡，他父母亲认出这英俊青年竟是自己丢失多年的儿子，真是喜出望外。小伙子用威特玻克送他的钱买了一爿店，过着富裕幸福的生活。

还得一说的就是，雅可卜离开后公爵府里发生了大乱；因为第二天，公爵准备兑现他的誓言，下令砍掉没能找到喷嚏叶儿的矮子厨师脑袋，不料这小子早已不知去向。可那侯爵坚持认为是公爵舍不得自己这个最好的厨子，所以偷偷放跑了他，指责公爵是个言而无信的小人。于是两位国君之间爆发了一场大战，这就是历史上很有名的所谓"喷嚏叶儿战争"。打来打去，最后还是缔结了和约，即我们所称的"馅饼和约"；因为在讲和的仪式上，由侯爵的厨师做了一份索泽拉涅即"馅饼女王"，让公爵殿下大饱了口福。

是啊，屁大的小事常常会成为大战的起因。噢，这就是矮子长鼻儿的故事。

来自弗兰克斯坦的老奴讲完了，阿里·巴努总督吩咐给他和其他奴隶送来水果，让他们吃来提提精神；他自己呢，则和朋友们聊天。对于总督和他的府第及其种种设施，那帮由老者领进来的青年真是赞叹不已。

"真的，"年轻的文书说，"再没有什么消遣比听讲故事来得舒服啦。我可以一连几天坐在那儿，跷起二郎腿，胳膊肘支着靠垫，手撑着额头，如果行的话，也抽跟像总督那样的大水烟袋，边抽边听讲故事——照我想来，就算在先知穆罕默德的乐园中，生活也不过如此吧。"

"啥时候你们还年轻，还能干活儿，这样一个偷懒的想法就不会是你们真正的心愿，"老先生说，"不过呢，我也承认，听讲故事确实自有它的魅力。就像我这把年纪，眼看快七十七岁啦，一生中听过的事儿已很多很多，可一当看见街角上坐着个说书人，被一大群听众围着，我仍然会欣然地坐下去听。人们不知不觉便进入了所讲的故事，和故事的主人公，和那些奇妙的精灵啊、仙女啊以及种种平时难得一遇的人物生活在一起。过后，当一个人感到寂寞孤独，你就有可能回味那一切，就像个做好了充分准备才穿越沙漠的旅行者一样。"

"我从未思考过这类故事到底有何魅力，"另一个青年接过话头，"不过我的情形和你们一样。还是在小时候，每当我不耐烦，大人就会讲故事使我不再哭闹。开始时讲什么一点无所谓，只要讲，只要有事干就成。我曾无数次地听那些寓言，那些讲智者和他们储存智慧的种子的寓言，那些讲狐狸和愚蠢的乌鸦，讲狐狸和狼以及狮子与其他各式各样动物的寓言，听了几十上百篇，然而从未感到厌倦。后来长大了，进入了社会，这类短小的寓言故事就不再使我感到满足，而必须是篇幅长一些的，必须是讲人和他们奇特的命运。"

"是啊，我还回忆得起那个时期，"另一个青年打断了他，"就是你，老缠着我们给你讲故事。你有个奴隶知道的故事很多很多，与那些从麦加到麦地那的赶驼人相比也不逊色。每当他活儿干完了，就一定得坐到我们跟前，我们于是不断要求，直到他开始讲起来。就这么讲啊讲啊，直讲到夜幕降临。"

"在这种时刻，"年轻文书接着说，"咱们眼前就会出现一个崭新的、从不知道的国度，精灵和仙女们的国度，充满植物界的种种奇迹，耸峙着座座用红宝石和蓝宝石砌成的富丽堂皇的宫殿，还有大群大群的使女和奴仆；他们只需你转一转戒指，或者擦拭一下神灯，或是念念所罗门的咒语，就会到来，并且向你献上用金盘金盏盛着的美味佳肴。我们感觉身不由己地被置身于那样的国度，和辛巴达一道完成他那些奇异的航行，与哈伦·阿里－拉希德这位教民的英明主宰一块儿在傍晚散步，我们像了解自己一样熟知他的宰相加法尔，一句话，我们生活在那些故事中，就跟夜里做梦时一样。对我们来说，一天中没有任何时辰，比听那老奴讲故事的晚上更加美好。可是老人家，请您告诉我们吧，为什么我们当初那么爱听讲故事，眼下仍旧找不到更可喜的消遣，这原因到底在哪里呀？"

　　大厅中出现了骚动，奴隶总管示意大家注意了，老者于是没能就年轻人的问题做出回答。眼下又可以听一则新的故事，他们和老者刚热烈起来的谈话却中断了，年轻人不知道是否应为此感到高兴。然而这当口儿，第二个奴隶已经讲起来……

阿布纳尔，什么也没看见的犹太人

　　老爷，我来自大海岸边的莫伽多城；我的故事发生在穆莱·伊斯马尔大王还统治着费孜和摩洛哥的时代，但愿您也喜欢听。我要讲的是阿布纳尔，那个什么也没看见的犹太人的故事。

　　如您所知，犹太人到处都有，无所不在。他们生就一双机敏锐利的鹰眼，对再细小的利益也不马虎放过，狡猾机灵，越是受迫害越是狡猾机灵，对自己的机灵狡猾不但肚明心知，而且颇有些骄傲。然而，犹太人不时也会因为自己的机灵吃亏上当，阿布纳尔一天傍晚去摩洛哥城外散步就提供了证明。

　　话说这一天，他头戴着尖尖的便帽，身着一件普普通通、并且已不特别干净的长袍，捋着他那两撇往上翘起的胡须，信步走出了城门。他那两只永远流露出恐惧、疑虑和好奇的眼睛骨碌碌地转个不停，好像老希望窥见点什么可以干上一下，然而与此同时，脸上又洋溢着志得意满的喜气：今天，他想必又做了几笔好买卖。事实果真如此。他是医生，也是商人，是所有能挣钱的一切。原来，他今天脱手了一个有暗疾的奴隶，减价买进了一驮橡胶，给一位生病的富翁煎了最后一剂汤药，不是在患者痊愈之前，而是在人家临终的时刻。

　　正当他慢慢走出一座杂生着棕榈和枣树的小树林，突然听见一群从背后跑来的人的喊叫声。来人是御马厩的马夫，由御马监本人带领着，正急急忙忙地以惶惶不安的目光四下搜寻，像是丢了什么东西。

　　“老乡，”御马监气喘吁吁地对他喊道，“你有没有看见一匹装上了鞍和辔头的御马跑过？”

　　阿布纳尔回答：

"世间最棒的骏马，蹄儿小小巧巧，马掌是十四罗特银打的，鬃毛闪着金光，就跟学堂里那盏大烛台一样，身高五尺，尾长一尺多，打咬口用的是二十三开的黄金。"

"正是正是！"御马监叫起来。

"正是正是！"马夫们跟着齐声嚷嚷。

"就是那匹艾米尔，"一个老驯马师大声说，"我告诉过阿布达拉王子不知多少次，骑艾米尔得戴咬口，我了解艾米尔，我早就说过，它会把他摔下来，我宁愿掉脑袋也不肯让他摔痛脊背，我早就说过。快讲，它朝哪个方向跑了？"

"我根本没见任何马，"阿布纳尔回答，"我怎么好告诉你们皇上的御马跑哪儿去了呢？"

御马厩的老爷们被反问得目瞪口呆，正要进一步盘问犹太人阿布纳尔，这当口儿发生了另一件事。

跟常有的情形一样，完完全全是个巧合，正在此时偏偏皇后的那头爱犬也跑丢了。一群黑奴狂奔而来，老远就在喊：

"你们有没有看见皇后娘娘的哈巴狗？"

"先生们，你们找的不是一般的狗，"阿布纳尔说，"而是条母狗。"

"可不是吗！"那个大太监高兴得叫起来，"阿丽娜，你在哪儿啊？"

"是条小哈巴狗，"阿布纳尔继续说，"不久前才下过崽儿，毛长长的，尾巴大得像扫帚，右脚稍微有一点瘸。"

"是它是它，千真万确！"黑奴们齐声喊道，"是阿丽娜。一发现它跑丢了，皇后娘娘便浑身痉挛。阿丽娜，你在哪儿哦？要是回宫去时没有你，我们会有怎样的下场啊？快说，你看见它往哪儿跑了？"

"我根本没见任何狗；我甚至不知道咱娘娘，真主保佑她，养着一条哈巴狗来着。"

御马厩和后宫的爷儿们一听大为恼怒，骂竟敢拿皇家的财产开玩笑的阿布纳尔实在太无耻，当即断定那马那狗都是他阿布纳尔偷的，不管这听上去荒唐之至。在留下多数人继续搜寻的同时，御马监和大太监便抓住犹太人，把这个既像是狡黠又像是畏葸的笑嘻嘻的家伙，押到了皇上面前。

听罢事情经过，穆莱·伊斯马尔大为震怒，马上召集内阁回应，并且亲自主持这一要案的审理。一上来不分青红皂白，首先判了打被告五十下脚板心，不管阿布纳尔怎么哭怎么叫，发誓说自己清白无辜，保证要一五一十地把事情真相讲出来，甚至征引《圣经》和犹太法典的条文，诸如喊"王者的愤怒如同幼师的咆哮，他的恩典却像草上的清露"，或者"别打你的手臂啊，如果人家蒙住了你的眼睛和耳朵"等等，都没有用。——穆莱·伊斯马尔示意狠狠地打，并以先知和他本人的胡须起誓，如果逃跑的马和狗找不回来，一定让这个贱民用自己的脑袋来赔偿阿布达拉王子的悲痛和皇后娘娘的痉挛。

受刑者的惨叫还在摩洛哥的皇宫中回荡，已经传来消息：那马、那狗又找到啦。太监们突然发现阿丽娜正在和一群哈巴狗厮混，不过呢全是些四平八稳的君子，根本配不上它这宫廷命妇。艾米尔跑累了，发现塔拉河畔绿草如茵，吃起来比御厩的草料要鲜美得多，就像迷了路的皇家逐猎者又累又饿，一尝农家的黑面包和黄油，就把宫里的美味珍馐全抛在了脑后一样。

穆莱·伊斯马尔要求阿布纳尔对自己的行为做出解释。阿布纳尔呢，在面朝宝座额头触地磕了三个头以后，终于发现有了替自己辩解的机会——虽然迟了一点，于是说道：

"至高无上的皇帝哦，您这王中之王，无比英明的主宰，正义的星座，真理的明镜，智慧的渊薮，您像金子般闪亮，像钻石般璀璨，您坚硬如铁，既然您恩准您的奴仆当着圣颜呈情，就请听我道来吧！我以自己祖先信奉的主的名义起誓，以摩西和众先知的名义起誓，我这双狗眼确实没有见过您的宝马，没有见过我那仁慈的皇后娘娘的爱犬。不过我得讲讲详细经过：

"为了消除一天工作的劳累，我到了城外的小树林里，在那儿无忧无虑地散步，很荣幸地碰上了陛下的御马监大人，还有陛下后宫的黑皮肤总管老爷。这当儿，在棕榈树之间的细沙地上，我突然发现一些畜生的脚印；以我平素对牲畜脚印的熟悉了解，立刻认出那是一只小狗的足迹；在高低不平的沙地上，脚印之间还有两道细细长长的小沟，我于是告诉自己，这是条母狗来着，因为不久前生了幼崽，所以乳头拖到了地上；前爪旁还有另外一些印痕，沙子看上去被微微扫开了，我对自己说那是一条垂着两只漂亮的长耳朵的哈巴狗；我同时察觉，爪迹之间大片大片的沙子曾狠狠掀动过，便想：这小东西有一条长毛尾巴，看上去准气派得像夫人们帽子上的羽饰，用这尾巴不时地抽抽沙地，本是它的爱好；最后，老有只爪子陷进沙里更深一点，也没有逃过我的眼睛，令我遗憾地判断出，如果允许的话，我要说皇后娘娘的爱犬有一条腿微微瘸啦。

"至于陛下的御马嘛，容我禀报，当我在树林中漫步，便注意到了一匹马的蹄印。我发现它们小而精致，然而劲道十足，马上心中暗想：这可是匹圳讷尔纯种马啊，上品中的上品。从弗兰克斯坦的一个国君那儿，我仁慈的主上买了整整一群这样的骏马，你们成交那会儿我兄弟卢本在场，我仁慈的皇上您大大赚了一笔不是？我看见一个个蹄印之间距离那么大，那么匀，不禁想：这畜生奔跑起来好威风，好高贵，所以只有我的皇上配拥有如此良马；于是我想起了《约伯记》中对战马的如下描写：'它喷气之威使人惊惶。它在谷中刨地自喜其力；它出去迎接佩带兵器的人。它嗤笑可怕的事并不惊惶，也不因刀剑退回。箭袋和发亮的枪，并短枪，在它身上铮铮有声。'[1]随后我

弯下腰去，像经常在发现地上有什么闪亮的东西时那样，于是看见一块大理石，您疾驰而去的宝马在它上面留下了一道蹄印；从这蹄印，我断定它的马掌是十四罗特银打的。不管是贵金属或是一般金属，只要划道印子咱没有说不认识的。我散步的林荫道有七尺宽；这儿那儿的，我发现棕榈叶上的灰尘被扫掉了。那畜生曾用它的尾巴抽来抽去，我说，看样子有三尺半长啦。棕榈树的树冠离地面高一丈余，我见一些树叶被新扫掉了，必定是它在疾驰中的马背蹭下来的，这就是说，那马高足有五六尺；瞧啊，树下还有一小撮金晃晃的鬃毛，是匹栗色宝马哦！我刚走出树林，岩壁上一道金痕立刻落进我眼中；这样的印痕你该认识呀，我说。它是什么呢？像有块试金石在岩壁上擦过似的，留下了一道细如发丝的金痕，细得纯得只有那带着箭束的男孩骑上荷兰联省共和国的栗色宝马才能划出来。这道金痕必定是奔驰的御马的咬口铁碰成的。谁不知道王中之王您喜好奢华，不用黄金而用任何别的金属来打咬口，都会叫您感到耻辱。事情的经过嘛，就是这样，要是有……"

"好了，以麦加和麦地那的名义起誓！"穆莱·伊斯马尔大声道，"我服了你这双眼睛；这样的眼睛不会让你吃亏。狩猎总管，你要有这么双眼睛就可少养一大群猎狗；警务大臣，你有它们会看得更远，作用胜过你所有的那些特务和密探。得，老乡，鉴于你的洞察力如此敏锐，如此令我们喜欢，我们愿意宽大处理你：你已经结结实实挨过了五十脚掌，就算它值五十金币吧。我们因此免去你五十，你只需再付五十现金就了结啦。喏，把钱包掏出来吧；可将来一定别再拿皇家的财产开玩笑！是啊是啊，对你嘛我们始终是宽厚仁慈的。"

满朝文武全都赞赏阿布纳尔的洞察力，因为皇上发誓赌咒，称他是个机灵聪明的人。然而这并不能消除他挨打的疼痛和损失钱财的悲哀。他呻吟着，叹惜着，从钱包里掏出一块接一块的金币，每掏一块都要在指尖儿上掂一掂，好像是最后的惜别，与此同时，宫中的小丑施奴里还在一旁奚落他，问他所有的金币是否也在阿布达拉王子的宝马擦过咬口的岩石上划过，以验证它们的纯度。

"你的智慧今儿个赢得了荣誉，"小丑说，"不过我乐意再用五十个金币打赌，你更希望的是曾经沉默。先知怎么讲来着？'信口开河，驷马难追。'即使你骑上匹赛马也不行，阿布纳尔先生，即使它并不瘸脚。"

在发生这个令阿布纳尔感到痛心的事件后不久，他又到城外的一道绿色山谷中散步。走着走着，就像上次一样，他又被一群风驰电掣的武士赶上了。武士的头领问他：

"嘿，伙计，看见皇上的摩尔卫士果罗从此经过吗？这小子逃走啦，想必准备打这条路跑进山去。"

"无可奉告，将军老爷。"阿布纳尔回答。

"哈，你不是那个没见过栗色马和哈巴狗的机灵犹太人吗？别客气；那奴才一定经过了这儿，你没准儿还在空气里闻到他的汗臭味儿吧？还在草丛中看见他匆匆跑过的足迹吧？讲，这奴才一定曾经过这儿；他是一个人在用吹箭筒射麻雀时逃走的，陛下最喜欢的就是射麻雀。讲！要不我马上把你结结实实绑起来！"

"可我确实无可奉告，确实不能讲我见过实际并未见过的事情。"

"犹太佬！我最后问一句：那奴才往哪儿跑啦？想想你的脚掌，想想你那些金币！"

"我的老天哦！得，既然你一定要认为我看见过那奴才，那他就朝这个方向跑了；这边要是没有，就在另外一边。"

"这么说你看见他喽？"武士头儿冲他吼。

"就算就算，将军老爷，既然你非要这样。"

士兵们急忙循着他指的方向追去。阿布纳尔呢回到了家里，心中对自己的机智暗暗感到得意。可是还没过二十四小时，一队宫里的卫士便冲进他家，在安息日亵渎了他的住宅，随后又把他押解到了摩洛哥的皇帝面前。

"你这坏蛋!"皇上冲他咆哮,"你竟敢让我追赶逃亡奴隶的卫士误入歧途,跑进了山里,实际上他是奔向了海边,差一点就逃上一艘西班牙船!卫士,抓住他!打一百脚掌!罚一百金币!他脚掌能肿起多高,钱袋就应瘪多下去。"

哦,老爷,您知道,在费孜和摩洛哥帝国,人们喜欢迅速断案,可怜的阿布纳尔还没来得及回话,就挨揍挨罚啦。他只能诅咒自己的命运,是命运注定每当皇上不经意丢了什么,就该他脚掌受苦,钱袋变瘪。这一回,当他又呻吟着,嘟囔着,在一帮粗鲁的廷臣们的嘲笑声中一瘸一拐地走出大厅,小丑施奴里便对他道:

"该满意啦,阿布纳尔,你这不知好歹、忘恩负义的家伙!咱们仁慈的陛下——真主保佑他——每丢了什么,你都得分担他一部分痛苦,难道对你不是巨大的荣誉?不过呢,你要是答应给我像样的酒钱,我每次都会在咱们西土的主宰又丢什么之前一小时,赶到你在犹太巷的铺子跟前,告诉你:'别出门去,阿布纳尔,你知道为什么;日落前一直待在自己的小房间里,给大门插上顶门杠,锁上锁。'"

哦,老爷,这就是阿布纳尔,那个什么也没有看见的犹太人的故事。

奴隶讲完了,大厅中又归复安静,年轻的文书遂提醒老者,他们适才的谈话是被打断了,请求老先生给他们解释解释,听故事的魅力究竟在什么地方。

"这个嘛我愿意现在就告诉你们,"老者回答,"水的形态可以千变万化,久而久之哪怕最密实的物体也会被它穿透,然而比起水来人的精神还要轻灵,还要活动。它轻灵自由得一如空气,像空气一样飞得离地球越高,就越轻灵,越纯洁。因此,每个人心中都存在超越凡尘俗务，到更高的空间去自由翱翔的渴望，哪怕仅仅是在梦里。你自己，我年轻的朋友，不是也说'我们像生活在那些故事里，分享故事中人的想法和感受'吗，对于你们，这就是故事魅力之所在。你们听着奴隶们讲那些不过是前人的杜撰的故事，自己也就参与了创造这些故事。你们不再停留于周围的日常事物中间，不再坚守习以为常的思想，不，你们也体验着主人公的这种那种奇遇，也变成了他本身，因为你们太同情这个人啦。于是，你们的精神就由故事的长线牵引着，飞离了现实，飞离了对于你们来说并不怎么美好，并不怎么有吸引力的现实；于是，你们的精神就在一些陌生的更高的空间自由自在地活动，童话故事对于你们就变成了现实，或者，要是你们更乐意，也可以说现实变成了童话故事，因为你们已创造和生活在故事里。"

"我不完全明白您的意思，"年轻商人回答，"不过我觉得您说得对，我们是曾经生活在故事中，或者说颠倒过来，故事借助我们而变得鲜活。我还回忆得起那些美好的时光；当时我一有余暇便做起白日梦来，想象自己漂流到了一座荒无人迹的小岛上，自己琢磨着怎样才能生存下去，还常常在荒凉的密林深处给自己搭建一些茅屋，以吃野果勉强果腹，虽然在离此不过百步之遥的家里有的是美味佳肴。可不是吗，有一段时间我们老在等待善良的仙女和奇异的侏儒出现，等着他们来告诉我们：'大地马上要裂开了，你们肯走下去，便到了我的水晶宫中；你们随便想吃什么，我的仆人长尾猴都会给你们端上餐桌。'"

年轻人都听得笑起来，但认为他们的朋友所言不虚。

"就算现在，"另一个青年说，"我还在这儿那儿碰上这类奇迹。举个例吧，我会大为恼怒，要是我弟弟啥时候冲进门来，胡诌什么：'你已知道咱们邻居那个胖面包师的不幸遭遇了吧？他跟一个魔术师干过仗，魔术师就报复他，把他变成了一头熊，这会儿正躺在他的房间里，鬼哭狼嚎呢。'我听了会十分生气，骂他骗子。可如果是有人给我讲，咱们胖邻居旅行去了一个遥远而陌生的国度，在那儿落到了一个魔术师手中，被魔术师变成了一头熊，那情形完全不一样啦。我会慢慢感到被置身到故事中，会和胖邻居一块儿旅行，一块儿经历奇特的事儿，就算他真被塞进一张熊皮里，用四肢爬行，我也不再会大惊小怪。"

青年们正聊得高兴，总督却又发出信号，所有宾客全落了座。总管于是走到即将获得自由的奴隶面前，要求他们继续讲故事。一个奴隶表示乐意，站起来开始讲道：

（在1827年的《童话年鉴》里，此处收录的是《可怜的施特凡》，作者古斯塔夫·阿道夫·硕尔。）

那奴隶讲完了，他的故事获得了总督及其宾客们的喝彩。可尽管如此，总督额头上的愁云并未消散；他始终板着面孔，一副心事重重的样子。青年们很同情他。

"不过，"年轻的商人说，"不过我真闹不明白，总督怎么竟喜欢挑这样的日子听讲故事，而且是听他的奴隶讲。换上了我，要是我有这样的苦闷，就宁愿骑着马去城外的树林里，独自坐在那幽暗而寂寞的地方，而绝不会让这班认识和不认识的人闹闹嚷嚷地聚在身边。"

"一个智者，"老先生回答，"一个智者永远不会被他的苦闷压倒，不会完全被它战胜。他可能愁眉不展，心事重重，但不会大声抱怨，或者自暴自弃。既然你的内心已经黯然无光，忧伤难耐，干吗还要让它罩上浓黑的树荫呢？树荫透过眼帘投进你的内心，将使它更加的幽暗。你应该走进太阳地去，走进温暖明亮的日光中去，不管你有什么伤心事。在灿烂明亮的阳光下，你会获得信念，相信真主的爱永远罩在你头顶，永远温暖着你，就像他的太阳一样。"

"您的话很对，"文书补充说，"一个能够支配周围的人的智者，在这样一天难道不该把烦恼的阴影尽量驱赶得远一些吗？难道要他为此去酗酒，或者吸食鸦片，以忘记自己的痛楚吗？我仍坚持以为，不管在乐时忧时，听人讲故事都不失为最正派的消遣，所以就说，总督做得完全对。"

"好吧，"年轻的商人反驳道，"可他不是有足够的说书人，不是有足够的朋友么，干吗非得让那些奴隶讲呢？"

"这些奴隶呢，我说朋友，"老者回答，"看样子都是由于各式各样的不幸而沦落为奴的，原本也并非你们眼下所看见的这样一些没有教养，因此不能让他们给你讲故事的下贱人。再说，他们来自不同的国度，不同的种族，有可能在家里曾耳闻目睹一些奇异的事情，现在可以给咱们讲出来。有一次，总督的一位朋友还告诉我一个更好的理由，我现在转述给你们：这些人迄今一直在总督府当奴隶，虽然没做什么苦工，却总是也被迫干这干那，这就是他们和自由人之间的巨大差别。遵照习俗，他们在接近总督时必须表现得低贱卑微。总督不问他们，他们都不得和他讲话，讲话还必须十分简短。今天他们自由了，作为自由人干的第一件事就是当作自己过去的主人的面，在大庭广众中长时间地讲话，放开声来讲话。这在他们真叫受宠若惊，喜出望外，突然获得自由这件事对于他们也就变得更加可贵。"

"瞧，"文书打断老先生道，"第四个奴隶已站起身；总管给了他信号，让咱们坐下来静静地听！"

（在1827年的《童话年鉴》里，这儿收录的是贾莫斯·郁斯提年·莫里埃的《烧烤脑袋》。）

对这则故事，总督也报以喝彩。有几次他甚至微微笑了，这可是已经多年不曾有过的事喽，所以朋友们都当它是个吉兆。年轻人和老先生同样如此印象。他们对总督至少有半个小时开了开心，也是十分高兴；因为他们尊重他的不幸和苦闷，看见他那么忧心忡忡，愁眉不展的样子，就感觉得到他的心口有多么憋闷；他额头上的乌云哪怕只散去了一些个瞬间，他们也会更加快乐，更加兴奋。

"我可以想象，"文书说，"这个故事必定给他留下了很好的印象；里边包含那么多稀罕奇特的情节，那么多滑稽可笑的事儿，即使黎巴嫩山上那位一辈子从未笑过的圣者德威施听了，也一定会打起哈哈来的。"

"可是呢，"老先生微微一笑，道，"可是呢，这故事里既无仙女，也没魔术师出现；没有水晶宫，没有送来美味佳肴的精灵，没有小鸟洛克，也没有神骏……"

"您想叫我们难为情哪，"青年商人嚷起来，"就因为我们热烈地谈论着自己小时候的童话故事，说它们现在还紧紧吸引着我们，历数那些个我们被童话带走，自认为已生活在童话里的时刻。你嘲笑我们的认真劲儿，用婉转的方式指出我们的谬误，不是吗？"

"才不呢！我压根儿不会指责你们对童话的喜爱；它表明你们还有一颗纯真的心灵，能够轻松愉快地进入童话的境界，而不像其他一些人似的对它居高临下，视其为小儿的玩意儿，不会听不耐烦，宁肯去骑马遛弯儿，或者懒洋洋地在沙发上打盹儿，或者迷迷糊糊地抽水烟袋，也不愿听它一听。我哪儿会因此责备你们呢！不过，要是你们也喜欢另一类故事，一类与人们通常所谓童话有所不同的故事，也能对这类故事着迷，我就高兴喽。"

"这话怎么讲？请您把您的意思给我们解释得清楚一点。什么另一种有别于童话的故事？"青年们七嘴八舌。

"我是想，必须对童话与通常被称作故事的小说加以区别。如果我对你们说，我要给你们讲则童话，你们便会期望听到一个事件，一个远离日常生活、发生在某个非尘世的异域的事件。或者，说得更明白些，一提到童话，你们可能想到就不只会出现凡人，而还有别的精灵。童话里的人物的命运，常受到异己势力的干预，诸如仙女啊，魔术师啊，精灵啊，魔王啊等等。整个故事有着奇异和超常的形态，看上去就像我们的花地毯和某些一流大师的画作，被弗兰克人称之为阿拉伯花饰什么的。由于真正的穆斯林被禁止亵渎安拉的造物，被禁止以颜料和画布重现人的形象，所以我们在地毯和画上只看见和人的脑袋奇妙地缠绕在一起的花草树木，人往往变成了一条鱼，一丛灌木，一句话，变成了一些既让人想起日常生活又超凡脱俗的形象。你们明白我的话吗？"

"我想能猜出您的意思，"文书回答，"请继续讲吧！"

"这类故事就是童话：神奇，非凡，出人意料；因为有异于日常生活，所以往往被放到了陌生的国度，或者遥远的、久已逝去的时代。每一个国家、每一个民族都有自己的童话，土耳其人不比波斯人差；就在弗兰克斯坦也多的是，至少一位博学的异教徒给我讲过许多。不过呢它们不如咱们的童话美，因为其中没有住着豪华宫殿的漂亮仙女，而是有一些他们称作女巫的会魔法的妇女，一些既阴险又丑陋的坏人，住在破败的小茅屋里，不是乘着由一些老者牵引的贝车遨游蓝天，而是骑着扫帚在浓雾中穿行。弗兰克人的童话也有山精和地精，都是些长得怪模怪样的小矮子，捣蛋作祟无所不为。喏，这就是童话，和通常称为故事的小说完全另一码事。小说的故事完全发生在地球上，情节完全在日常生活中展开，奇异之处多半只在于人们命运的错综纠结；他们或富裕或贫穷，或幸福或不幸，不像童话里似的为魔法、诅咒或者仙女的帮助引起，而是通过他们自身，或者通过特别的环境机遇造成。"

"可不是吗！"一个青年附和道，"这种纯粹的故事在谢赫拉萨德动人的小说，即人们所谓的《一千零一夜》里也有。哈伦·阿里－拉希德国王及其宰相的大多数故事都属于这种性质。他们乔装出巡，目睹了各式各样极其怪异的事件，而事情的结局却完全自然合理。"

"尽管如此你们仍得承认，"老者继续说，"这些故事并非《一千零一夜》里最次的部分。然而不论是事件缘起，还是情节发展，还是整个的格调韵致，它们又与比利宾克尔王子的童话，与共用一只眼睛的三个托钵僧的童话，与从海里将用所罗门的封印锁着的匣子打捞起来的渔夫的童话多么大异其趣啊！可是，说到底，使这两类故事具有独特魅力的根本原因仍为一个，那就是，让我们都经历了一些引人惊异的、非凡的事件。在童话里，这非凡表现在神奇的仙术魔法与普通人的日常生活混在了一起；在一般故事中，事态的发生发展尽管合符自然法则，但方式却不平凡和出人意表。"

"有意思！"文书嚷道，"真有意思，事态的自然发展同样吸引着我们，就像童话里的超自然现象；原因到底在哪里？"

"在单个人物的刻画塑造，"老先生回答，"童话中充满着神怪奇迹，人物的行为缺少主观意志，他们的形象和个性因此也刻画得草率、苍白。小说则不一样，每个人物都按照自己的个性行事和讲话，这就是它的主要特征和魅力所在。比如我们刚才听过的《烧烤脑袋》就是如此。设若没有主人公的性格纠缠其间，小说的情节整个说来并不引人入胜，出人意表。例如那个裁缝的性格形象，是何等耐人寻味啊！我们好像真看见这个缝缝补补的老驼背坐在眼前。他即将裁剪自己一生中最华贵的衣服，他和他老婆已早早地心花怒放，并且拿了真正的黑咖啡来款待自己。可接下来的场面与他们的安详惬意形成强烈反差：他俩急不可待地解开包裹，看见的却是个可怕的脑袋！随后他在清真寺的周围溜来溜去，哭声哭调地呼唤教友们为他祈祷，可一瞅见那个奴隶便像遭雷击似的突然哑巴了——这一切我们不是仿佛也看见听见了吗？还有那个理发匠！你们不也瞅见他，瞅见这个老坏蛋一边调肥皂，一边唠唠叨叨，还不时喝上一口禁酒？不也瞅见他把脸盆端到那奇怪的顾客下巴底下，一摸——摸着个冷冰冰的脑袋？面包师的儿子那小鬼头同样刻画得不差，尽管只是淡淡几笔；烤肉师亚纳奇也是！整个故事犹如连续不断的滑稽场面，情节发展尽管十分怪诞却衔接自然，天衣无缝，不是？为什么能这样？因为个个人物都塑造得准确无误，由他们的本性决定了所有事情必然发生，也真发生了。"

"确实，您说得对！"年轻商人接着讲，"我从未花时间好好考虑这些问题，一切都是看过就算了，只晓得这个有意思，那个没味道，却不明白原因何在。可您给了咱们一把开启秘密之门的钥匙，一块正确鉴别优劣的试金石。"

"常常使用它们吧，"老先生回答，"只要学会对听到的故事进行思考，获得的乐趣便会更大。瞧瞧，那边又有一个人站起来讲啦。"①

确实如此，第五个奴隶开始讲道，……

---

① 作者豪夫在此借书中人之口，阐明了德国文学中的艺术童话亦即如他似的作家创作的童话，与一般民间童话的主要区别。

年轻的英国人

老爷！我是个德国人，在您的国家生活的时间很短，还没法给各位讲一则波斯童话，或是一个关于苏丹及其宰相的有趣故事。因此请允许我讲一件发生在我祖国的事情，它也许同样会令各位开心。遗憾的是我们那些故事不如你们的故事高雅，也就是说，它们并不总是讲苏丹或者我们的国王，讲宰相和元帅，在我们那里即所谓司法大臣、财政大臣，还有枢密顾问什么什么的；它们通常谦逊地生活在底层，流传在普通市民中间，如果不是讲士兵的话。

我出生在德国南部一座叫格律恩威塞尔的小城。和所有的德国小城镇一样，它在市中心有块带喷泉的小市集广场，广场边上就坐落着它小小的、古老的市政厅，广场周围则是法院院长和其他有脸面的商人们的宅子；其他人都住在几条狭窄的街巷中。市民们全相互认识，人人都消息灵通，哪怕只是牧师或是市长或是大夫的餐桌上多了一道菜，吃午饭时便会传得全城都知道。下午妇女们相互进行所谓"走访"，就一边喝浓咖啡吃甜饼，一边交换对这件大事的看法，结论是牧师看样子中了彩票，发了一笔基督徒不该发的横财，要不就是市长收受了"相处费"，或者大夫开了贵药，从药剂师手里拿了几个金币的回扣。在格律恩威塞尔这样一座井然有序的小城，你们可以想象突然搬来一个谁也不知其来历、意图和靠什么过活的陌生人，市民们会是多么的不愉快，尽管市长查验过他的护照，一种我们那儿的人个个都得有的身份证明文件……

是的，市长是查验过他的护照，并且在大夫家喝咖啡时讲，护照上确确实实签的是从柏林来格律恩威塞尔，只不过背后似乎总有点什么；要知道此人看上去颇为可疑。市长在城里威信极高，难怪从此外来者就成了众人眼中的可疑分子。再说他的生活习性，也无助于改变我的乡亲们这种成见。外乡人花几个金币租了一整幢迄今一直空着的房子，雇马车运来满满一车怪里怪气的家什，把火炉啊、酒精灯啊、大坩埚啊什么的搬进房子，自此就过着离群索居的生活。是的，他甚至饭也自己做，除了一个受雇替他采购面包、肉食和蔬菜的老头儿，格律恩威塞尔就再没有任何人踏进过他的家门。而且就连这老头儿也只准进入他家的前厅，外乡人在那儿就把买的东西接了过去。

外乡人迁来我家乡时我只是个十岁的男孩。他在小城中引起的不安我还记忆犹新，就像昨天才发生的事情一样。他下午不像其他男人似的去玩九柱戏，晚上也不进酒馆，像别的人那样一边抽烟斗，一边谈论报上的新闻。市长、法院院长、大夫和牧师挨个儿邀请他吃饭或者喝咖啡都不成功，他一概抱歉地谢绝。因此一些人认为他有神经病，另一些说他是犹太人，还有一些一口断定他要么是个魔术师，要么是个巫师。我长到了十八岁、二十岁，此人在城里仍旧被市民们叫作外乡佬。

然而，有一天，城里来了些牵着稀罕的动物的人。这是一帮跑江湖的，他们有一头骆驼会冲人鞠躬，有一只狗熊会站住跳舞，有一群穿着人衣服的滑稽可笑的狗和猴子，它们会做各式各样的表演。这种人通常都招摇过市，临了儿在一个十字路口或者广场上停下来，用一面小鼓和笛子奏出难听的音乐，让他们的演员些蹦蹦跳跳，然后便挨家挨户收钱。可这次来格律恩威塞尔露脸的一帮人比较特别，他们有一只差不多和人一般高的大猩猩，它能直立着完成各种精彩表演。由狗和猴子们组成的戏班子也来到了外乡佬的门口；当鼓和笛子奏响，他也出现在已年久褪色的灰蒙蒙的窗户后面，一开始很不高兴的样子。可是不久，令所有人都感到惊讶，他的表情竟变得和蔼起来，望着窗外大猩猩的表演满脸堆笑。是的，他甚至赏给表演者一枚大银币，引得全城议论纷纷。

第二天早上，马戏班离开了，骆驼驮着许多筐子，狗和猢狲都舒舒服服地蹲在筐里，驯兽师和那只大猩猩却跟在骆驼后面。一行人出城去几小时后，谁知外乡佬派人来到驿站，向莫名其妙的站长要了一辆特快专车，坐上车就走马戏班的同一条路追出城去了。全城上下大为恼怒，竟不了解他旅行的目的地。当外乡佬回到城门前时，天已经完全黑了。不过他车里还坐着一个人，帽檐压得低低的，嘴和耳朵都包在一条丝巾中。守门人认为有责任盘问一下新来的陌生人，看看他的证件。陌生人的回答却异常粗暴，而且嘟嘟囔囔说着一种听不懂的语言。

"他是我侄子，"外乡佬说，不仅和颜悦色，还塞了几枚银币在守门人手里，"他是我侄子，到目前为止还不懂多少德语，刚才用他的方言发了点抱怨，不高兴我们被拦住。"

"嗨，既是您老的侄少爷，"守门人回答，"进城自然用不着什么护照；他无疑将住在您府上吧？"

"当然，"外乡佬说，"看样子要在这儿住上好一会儿喽。"

守门人没有什么别的好讲，外乡佬带着他侄子驱车进了小城。市长和全体市民呢，对守门人也真有意见。他最低限度也该记住那位侄子讲的几个词儿嘛；从这些词儿不难判断出，这叔侄二人究竟是哪国公民。可守门人担保既非法语也非意大利语，但发音洪亮倒跟英语差不多；他要是没听错，那位少爷就说了句："Goddam！①"就这样，守门人既摆脱了困境，也替年轻人正了名；从此，小城中一谈起他都只管他叫年轻的英国人了。

然而这年轻的英国人同样不抛头露面，既不上九柱戏场，也不下

① 英语：该死的。

酒馆，而是以另外的方式给城里的居民们造成不少烦恼——就是从外乡佬那一直安安静静的房子里，现在常传出可怕的喊叫和闹腾声，引得人们一群群地驻足门外，仰头张望。只见年轻的英国人穿着红色的燕尾服和绿色的裤子，头发蓬乱，满面惊恐，以叫人难以置信的速度沿着窗户在所有房间里跑来跑去；那外乡老头呢身穿红色睡袍，手提一条马鞭在后紧紧追赶，常常赶他不上，但有几次站在街上的群众估计也抓住了他，因为紧接着就听见声声惨叫，伴随着一阵皮鞭抽打的噼噼啪啪声。年轻的外乡人遭到残酷虐待，令城里的妇女们格外同情，她们最终说动了市长出面进行干预。他给外乡老头写了一张条子，措辞严厉地批评他虐待侄子的恶劣行径，说再这么胡来，他自己就要对年轻人实施特殊保护。

可有谁会比市长本人更惊讶啊，十年来头一次，他竟看见那外乡佬登了自己的门。老头子以受了年轻人父母特别的委托来为自己的行为辩护，他们请求他教育他这侄子。他说小伙子其他方面倒也聪明、规矩，就是学习语言格外困难。他满心希望能使侄儿德语讲得流利自如，以便将来能领他顺利进入格律恩威塞尔的社交界。然而德语对这年轻人实在是太难啦，常常叫人没有别的更好的办法，只能结结实实地抽他一顿。市长经过这番解释完全消了气，只是劝老头儿要克制自己。晚上到了地窖酒馆，他讲自己很少见过像外乡佬这么有教养和通情达理的人。"只可惜，"市长补充说，"他很少参加社交。不过我想，一旦他侄子德语说得好一点了，他就会常来和咱们聚聚的。"

仅这一件事，就使全城的舆论来了个彻底的转变。人们现在都把外乡老头看作正派人，渴望和他亲近结识，对时不时再从那所冷清的房子里传出来惨叫什么的，也视为完全正常。"他在给侄子上德语课呢，"格律恩威塞尔的市民们讲，不再有谁停在房子前面。大约三个月后，德语课看样子结束了，因为现在老头儿往前进了一步。城里住着一位年老体弱的法国人，在给青年们上舞蹈课。外乡佬把他给叫去，希望他教他侄子跳舞。他告诉法国人，那小子虽然勤奋好学，可跳起舞来性子挺犟；也就是说，他从前跟另外的师傅学过舞蹈，习惯了怪里怪气的跳法，不大能与大伙儿适应。他侄子可偏偏因此自视为一位舞蹈大家，虽然他那舞姿跟现在德国流行的华尔兹啊、小步舞啊连边儿都挨不上，甚至也不像是苏格兰舞，或者法兰西舞。他并且答应每课时付一个银币，于是舞蹈教师便高高兴兴接受了教这个犟学生的聘请。

事后，法国人私底下告诉人，世间再没有比这些舞蹈课更稀罕的事情了。那侄少爷是位身材相当魁梧的青年，只是两条腿儿嫌短了点，穿着一件红色燕尾服和宽大的绿裤子，发式留得挺漂亮，戴着一双漆皮手套。他话很少且带有外国口音，一开始倒是规规矩矩的；可随后却经常突然一阵猴蹦乱跳，动作大胆怪异，还腾空跃起，直闹得他这个老师头昏眼花。他本想纠正他，他却脱下脚上的精致舞鞋来，扔到法国人的头上，自己则四肢着地在屋子里打旋儿。正这么闹腾着，老先生突然穿着宽大的红色睡袍，头戴金箔做的睡帽从自己的房间跑来，给侄子的脊背上一顿狠狠的鞭打。侄子呢发出大声惨叫，逃到桌子和立柜上，是的，甚至爬上窗户的横楣，嘴里叽咕出不知是什么稀罕话来。穿红睡袍的老先生可是不含糊，一把抓住他的腿就往下拖，拖下来便一顿狠揍，然后把他脖子上的一个箍箍收得更紧，这一来小伙子又老实规矩啦，舞蹈课也得以顺利进行下去。

舞蹈教师带着他的学生取得了很大进步，终于可以配上音乐来教舞，侄子也完全变成了另一个人。城里的一位乐师被请了来，他得坐在那冷清的房子大厅中的一张桌子上。这时舞蹈教师开始扮演女士，穿起老先生给他的一条绸裙子，披上了一块东印度纱巾。侄子上前邀请他，开始和他跳起来，转起来。这小子可是个不知疲倦的舞蹈狂，长胳臂一搂住"女士"就不肯放，法国老头尽管气喘吁吁，大叫吃不消，还是不得不跳，跳，跳，直跳得软瘫厥倒，直跳到乐师的胳膊僵住在提琴上。这样的舞蹈课几乎要了法国老头的命；可是每次如数付给的银币，还有外乡佬招待他喝的上等葡萄酒，又总让他不断地再去，虽说头一天他已痛下决心，再不愿踏进那所冷清的房子。

不过，格律恩威塞尔的市民们和这法国佬的看法完全两样。他们认为那小伙子有许多社交天赋，特别是城里的太太小姐些，在男士极为缺乏的情况下，更高兴在即将到来的冬季有这样一位灵敏的舞伴。

一天早晨，从市集归来的使女们向主人家报告了一件稀罕事。说是在那所冷清的楼前停着一辆有玻璃窗的豪华马车，车辕上套着一匹匹骏马，扶着车门的仆人身穿华丽的号衣。这时候楼门开了，走出来两位衣着时髦的绅士，一位是外乡老先生，另一位多半就是那个学习德语挺困难，跳起舞来像发疯的年轻少爷。两人坐进马车，男仆跳到了车后的踏板上；可以想象，马车正径直向市长的府上驶去。

太太小姐们听完使女这一通汇报，急急忙忙脱掉身上的围裙和不够干净的便帽，开始打扮起来。"绝对肯定，绝对肯定，"她们一边告诉家人，一边跑来跑去收拾也派其他用场的客厅，"肯定眼下是外乡佬带他的侄子出来见世面啦！这老傻瓜十年来没跨进咱家一步，真太不懂礼貌；不过看在他侄子的分上也原谅他，小伙子据说倒挺殷勤。"太太们这么说，同时告诫自己儿子女儿在外乡人来访时一定要有风度，坐要坐得腰板挺直，说话发音也要比平时讲究。城里聪明的女士们果然没有猜错；老先生真带着侄子挨家走访，为自己和年轻人赢得了这些家庭的好感。

市民们无时无处不谈论这两位外乡人，都惋惜没早些结交这样高雅的朋友。老先生文质彬彬，理智冷静，虽说讲什么总面带微笑，叫人摸不准他讲的是否真话。可不管讲什么，天气也罢，本地区的情况也罢，夏天待在山下地窖里的快乐也罢，他的谈吐都既聪明又稳重，叫任何人都只有佩服。还有他那位侄儿啊！他迷倒了所有的人，征服了所有人的心。虽然他的面貌说不上漂亮，脸的下半部特别是下巴过分突出，皮肤的颜色也太深，而且还不时地做各种奇怪的鬼脸，眯缝起他那双小眼睛和龇牙露齿，人们仍旧认为他的长相煞是有趣。世间不可能有什么东西比他的身躯更灵敏活泼啦。衣服虽说有些怪样地挂在他身上似的，却一切又挺合式。他极为好动，总是在房里东跑西跑，一会儿倒在沙发上，一会儿躺在靠椅里，而且老是把两只脚伸出很远。所有这些，放在任何其他年轻人身上都要被斥为太放肆，太没教养，却成了佟少爷天才的表现。

"他是个英国人嘛，"大伙儿说，"英国人全这样。一个英国人可以躺在长沙发上睡大觉，让十位太太没有位子坐，只好四处站着；对一个英国人，这样的事情不足为怪。"

对那位老先生，对他的叔叔，年轻的英国人却服服帖帖。每当他在屋子里东蹦西跳，如他喜欢的那样把两腿跷到椅子背上，老先生只需严厉地瞪他一眼，他便又规规矩矩。人们哪里还能计较他的这些小节喽，既然他的叔叔每到一家都对这家的主妇完全说清楚了：

"我的侄儿还有些粗鲁和欠文雅；可我深信和大家交往会改变他，陶冶他，特别是要拜托夫人您多多对他关照。"

就这样，年轻的英国人被领进了社交界。在当天和第二天，整个格律恩威塞尔都在议论这一件事情。而且，老先生还不以此为满足，他好像彻底改变了以往的思想和生活习惯。每天下午，他都带着侄儿去山上的地窖酒馆，去那城里的体面人开开心心地喝啤酒和玩九柱戏的地方。年轻的英国人表现出是位玩九柱戏的好手，因为掷的得分从来不少于5或6。虽然时不时地他要发发疯，像心血来潮似的，他会突然跟着球冲到柱子中间去，在那儿胡蹦乱跳一气；要不然，就在掷中"花环"或"国王"后突然来个头倒立，双脚朝天，脑袋点地，对自己的漂亮发式全不顾惜。或者，碰巧驶过一辆马车，还不等其他人反应过来，他已高高地坐在车顶上，冲着下边的人扮鬼脸，跟着车走出去一段，然后又跳下来和大伙儿一起玩。

每出现这种场面，老先生都要恳请市长和其他的绅士们原谅自己的侄子缺少教养。他们呢，却一笑置之，认为是他年轻的缘故，并坚持说自己在这个年纪同样轻浮任性，因此把他们这个所谓年轻的冒失鬼喜欢得什么似的。

当然有时候他们也会对他有些不满，只不过又什么都不敢说，因为年轻的英国人已被公认为有教养和理智的典范。晚上，老先生也习惯带侄儿去城里的金鹿酒馆。侄儿尽管还年纪轻轻，却摆出一副老太爷的架势。但见他往自己的酒杯背后一坐，架上一副大眼镜，掏出一只巨型的烟斗来，点上火便吧嗒吧嗒地抽，吐起烟子来比谁都厉害。大伙儿谈论着报上的新闻，谈论着战争与和平，大夫持这种见解，市长持那种意见，其他人则惊叹他俩学问的渊博，见识的高深，这当口年轻的英国人却可能突发奇想，提出一种完全不同的主张来，用他那一直戴着手套的拳头捶击桌子，直截了当地教训市长和大夫，说他们对这一切无知透顶，他自己听到的完全是另一码事，因此看得也更加透彻。他操着结结巴巴的难听的德语发表见解，令市长大为扫兴，却博得大伙儿的喝彩；要知道，身为英国人，他自然什么都知道得清楚一些。

市长和大夫很是生气，却又说不出口来，便坐到一旁去下棋。年轻的英国人却跟着踱过去，透他那大眼镜从市长身后观战，指责他要么这步太糟么那步特臭，告诉大夫必须如此如此这般这般，害得两位绅士心里鬼火直冒。市长随后气呼呼地要和他也来一盘；他自视为菲利多第二①，一心想狠狠地将年轻人的军。这当儿，老先生赶快紧一紧侄儿的领结，马上年轻人又变得老实、文雅，并且下赢了市长。

在格律恩威塞尔，每天晚上大伙儿都要打牌，每盘的输赢在此之前不过半个银币。现在年轻的英国人觉得半个银币太寒碜，一下注就

---

① 菲利多为当时的法国名棋手。

是一大把银币或者金币，并声言没有谁牌艺像他那么精。不过，他最后总能叫受了奚落的绅士们心平气和，办法就是输给他们大把大把的钱。他们呢，赢了他再多也一点不觉得良心过不去，因为："他毕竟是英国人，家里边富着呢！"他们一边说，一边把金币抹进自己口袋里。

如此这般，外乡佬的侄儿没用多久便在小城和四乡一带赢得了巨大的声望。人们回忆不起，格律恩威塞尔有史以来曾出过这样非凡的青年；像他这样的奇迹，市民们真叫从来没见过。不过除了跳舞之外，也不能讲年轻人学过别的什么。拉丁文和希腊文之于他，简直闻所未闻。一次在市长家里聚会，大伙儿要他表演书法；结果他竟连自己的姓名也写不成。至于在地理知识方面，他更闹了天大的笑话，可以毫不在乎地把一座德国城市搬到法国，或者把一座丹麦城市迁移波兰。他没有任何见识，没有任何学问；对这小伙子的无知，牧师常常忧虑地摇头。可尽管如此，市民们仍对他做的或说的一切大加赞赏。要知道，他脸皮厚得来总以为自己正确，每次讲话的最后都是："我可更加清楚！"

渐渐到了冬天，现在才是年轻的英国人大出风头的时候。任何聚会如果没他在场，都会变得乏味无聊；要有谁正儿八经地讲点什么，大伙儿准哈欠连天；反之，一当侄少爷操着蹩脚的德语胡说八道，便人人洗耳恭听。到了这会儿，才发现小伙子原来是位诗人；没有哪个晚上他不从口袋里掏出几张纸来，为众人朗诵一些个十四行诗。尽管有些人坚持认为他的一部分诗糟糕透了，毫无意义，并称另一部分已经在别的什么地方读过；年轻的英国人却不理不睬，照念不误，明确告诉听众他的诗如何如何美，而每次总是赢得全场的喝彩声。

然而，他真正的胜利却是在格律恩威塞尔的舞会上。没有谁比他跳得更久、更快，没有谁比他蹦得更高，舞姿更奔放、更优美。这种场合，他叔叔总给他穿上最时髦、华丽的衣服，虽然它们不肯服服帖帖地真正让他穿在身上，大伙儿仍觉得他整个的打扮极为潇洒悦目。

只是男士们觉得让年轻人在舞会上别出心裁的举动扫了面子。因为往常总是由市长本人第一个上场表示舞会开始，随后才轮到体面的青年绅士行使自己的特权，带头跳其他的舞。可自从年轻的英国人来了以后，一切全变了。他不问青红皂白，抓起身边一位女士的手就冲到上头，想跳什么就跳什么，俨然成了舞会的主人、主宰和国王。然而女士们对他这一套偏偏十分受用，异常欣赏，男士们也就哑巴吃黄连，只好任俟少爷得意风光，我行我素。

这样的舞会似乎令老先生高兴得不得了。他目不转睛地望着自己的侄儿，脸上总挂着自得的微笑。所有人都拥到他身边，对他奉承他那位高雅而富于教养的侄少爷，乐得他几乎就合不拢嘴来。随后，他突然爆发出阵阵狂笑，模样滑稽得简直就像个傻子。如此奇怪地得意忘形，在格律恩威塞尔的市民们看来是他太爱自己侄子的缘故，完全正常。只是时不时地，他仍不得不对自己侄儿使用一下长者的威严。因为在轻歌曼舞中，小伙子会突然异想天开，一纵身跳到乐队占据的台子上去坐着，一把夺过琴师手里的低音大提琴来，吱吱嘎嘎一阵乱拉；要不跳着跳着突然改换舞姿，双手撑在地上，两腿冲空中高高举起。这时候，叔叔多半把他拽到边上，狠狠地批评他，并收紧他的领结，他又重新变得循规蹈矩。

这就是年轻的英国人在社交场和舞会上的行径。可说到社会风气的形成，总是坏的比好的来得更加容易，一种新的、引人注目的时髦举止即使可笑之至，也会像瘟疫似的迅速传染一帮对自己和世界还缺少认识的年轻人。在格律恩威塞尔，外乡佬的侄儿和他的怪诞行为，同样起到了这样的作用。青年们发现，这家伙胡闹瞎搞，纵声大笑，饶舌扯淡，在回答长者的问话时粗鲁无礼，不但未受责难反而得到称赞，甚至通通被认为是天才的表现，于是都暗想："这还不简单，我照样可以变成个天才的调皮蛋。"本来，他们都是些勤快、能干的年轻人；现在却想："学问有什么用，无知不更有出息吗？"他们于是扔下了书本，开始在广场和大街上游游荡荡。他们本来对任何人都彬彬有礼，一定要等到别人提问，才得体而谦虚地给予回答；现在却凑到长者们中，跟着夸夸其谈，信口开河，甚至在市长讲话时也当面嘲笑他，坚持自己什么都懂得多得多。

本来，格律恩威塞尔年轻的市民都厌恶粗鄙庸俗的事物；现在可好，开口就唱的是下流小调，嘴上叼着大大的烟斗，整天在低级酒馆中转来转去。原本视力挺好，也买副阔边眼镜来架在鼻梁上，以为这样就成了个人物；要知道，他们跟那位著名的侄少爷，可完全一样了啊。无论在家还是外出做客，他们都穿着靴子往长沙发上一躺，要不就坐在圈椅里摇来摇去，要不就把胳膊肘撑在桌上，用拳头托着腮帮，自以为这是时下最富魅力的姿势。母亲和朋友告诉他们这一切多么愚蠢，多么粗鲁，他们总拿侄少爷的光辉榜样作挡箭牌。人家讲，侄少爷是位年轻的英国人，有些粗鲁的民族习惯情有可原，但是没用，年轻的格律恩威塞尔人坚持自己有与最优秀的英国人同等的权利，也应该可以天才地粗鲁无礼来着。简而言之，格律恩威塞尔的良好市风民俗，让侄少爷的坏榜样一搅和，遭到了惨痛的损失和彻底的败坏！

不过，青年们肆无忌惮的快活日子也没维持多久，接下来发生的这件事，一下子改变了整个情况：冬季的欢乐聚会照例以一次盛大的音乐会收尾；参加音乐会演出的，既有市里的专业乐师，也有市民中够水平的音乐爱好者。市长大提琴拉得很棒，大夫擅长吹巴松管，药剂师的长笛虽说不怎么样，但到底也能吹两下；格律恩威塞尔的小姐们练了几首咏叹调，总之，一切已准备就绪。谁知这时候那位老先生开了腔，说什么就这样音乐会尽管也会很成功，遗憾的是却显然少了一个二重唱，而二重唱是任何像样的音乐会都必不可少的。他这番意见令大伙儿挺难堪；市长的千金固然歌喉美得赛夜莺，可哪儿去找位男声来与她对唱呢？人们最后打算请那位老琴师出马，他年轻的时候是个很好的男低音。外乡佬却认为这纯属多余，因为他的侄子唱得就挺不错。年轻的英国人又多了一项新能耐，令大伙儿吃惊非小，但侄少爷必须先试唱。结果除去几个被认为是英国式的怪招儿不如人意以外，他唱得真跟天使一个样。于是乎，二重唱就赶紧练起来。不久，终于到了格律恩威塞尔的市民们要大饱耳福的那个音乐会之夜。

然而遗憾，外乡的老先生不能出席晚会亲聆侄儿演唱，因为他病倒啦。不过，对晚会开始前一小时去看他的市长，他透露了几点控制他侄儿的秘诀。"他生性善良，我的侄儿，"他说，"只是时不时地会想入非非，开始干蠢事。正因此，不能出席音乐会，我心里格外遗憾。要知道，当着我的面，他是谨慎极了，自己也明白为什么！再则，我必须为他说句公道话，他那样干并非因为任性，而是出于肉体的自然本能。市长先生，要是他又突发奇想，例如跳到乐谱架上去蹲着，或者甚至抢拉低音大提琴什么什么的，请您不妨把他的高领结稍稍地放松那么一点点；要是还不管用，就干脆把领结给他解掉。到时候您瞧，他马上会变得规规矩矩，文质彬彬。"

市长感谢卧病的老先生的信任，保证在必要时按他的建议办。

音乐厅挤得水泄不通，格律恩威塞尔全城和四乡的居民都已到场。周围三小时以内路程的所有猎人、牧师、公务员和农场主等等，都一齐拖家带口地拥来，要和格律恩威塞尔的市民们分享那难得的快乐和荣幸。专业乐师们表演得很精彩；紧跟着登台的是市长，他在药剂师的长笛伴奏下拉小提琴。市长之后，管风琴师来了一曲男低音独唱，赢得了满场喝彩。还有大夫的巴松管吹得也蛮好，同样得到不少掌声。

音乐会的上半场到此结束，人人都期待着有年轻的英国人和市长千金表演二重唱的下半场开始。小伙子穿着一身闪闪发光的演出服，早已吸引了在场所有人的注意。他问也不问，就坐在为邻近一位伯爵夫人特设的豪华靠椅里，尽情地叉开两条腿，在阔边的眼镜上再架一副大大的望远镜，透过它观察所有的人。本来禁止带狗入场，他却硬牵进来一条大狼狗，在那儿逗狗玩儿。原该坐他那座位的伯爵夫人来了，可不理不睬，更不起立让座的偏偏只有他这位佴少爷。他相反坐得更舒服一点儿，竟没人敢对此说个不字。高贵的夫人不得不挤在小城的其他妇女中间，凑合着坐在一把很普通的藤椅上，据说因此呕得够呛。

当市长正精彩地演奏，当管风琴师正展开歌喉，是的，甚至当大夫正用巴松管奏着梦幻曲，全场都在屏息聆听的时候，年轻人竟然唤他的狗跑来跑去叼手巾，要不就大声武气地和邻座闲扯，叫每个不认识他的人都对这位少爷的不懂规矩大感惊愕。

也就难怪，所有人都对他将怎样表演二重唱，好奇得要命。下半场开始了，专业乐师们先奏了点什么。这时候，市长便牵着自己的女儿来到年轻人跟前，递上一张乐谱，道：

"莫索^①，现在请您唱二重唱，好吗？"

年轻人龇牙咧齿，嘿嘿一笑，从座位上跳起来；市长父女跟在他身后走上舞台，全场充满期待。乐队指挥打着节拍，示意佴少爷开始唱。这小子透过大眼镜盯着乐谱，憋出一声声凄厉刺耳的尖叫来。乐队指挥大声提醒他：

"低两度音，亲爱的，您得唱C调，C调！"

佴少爷不但不唱C调，反而从脚上脱下一只鞋子来扔到指挥头上，打飞了他的假发。市长一看便想到："哈，他肉体上的本能又起作用啦。"马上跳将过去，抓住他的脖子，把领结稍稍放松了点。谁知这一来年轻人闹得更凶，讲的不再是德语，而是一种谁都莫名其妙的奇特语言，并且一阵胡蹦乱跳。面对这不愉快的干扰，市长很是失望；年轻人必定出了什么特别的问题，他因此决定把他的领结完全

---

① 洋泾浜法语：先生。

给解掉。谁知刚刚摘下领结，市长就完全惊呆了；因为年轻的英国人脖子周围根本不是人的皮肤和肤色，而是一圈深褐色的毛皮。与此同时，那小子跳得更高，蹦得更欢啦，并且把戴着漆皮手套的爪子伸上脑袋，一把将头发全部揪了下来，哈，怪事！这如此美丽的鬈发竟是假的！他把假发扔在市长的脸上，裸露的脑袋原来也长着同样的褐色毛皮。

这小子跳过桌子和板凳，掀翻了乐谱架，踩烂了提琴和单簧管，简直像个疯子。

"抓住他，抓住他！"市长声嘶力竭，"他精神失常啦，快抓住他！"

说来容易做起难。要知道他脱掉漆皮手套，露出来一双利爪，伸到人们脸上一阵猛抓。终于站出来一位勇敢的猎人，将他给制服了。猎人摁住他的两条长胳臂，他只能继续用脚乱蹬乱踹，一边嘶哑地狂笑乱叫。众人围上来，观察这奇怪的年轻人，可他哪儿还像个人喽！一位来自邻近地区的博学的先生，他拥有一个藏品丰富的动物标本陈列室，也仔细地观察了他，随即发出惊呼："我的上帝呀！尊敬的先生女士们，你们怎么把一头畜生弄到高雅的社交场来了哟，他只是只猴子，学名'特罗格罗迪特斯·力纳埃人猿'，要是你们愿意把他让给我，我可以当场出六枚银币；我要把他制成标本，放进我的陈列室。"

听见这么一讲，格律恩威塞尔人真惊讶莫名！"什么，一只猴子，一头人猿进了咱们的社交界？年轻的英国人只是只普普通通的猢狲？"他们愚蠢地嚷嚷着，面面相觑。他们不相信真有这事，他们不相信自己的耳朵，于是由几名男士对那畜生作进一步检查；可它仍旧是一只地地道道的猴子。

"可是，怎么可能呢？！"市长夫人叫起来，"他不是经常为我朗诵他的诗吗？他不是跟人一样在咱们家吃过午饭吗？"

"怎么？"大夫的夫人也急了，"怎么会？他不是经常来咱家喝咖啡，和我先生一边抽烟，一边探讨学术么？"

"嗨，竟有这等事！"男人们也嚷开了，"他不是和咱们一起在山上的地窖酒馆里玩过九柱戏？参加过咱们的政治争论？"

"还有哪！"大伙儿一起抱怨，"他甚至在咱们的舞会上不老是抢先？一只猴子！一只猴子？真叫怪事！准是巫术！"

"对，是巫术和鬼蜮伎俩，"市长说，同时取来了那位侄儿或者说猴子的领结，"瞧！全部魔法就藏在这领巾里，是它在我们眼里把这畜生变得殷勤可爱。这儿有一条柔韧的宽羊皮纸带，上面画满了怪异的字符。我相信准是拉丁文；没有谁懂得么？"

牧师是位饱学之士，曾经常输棋给那猴子，这时就挺身而出，端详着羊皮纸带道：

"没啥没啥！只是写拉丁文字母罢了。意思是：

> 猴子原本很滑稽，
>
> 吃了苹果更淘气。

是的，是的，是鬼蜮伎俩，是一种巫术！"牧师继续说，"必须狠狠加以惩治！"

市长也是这个意见，他立刻动身去找那个肯定是巫师的外乡佬；六名士兵抬着猴子一同前往，因为要马上对外乡佬进行审讯。

一行人前呼后拥地赶到那座冷清的楼房前，因为谁都想看看事态如何发展。他们乒乒乓乓地打门又拉铃儿，结果白费，鬼都没有一个。市长气得下令把门砸开，然后冲进楼上的外乡佬房里。可里边只见各式各样的旧家具，外乡佬无踪无影。只是在他的写字台上，放着一个留给市长的密封大信封。他立即将信拆开来，念道：

我亲爱的格律恩威塞尔市民：

你们读此信时，我已经离开你们的小城；而你们肯定早已明白，我那爱侄他到底有怎样的国籍和门第出身。把我和你们开的玩笑当作一次教训吧，别再强迫一个离群索居的异乡人参加你们的社交活动。我这人太洁身自好，不可能和你们一样没完没了地闲侃，与你们同流合污，沾染上你们可笑的风俗习惯。因此我培养了一只年轻的大猩猩，让他代我大大地博取了你们的欢心和好感。再见了，好好吸取教训！

格律恩威塞尔人在全国大丢面子。他们聊以自慰的只是这一切全系魔法造成的。然而最难为情的莫过于市里的一帮年轻人，因为他们模仿过猴子的种种坏德行和坏习惯。从此，他们不再把胳膊肘撑在桌子上，不再坐在圈椅里摇摇晃晃；他们又变得缄默不语，除非别人问他们什么；他们摘下了阔边眼镜，行为举止重新文雅规矩；要是有谁旧病复发，行为恶劣可笑，格律恩威塞尔的市民就会讲："这小子是只猴子！"至于那只扮了很久年轻的英国人的真猢狲，它被移交给了有一间标本陈列室的博学的先生。这位呢把它喂养在自己的院子里，随它在那儿跑跑跳跳，让所有来访者看稀奇；直到今天，它仍在那儿供人参观。

奴隶讲完了，大厅里爆发出阵阵笑声，年轻人也跟着笑起来。
"在这些弗兰克人中间肯定有不少怪人呢。说真的，我宁肯做亚历山大城的总督和释经者治下的臣民，也不愿生活在格律恩威塞尔的主教、市长以及他们那帮蠢娘儿们中间！"
"你说对了，"年轻的商人附和道，"我连死也不肯死在弗兰克斯坦。弗兰克人是个粗鲁、野蛮和残暴的民族，对于一位有教养的土耳其人或者波斯人来说，在那儿生活一定很可怕。"

"这方面的情况你们马上会听到，"老者下保证说，"总管预先告诉过我，那边那个英俊的年轻奴隶将要讲许多弗兰克斯坦的事情；他曾在那边待过很长时间，出身虽说是个穆斯林。"

"谁？坐在行列中最后边那个吗？真的，总督大人释放他真叫罪过！他是全国最漂亮的奴隶。你只瞧瞧那英俊的脸庞，那勇敢的眼睛，那魁梧的身材！总督可以给他些轻松差使嘛。可以让他执拂尘，或者让他捧水烟袋；干这种活儿还不轻松愉快。真的，这样一个奴隶可以为家宅增辉。什么，三天前才买来现在就放啦？真是愚蠢，真是罪过哦！"

"可别指责他，别指责这位聪明赛过整个埃及的人！"老者郑重其事地说，"我没有告诉你们，他之所以解放他，是因为他相信这样可以获得安拉的保佑？你们讲这小伙子英俊，魁梧，你们说对了。但是总督的少爷，祈求先知帮助他返回故里，他也是一个漂亮男孩，眼下想必也有这么高，这么魁梧了吧。难道总督应该节省几个金币，放掉一名便宜却长得怪模怪样的奴隶，却希望换回自己的儿子吗？在这个世界上，谁想干什么一定得干像样儿，要么宁肯干脆别干！"

"你们瞧，总督的两眼老盯着这个奴隶，整个晚上我发现都是如此。他一边听故事，目光却时常溜到旁边，停留在这即将获释者高贵的脸庞上。他想必也有些心痛，因为要放掉此人。"

"可别这么想咱们总督！你以为每天收入高达我们三倍的他，会心痛一千金币么？"老先生说，"可是，当他饱含苦闷的目光停留在青年身上，他准会想起自己在异乡吃苦受难的孩子，想到那儿是否也有一个好心人会买下他，打发他回到自己父亲的怀抱中来。"

"您说得也许不错，"年轻商人回答，"我很惭愧，净想人们卑劣低下的方面，您呢却存心善良。只不过哦，人性本恶，老先生，难道您不同样认为吗？"

"不，正因为我不这么认为，我喜欢老想人们的好处，"老者回答，"我的情况完全和你们一样，活一天算一天，听到了关于人的许多坏话，亲身也体验过不少，也开始把人看作坏东西。可是这时我想到了安拉，他那么睿智，那么富于正义感，不可能容忍美丽的地球上住着如此堕落的族类呀。我于是细细思考我的所见所闻和亲身感受，可瞧啊——我斤斤计较的只是恶，而把善忘记了。有人发善心做好事，我注意不到；有的家庭德行高尚，处事正直，我只当是自然的事；然而一听见讲人坏事、恶行，我却牢牢记下来。自我想通以后，观察周围事物的眼光就不同啦。我高兴地发现，善的萌芽比我原先想的要多，而恶却减少了；或许只是不再那么引我注意的缘故吧。我开始喜欢人们，学着多想他们的长处，年深月久，当我在讲某人好话，抑或说他含蓄、下流和不敬神灵的时候，我的判断也更准确无误了。"

正讲到这里，奴隶总管走过来打断老者，道：

"亚历山大城总督——我的东家阿里·巴努很高兴发现您也在他的大厅里，特邀请您去他的旁边入座。"

年轻人些对老者受到的礼遇很是惊讶，他们原当他是个穷光蛋。等他去总督身边入座以后，他们留住总管，年轻文书问他：

"我以先知胡须的名义恳求您，请告诉我们，这位曾经和我们闲聊，这位如此受总督敬重的老头，他到底是何许人？"

"什么！"总管惊讶得两手一拍，叫了起来，"这个人你们都不认识？"

"不，我们不知道他是谁。"

"可我已经看见你们在街上和他谈过几次话了呀，我的东家总督也发现了这个情况，前不久还说：'那必定是些好青年，连这位老先生都肯和他们交谈。'"

"可是，好啦好啦，请告诉我们，他是什么人！"年轻商人很不耐烦地嚷嚷。

"去你的吧，你们只是想拿我开心罢了，"总管回答，"这座大厅谁都进不来，除非他明确受到邀请。今天就是老先生让我报告总督，说他要带几个年轻朋友进来，如果总督觉得合适的话；阿里·巴努让我转告他，这所房子对他始终敞开大门。"

"别再让咱们猜谜啦；就像我确实活着一样，我确实不知道此人是谁。我们只是偶然认识了他，和他聊了起来。"

"噢，那你们真该庆幸，你们和一位博学的名人谈过话，所有在场的人都会因此羡慕你们，尊敬你们。他呀，可不是随随便便的什么人，而是学识渊博的释经师穆斯塔法。"

"穆斯塔法？智者穆斯塔法？总督少爷的师傅？他写过那么多学术著作，远游过世界各地！我们和穆斯塔法交谈过？还当他仿佛就是我们中的一员，一点没表现出尊敬？"青年们如此你一言我一语，都深深感觉羞愧；要知道在整个东方，当时穆斯塔法都算得上最聪明、最博学的人。

"别懊恼啦，"总管回答说，"好在你们并不认识他；他这人受不了别人赞扬，你们只要对他讲上一次'您是博学的太阳，智慧的星辰啊'什么的，就像眼下对这样的人时兴讲的那样，他立马会转身走开。不过现在我得回去招呼那些今天讲故事的人了。现在轮上的那个，他出生在弗兰克斯坦偏远的内地，咱们看看他能讲些什么。"

总管说着走了；可那轮到讲故事的奴隶已经站起身来，开始讲道：

（在1827年的《童话年鉴》里，此处收录的是威廉·格林的《地下精灵的节日》和《白雪与红梅》）。

青年们仍谈论着这两篇童话和释经师穆斯塔法老人；能受到这样一位长者和名人青睐，甚至还多次和他交谈、争论，他们真觉得荣幸之至。说话间，总管突然来到他们面前，邀请他们跟他去见总督，说总督想和他们谈谈。

青年们一个个心怦怦跳。他们一生中从未和这样的显贵说过话，单独没有，更别提在大庭广众之中。然而他们镇静下来，免得像傻瓜似的出乖露丑，跟着总管走到了总督那儿。阿里·巴努总督坐在一块绣金软垫上，享用着土耳其清凉饮品。他右手边坐着那位老者，寒碜的衣衫与身子底下的华贵坐垫形成强烈反差，破旧的凉鞋踏在名贵的波斯地毯上很是碍眼；可是他那饱满的头颅，他那睿智的眼睛，都表明这个人完全配与总督似的显贵平起平坐。

总督样子很沮丧，老先生像在对他说安慰和鼓励的话。青年们还相信叫他们去总督身边也是老者的主意，多半是想通过与他们的谈话分散那悲哀的父亲的注意力。

"欢迎欢迎，年轻的先生们，"总督说，"欢迎各位光临阿里·巴努的家！我要感谢我这位老朋友，是他领各位来的舍下；不过我也有点生他的气，怪他没有早些介绍我和各位认识。你们中谁是那位年轻的文书？"

"我，哦，大人，敬请吩咐！"年轻的文书回答，同时在胸前交叉双臂，深深鞠了一躬。

"您很喜欢听故事，读优美的诗集和格言录，对吗？"

年轻人大吃一惊，满脸通红，想起曾经在老者面前责备总督，说过要是自己处在他的地位，就会让人给自己讲故事，念文学作品。眼下他对那肯定已把一切告诉了总督的多嘴老头非常气恼，狠狠瞪了他一眼，然后说：

"哦，大人！反正对我说来要想打发时间，没有什么比这类活动更惬意啦。它不但益智而且消遣。然而个人有个人的爱好！我绝对无意指责任何不是这样……"

"好啦好啦，"总督含笑打断了他，示意另一个青年过去，"您是何人？"他问小伙子。

"大人，我的职务是助理大夫，自己已经治好过几个病人。"

"很好，"总督应道，"大概就是您喜欢享受生活吧？您希望时不时地和好朋友聚会欢宴，说说笑笑，我猜得不对吗？"

年轻人羞愧难当；他感到被出卖了，老头子肯定也讲过他的情况。可他还是大起胆子，回答说：

"是的，大人，我把不时地与好朋友欢聚一堂，算作是人生的一大快事。我的钱包尽管不大，只能用西瓜之类的便宜东西招待我的朋友，可是席间我们仍然谈笑风生；可以设想，我们要是钱再多一点，准会过得更加痛快的。"

总督喜欢这发自内心的说明，但仍忍不住笑了起来。

"谁是那位年轻商人？"他继续问。

年轻商人大大方方地朝总督鞠了一躬，要知道他是个富有教养的人。总督却道：

"是您么？您喜欢音乐和舞蹈？您爱听杰出的艺术家演奏歌唱，看舞蹈家跳优美的舞蹈？"

"哦，大人，我看出来啦，"年轻商人回答，"这位老先生为了取悦您，把我们说的蠢话通通讲了。要是这样他真使您宽了心，我也挺高兴。至于说到音乐舞蹈，我得承认，很难再有能同样娱悦身心的什么啦。不过请您相信，我绝对没有责怪您的意思，哦，大人，就因为您不同样地……"

"好，别说了！"总督微笑着手一挥，大声打断他，"各有所好，如你们所说。可那儿还站着一位，大概就是热心的旅行家吧？您从事什么职业，年轻的先生？"

"我是个画家，大人，"小伙子回答，"我既在大厅的墙壁上作风景画，也画在画布上。反正到别的国家观光是我的心愿；因为在异国可以看见各种美好的风物，能够移植到自己的作品中；一般而言，通过观察和写生得来的，总比纯粹想象的要美。"

总督打量着这群风华正茂的年轻人，目光变得严肃和沉郁起来。

"我曾有过一个可爱的儿子,"他说,"想必现在也长得和你们差不多大了。他要还在,你们就可以做他的朋友和随从,每一个人的愿望自然都会得到满足喽。他将和那位一起读书,和这位一起听音乐,和第三位一起邀集好友高高兴兴地聚餐,和画家一起出外观光览胜,可最后肯定的是他仍然会一次次回到我的身边。然而安拉不希望这样,我呢,也心悦诚服地顺从安拉的意志,毫无怨尤。不过,尽管如此,我仍有能力满足诸位的愿望,让诸位高高兴兴地离开我阿里·巴努。你,我博学的朋友,"他冲着文书继续讲,"从现在起你就住在我府中,随意阅读我的藏书。你还可以添购新书,只要你觉得好,只要你愿意。你的唯一义务就是,一当读到什么特别美的东西,就请讲给我听。而你,特别喜欢与朋友欢宴的小伙子,我让你当我的膳食总管。你自己虽说生活得寂寞乏味,我却有义务,我的职位也要求,时不时地邀请各种宾客。到时候你就代我操办一切,再也可以邀请一些你的朋友,只要你乐意;自然呢,要招待客人吃比西瓜更好的食品。那位年轻商人我当然不便停止他做买卖,因为这替他赢得金钱和荣誉;但每天傍晚,年轻的朋友,我的舞蹈家、歌手、乐师都任随你差遣。你就尽情地让他们唱吧,跳吧。还有你,"他对画家说,"我让你周游世界,增加见识和观察力。你明天便可动身做第一次旅游,为此我的司库将给你一千金币,外加两匹骏马和一名奴隶。你想上哪儿就上哪儿,看见什么美丽的景物都给我画下来!"

青年们惊讶莫名,高兴和感激得说不出话来。他们恨不得吻那好心人脚下的地板,总督却不允许。

"你们要是感激我,"他说,"那就感谢这位给我讲起你们的智者。他这么做也令我喜悦,让我结识了你们这样四位朝气蓬勃的年轻人。"

释经师穆斯塔法却不让青年们对他表示感谢。

"你们看,"他说,"什么时候都不能急着下结论;我说总督是位高尚的人，难道夸大了吗？”

"嗐，咱们听今天要放走的最后一名奴隶讲故事吧。"阿里·巴努总督打断释经师穆斯塔法。

那个以自己魁梧的身材、英俊的相貌和勇敢的目光吸引众人注意的年轻奴隶站起身来，向总督鞠了一躬，悦耳动人的声调开始讲阿尔曼索尔的故事。

阿尔曼索尔的故事

哦，老爷！在我前面讲的都是一些在异国他乡听到的奇妙故事；我呢，不得不怀着羞愧向您承认，我没有任何值得您倾听的故事好讲。可您要是不嫌乏味，我倒愿给您讲我一个朋友的奇特遭遇。

在您将我营救出来的那艘海盗船上，有一个与我年龄相仿的青年，他在我看来并非生来就是个奴隶。船上的其他难友要么是些我没法和他们生活在一起的粗鲁人，要么是些说起话来我根本听不懂的人们；因此在放风的短暂时刻，我总喜欢找那个年轻人去。他叫自己阿尔曼索尔，听口音是个埃及人。我们二人相处得很愉快，以至有一天便相互讲述起自己的身世，我这才知道我朋友的遭遇远远比我离奇。

阿尔曼索尔的父亲是埃及某一座城市的显赫人物，只是他没有告诉我名字。他童年时代过得幸福而快乐，身边拥有世间一切的豪华和享受。尽管如此，他却没被娇生惯养，智力很早便得到开发；要知道他的父亲是个聪明人，不但自己教儿子为人处世的德行，还聘请一位知名学者做他的老师，教给他一个青年必须学到的一切。阿尔曼索尔长到大约十岁，弗兰克人跨海进入他的国家，发动了和他的人民的战争。

男孩的父亲想必不怎么讨弗兰克人欢喜，因为有一天，他刚要出门去做早祷，人家就闯进来，首先要求他夫人当人质，以担保他对弗兰克民族的忠诚；他不答应，人家就强行把他的儿子抓到了军营里。

年轻的奴隶讲到这儿，总督用手掩住了面孔，大厅中同时响起嘀嘀咕咕的抱怨声。

"怎么搞的，"总督的朋友们嚷起来，"这小子太愚蠢，竟拿这样的故事来揭阿里·巴努的伤疤，而不是给他安慰？他怎么敢增加他的悲痛，而不是替他散心？"

奴隶总管本身也怒不可遏，命令这无耻的奴才住嘴。

年轻的奴隶对这一切却大惑不解，问总督在他的故事里是否有什么地方引起总督不快。总督站起身来，说：

"请安静，朋友们；这小伙子在我的屋顶下才不过待三天，哪里会清楚我凄惨的命运的一星半点呢？在弗兰克人的恐怖统治时期，难道不会有人和我遭遇同样的不幸么？说不定那个阿尔曼索尔正好……往下讲吧，我年轻的朋友！"

年轻奴隶鞠了一躬，继续讲道：

话说阿尔曼索尔少爷被抓到了弗兰克军营。在那儿他整个来说过得还不坏；一位将军让手下把他带进自己帐篷，对他通过一名翻译传达的回话挺喜欢听，于是关照他，使他不缺衣少食；然而，对父母的思念仍叫孩子深感不幸。他一连哭了许多天，可眼泪却没能打动那伙人。军营开拔了，阿尔曼索尔以为现在就会获得回家的允许；谁知并非如此，大军东征西讨，和土耳其雇佣军作战，始终拖着小小年纪的阿尔曼索尔。他恳求过那些将军和统率，该放他回家去啦，可人家拒绝了他，说必须拿他担保父亲的忠诚。这样，他跟着行军了许多许多天。

一天，部队突然发生骚动，阿尔曼索尔立刻察觉了。士兵们纷纷议论整理行装啊、撤退啊、上船啊，阿尔曼索尔高兴极了，因为现在，在弗兰克人返回老家之时，他肯定也会获得自由喽。大军带着马匹车辆撤向海边，终于看到抛锚在那儿的船队。士兵们先上船去，然而直到深夜，也只上去了一小部分。阿尔曼索尔多想一直醒着啊，因为他相信自己随时会被释放；可他到底还是堕入了沉沉的梦乡。后来他确信，为了使他入睡，弗兰克人在他喝的水里混了什么。要知道他一觉醒来，明亮的日光已经射进斗室，可他入睡时并不在这个地方。他跳下床铺，一到地上却摔倒了，因为地板摇来荡去，好像什么东西都在动，都在围着他舞蹈。他打起精神，扶住墙壁，想要走出他所在的房间。

周围不断发出奇异的咆哮声和呼啸声，阿尔曼索尔不知道自己是在做梦，还是醒着。他从未看见过类似的景象，听见过类似的声音。终于，他走到一道小梯子前，吃力地爬了上去；他一下子吓坏了！四周海天茫茫，除此一无所有；他原来在船上！顿时他痛哭流涕。他要求送他回去，他决心纵身大海，游回自己的祖国。可弗兰克人紧紧拽住他，一个指挥官让把他带去，答应他只要他听话，就很快送他回家，并让他明白，在陆地上已不可能送他回去，当时要回去了他一定没命。

可是要问有谁说话不算话，那就首推弗兰克人。帆船继续航行了许多天，最后终于靠了岸，然而不是在埃及，而是到了弗兰克斯坦！在长途的航行中，甚至还在军营里，阿尔曼索尔就学会了一点弗兰克语，既能听也会说，这在一个谁都不懂他的语言的国度对他大有好处。他被带着走了许多天，穿越弗兰克斯坦向内地走去；一路上，人们蜂拥来围观他，因为送他的人宣称，他乃埃及王子，是父王派他来弗兰克斯坦进修的。

士兵们这么讲只是为了骗老百姓，好像他们已经战胜埃及，并与这个国家缔结了牢固的和约。一些天以后，他们来到了一座大城市，也就是旅行的目的地。在这儿阿尔曼索尔被交给一位大夫；大夫把他领回家中，教他弗兰克斯坦的种种习俗和礼节。

首先他必须穿弗兰克人的服装；这种服装既小又短，远不如他的埃及衣服穿起来舒适、美观。再就是想对谁表示敬意的时候，他不得再把胳膊抱在胸前行鞠躬礼，而是要用一只手摘下所有男人头上都戴着的大黑毡帽——人家给他头上也按了一顶，另一只手垂在身边，同时把右脚向后滑出去。也不准他像在东方似的舒舒服服盘着腿席地而坐，而要坐在高脚椅子上，两脚垂向地面。吃东西更令他大伤脑筋；因为想送什么进嘴都得用铁叉子叉起来。

大夫是个严厉而残暴的人，他折磨阿尔曼索尔。例如，小男孩多会儿走了神儿，对来客讲了"Salem aleikum"①，他就用棍子揍他；因为，他要求阿尔曼索尔讲"Votre serviteur②！"阿尔曼索尔也不准用自己的母语说话、书写和思维，充其量只能用它来做梦，要不是城里住着一个好人，他也许把自己的祖国语言全忘光啦。这个人给了他很大的帮助。

这是一个衰老然而十分博学的男子，会许多东方语言，阿拉伯语呀，波斯语呀，阔普提语呀③，甚至于中文，他都懂得一些。在那个国家，他被当作一位天才，人们酬谢他以重金，请他教授这些语言。老学者让小阿尔曼索尔每礼拜都去他家几次，还用稀罕的水果什么的招待他；在他那儿，男孩感觉就像在家里一样。须知这位老先生是个怪人。他让阿尔曼索尔做衣服，就像埃及的贵人们穿的那种。他把这些衣服保管在家中一间特殊的房间里。阿尔曼索尔一去，他就让他在仆人陪伴下走进那个房间，完完全全按照埃及的方式穿戴打扮起来。随后，在从那儿前往"小阿拉伯"；老学者家里的一座大厅就叫这个名字来着。

这座大厅中点缀着各种人工培植的树木，棕榈呀，竹子呀，幼小的杉树呀等等，还有形形色色只有在东方才生长的鲜花。地上铺的是波斯地毯，靠墙摆放着排排软椅，却哪儿也不见一把弗兰克款式的椅子或桌子什么的。他本人也一改往日的形象，头缠一条土耳其的华丽

---

① Salem aleikum，阿拉伯问候语，意即"幸福、安宁与你同在"。

② Votre serviteur，法语问候语。

③ 阔普提语（koptisch）为古埃及语。

纱巾，嘴上戴着一部直拖到腰带的白胡须，看上去跟一位贵人威严的真胡子没有两样。除此而外，他还穿着用一件缎子睡衣改制的长袍，肥大的土耳其裤子，黄色的拖鞋，尽管生性和平宁静，身旁却挎着柄土耳其长弯刀，腰间别着把镶嵌了些假宝石的匕首。还有，他抽着一根两尺多长的烟袋，由两名同样穿着波斯服装的用人在一旁点烟伺候；其中一个用人的脸和手都染成了黑色。

一开始这些都令阿尔曼索尔感觉怪异；但很快他就发觉，如果能适应老先生的想法，这样度过的几个小时对他实在大有裨益。如果在大夫那儿他一句埃及语都不准讲的话，那在这儿就严禁说弗兰克语。阿尔曼索尔一进门就得道祝福，老波斯人郑重其事地给他回答；随后他招手让男孩坐到自己身边去，开始用波斯语、阿拉伯语、阔普提语和其他东方语言同他交谈，称这是一次东方式的学术讨论。在他身旁，站着一名仆人，或者如他们在这一天被称作的奴隶，手里捧着本大书。此书乃是部字典，每当老先生什么字想不起了，便对奴隶扬扬手，奴隶飞快查出他要说的字来，谈话于是又继续下去。

奴隶们还送来用土耳其容器盛着的饮料什么的。如果阿尔曼索尔想要叫老先生大大高兴一下，就必须讲这儿的一切安排得就像他在埃及的家里一样。阿尔曼索尔朗诵起波斯文来十分悦耳，这就是老先生的主要收获。他藏有大量波斯文手稿，挑选着让小伙子朗读，自己也认真地跟着念，以这种方式学习正确的发音。

这是可怜的阿尔曼索尔的快活日子，老学者从来没有让他空手离开过；他甚至经常得到可观的赏钱，还有大夫不肯给他的亚麻衣服等生活必需品。阿尔曼索尔就这样在弗兰克斯坦的首都过了许多年，可他对故乡的思念啥时候也不曾减弱。然而大概在他十五岁的时候，发生了一件对他的命运影响深远的事。

这一年，弗兰克人把他们的大将军，也就是阿尔曼索尔在埃及时常常和他谈话的那位指挥官，选举为了他们的国王和统治者。阿尔曼索尔尽管从城里的盛大庆典和集会中也知道了这件事，却万万想不到新国王就是他在埃及见过的那位统率，因为此人当时还很年轻。一天，小家伙从一座横跨流经城市的河流的大桥上经过，看见一个穿着普通士兵制服的人靠在桥栏杆上，两眼凝视河里的波浪。这个人的模样引起了阿尔曼索尔的注意，他想起曾经在什么地方见过他。小家伙迅速搜索储存着记忆的一个个房间，终于来到埃及室的门口，突然心中便豁然开朗，此人原来是弗兰克军的那位指挥官，他在军营时常常和他谈话，并且受到人家的善待。他不清楚此人姓甚名谁，但却大起胆子走上前去，用士兵们相互的习惯叫法喊他一声，同时按照自己国家的习俗在胸前交叉双臂，道：

"Salem aleikum，老总！"

对方吃惊地转过头来，两眼紧盯着男孩，回忆着他是何人，临了儿叫道：

"我的天，这怎么可能！真是你，阿尔曼索尔？你的父亲现在怎样？埃及情况如何？你怎么上咱们这里来的？"

阿尔曼索尔没能控制自己多久，很快就伤伤心心地哭了起来，对人家说：

"这么说，老总，您不知道那些狗，那些您的同胞，他们对我干了些什么喽？您不知道我已经好多好多年，没有再见到自己的祖国？"

"我不希望，"对方回答，同时额头罩上了阴云，"我不希望，他们把你也给劫持来啦。"

"唉，当然，"阿尔曼索尔说，"在您的士兵们登船的那一天，我最后一次见到我的祖国。他们带走了我；我的不幸打动一位军官，他替我付给了那该死的大夫一笔生活费，这家伙却揍我，让我饿得半死不活。可我说，老总，"他很诚恳的继续道，"在这儿碰上您真是太好啦，您一定得帮助我哟。"

对方听罢笑了一笑，问，要他用什么方式帮助他呢。

"是啊，"阿尔曼索尔回答，"向您提出要求原本就不对；您一向对我很好，可我知道您也是个穷人，尽管当着指挥官，却从来没像其他当官的那样穿过华丽漂亮的制服；就说眼下吧，根据您的衣服和帽子判断，境况似乎同样不特别好。不过，最近弗兰克人选了一位新苏丹对吧，您无疑认识某些能够接近他的人，比如他的宰相啊，他的内廷总管啊，他的司库啊，是不是？"

"嗯，倒也是，"对方应着，"那又怎么样呢？"

"您可以在这些人面前替我说句好话，老总，让他们求弗兰克苏丹放了我。然后我还需要一点渡海的盘缠。可首先您必须答应我，不管对大夫还是那位阿拉伯语教授，都千万别提一个字。"

"谁是那位阿拉伯语教授？"对方问。

"啊，那可是位奇人；关于他的情况，我下次告诉您。他俩听到了风声，我就不能离开弗兰克斯坦了哟。可您愿意为我在大人们跟前说说情吗？老实回答我！"

"跟我走吧，"对方说，"也许我马上就可以帮助你。"

"马上？"小家伙吓得叫起来，"说什么也不能马上，大夫知道了会揍我的；我必须赶快回他家去。"

"你篮子里提的什么？"对方拉住他，问。

阿尔曼索尔通红着脸，一开始不肯让他看，到最后还是说：

"瞧吧，老总，我在这里得干粗活儿，就像我父亲的一名低贱的奴隶。大夫是个吝啬鬼，每天打发我走整整一小时去赶菜市和鱼市，在那些肮脏的女贩子中间挑拣选购，因为那儿的东西比我们所在的区要便宜三两个铜子。您瞧，就为这条烂鲱鱼，这把破青菜，这块臭黄油，我天天得跑两个小时。唉，我的父亲要是知道了……"

听阿尔曼索尔诉说的这位总爷被孩子的不幸打动了，回答道：

"尽管跟我去，别怕；大夫不会动您一根毫毛，即使他今天既吃不上鲱鱼，也没了沙拉！放心大胆地跟我走！"说着他抓住阿尔曼索尔的手,领着他往前走去。阿尔曼索尔呢,尽管一想到大夫心就怦怦跳,然而发现对方的口气和表情都异常自信,便决定跟他去。

话说阿尔曼索尔手腕上挎着提篮,跟在指挥官旁边一条街又一条街;叫他感到稀罕的是,人们在他们面前都脱掉帽子,停住脚步,目送着他俩走过去。他也对自己的同伴说了自己的感想,这位却一语不答,笑笑了事。

他们终于走到一座豪华的宫殿前面,指挥官径直往里闯。

"您住在这儿吗,老总?"阿尔曼索尔问。

"这里是我的住宅,"对方回答,"我想领你去见我妻子。"

"哈,您的住宅真漂亮!"阿尔曼索尔继续说,"准是苏丹赐给您的吧?"

"是皇上赐给我的,你说得不错。"他的同伴回答,说着已领他走进宫里。

在里边,他们登上一道宽宽的阶梯,到了一座金碧辉煌的大厅,随后指挥官让他放下提篮,跟随自己走进一间华丽的房间,房间里的一张长沙发上坐着位夫人。他和她用阿尔曼索尔陌生的语言谈了几句,边说边笑了个够;接着,夫人用弗兰克斯坦话问了阿尔曼索尔许多有关埃及的情况。终于,"老总"告诉小家伙:

"你知道,最好怎么办吗?我想马上领你去见皇上,为你向他求情。"

阿尔曼索尔吓了一大跳;不过,他想到了自己的苦难,想到了他的祖国。

"一个不幸者,"他对两人说,"一个不幸者在困苦的时刻,安拉会赐给他巨大的勇气;他也不会抛弃我这可怜的小孩。我愿意干,愿意去见皇上。可是告诉我,老总,在他面前我得下跪吗?得用额头碰碰地面吗?我必须做什么?"

那两位又笑起来,叫他放心,这一切都不必要。

"他模样威严吗，可怕吗？"男孩继续问，"他可有长长的胡须？眼睛是不是冒着怒火？告诉我，他究竟啥样子？"

他的同伴再次忍俊不禁，然后说：

"我干脆别告诉你他像什么模样，阿尔曼索尔，我要让你自己猜猜他是怎么样一个人。我只愿意给你一个暗示：就是他一出现在金殿，所有在场的人都要脱帽致敬；哪个头上仍然戴着帽子，哪个就是皇上。"说到这里，"老总"便拉起男孩的手，朝着金殿走去。越往前走，阿尔曼索尔的心跳得越是厉害，走近大殿入口，他的膝盖已开始打起颤来。一名侍从替他俩拉开门，里边呈半圆形站着至少三十个男人，个个衣饰华丽，胸前戴着金质勋章和宝星，弗兰克斯坦的王公大臣们习惯如此。阿尔曼索尔暗忖，他的同伴穿着那么寒酸，准是这帮人中最最卑微的一个吧。可是呢，贵人们全都光着脑袋，他于是开始寻找那个戴着帽子的人，因为这个人必定是皇帝。然而找了也白找。所有人都把帽子提在手上，也就是说皇帝绝对不在他们里边。突然，他的目光不经意落在了自己同伴身上，瞧啊——他的头上戴着帽子！

男孩好惊讶，好惶恐哟！他久久望着他这同伴，最后一边也脱掉帽子，一边说：

"Salem aleikum，老总！我自己有数，我本人不是弗兰克斯坦的苏丹，因此戴着帽子不合适；可您也戴着帽子，老总——难道您就是皇上不成？"

"你猜对啦，"对方回答，"除此而外还是你的朋友。别把你的不幸算在我头上，而要怪混乱的世道；放心，一有船我就送你回你的祖国。现在重新去见我的皇后，对他讲那位阿拉伯语教授以及你知道的其他事情。鲱鱼和青菜嘛我派人送给大夫；你呢，就留下来，住在我宫中。"

"老总"这么讲，他原来就是皇上。阿尔曼索尔却一下跪倒在他面前，吻他的手，请他原谅自己没有认出他来；他哪里看得出他就是

189

皇上呢。

"你说得对，"皇上笑着应道，"本人才登基没几天，再说也不好在额头上写字来着。"说完便挥挥手，打发阿尔曼索尔退下。

打这一天起，男孩便生活得幸福又快乐。

他向皇上讲了那位阿拉伯语教授的情况，获准又去拜访过老先生几次；那个大夫呢，他从此再没有见过。几个礼拜以后，皇上传阿尔曼索尔去，告诉他，有条船靠港了，他想让阿尔曼索尔搭这条船回埃及去。男孩那个高兴喽！没几天他便准备好了行装，带着一颗充满感激的心，以及丰厚的赏赐的礼物，阿尔曼索尔告别皇上来到海边，登上了那艘大船。

然而安拉打算继续考验他，在不幸中进一步锤炼他的勇气，因此不让他马上看见故乡的海岸。其时，另一支弗兰克部族，即英吉利人，正在和海上之王交战，夺取他所有被他们战胜的船只。于是，在航行的第六天，英国战舰包围了阿尔曼索尔搭乘的那艘船，对它开炮射击；他们只好弃船逃走，全体人员转移到了一只小艇上，跟随其他帆船继续行驶。可是大海也跟不时有强盗出没和打劫商旅的沙漠一样的不安全。我们的小艇在风暴中掉队了，遭到了一帮突尼斯海盗的袭击。他们拖走我们的船，把所有的人都押到阿尔及尔卖了。

阿尔曼索尔没有受到像其他基督徒似的残酷奴役，因为他是正统的穆斯林；然而返回故里的所有希望却破灭啦。他在阿尔及尔的一位富人家中生活了五年，不得不干些浇花刨土的园丁工作。一天东家突然死了，由于没有后嗣，财产便四分五裂，奴隶也被瓜分了，阿尔曼索尔又落入一个奴隶贩子手里。不久，这家伙装备起一艘船来，以便把奴隶运去别处卖个好价钱。碰巧我也是他的奴隶，被装上了运阿尔曼索尔的同一条船。我俩认识了，他给我讲了自己的奇特经历。谁知道——在我们登岸后，我又目睹了安拉安排的奇迹。我们从船上下来，发现竟到了他的祖国；我们被公开叫卖的地方，正是他故乡的市集。哦，老爷，我就长话短说吧，那买走了阿尔曼索尔的不是别人，正是他亲爱的父亲啊!

听罢故事，阿里·巴努总督堕入了深深的沉思。他刚才禁不住被它吸引住了，以致鼓着胸脯，目光灼灼，几次差一点打断年轻奴隶的讲述；可是，故事的结尾似乎并不令他满意。

"他眼下可能有二十一岁了，你说？"阿里·巴努这样开始了提问。

"老爷，他和我一般大，是二十一岁来着。"

"他讲他出身在哪座城市？你刚才还没给我们讲。"

"如果我记得不错，"年轻奴隶回答，"它叫亚历山大城!"

"亚历山大城!"总督叫起来，"他是我的儿子，他现在在哪里？你刚才说，他叫凯拉姆？黑黑的眼睛，褐色的头发？"

"是这样，他在伤心难过的时候叫自己凯拉姆，而不是阿尔曼索尔。"

"可是，真主啊! 真主啊! 你再讲讲，你亲眼看见他的父亲买走了他，你是说？他讲过，买主是他父亲？看来呀，他不会是我的儿子! "

奴隶回答：

"他曾对我讲：'赞美安拉，在我经历了这么长久的不幸之后，这是我故乡的市集哦! '说过这话没多一会儿，一位绅士就转过街角走来，他突然大声嚷嚷：'哦，感谢老天给了我眼睛这样宝贵的赏赐! 我重新见到我高贵的父亲啦! '那位绅士也走到我们跟前，瞅瞅这个，看看那个，最终选购的还是我故事的主人公。阿尔曼索尔于是呼唤安拉，向他诵祷热诚的感激，并凑近我的耳朵道：'现在我又回归自己的幸福家园啦，买我的这人是我的生身父亲。'"

"可他不是我的儿子，不是我的凯拉姆! "说时总督悲痛欲绝。

191

面对此情此景，小伙子再也撑不下去；喜悦的泪水夺眶而出，他一下扑到总督跟前，喊道：

　　"他就是您的儿子，您的凯拉姆；要知道正是您买下了阿尔曼索尔，买下了他！"

　　"真主！真主！完全是个奇迹，一个伟大的奇迹！"在场的人们高呼，同时拥到总督座前。总督却一声不吭地站起来，凝视小伙子仰望着他的那张英俊的脸。

　　"我的朋友穆斯塔法哦！"他对身旁的释经师道，"眼泪像纱幕罩在我眼睛前面，我看不出在这张脸上，是不是有我凯拉姆从他母亲那儿遗传的容貌特征。你过来瞧瞧他吧！"

　　老先生走拢去，久久地端详着年轻奴隶，用手抚摸他的额头，然后说：

　　"凯拉姆！在那不幸的一天，你被抓到弗兰克人军营去时我教给你了一句箴言，它怎么讲？"

　　"我尊敬的老师！"小伙子回答，同时吻了吻老人的手，"它是这样的：一个人只要热爱真理，心地善良，他即使在苦难的沙漠里也不孤单；因为他身旁总有两位给他安慰的旅伴。"

　　老人听罢抬起头来，两眼充满感激地仰望上苍，把青年拉进自己的怀抱，然后把他交给总督，说：

　　"快认吧！他真是你的儿子凯拉姆，真得就如你为他整整伤心了十年一样！"

　　总督又惊又喜，忘乎其形，一次再次地把失而复得的儿子的模样瞧了又瞧，看了又看，确凿无疑地认出就是他的凯拉姆。在场的所有人也一样喜不自胜，他们热爱总督，所以高兴得就跟自己在今天也白捡了一个儿子似的。

　　此时大厅里又像喜庆的节日一样充满了歌声和欢呼声。接着，小伙子不得不把自己的故事详详细细地从头再讲了一遍。大伙儿一边听，一边称赞那位阿拉伯语教授，那位弗兰克皇帝，以及照顾过凯拉姆的每一个人。宾主一直欢聚到了午夜，在告辞时总督赠送给了每一位好友丰厚的礼品，以便他们永远记住这一吉祥的日子。

他还把四位青年介绍给自己的儿子，邀请他们经常去看他，并且定了下来，他和文书一块儿读书，和画家一道旅行，和商人一同欣赏唱歌跳舞，最后一位则为他们筹备宴会。四个青年同样得到许多礼物，高高兴兴地离开了总督的府第。

"这一切我们感激谁呀？"他们议论起来，"除了那位老先生还能有谁！当我们站在总督府前对他妄加议论的时候，谁想得到有这等好事？"

"可我们对老人的指教漫不经心，充耳不闻，"另一个青年说，"我们甚至还奚落他！因为他穿着那么破旧寒碜，谁会想到他就是聪明的穆斯塔法呀？"

"真正是奇迹！咱们不正是在这里说出各自的愿望的么？"文书接过话头，"一个希望常去旅行，一个希望欣赏唱歌跳舞，第三个希望大宴宾客，还有我——希望读和听故事，这下咱们不都如愿以偿了么？我不是可以读总督所有的藏书，还想买什么书就买什么书了么？"

"我不是可以替他准备宴会，安排美味佳肴，而且自己也获准出席了么？"另一个说。

"我呢，只要乐意，也获准随时去使唤他的奴隶，听他们唱歌，看他们舞蹈！"

"还有我，"画家大声插进来，"由于贫穷，在今天之前没有跨出过这座城市一步，现在想去哪儿就可以去哪儿喽。"

"是的，"众人异口同声，"幸好咱们听了老先生的话，不然，谁知现在会是个什么样子！"

他们就这样兴高采烈地边讲边走，心满意足地回家去了。

施佩萨特林中客栈

很多很多年以前，施佩萨特森林的道路还挺糟糕，也不像现在经常有车经过，一天林子里来了两个年轻人。一个约莫十八岁光景，学的是铁匠手艺；另一个是金匠，看样子还不到十六岁，多半是初出茅庐第一次闯荡世界。朦胧的暮色已经升起，巨人般高大的松树和榉树投下阴影，他俩走在上面的小路变得幽暗了。铁匠伙计步伐矫健，边走边吹着口哨，还不时地和他的狗猛特尔聊上几句，似乎对夜幕即将降临，客栈还离得很远满不在乎。与他相反，金匠伙计费里克斯不住地东瞅西望，胆战心惊的样子；夜风在林间沙沙作响，他觉得听见身后传来了脚步声；道旁的树丛摇来摆去，他觉得在它分开来的一刹那看见有一些面孔在树后窥视。

年轻的金匠平素既不迷信，也不胆儿小。在他做学徒的维尔茨堡，伙计们都认为他是个勇敢无畏的好样儿的，可今天却不知怎么心里总感觉特别。人家曾给他讲过许多发生在施佩萨特森林里的事情；据说一大帮强盗常在此出没，上个礼拜就有几批旅客遭到打劫，是的是的，不久前这儿甚至还发生过多起骇人听闻的杀人血案呢。此时此地，他确实有些担心自己的性命；他们一行仅仅两个人，根本无法对付一伙武装匪徒。他一次次后悔不该跟着铁匠再赶这一站路，而应留在森林入口处过夜。

"我今晚要是被杀死了，丢了小命儿和我带在身边的一切，那就完全怪你，铁匠；是你好劝歹说，我才进了这可怕的林子嘛。"

"别跟个胆小鬼似的，"同伴回答，"一个真正的手艺人应该无所畏惧。你到底怕什么？你以为施佩萨特林中的强盗大爷会赏咱们脸，会来袭击咱们，杀死咱们？他们干吗费这个劲呢？就为我背在背囊里那件礼拜日穿的上衣？或者为那几个吃伙食的银毫子？不，必须是坐在四轮马车的，穿绣金绸缎的，他们才认为值得花力气将他杀死。"

"等等！你听见林里的呼啸声了么？"费里克斯怯生生地问。

"那是风吹枝叶响，快走你的吧，已经不远啦。"

"嗯，死不死的你说得倒轻松，"金匠继续道，"他们会问你有什么，搜你的身，反正会拿走你的漂亮上衣和大钱、小钱；可我呢，却要被他们马上杀死，就因为我带着金子和首饰。"

"嗨，他们干吗因此就非得杀死你喽？就算现在树丛中窜出来四五个好汉，用上了膛的盒子炮对着咱俩，很有礼貌地问：'二位客官身上带着什么东西？'要不就是：'放下行囊轻松轻松吧，让咱们帮二位背好吗？'以及诸如此类蛮中听的套话；这时候你大概也不是个傻瓜，也会解开你的背囊，把你的黄马甲、蓝上衣以及两件衬衫和所有的领带、袖口和梳子什么的，乖乖儿地放在地上，并且感谢人家留给你性命不是。"

"是吗，你的意思是，"费里克斯急忙应着，"你是说，我应该把那些替咱高贵的伯爵夫人帕特太太带的首饰，也交出来？我宁可送命！宁可让他们砍成一块一块！她不是待我像母亲一样，不是从十岁起抚养我长大？不是她供我上学，给我买衣服和所有东西？现在好啦，我获准去看她，带上她在我师傅处订制、然而却是我亲手做出来的活计，现在好啦，我可以用这美丽的首饰向她证明我的学习成绩，偏偏现在，竟要我把一切都交出来，还包括她送给我那件黄背心？不，我宁肯死，也绝不把咱帕特夫人的首饰交给那帮坏蛋！"

"别傻啦！"铁匠吼道，"他们要是杀了你，伯爵夫人仍旧得不到首饰。所以嘛，还是交出首饰留下小命儿更好。"

费里克斯没有回答。这时候，夜幕已经完全降临，在新月迷蒙的微光下，勉强能看清五步以内的东西。他越来越害怕，紧紧跟在同伴的身后，自己也不知道该不该同意他的那些说法和论证。他们又走了将近一个小时，突然在远处看见了一点儿灯光。年轻的金匠却认为那可能是个强盗窝，过去不得；铁匠纠正他道，强盗的住房或者巢穴都在地底下，在进森林时人家告诉过他们有一家林中客栈，这必定就是了。

那是一幢狭长而低矮的房子，门前停着一辆大车，旁边的厩舍里听得见有马匹的嘶叫声。铁匠招手让他的伙伴走到一扇敞开护窗板的窗前。他们踮起脚尖，可以看清室内的全部情况。在火炉旁边的扶手椅里，一个男人在睡觉，看衣着像个马车夫，门前那辆大车和厩舍里的马可能是他的。火炉的另一边坐着一个妇女和一个大姑娘，两人都在纺线。在靠墙的桌子后面还坐着一个人，面前搁着一杯酒，手撑着脑袋，模样看不清楚。尽管如此，铁匠认为凭衣着可以断定，这是位绅士。

他俩还站在那儿窥视，屋里已有条狗吠叫起来。铁匠的狗猛特尔立即响应，门口便出现一名使女，望着两个不速之客。

她答应提供夜宵和床铺，他们于是走进屋子，把行囊、游杖和帽子放到屋角里，坐到了桌旁的绅士边上。听见他们的问候，绅士抬起头来，是个文雅的年轻人，对他们的问候挺友善地表示了感谢。

"二位这么晚还赶路，"他说，"难道在这黑沉沉的夜里穿过施佩萨特森林，心里不害怕吗？我却宁可把马拴在这家酒馆里，不愿哪怕再骑上走一个小时。"

"您做对啦，先生！"铁匠回答，"在那帮强盗听来，骏马的嘚嘚蹄声就是悦耳动听的音乐，能诱使他们跑上一个小时；可对咱们这样两个徒步穿过森林的穷小子，两个甚至可能从他们那儿讨施舍的人，他们恐怕连腿儿都不肯抬一抬啊！"

"这多半不错，"马车夫被进屋来的年轻人惊醒了，也走到桌旁，"一个穷光蛋他们是榨不出多少油水；不过也有些先例，他们干掉穷鬼只因为有杀人的爱好，要不就是想强迫他们入伙当喽啰来着。"

"喏，森林中的盗帮要真这德行，"年轻金匠插进来说，"眼下这幢房子也给不了咱们多少保护。咱们才四个人，加上店里的帮工不过五个；他们如果一时兴起，来上他十个，咱们怎么抵抗他们的袭击？而且还有，"他压低嗓音补充道，"谁给我们担保，这店家是些好人啊？"

"这可就扯远啦，"车夫回答，"我投这家客栈已有十多年，从未感到有什么不对劲儿的地方。老板本人难得在店里，说是在做酒生意；老板娘却是个安安静静的妇人，对谁都不怀恶意；不，这位兄弟冤枉了她，先生！"

"可是，"年轻的绅士接过话茬，"可是我却不愿说他的话绝对不对。想想有些人在这座森林里突然就踪影全无了的那些传说吧。其中几个事先说过将在这客栈过夜，结果两三个礼拜以后却音信杳无，循着他们走过的路来这里打听，却回答根本没有见过；能说不可疑吗？"

"上帝哦，"铁匠失声叫道，"咱们要是聪明一点，就去附近的大树底下露宿，别留在这四堵墙壁中间，因为一当人家把住门口，咱们就休想逃出去；窗户全装了铁条哪。"

如此你一言我一语，大伙儿都变得来忧心忡忡。看样子，这林中客栈和强盗们暗中勾结，要么被迫，要么自愿，也不是完全不可能。这一夜对他们因此变得来十分危险了；要知道他们听过不少传说，讲什么旅客在睡梦中遭到袭击和杀害。人家即使不要林中客栈这几位住客的命吧，他们中有的却本来就囊中羞涩，抢走他们的部分财务也叫人挺心痛啊。他们一个个阴沉着脸，没精打采地瞪着面前的酒杯。年轻绅士暗暗希望能骑上自己的快马，驰过宽敞安全的山谷；铁匠则幻想有十二个伙计手提棍棒当自己的保镖；金匠费里克斯生怕丢了带给他那位女恩人的首饰，赛过担心自己的性命；马车夫呢，沉思着从自己的烟袋里吹出一圈一圈烟雾，半晌才低声说：

"先生们，至少别在睡梦中让人家袭击咱们。我自己哪怕只有一个人陪着，就愿意通宵熬夜。"

"我也愿意！"——"我也是！"其余三人异口同声。

"我呢，反正也睡不着。"年轻绅士补充了一句。

"喏，咱们干点儿什么提提精神吧，"马车夫说，"我想，咱们正好四个人，可以打打牌；打牌既提神也消磨时间。"

"我从来不打牌，"年轻绅士回答，"无法奉陪。"

"我更连牌都不认识。"费里克斯更进一步。

"要是不打牌，咱们又干什么好呢，"铁匠问，"唱歌吗？这可不成，反倒会把强盗们逗引来。相互出谜语猜吗？这也坚持不久。你们有什么主意？咱们轮流讲故事怎么样？不管是逗笑的，还是严肃的，不管是真实的，还是编造的，只要能提神，能消磨时间，就跟打牌一样带劲儿。"

"我没意见，如果你们现在就开始，"年轻绅士笑了笑，说，"你们做手艺的先生些走南闯北，有的好讲；每一座城市可不都有自己的故事和传说么。"

"不错，不错，是听到不少，"铁匠回答，"可像您这样的少爷勤奋读书，书里写着许许多多奇妙的事情，比起咱们这些普普通通的手艺人来，你能讲的就更有教益，更加动听喽。我要么瞎了眼，要么您是位大学生，是位学问家？"

"学问家说不上，"年轻绅士微微一笑，说，"倒是个大学生，正要回家过暑假；至于我们书里那些东西，不如你们这儿那儿听来的适合当故事讲。所以你只管开始吧，要是这两位没意见。"

"对我来说，听人讲个有趣的故事比打牌有意义得多，"马车夫回答，"经常地，我宁肯在路上慢慢摇晃，只要旁边有谁给讲一个好听的故事。我还在坏天气里白搭过不少人，唯一的条件就是他得讲点什么。我有个同行伙计，我想就因为这小子知道的故事一天一夜讲不完，就成了我好朋友。"

"我也是一样，"年轻金匠接着说，"我爱听故事得要命。我在维尔茨堡的师傅因此严厉禁止我买书，担心我净知道读故事，干活儿马马虎虎。就讲点儿好听的吧，铁匠老哥，我知道你的故事从现在讲到天亮也讲不完。"

小铁匠呷了一口酒，打起精神，随即开始讲……

鹿金币的传说

在上施瓦本邦，直到今天，还耸峙着当初最壮观的城堡，霍恩索伦堡残破的墙垣。它兀立在一座险峻的圆形山岗上；从那陡峭的山头举目眺望，可以看到很远很远。同样，邦内远远近近的人们也看得见这座城堡；而城堡的主人勇敢的索伦家族更是威名远播，所有的德意志邦国没有一个不尊敬它，畏惧它。话说早在好几百年之前，我想当时连火药才刚发明吧，在这座城堡里生活着一位索伦后嗣，一个生性古怪的男子。也不能讲他曾残酷压迫自己的奴仆，或者他与自己的四邻老是不和，然而他那阴郁的目光、紧皱的额头、寡言少语的德行，却叫谁都不敢和他亲近。除了城堡中的仆佣，很少有人听见过他啥时候像其他正常人似的好好讲过话；例如他骑着马穿过山谷，要是遇见他的人立刻摘下帽子，站到道旁，问候他："晚上好，伯爵老爷！今儿天气不错。"他听了多半嘀咕一声："废话！"或者"知道啦！"反过来，要是遇见他的人礼数不周，或者一个农民的大车挡在狭路上，使他的马没法放开四蹄飞驰而过，他更会大发雷霆，给人家一顿臭骂，不过还从未听说他在这种情况下揍过哪个农民。但是，在周围一带，人家都唤他作"索伦家的坏德行"。

"索伦家的坏德行"有个妻子，性情跟他正好相反，待人和蔼可亲得就像五月的天气一个样。常常，丈夫粗言恶语地得罪了什么人，总是她和颜悦色地去进行劝慰，使人家和他重归于好。对穷苦人，她也是能帮助就帮助，有时甚至甘愿冒着酷暑，或者迎着可怕的暴风雪，从陡峻的山上走下去看望穷苦的人或者生病的儿童。这时候伯爵要是碰上她，就总会埋怨：

"知道吗，这样干很蠢！"

换上其他女人，准会叫丈夫的坏性子给吓怕或者唬住；这个会想，既然我丈夫认为是干蠢事，那些穷人就与我没关系；另一个也许会出于骄傲或者愤懑，慢慢冷却掉对这个脾气如此糟糕的丈夫的感情；然而赫德薇克·封·索伦伯爵夫人却不是如此。她一如既往地爱自己丈夫，努力用自己那双漂亮白皙的手，抹去他那棕色的额头上的皱纹，对丈夫始终怀着热爱和尊敬；甚至婚后过了一些年，老天爷赐给她了一个小伯爵，她对丈夫的爱仍然没有减少，虽然她同时尽着一位慈母对其幼子的所有职责。三年过去了，现在封·索伦伯爵只是在每个礼拜天的午饭后，才有机会看到由保姆给他递过来的儿子。他时常久久地盯着小家伙，在大胡子底下也不知嘟囔些什么，随后便把孩子还给保姆。可是，小家伙会叫爸爸了，伯爵就赏给保姆一枚金币——对孩子却仍然没有笑脸。

可是在小家伙三岁生日那天，伯爵却让人给他儿子第一次套上条小裤子，上身也用金丝绒和绸缎光光鲜鲜地包裹起来。随后，他吩咐牵来他的坐骑和另外一匹漂亮马驹，自己接过小男孩，在马刺叮叮当当的碰击声中走下旋转扶梯。赫德薇克夫人见了大吃一惊。平素丈夫骑马外出，她已习惯了既不问上哪儿，也不问什么时候回来；可这一次她担心儿子，破例开了口。

"你要去哪里，伯爵老爷？"她问。——丈夫不吱声。

"你到底带孩子上哪儿？"她继续追问，"库诺要跟我散步去。"

"知道啦。""索伦家的坏德行"回答，一边仍然往前走。到了院子里抓起孩子的一条小腿儿往马鞍上迅速一架，用一根披巾把孩子牢牢绑住了，自己随即跃上坐骑，同时抓过儿子那匹马的缰绳，奔出城堡大门去了。

一开始，小家伙似乎觉得跟父亲一道骑马下山很好玩。他不断拍手，不断笑，不断扯马颈鬃毛，让它跑快一些；伯爵因此挺高兴，不止一次地喊道：

"你会成为一个勇敢的小伙子！"

然而到了平地上，伯爵变快跑为飞驰，小家伙的神经就受不了啦。他先是哀求父亲骑慢一点，父亲却越跑越快，越跑越快，小库诺在疾风中几乎喘不过气来，只能低声抽泣，同时越来越不耐烦，临了儿更使出全身的气力又哭又叫。

"混账！傻瓜！"父亲开始发怒，"男子汉一骑马就哭；再不住嘴看我不……"

谁知就在他想用咒骂使儿子振奋起来的一刹那，他的坐骑却以两条后腿直立了起来，另一匹马的缰绳遂从他手中脱了，他连忙镇定自己，驾驭住自己的骏马，等它平静下来后才不无忧虑地转身去看孩子，却见那马已向城堡飞奔而去，可马背上已没了小骑手。

封·索伦伯爵平时尽管是个无情的硬汉，面对眼前的情节仍然心慌意乱；他确信孩子已被踩死在路边上，于是扯着自己的胡子号啕起来。然而他驱马四下寻找，却不见小库诺的丝毫踪影；他开始设想，那惊马可能把孩子甩进了道旁的水沟里。这当儿，他蓦地听见身后有一个孩子在呼喊他的名字，便飞快扭转马头——瞧啊，那边离大路不远的一棵树下，坐着个老太婆，正把一个小男孩搁在膝头上摇来摇去。

"你怎么弄去了孩子，老巫婆？"伯爵怒喝，"马上给我送回来！"

"别着急嘛，别着急嘛，老爷！"丑陋的老婆子笑道，"要不，您拿到您那骄傲的骏马背上去的还会是不幸！我怎么得到这孩子的，您问？嗒，您那马疾驰而过，他还只有一条腿捆在马鞍上，头发掉下来已快扫到地面，我赶快用围裙把他给接住啦。"

"混账！"封·索伦伯爵不耐烦地吼道，"马上递给我。我不能下来，这马很野，可能踢着他。"

"请赏我一个鹿金币！"老婆子卑微地乞求。

"蠢货！"伯爵大吼一声，扔了几枚铜子儿到树底下。

"不，咱需要一枚鹿金币。"老婆子继续说。

"什么，鹿金币！你自己还不值一枚鹿金币呢，"伯爵性急起来，"快还我孩子，不然我叫狗咬你！"

"是吗？咱不值一枚鹿金币？"老婆子冷冷一笑，说，"好，咱们瞧瞧，看您的儿子值不值一枚鹿金币；可那儿，那几个铜子儿请您留给您自己！"老婆子边说边把那三个铜钱扔向伯爵，扔得那么不偏不倚，一个个正好掉进了他还捏在手上的钱包里。

对这神奇的投掷本领，伯爵惊讶得半晌说不出一句话来；可是终于，他的惊讶化作了满腔怒气。他拔出自己的火铳，扳下扳机，然后瞄准了老太婆。老太婆却不慌不忙，抱起小伯爵来亲了亲，让他正好挡在自己面前，伯爵一开枪必定先射中孩子无疑。

"你是个善良、虔诚的小伙子，"老太婆说，"永远像这样吧，你不会吃亏的。"然后他放下小库诺，手指着伯爵警告伯爵说："索伦，索伦，记住你还欠我一个鹿金币啊！"

她边嚷边拄着一条榉木拐杖，慢吞吞地溜进了树林里，对伯爵的咒骂满不在乎。伯爵的侍童康拉德却战战兢兢地下马来，把小主人抱上马鞍，自己随即也跃身上去，策马跟随他的主子回山上的城堡去了。

这是"索伦家的坏德行"第一次，也是最后一次带自己儿子骑着马出去散步；因为小家伙在骏马疾驰时又哭又叫，他便认为他是个孬种，不会有什么出息的，看见他就讨厌。儿子呢非常爱他，常常喜欢在他膝前撒娇讨好儿，他却总是挥手让他走开，还大声地吼：

"去去，窝囊废！"

赫德薇克夫人甘心忍受丈夫的所有坏德行；可他对自己无辜的儿子如此的粗暴，却深深地刺伤了她的心。有几次，心烦的伯爵为一点小错误就狠狠惩罚孩子，她见了竟吓得生起病来；如此一来二去，她终于还在盛年就去世了。下人们乃至整个领地的居民都为她哭泣，而哭得最伤心自然是她的儿子。

打这时起，伯爵的心更加疏远小库诺。他把儿子交给保姆和家庭牧师管教，自己很少再过问他的情况，特别是不久以后他便续弦，娶了一位富家小姐，她刚过一年便给他生了一对双胞胎，两个小伯爵。

库诺最喜欢散步去那位曾经救他性命的老太婆那儿。她总是给小家伙讲他死去了的母亲，说她对自己做了多少多少好事。仆人和使女常常警告库诺，叫他别老往费尔德海墨林太太也就是那老太婆家里跑，因为她是个地地道道的巫婆来着。小家伙却丝毫不害怕，因为家庭牧师在上课时说过，世上根本没有巫婆；至于传说有的女人懂得魔法，可以骑着炉叉在空中飞，飞上布洛肯山去什么的，也都是胡说八道。虽然在费尔德海墨林太太家，他也见种种自己没法理解的事情，对她当初准确无误地扔回三个铜子儿的高超本领也记忆犹新，虽然她确确实实还能配制各式各样的药膏和汤药，替人和牲口治病，可他仍然不信人们在她背后传说的什么，她有一只气候锅，每当她把这只锅子吊到火塘上，就会雷雨大作，可怕之极。他教给小伯爵许多有用的知识，例如为生病的马配各种草药，替狂犬病患者煎熬药汤，调制钓鱼用的食饵，等等。而且没过多久，费尔德海墨林太太就成了小库诺唯一可以相处的人，因为他的保姆死了，他的后娘又对他漠不关心，不闻不问。

他的两个弟弟渐渐长大起来，库诺的日子过得比从前还要可悲。两个弟弟很幸运，在第一次骑马时没有掉下来，"索伦家的坏德行"因此当他俩是聪明绝顶的、有出息的好小子，宠爱他们像掌上明珠，把自己会的一切都教给他们。然而兄弟俩并未学到多少好东西。伯爵本人不会念书写字，他的两个宝贝儿子也就不该为这档子事糟蹋时间；反过来，他俩才十岁，就已能像自己父亲那样用脏话咒人骂人，和谁都要争胜斗狠，兄弟俩也跟狗与猫一样你容不得我，我容不得你；只有当两个要一起整库诺，才勾结起来，成了朋友。

这些情况并不使他们的母亲感到苦恼；因为两个男孩相互打斗，她只认为是健康和有力的表现。然而有一天，一个仆人报告了老伯爵，尽管他仍旧回答："废话，混蛋！"却还是决定要想个办法，以防自己的儿子们在将来互相残杀。要知道在他心目中，费尔德海墨林太太是个地道的巫婆，她对他的那句诅咒威胁"好，咱们瞧瞧，看你的儿子值不值一个鹿金币"还时刻牢记在他心里。

一天，他在自己城堡的附近打猎，突然有两座形状生得像城堡似的山峰映进他的眼帘，他当即决定，真的在那儿建两座城堡。在其中一座山上，他建了座沙尔克山堡，堡名用的是他双胞胎儿子中小的一个的名字，因为这小子打小喜欢搞各式各样的恶作剧，早已被他唤作"小沙尔克"①。他建的另一座城堡一开始叫鹿金币堡，原想以此讥讽那个说他的儿子连一个鹿金币也不值的巫婆；可后来他把堡名简化为了鹿山堡。时至今日，这两座城堡仍然叫这两个名字；谁要去阿尔卑斯山地区旅游，不妨让人指给他看。

"索伦家的坏德行"开始时也曾考虑，要在遗嘱中注明把索伦堡留给大儿子库诺，把沙尔克山堡留给小沙尔克，把鹿山堡留给沃尔夫；可他的妻子吵吵闹闹，直到他改了遗嘱才罢休。

"傻子库诺，"她这么叫可怜的男孩，就因为他不像她的两个儿子那样粗野放肆，"傻子库诺从他妈那儿继承了遗产，已经够富有的啦，凭什么还要把美丽、富庶的索伦堡分给他？我的儿子除去每人一座城堡啥也没得着，隶属这些城堡的不就只是些林子吗？"

伯爵开导她，按照道理怎么也不能剥夺库诺的长子权益。然而白费劲儿，他老婆又哭又闹，一直哭闹到平素谁也不怕的"索伦家的坏德行"为求安宁也只好让步，对遗嘱做了修改：沙尔克山堡仍旧归小沙尔克，索伦堡却给了大沃尔夫，库诺就得到剩下的鹿山堡连同小城

---

① 沙尔克（Schalk）：德语，意即滑头、捣蛋鬼、恶棍、无赖，等等。

巴林根。

伯爵安排好后事不多久，也真病倒了。医生告诉他死期已近，他只是回答："知道啦。"家庭牧师劝他临终虔诚地做个告解，他更说："废话！"就这么怒气冲冲地继续咒骂着，他在世时是个粗暴的、罪孽深重的家伙，临终的一刻仍然难改恶习。

死者的尸骨还没来得及埋葬，他的老婆已经拿着遗嘱来找库诺，讥讽她的这个继子说，现在该他来证明一下自己的博学，念一念在遗嘱中到底写着什么啦，也就是说，在索伦这个地区，他库诺已经一无所有。她呢，和她的两个亲生儿子享有了这份美好的产业，以及那座从大儿子手中夺过来的城堡，真是给乐坏了。

库诺毫无怨尤地遵从亡父的遗愿，但在告别霍恩索伦堡时却流下了热泪。这儿可是他出生的地方哦；这儿埋葬着他善良的母亲，住着慈祥的家庭牧师，以及他唯一的年老友人费尔德海墨林太太。鹿山堡尽管也是一座漂亮、雄伟的城堡，但对于他却太寂寞、荒凉，住在那儿，他很快会为思念霍恩索伦堡而病倒的。

一天傍晚，伯爵夫人和那一对眼下已经十八岁的双胞胎兄弟坐在屋顶阳台上，眺望着城堡的山下。忽然，他们看见一位身材魁梧的骑士，骑着马向山上走来。骑士身后跟着好些奴仆，还有一乘由两头骡子驮着的漂亮轿子。母子仨讨论来讨论去，这可能是谁呀？终于，小沙尔克大叫起来：

"嗨，不是别人，是咱们在鹿山堡的尊敬的哥哥呗。"

"傻库诺？"伯爵夫人感到惊讶，"哎，他是来邀请咱们光临他的城堡，他带来的漂亮轿子就是接我去鹿山堡用的；不不，我真没想到咱们的大少爷傻库诺会这么好心眼儿，这么会做人。人家有礼貌咱们也该讲礼貌；让咱们下去，在城堡大门口迎接他吧。还要给他好脸看，没准儿到了鹿山堡他会送给咱们礼物，给你一匹马，给你一套盔甲，给他的母亲我一件早就希望有的首饰什么的。"

"我不稀罕傻库诺的任何礼物，"沃尔夫回答，"也不会给他好脸色看。不过我在想，他可能很快也会去见咱们的死老头子，这一来鹿山堡和所有一切，就归咱哥儿俩继承喽；可敬的老妈您呢，只要出个便宜价钱，便可以得到您要的首饰。"

　　"什么，你这无赖！"他妈急了，"你要我拿钱向你们买首饰？你就这样感谢我替你们争来了索伦堡吗？小流氓，我应该白得到首饰，不对吗？"

　　"白得的只有死亡，尊敬的妈妈！"她儿子笑嘻嘻地回答，"那些首饰不是比有的城堡还值钱吗？既然如此，咱俩干吗当傻瓜，把它白白挂在您脖子上？一等库诺闭上眼睛，咱哥儿俩就赶去瓜分财产，归我的那份首饰卖给您就是啦。只要您出的价比那个犹太人高，尊敬的老妈，首饰就是您的。"

　　母子仨就这么争论着，来到了下边的堡门前；伯爵夫人好不容易压住了有关首饰的怒火，因为库诺已经骑马走过吊桥。他一见自己的继母和弟弟，立刻带住马，翻身下了马鞍，有礼貌地问候他们。要知道，尽管他们让他受了不少罪，他仍然认为，那两个毕竟是自己的弟弟，这刁婆子毕竟是自己父亲所爱的人。

　　"嗨，大少爷您来看我们，真太好啦，"伯爵夫人面带谄媚的微笑，声音甜甜地说，"在鹿山堡上边过得怎么样？能习惯吗？哟，还带来乘轿子呢？哎呀呀，好漂亮哦，皇后娘娘坐上去也不会嫌寒碜。想必堡里不久就会增加一位主妇，好坐上它去巡游整个领地了吧？"

　　"到目前为止还考虑不到这件事，尊敬的母亲，"库诺回答，"所以想接些好友去家里聚一聚，便带上了这乘轿子。"

　　"哎呀呀，您想得真周到。"妇人打断了他，对他又是躬身，又是微笑。

　　"因为他已经不再能骑马远行，"库诺十分平静地继续说，"我是指约瑟夫，咱们的家庭牧师。我想接他去我堡上，他是我的老教师；我在离开索伦堡的时候，已经和他说妥了。我还要接走住在山下的费尔德海墨林太太。仁慈的主啊！她已经老得不像样子；她曾经救过我的性命，在我第一次跟先父骑马外出的时候。我在鹿山堡有的是房间，可以给她在那儿送终。"库诺说着穿过城堡的大院，去找家庭牧师约瑟夫。

沃尔夫小爵爷恨得来咬紧了嘴唇，伯爵夫人气得脸都黄啦，小沙尔克反倒纵声大笑。

"不是说他要送我马吗？现在你们拿什么赔我？"他说，"沃尔夫哥哥，把他送你的盔甲给我作补偿，怎么样？哈，哈，哈，哈！他要把老牧师和老巫婆接去，真是天生的一对儿，可不？现在好啦，他可以上午跟牧师学拉丁文，下午向费尔德海墨林太太习巫术。嗨，这傻库诺啊真有他的！"

"他是个卑鄙极了的家伙！"伯爵夫人回答，"对此你没有什么好笑，小沙尔克。这是整个家族的耻辱；一旦传出去，索伦伯爵竟用华丽的轿子和骡马把老巫婆费尔德海墨林接去了，还让她常住在自己家里，咱们在整个领地哪还有脸见人！他这是继承了他的母亲，这贱婆娘当初就喜欢跟病人和下等人搅在一起。唉，他老子要是知道了，恐怕在棺材里也不得安身啊。"

"是的，"小沙尔克补充说，"父亲在墓穴中照样会骂：'混账！蠢货！'"

"真的呢！瞧，他和那老家伙来了，还恬不知耻地亲自搀扶着他！"伯爵夫人惊诧得叫起来，"走，咱不愿再和他照面。"

母子俩走了。库诺把他的老教师扶到吊桥边，搀他上了轿。到了山下，他在费尔德海墨林太太的茅屋前停下来，发现她已准备好上路。只见她一手挽着个包袱，里面装满了小瓶瓶、小罐罐以及其他的器械和药水，一手拄着根竹头拐杖。

事情的发展完全出乎心怀恶意的封·索伦伯爵夫人的预料。整个领地没谁对库诺骑士的作为大惊小怪。相反,大家倒认为,他想使费尔德海墨林老婆子临死前过几天好日子,是一件值得赞许的美事,还称赞他是位虔诚的老爷,因为他在自己的城堡里收养了年老的牧师。唯一恼火他、鄙视他的是他的两个弟弟和继母;可这损害的只是他们本身,因为人们普遍厌恶这一对缺少人情味儿的双胞胎。他俩受到了报应,到处都在传说他们对自己的母亲怎么怎么坏,两兄弟怎么怎么老是吵嘴打斗,怎么怎么想方设法相互坑害。库诺·封·索伦－鹿山堡伯爵不止一次试图和两个弟弟和好,因为他受不了他们打他的堡前经过而从不进门待一待,受不了他们在森林里和田野上遇见他只冷冷地招呼一声,简直比陌生人还陌生人。然而他的尝试累遭失败,他甚至还得忍受他们的嘲笑讥讽。一天,他想到还有一个也许能赢得他俩欢心的办法,因为他了解,他们既吝啬,又贪婪。原来在三座城堡之间,几乎处于中央位置,但是仍属于库诺的封地范围,有一片池塘。在这片池塘里,生长着整个地区最肥美的梭子鱼和鲤鱼;那两弟兄呢,本来就喜欢钓鱼,父亲却忘了把这鱼塘划入他俩的封地,真令他们大为丧气。再说他俩又太高傲,不肯瞒着哥哥去那儿钓鱼;他们更不会去好言请求他,以获得他的允许。喏,他却了解他们,知道池塘是两人的一块心病。于是有一天,他对两个弟弟发出邀请,让他们来池塘边和他聚一聚。

那是春天里一个美丽的早晨,弟兄仨从各自的城堡动身,差不多在同一时刻来到了池边。

"嗨,瞧瞧,"小沙尔克叫起来,"真有这么巧!我是七点正骑马离开的沙尔克堡。"

"我也是七点正。"——"我也一样。"鹿山堡和索伦堡的两位兄长都说。

"喏,那说明池塘一定在正中央,"小沙尔克继续说,"这池水真叫美。"

"是啊，正因为如此，我才邀请你们来这里碰头。我清楚，你两个都是钓鱼迷；我呢，尽管有时同样喜欢下下钓，可这池里鱼多的是，足够供给三座城堡；在它的岸边也有足够三个人垂钓的地方，即使咱们哥仨碰巧都来了。因此从今天起，我愿意让这片池塘成为我们共有的财产，你们每人都享有和我一样的权利。"

　　"嗨，大哥的想法好生慷慨大度，"小沙尔克冷笑了笑，说，"真舍得给咱们一二公顷水塘，几百尾小鱼儿！喏——咱们该拿什么交换？要知道，只有死亡能够白捡！"

　　"你俩不用作任何补偿，"库诺说，"唉，我只是希望时不时地能在这池塘边儿上见到你们，和你们说说话罢啦！咱们毕竟是同一个父亲养的儿子。"

　　"不！"小沙尔克回答，"这可不行！人多了在一块儿钓鱼，一个总把另一个的鱼赶跑，这再显而易见不过。可要是能把日子分配一下，比如你库诺礼拜一和礼拜四钓，沃尔夫礼拜二和礼拜五钓，礼拜三和礼拜六轮到我——这样我看才完全没问题。"

　　"就这样我也不干，"脸色阴沉的沃尔夫说，"我不接受谁的赠送，也不愿和谁分享什么。库诺，你够好样儿的，肯把池塘分给咱们。既然现在我们弟兄谁都有那么一份儿，就干脆让咱们来掷骰子分个输赢，谁赢了将来池塘就完全归他。要是我比你俩运气好，你们就每次都得问问我，看我允不允许你们来这儿钓鱼。"

　　"我从不掷骰子。"库诺回答，为他两个弟弟的顽固很是伤心。

　　"是啊，当然，"小沙尔克笑呵呵地说，"咱们这位大哥，他啊特虔诚，特敬畏上帝，把掷骰子看作天大的罪孽。不过呢，我倒有个建议，即使是最虔诚的隐修士也不会羞于接受的。咱们可以取来线和钩；看今天上午在索伦堡的钟敲十二点之前谁钓的鱼最多，这个池塘就是谁的。"

　　"那我真成了傻瓜，要是我还为获得本来就有权继承的东西和人比赛。"库诺说,"不过,为了让你们看看我愿你们分享这份财产的诚意,我可以去取我的钓具。"

兄弟仨各自回城堡去了。两个双胞胎急忙派出他们的仆人,翻起所有苍苔累累的石板挖掘蛆虫,以便作为池塘中鱼儿的诱饵;库诺则取出他常用的钓具,还有费尔德海墨林太太教他调和在那儿的现成饵料,第一个回到了池塘上。等两个弟弟也赶来以后,他让他们挑选了最佳和最舒适的位置,然后自己才甩出钓线。真叫绝啦,鱼儿们就像认得他是这池塘的主人似的。鲤鱼也罢,梭子鱼也罢,都一串一串地游来,在他的钓钩周围拥来挤去;老鱼和大鱼把小鱼们赶开,他每一忽儿都要钓起一条;他一把钩重新扔下水,已有二三十张张大的嘴巴等在那里咬这唯一的钓钩。还不到两个钟头,他周围的地上已躺满最漂亮不过的活鱼。于是他停止垂钓,走到两个弟弟身边去看他们成绩如何。小沙尔克只钓起来一条小鲤鱼和两尾可怜巴巴的白鱼;沃尔夫也只有三尾花鲢儿和两条小梭子鱼。两人都闷闷不乐地盯着池塘,因为他们从自己的位置上也看见库诺已钓起来了那么多的鱼。当库诺来到沃尔夫弟弟身边,这小子气冲冲地一跃而起,两下扯断了钓线,把钓竿也折成一截一截,一股脑儿扔进池中。

"我恨不得扔下去一千个钩子而不是一个,让这些畜生在一个个钩上面痛苦挣扎,"他吼道,"可正正当当永远干不好事;这必定是魔法和巫术。否则你傻子库诺,你怎么可能在一个钟头里钓的鱼,比我一年钓的还多呢?"

"可不可不,现在我想起来啦,"小沙尔克接过话头,"他跟费尔德海墨林太太,跟那个下贱的老巫婆儿,学过钓鱼来着!咱俩真是傻瓜,竟跟他比钓鱼;人家可快要当上大巫师喽。"

"你们这两个坏蛋!"库诺气愤地回答,"今天早上,我可有足够的时间来认识你们的贪婪、无耻和粗鄙啦。现在就给我滚,永远别再来这里。相信我好了,你俩只要有那个被你们骂作巫婆的女人一半虔诚，一半善良，你们的灵魂就有救了。"

"不，真正的女巫她还不是！"沙尔克嘲笑说，"那种女人有预言的本事；就像鹅变不成天鹅一样，费尔德海墨林太太也成不了预言者。她不是对老爸说过：有人将用一个鹿金币，买走他遗产的一部分吗？这就是说，他会穷愁潦倒，然而事实是到临终他仍拥有一切，凡是从索伦堡的城墙上望得见的东西全是他的！去去去，费尔德海墨林太太只是个蠢老婆子；而你呢——傻瓜库诺！"

说完，小坏蛋赶紧开溜，因为惧怕他大哥粗壮的胳膊。沃尔夫跟在他后面，边走边骂他从自己老子那儿学来的脏话。

内心深处充满了愁烦，库诺走回家去。现在他看清楚了，两个弟弟永远不愿与他和好。他俩狠毒的话语狠狠刺伤了他的心，他第二天就病倒啦；全靠高尚的约瑟夫牧师的安慰和费尔德海墨林太太的神奇药汤，他才逃出了死神的手掌。

可是，两个弟弟得知大哥库诺重病卧床，反而开了一次兴高采烈的宴会。酒酣耳热之后，他俩合计，一旦傻子库诺咽了气儿，谁先知道就要燃响所有的号炮，以便通知另一个人；而谁先放起炮来，谁就有权搬走库诺酒窖里最棒的那桶葡萄酒。打这时起，沃尔夫就派一个下人始终守在鹿山堡旁边；小沙尔克甚至用重金收买库诺的一名仆人，让他在主人奄奄一息的时候就火速通报。

谁知这名仆人对自己虔诚、和善的主子比对凶恶的沙尔克堡伯爵更加忠心。一天晚上，他关切地向费尔德海墨林太太打听主人的病情，费尔德海墨林太太回答，库诺情况很好，他于是把那两弟兄的阴谋告诉了她，说他们准备放炮庆祝库诺的死。老太太一听生气极了，马上又转告了库诺伯爵；伯爵不愿相信自己的弟弟竟有这么绝情狠心。她于是建议他不妨做个试验，让人散布说他已经死了，这样马上可以听见他们是不是放炮。伯爵于是叫来小弟弟想收买的那个仆人，再问了问情况，然后命令他骑马去沙尔克堡送信，说库诺他快要咽气儿啦。

　　仆人骑着马急忙下山去，途中索伦堡的沃尔夫伯爵那个探子截住了他，问他急急忙忙想去哪儿。

　　"唉，"他回答，"我那可怜的主人活不过今天晚上啦。所有人都对他不再抱有希望。"

　　"真的？就是现在？"那探子叫起来，边叫边跑到自己的坐骑旁边，纵身上去，马不停蹄地朝着索伦堡方向飞奔急驰，刚赶到城堡门边马已经倒下，他也只来得及说出"库诺伯爵快要死了"，自己就昏厥过去。霎时间，霍恩索伦山上礼炮轰鸣；沃尔夫伯爵和他妈一齐庆贺这礼炮的隆隆回响，以及它给他们带来的新收获：一桶上等葡萄酒，一片祖传的鱼塘，还有那些她觊觎已久的饰物。

　　然而，他们把沙尔克堡放的礼炮误当成了自己礼炮的回声，沃尔夫笑了笑，对母亲说："这么说小弟他也在那边安了个探子，咱们只好和他平分那桶酒，以及其余的那些遗产喽。"说完他立刻上了马；因为他疑心沙尔克会抢先赶去，在他到达之前也许已拿走某些贵重的财物。

　　谁知还在鱼塘边两兄弟就碰了头，结果谁对谁都一样地脸红脖子粗，因为嘛，谁也想头一个跑到鹿山堡。他俩一个字不提库诺之死，而是一边继续往前走，一边做兄弟般地友好协商未来的安排，解决鹿山堡到底归谁所有的问题。可就在他俩走过进入城堡的吊桥的当口，他们的哥哥却健康而精神地出现在了窗前，只是目光中喷射出来恼怒的烈火。兄弟俩一见吓坏了，一开始当他是个幽灵，连忙在胸前画起十字来；可随后却见他仍然有血有肉，沃尔夫才大叫一声：

　　"嗨，这不正是我希望的吗！胡扯，我竟相信你真的死啦。"

　　"喏，推迟发生不等于永不发生。"小沙尔克抬起头来恶狠狠地瞪了大哥一眼，说。

　　他大哥却以雷鸣般洪亮的嗓音回答：

"从现在起，咱们的血缘亲情已经一刀两断。你们贺喜的炮声我听得一清二楚；在我的院子里同样架着五门野炮，为了欢迎你俩已经填满了弹药。快从它们的射程中滚出去，否则便让你们知道鹿山堡的人开起炮来有多厉害。"

这话用不着说第二遍；他们从库诺的脸色看出，他么讲是认了真的。两人于是快马加鞭，争先恐后地逃下了山。然而大哥还是开了几炮欢送他俩；炮弹呼啸着从两人的头顶掠过，他们都只好礼貌地哈下腰，躬起身；可他只是打算吓唬吓唬他俩，并无真正伤害之意。

"你到底干吗放炮？"哥哥生气地质问弟弟。

"你这傻瓜，我只是听见你的炮声，才跟着放的炮。"

"事实刚好相反，只要问问母亲就知道了！"沃尔夫回答，"是你第一个放的炮，是你让咱们蒙受这样的羞辱，你这小无赖！"

小沙尔克也不示弱，当他俩走近鱼池，便把从"索伦家的坏德行"那里继承的所有脏话粗话，一股脑儿兜出来咒骂对方，以致在分手时彼此怀着怨毒和仇恨。

第二天，库诺立了遗嘱。费尔德海墨林太太对牧师讲："我敢打赌，他绝没有什么好果子给那两位炮手。"可是，不管老太太多么好奇，不管她怎么不停地追问，她的宝贝儿库诺还是不肯告诉她遗嘱里写的什么，而她呢也永远不可能再知道了。因为一年以后，好心的老太太就离开了人世。她的药膏和汤药一点没能帮她；她没有生任何病痛，而是以九十八岁的高龄老死的。九十八岁呢，再健康的人到了这年纪也终归要入土。库诺伯爵为她安排葬礼，好像她并非一个穷老婆子，而是他的生身母亲。从此以后，他住在城堡里更觉寂寞，特别是过了没有多久，约瑟夫牧师也随费尔德海墨林太太去了。

然而，这寂寞的感觉并未维持多久；善良的库诺二十八岁便辞别了人世，一些心怀叵测的人说他是让小沙尔克下毒害死的。

不管怎么讲吧，在他逝世后刚刚几小时，人们又听到了隆隆的炮声，在索伦堡和沙尔克堡各有二十五响。

"这一回他该信服啦。"俩双胞胎在半道上碰着，小沙尔克便说。

"可不是吗，"沃尔夫回答，"这次他要是再复活，再站在窗口骂咱们，就像上回那样，我可带上了把火铳，可以让他规规矩矩地变成哑巴！"

当哥儿俩走近鹿山前，一位他们不认识的骑士带领随从和他们走到了一起。他们以为，这也许是哥哥的一个朋友，来帮助下葬的。因此两人装出一副伤心的样子，在此人面前唱死者的赞歌，惋惜他的英年早逝，特别是小沙尔克，甚至挤出来了几滴鳄鱼眼泪。骑士却不搭他们的茬儿，一声不响地跟在一旁登上了鹿山。

"我说，现在该咱俩舒服舒服啦。快快拿酒来，酒窖总管，要最最好的！"沃尔夫一下马，便高声喊道。

他俩沿着旋转扶梯走进大厅，沉默无言的骑士也跟着走进来。可当兄弟俩大模大样地坐到了桌旁，陌生骑士却从上衣里掏出来一枚金币，把它扔到石板桌子上，使其在上面滚来滚去，同时发出叮叮当当的响声。这时骑士开了口：

"喏，这就是你们现在的遗产，可公平合理喽，一枚鹿金币！"

兄弟俩吃惊得面面相觑，笑问道这是什么意思。

骑士便抽出一张羊皮纸文书，上面盖满了各式各样的印章。在文书里，傻子库诺历数出兄弟俩在他生前对他的种种敌意表现，结尾则宣布了他的遗愿：他的全部遗产，除去他亡母留下的那些首饰，城堡也好，田庄也好，在他死后通通卖给威腾堡市政当局，而价钱就是——一个可怜巴巴的鹿金币！至于那批首饰，则应变卖出钱来在巴林根城建一座贫民收容院。

兄弟俩再一次惊诧莫名，不过这回没有笑，而是咬紧了牙关；要知道，他们对威腾堡无可奈何，只好忍痛舍去了那美丽的城堡、森林、田野和整个巴林根城，甚至还包括——那片鱼塘，所继承到的仅仅就是那枚破鹿金币。沃尔夫把它往上衣里一塞，既不说是，也不说不，就戴上自己的扁平礼帽，招呼也不打一个就傲慢地走过威腾堡的政府代表身边，翻身上马，驰回索伦堡去了。

第二天他母亲没完没了地埋怨起他来，怪哥儿俩轻率地丢弃了遗产和首饰；沃尔夫苦不堪言，便骑马上沙尔克堡去找弟弟。

"咱们是把新分的到遗产赌博输掉好呢，还是喝酒喝掉好？"他问沙尔克。

"喝掉更好些，"沙尔克回答，"这样双方都有好处。咱们偏要去巴林根露露脸，尽管那儿的人讨厌咱们，尽管很快咱们就要蒙受将它失去的耻辱。"

"在羊羔酒店有红葡萄酒卖，即使皇上喝的也不见得更好些。"沃尔夫补充说。

于是他俩并辔来到巴林根，走进羊羔酒店，问红葡萄酒多少钱一升；随即便你一杯我一杯，一直把那个鹿金币喝完了事。然后沃尔夫站起来，从上衣里掏出那枚上面铸着只蹦跳的鹿子的金币，往桌子上一扔道：

"把你的金币收好，这么多该没错儿吧！"

然而酒店老板拿起金币来左瞅瞅，右看看，随即笑了笑说：

"没错儿，如果不是鹿金币的话。可知昨天晚上从斯图加特送来了通告，今儿个一早就以新拥有这座小城的威腾堡伯爵的名义击鼓宣布了：这种鹿金币停止通用。所以请二位给我别的钱！"

这一来兄弟俩你望着我，我望着你，一样的都脸色苍白。

"付账啊！"一个说。

"你自己没钱么？"另一个反问。

简单讲，两人不得已欠下了巴林根的羊羔酒店一个金币的账。

兄弟俩默默无声地、心事重重地往回走，来到了那个右边通索伦堡，左边通沙尔克堡的十字路口，这时沙尔克开了腔：

"怎么办？咱俩什么也没继承着，反而赔了；而且那葡萄酒也挺蹩脚。"

"可不是吗，"哥哥回答，"而且那费尔德海墨林老婆子说的话真的应了验；她不是讲：'瞧着吧，你的遗产将会剩多少，不过一个鹿金币！'眼下，咱们用它连一升葡萄酒也买不来哦。"

"废话！"沙尔克堡的堡主骂道。

"混账！"索伦堡的堡主以牙还牙。

随后，两人各走各的路，一样孤孤单单地回自己的城堡去了。

"这就是鹿金币的传说，"铁匠结束自己的故事道，"人都讲真有其事。离此地三座城堡的丢尔瓦根的客栈老板，就曾对我的好朋友讲过。我这朋友常常做人家翻越施瓦本境内阿尔卑斯山的向导，多次住进丢尔瓦根的客栈。"

客人们对铁匠的讲述抱以掌声。

"这世界上什么奇闻没有哦，"马车夫大声感叹，"真的，我现在才庆幸咱们没有打牌糟蹋时间，像这样真的更好。我记住了这个故事，准备明天一字不差地讲给我那伙计听。"

"在听你讲述的过程中，我也想起一个故事。"大学生说。

"噢，那快讲，那快讲！"铁匠和费里克斯异口同声地请求。

"好的，"大学生回答，"不管现在就轮到我，还是待会儿才轮到我，反正我得对刚才听人家讲的有所回报。现在我想讲这个故事，的的确确曾经发生过。"

他挪正了座位，正想开口讲，客栈老板娘却放下手中的纺锤，来到了客人们的桌子旁边。

"先生们，是上床就寝的时候啦，"她说，"已经打过九点，明天还有明天的事啊。"

"嗨，那就请睡去呗！"大学生提高嗓门儿回答，"再给咱们来一瓶酒，然后就不再耽搁你。"

"才不行呢，"老板娘不耐烦地说，"只要店里啥时候还坐着客人，老板和招待就休想离开。别多讲啦，先生们，各自回房去吧；对我来说已待得够久啦，在本店喝酒超过九点是不行的。"

"你异想天开什么，老板娘？"铁匠感到惊讶，问，"即使你早已睡了，咱们是否坐在这里又碍你什么事？咱们都是正派人，不会搬走你任何东西，或者不付钱就开溜。咱常常住店，可从来没有碰见像你这样待客的。"

老板娘气得眼珠骨碌碌转，说：

"你以为，我会为了随便哪个臭做手艺的，为了随便哪个仅仅能让赚十二个铜子儿的流浪汉，就破坏本店的店规么？我现在最后一次告诉你们，我绝不容忍这样胡来！"

年轻铁匠还准备反唇相讥，大学生却意味深长地瞪了他一眼，同时给其他人递个眼色。他然后说：

"好好好，既然老板娘不乐意，咱们就回自己房间去吧。只不过咱们要些蜡烛，好找路嘛。"

"这我可办不到，"老板娘黑着脸回答，"其他几位摸黑没有问题，您嘛这儿的一截也够了；再要咱店里没有。"

年轻的大学生端上蜡烛，站起身来。其他人也跟着离了座；两个做手艺的伙计拎起自己的包袱，准备放到他们的房间里去。他们跟在大学生身后，他为他们照亮楼梯。

一行人到得楼上，大学生立刻请他们放轻脚步，打开他的房间，招手让他们进去。

"现在已经毫无疑问，"他说，"这女人想害咱们。你们可注意到了，她是怎么急着赶我们上床，怎么不让我们有任何保持清醒，并且四个人待在一起的任何可能？她准以为，我们现在已经躺下啦，她待会儿干起自己的勾当来更轻而易举。"

"可您不认为，咱们现在还逃得出去吗？"小金匠费里克斯问，"在林子里比在这屋里获救的希望更大。"

"这屋里的窗户也钉了铁条，"大学生惊呼；他曾试图掰掉其中一根铁条，白费劲儿，"我们想逃走只有唯一一条出路，就是经过大门；可我不相信他们会放走咱们。"

"倒也不妨试试，"马车夫说，"我愿意尝试一下，看能不能走到院子里去。要是能，我再回来叫你们。"

其他人同意车夫的建议；他于是脱掉鞋子，赤着脚朝楼梯摸索过去。他的同伴们则在房里紧张地竖起了耳朵。他已经成功地下了一半楼梯未被发觉；可是，就在他绕过一根柱头的一瞬间，他面前突然站起来一条大狼狗，把两只前爪搭在了他的肩上，狗嘴壳子正好冲着他的面孔，让他看清了它上下两排又长又利的狗牙。他一下子进退不得，因为稍稍一动那可怕的畜生就会咬断他的喉咙。与此同时这狗又吼又吠，眨眼间老板娘和她长工已端着灯出现在眼前。

"上哪儿去，你？"老板娘喝问。

"我还得去车里取点东西。"车夫浑身哆嗦着回答；就在刚才开了的院门外，他看见好几个黑脸汉子，手里全操着火铳。

"你早先该把要拿的都拿好！"老板娘抱怨道，"法桑，过来！关上院门，雅克卜，给这人照亮到他大车跟前去！"

狼狗从车夫肩上缩回了它那可怕的大嘴和爪子，重新横躺在了楼梯的半中腰。长工关上了院门，给车夫照着路。逃走是别想啦。可在考虑究竟从车里取什么好的时候，他忽然想起一包原准备带去附近那座城市的蜡烛。"楼上那一小截还维持不到一刻钟，"他暗忖，"灯光咱们可怎么也需要！"于是他从车里取出两支蜡烛藏在袖筒里，再拿了一件大衣装样子，对客店的长工说准备用来夜里睡觉时盖。

他侥幸又回到了房间。他对同伴们讲了那条警惕地横躺在楼梯中央的大狼狗，那帮他晃眼看见的黑脸汉子，以及店家为了防止他们溜走所采取的种种措施，最后深深地叹了一口气说：

"咱们活不过今天夜里啦！"

"我不相信，"大学生回答，"我不认为这些人会那么蠢，竟为了能从我们这儿弄到的一点点财物就害四条人命。不过咱们可不能反抗。我本人的损失将最惨；我的马已在他们手中，还是四个礼拜前才花我五十个金币买来的呀。我的钱包，我的衣服，我通通情愿给他们；因为说到底，还是我这条命比什么都贵重啊。"

"您说得倒轻松，"车夫接过话头，"您损失的那些东西很容易又添置起来；可我是阿莎芬堡的信使，车里运送着这样那样宝贝，厩舍里还有两匹漂漂亮亮的骏马——我唯一的家当！"

"我才不信他们会把你怎么样，"金匠指出，"抢劫公家的信使肯定会在邦里闹翻了天。可我也跟那位先生说的一样；我起誓，我宁可交出自己所有的一切，也绝不说一句话，绝不发一句怨言，绝不为了保住自己那一点点财物，去跟那些端着手枪和火铳的人对着干。"

说话间，车夫已经掏出袖管里的蜡烛。他把它们凝在桌子上，点了起来。

"好啦，咱们就听天由命吧，"他说，"咱们可以再坐下来，用讲故事的办法驱赶瞌睡。"

"行啊，"大学生回答，"刚才轮到我这儿停住了，我现在愿意给你们讲个故事。"

冷酷的心

（第一部分）

　　谁要是到施瓦本地区旅游，可别忘记去黑森林里转一转，倒不是想让你瞧瞧那些并非到处都能见到的茂密挺拔的枞树，而是想让你看看那儿的人们。他们和周围的居民明显的不一样。比起一般人来，他们长得更高大些，肩膀更宽，四肢也更强壮。这似乎是因为清晨枞树散发出令人精力充沛的香气，使他们从青年时代起就比河谷和平原地区的人呼吸更舒畅，眼睛更明亮，人也更勇敢，尽管也更加粗野。不仅是言谈举止和个头儿不一般，他们的风俗习惯和穿着也和森林外边的人大不相同。巴登黑森林的居民穿得最漂亮，男人们蓄着胡子，随它在下巴周围自生自长。他们的黑色紧身上衣，宽大而又打有很多褶的马裤，红色的袜子以及宽宽的圆盘上耸立的尖帽子，使他们看起来虽说有些奇特，但却显得挺庄重，令人肃然起敬。他们的职业主要是制造玻璃器皿，也生产钟表，并运到外地去卖。

　　森林的另一端也住着这个民族的同胞，然而由于工作不同，他们的习俗也就和制造玻璃器皿的人两样。他们做木材生意，砍伐森林里的枞树，把它们扎成筏子，放到纳果德河中漂进涅卡河，再从涅卡河的上游顺流而下，漂入莱茵河，一直抵达荷兰。沿江的人们都认识黑森林的伐木工和他们长长的木筏。在沿河的每一座城市，黑森林的人都要停靠一段时间，在那儿得意地等待着顾客来买他们的木材和木板。最结实、最长的木料他们多半卖给荷兰人去造船，能得到一笔好价钱。他们已习惯过一种粗野而流动的生活，喜欢的是高坐在木筏上顺流而下；头疼的是沿着河岸步行走回家去。因为生活方式不同，他们的服饰也和黑森林那些玻璃匠有所区别。他们穿深色的亚麻紧身上衣，宽阔的胸膛面前吊着巴掌宽的绿色裤背带；下面是黑皮长裤，裤兜里露出的铜尺子像勋章一样引人注目。然而，他们的骄傲和快乐却是他们的靴子，这可能是世界上任何地方都没有的最高的靴子，可以使劲朝上拉，一直拉到膝盖上边尺把宽的地方。这样，驾筏人即使在三尺深的水里走来走去，都不怕把脚弄湿。

直到不久以前，黑森林的居民们都还认为有森林精灵存在；这愚蠢的迷信最近才真正被消除掉。令人惊讶的是，传说中住在黑森林里的精灵穿着打扮也是不一样的。人们肯定地说，小"玻璃人"，也就是那个三尺半高的好心肠的小精灵，从来都是戴着宽边小尖帽，穿着紧身上衣和打褶的马裤，脚穿红色的小袜子。游荡在森林另一端的荷兰人米歇尔呢，据说则是一个宽肩膀的巨人；这家伙总是一身放筏工的打扮。还有几个声称见过米歇尔的人信誓旦旦地说，他们可不乐意掏自己腰包去买几条牛，以便用它们的皮给这个巨人做双靴子。"靴子大得不得了，普通人站进去只能露出脖子。"他们这样说，还保证绝对没夸大其词。

我想给你们讲的，就是发生在一个黑森林青年与森林两端的精灵之间的奇特故事。

从前，黑森林里住着一位寡妇巴巴拉·蒙克太太，她丈夫生前是个烧木炭的工人。丈夫死后，蒙克太太逐渐地培养她十六岁的儿子也学会了烧木炭。年轻的彼得·蒙克是个瘦高个儿。他心安理得地干烧炭的工作，因为他从他父亲那里只知道这种活路。以前他看见父亲要不是整整一个星期坐在冒烟的炭窑旁边，就是下山到城里去卖他的木炭，浑身上下总是被煤烟熏得黑黢黢、脏兮兮的，叫人瞧着怪讨厌。不过，一个烧炭工却有足够的时间，可以思考自己和别人的事情。每当彼得·蒙克一人坐在炭窑边，四周阴森森的树木和静悄悄的丛林常使他茫然不知所措，心里直想哭泣；他总感到有什么使他忧郁，使他害怕，但又搞不清楚究竟是什么。终于，他醒悟过来，明白了究竟是什么在困扰着他，原来是——职业。"一个黑不溜秋的、孤孤单单的烧炭工！"他自嘲道，"可悲啊，这样的生活。瞧那些玻璃匠、钟表匠，甚至于那些只是星期日晚上才演出的乐师，他们才叫出人头地呢！一旦我洗得干干净净，穿上父亲过节时才穿的有银纽扣的紧身上衣，配上崭新的红袜子走出来；如果这时刚好有人跟在我身后，他一定会想：这身材颀长的小伙子是谁呢？他还会暗暗称赞我的袜子，夸奖我走路的风度——可是啊，你瞧，他只要从我身边朝前走去，回头一看准会说：'呸，原来是烧木炭的彼得·蒙克！'"

彼得还嫉妒住在森林另一边的木材商。有时那些森林巨人也过这边来。他们穿着漂亮，身上的纽扣、饰袢和链子所用的银子足足有二十几斤重；他们叉开双腿，神情傲气地看人跳舞；他们用荷兰脏话骂人，还像财大气粗的荷兰人那样用两三尺长的科隆烟袋抽烟——这时彼得觉得，这样的木材商简直就是一个幸福的人最完美无缺的样板。这些幸运儿在赌钱时，往口袋里一掏，便抓出大把大把的票子；他们抛六个金币到台面上，输掉他五个，又赢十个回来，看得彼得眼花缭乱，末了儿只有悲凄凄地溜回他的破茅屋去。因为有的节日晚上，他亲眼看见这些"木材大亨"中的这个或那个一次输掉的钱，远远超过他可怜的父亲老蒙克一年到头挣的。有三个家伙特别有钱，彼得搞不清楚究竟该佩服他们中间的哪一个才是。一个是个大胖子，脸色红彤彤的，是这一帮人中最有钱的，大家叫他胖子埃泽希尔。他每年两次运木材到阿姆斯特丹去卖，运气特别好，卖的价钱总比别人高，因此他总能阔气地坐船回家；其他人却不得不步行。第二个是森林中长得最高、最瘦被唤作高个儿史鲁克的，彼得嫉妒他非凡的勇气，他竟敢顶撞最有声望的人。在酒店里尽管很拥挤，他一人却要霸占比四个大胖子还要宽的位子，因为他不是把两只胳膊肘撑在桌面上，就是把他的一条长腿跷在长凳上，然而没谁敢说他不是，因为他钱多得要命。第三个是一位风度翩翩的青年，舞跳得再好不过，是远远近近出名的舞蹈王子。他从前也很穷，在一个木材商那儿当仆人，一夜之间却突然发了财。有人说，他在一棵老枞树下捡到满满一坛子钱；也有人说，他是在离宾根不远的莱茵河里用放筏者偶尔叉鱼的叉子叉起来了一大包金币，而这包钱就是古时候埋在那儿的尼伯龙根宝藏。一句话，他是个暴发户，然而却像王子一样受到老老少少的尊重。

烧炭夫彼得·蒙克一人孤零零地坐在枞树林中的时候，总爱想着这三个人。确实，这三人都有一个大毛病，就是都不近人情的吝啬，对欠债的人和穷人冷酷无情；这引起人们对他们的仇恨，要知道黑森林的人原本是慷慨又极富同情心的。不过人们也懂得如何对待这些事情；他们尽管由于吝啬招人恨，却仍因为有钱而受到尊重。谁能跟他们一样，好像钱是从枞树上摇下来似的一掷千金呢？

"再这样下去可不行！"一天，彼得忧心忡忡地对自己说，因为头一天过节，大伙儿都聚集在酒馆里，"如果我还不走运，那不如干脆去死。要是我像胖子埃泽希尔那样有地位、有钱；像高个儿史鲁克那样勇敢、那样霸道；像跳舞王子那样赫赫有名，那样用银币而不是用铜子儿犒赏乐师，该有多好啊！这家伙的钱究竟从哪儿弄来的呢？"他搜肠刮肚地寻找弄钱的办法，但是没有一种令他满意。最后，他想起了古时候有人靠荷兰人米歇尔和小玻璃人发财的传说。他父亲在世的时候，经常有穷人来串门，他们常常不厌其烦地议论那些富人，谈论他们如何致富；这中间常常提到小玻璃人起的作用。确实，他只要认真想一想，就差不多想起了那首歌谣。据说要叫小玻璃人出来，就得在森林中央长满枞树的小坡上念出这首歌谣。它的开头是：

绿色枞树林中的守宝人，

活了好几百岁的老寿星，

枞树生长的土地全归您……

可惜的是他再怎么冥想苦想，也记不起下面的句子了。他常常考虑是否要去问一问某位老人，这首歌谣究竟该怎么唱下去。但是碍于面子，他总没有透露自己的心事。再说他还认为，小玻璃人的传说并未广泛流传，知道这首歌谣的人也寥寥无几；要知道森林里的富人屈指可数，不然——他的父亲和其他穷人为什么没去碰碰运气呢？终于有一天，他让他母亲给他讲了小精灵的故事。她讲的那些都是他早听说过的，而那首歌谣她也只记得开头几句。不过，她最后说，小精灵要见的人必须出生在星期天十一点到两点之间，而他正是星期天中午十二点出生的，因此符合这个条件，可是他还得会唱这首歌谣才行。

烧炭夫彼得·蒙克听他妈这么一讲，高兴得忘乎所以，立刻产生了要去试试运气的欲望。他自以为既会唱部分歌谣，又正好是星期天出生的，小玻璃人肯定会见他。于是有一天，他卖完木炭，就不再点火烧窑，而是穿上他父亲的礼服和簇新的红袜子，头戴节日的礼帽，拿着他那五尺长的黑刺梨手杖，告别他母亲说："我得进城去官府一下，过不了多久就要抽签，看谁该当兵了。我得再提醒一下行政长官：您是个寡妇，我是您的独生儿子。"母亲夸奖他想得周到，可是他并没有进城，而是朝枞树林小坡去了。小坡位于黑森林的最高处，那时候，周围两小时路程内都没有村落，实在是荒无人烟。要知道黑森林的居民很迷信，认为那儿住家不安全。尽管那地区的枞树生长得特别高大、挺拔，人们也不到那里去砍伐；因为他们在那儿砍树时，斧头有时会从斧柄上滑落，砸到脚背上；有时大树会猛地倒下，把人压倒、砸伤甚至于压死。从那地区砍的树，即使是最笔直的，也只能当柴火烧掉；木筏老板绝不会用它来扎筏子。他们相信传说：哪怕木筏上有一根这样的原木，一放到水中人和木筏全会遭殃。就这样，小坡上的枞树长得又高又密，遮天蔽日，大白天林中也黑洞洞的如同夜晚一般。因此彼得·蒙克在那儿感到毛骨悚然，他除了自己的脚步声，听不见任何语声和足音，也没有伐木声，甚至小鸟也好像有意避开了这阴森可怖的枞树林。

彼得·蒙克来到枞树小坡的最高处，站在一棵粗壮的枞树面前；假如一个荷兰船老板看见这棵树，肯定会出好几百古尔盾当场买走。"这儿，"彼得想，"那个守宝人多半会住在这儿。"于是他摘下节日戴的礼帽，冲着大树深深鞠了一躬，清了清嗓子，然后用颤抖的声音说："晚上好，玻璃人先生！"但没有回音，四周和刚才一样寂静无声。"也许我得念念歌谣，"彼得又想，便马上低声念起来：

> 绿色枞树林中的守宝人，
>
> 活了好几百岁的老寿星，
>
> 枞树生长的土地全归您……

念着念着，彼得·蒙克就看见茂密的枞树后面有一个小小的、古怪的影子在向外张望，不禁大吃一惊。他暗想，这就是玻璃人啦，和人们描述的一模一样，毫无差别：黑色小紧身上衣，红色小袜子和小帽子，彼得觉得甚至看见了人们所说的那张苍白、细嫩但聪慧的小脸。但是，哎，小玻璃人就像他出现那样很快消失了，真是来去匆匆！"玻璃人先生，"彼得愣了一下急忙叫起来，"行行好吧，别捉弄我了。——玻璃人先生，如果您以为我没有看见您，那您就大错特错了，我清清楚楚看见您从树后往外张望。"然而没谁理他，他只是偶尔还仿佛听到树后传来一阵轻微的、嘶哑的哧哧笑声。终于，彼得·蒙克不耐烦了，也不再害怕，大着胆子朝前挪动脚步。"等一等，你这小鬼，"他大叫道，"看我不马上抓住你！"说着他一步跳到枞树后面，但是绿色的枞林中并不见那位守财宝的人，只有一只可爱的小松鼠在朝树上爬去。

彼得·蒙克摇了摇头；他清楚他的咒语仅差一点儿就完整无误，也许只给歌谣再添上一个韵脚，就能把小玻璃人唤出来。可是无论他怎样搜索枯肠，还是什么也想不起。小松鼠爬到枞树最下面的枝丫上，好像在鼓励他，又像是在讥笑他。它不时理理自己的皮毛，卷卷它那漂亮的尾巴，还用它那双聪明的眼睛盯着小伙子瞧。后来，彼得几乎害怕起来，不敢单独和这小动物待在一起；他一会儿觉得松鼠长了颗人脑袋，戴着顶三角形的尖尖帽，一会儿又觉得它只不过是一只普普通通的松鼠，只是后脚爪上穿着一双红袜子和黑靴子。一句话，这是一只有趣的小动物。尽管如此，烧炭夫彼得还是心里发怵，总觉得事情有些蹊跷。

彼得·蒙克赶紧往回走，走得比来时更快。枞树林中显得越来越黑暗，树木长得越来越稠密。他开始恐惧起来，吓得拼命地奔跑；直到听见远处有狗叫声，过一会儿又看见一所茅屋冒出的缕缕炊烟，才慢慢定下心来。可等他走进屋子，看见屋里人的穿着时才明白，自己刚才惊慌失措，竟跑错了方向，不是回到玻璃匠居住的区域，而是到了木材商居住的地方。茅屋里住的是一家伐木工：一位老爷爷，他的儿子也就是户主，还有几个已成年的孙子。烧炭夫彼得请求在他们那儿过夜，他们答应了，并友好地接待他，但却连他的姓名住址都没有问。他们请他喝苹果酒，晚上还烧了一只大山鸡来款待他。

吃罢晚饭，女主人和几个女儿围坐在一个大灯台旁边，用卷线杆绕线；男孩子则不时地往灯台添加纯枞树脂。老爷爷、客人和户主一边抽烟，一边观看妇女们干活；男孩子忙着用木头雕刻匙子和叉子。外面树林里狂风怒吼，暴风雨猛烈地抽打着枞树，到处响起剧烈的撞击声，常常使人觉得整株整株的枞树被风连根拔起，又哗啦啦地倒下。胆大的男孩想跑到树林里去亲身经历这惊天动地的一幕；老爷爷却声色俱厉地阻止他们，朝他们大声吼道："不许哪个这会儿跨出门一步，上帝作证，谁去了就甭想回来！今天夜里荷兰鬼米歇尔正在森林里给自己砍木头，做新的木筏。"

孩子们惊讶地望着老爷爷，想必是早就听说过荷兰人米歇尔的故事，现在则请求爷爷完整地讲给他们听。彼得·蒙克在森林的那一头也听说过荷兰人米歇尔，但不是太清楚，因此也附和着孩子们，问老爷爷荷兰鬼是谁，现在住在哪儿。"他是这座森林的主人。您这么大年纪还不知道他，凭这点就可以断定，您是住在枞树小坡的另一边，要不准是个足不出户的人。不过，我倒乐意给你们讲讲我所知道的荷兰人米歇尔和有关他的传说。"

一百多年以前——至少我祖父是这么讲的，世界上没有哪个地方的人像黑森林地区的人那样忠厚老实；只是到了现在，大量的金钱流了进来，人才变得不可靠了，坏了。年轻人一到礼拜天就只知道跳舞，一边还狂呼乱叫，还骂人，真让人难以忍受；从前可不像这样啊！风俗如此败坏都得怪荷兰人米歇尔，哪怕他现在正从那扇窗户往里瞅我也不改口，我从来就这样讲来着。也就是说一百多年前，森林这边住着一个富有的木材商。他有很多雇工，生意做得很大，一直做到了莱茵河下游，并且得到上帝的庇护，因为他是一个虔诚的教徒。一天晚上，他家门口来了一个男人，这样的人他从未见过。陌生人穿的衣服和黑森林地区的小伙子并无差别，却比所有的人高出整整一个脑袋。世上还有如此高大的巨人，真叫人难以置信。这人请求木材商给他一个工作，木材商认为他力气大，扛重东西没问题，便和他商谈工资，达成了一致。像米歇尔这样的工人，木材商以前还一个都没有过。伐木时，他一人能顶三个人干；抬木头时，六个人抬一头，他一人就把另一头抬了起来。但是半年后有一天，米歇尔来找木材商，请求他道："我在这儿砍树的时间已经够长了，我非常想看看，我砍的木料都运到哪儿去了。您让我坐木筏出去一次，好不好？"

木材商回答说："米歇尔，你想到外边去见见世面，我不想阻止你。砍伐树木时我肯定用得着你这样身强力壮的人，然而放木筏却要靠技巧。不过呢，这次你还是去吧！"

　　就这样说定了。他将要坐的木筏一共有八节，最后几节使用的是最大的建房用的梁木。但是，你知道还发生了什么吗？出发的头天晚上，大个子米歇尔又扛了八根大梁木下河来；如此又粗又长的木料，以前还谁也没见过呢。他轻轻松松地扛来每一根木料，仿佛扛的只是一根撑木筏的篙，惊得大家目瞪口呆。直到今天，还没人清楚这些大原木他究竟在哪儿砍的。木材商看得眉开眼笑，因为他已计算出这几根木料能卖的价钱。米歇尔却说："喏，这才是给我坐的；那些细小的原木把我驮不走。"东家为了酬谢他，送给他一双放筏人穿的长靴；他却把靴子扔到一边，自己另取了一双来穿。这是一双前所未有的大靴子，我爷爷担保说，它足有五尺长，一百磅重。

　　木筏队出发了。米歇尔曾经使伐木工感到惊讶，现在放筏人也同样大吃一惊。本来大家以为，硕大的原木扎成的木筏在河中行驶一定比其他木筏缓慢；谁知一进涅卡河，它竟然如离弦之箭一般向前飞驰。从前一到涅卡河转弯的地带，放筏人总得费尽力气才能使木筏保持在河心，以免在沙滩上搁浅；而现在米歇尔每次都跳下水去，轻轻松松地把木筏朝左或者朝右拉一下，木筏就安然无事地漂过去了。到了河面宽阔的地方，他就跑上木筏的最前面一节，让大家放下篙，而由他自己用他那粗大的杆子往沙滩上撑，只那么猛的一下子，木筏就飞了起来，两岸的田野、树木和村庄一闪而过。就这样，他们只用了平常所需时间的一半，便到了他们卖东西的老地方——莱茵河畔的科隆。这时，米歇尔对他们说道："我认为你们都是真资格的商人，都知道怎样赚钱！你们是否认为，科隆人自己需要那些从黑森林运来的所有木料？不，不是的，他们用一半的价钱从你们手中买木料，然后再运到荷兰去卖高价。我们在这儿把小的卖掉吧，大木头可以运到荷兰去！这样，高出平常价格的那些钱，就是我们的赚头了。"

　　狡猾的米歇尔这样一讲，大家全都同意。一些人想到荷兰去开开眼界；另一些人想去赚钱。只有一个人忠厚老实，劝他们不要拿老板的货去冒险，或者不告诉他多卖了钱。但是其他人不听他的劝告，很快把他的话抛到了脑后。只有荷兰人米歇尔没有忘记他说的什么。他们继续运送木料，沿莱茵河下行。米歇尔驾着木筏，不一会儿就把大伙儿带到了鹿特丹。那儿的卖价是从前的价钱的四倍，米歇尔的大原木不用说更是以极高的价格脱了手。黑森林的人见到这么多的钱，简直欣喜若狂。米歇尔把钱分成四份，一份留给东家；剩下的三份和大伙儿瓜分了。口袋里有了钱，这帮人就伙同水手还有一些当地的坏家伙进出酒馆，花天酒地地大肆挥霍起来。那个曾经劝过他们的忠实伙计却被荷兰人米歇尔卖给了人贩子，从此杳无音信。打那时候起，黑森林的小年轻就视荷兰为天堂，视荷兰人米歇尔为他们的头人。做木材生意的老板们很长一段时间都还不知道实际情况；而贪财、怨恨、酗酒和赌博等坏风气，却神不知鬼不觉地就从荷兰传到黑森林上面来了。

　　可等到事情暴露出来，荷兰人米歇尔却销声匿迹了。但是他并没有死。几百年来，他的鬼魂还在森林里游荡，有人说他帮很多人发了财——可是，是以他们可怜的灵魂作代价，更多的什么我不想讲了。不过有一点是不容置疑的：遇上起这样大风暴的夜晚，人们都不出去砍树，因为米歇尔就在那个小坡上选择最挺拔的枞树，我的父亲就亲眼见过。他像割芦苇一样不费吹灰之力，就把一棵棵四尺来粗的枞树折断了。他把这些树送给那些不走正道的跑来找他的人；然后在夜半三更，他们把木筏放下水，米歇尔就和他们一道开往荷兰。要是我是荷兰国王就好了，我一定让人用霰弹把他给轰个稀巴烂。因为所有的船只，哪怕只用了一根从荷兰人米歇尔那里买来的木料，都不可避免地要沉没，所以人们会常听说船出事。不然，一艘像教堂一样又大又漂亮又结实的船，怎么可能在海上毁了呢？起暴风雨的夜晚，只要荷兰人米歇尔在黑森林里砍倒一棵枞树，就会有他的一根旧木料从船上脱榫，这样水必然涌进船里，导致全船覆没。这就是关于荷兰人米歇尔的传说。黑森林里所有的邪恶都起源于他，这点是千真万确的。噢，他能使一个人有钱！

老爷子神秘地补充道："可我不想从他那儿得到什么；无论如何我也不愿处在胖子埃泽希尔或者高个儿史鲁克的地位，据说舞蹈王子也是把自己卖给了他。"

老爷爷讲故事的时候，风暴慢慢平息下来。姑娘们羞怯地点上灯走开了；男人们在炉子旁边的长凳上给彼得·蒙克放了一个装满树叶的袋子当枕头，祝他晚安。

烧炭夫彼得从没像今夜睡得那么沉，做了那么多梦。一会儿，他觉得阴险可怕的高大的荷兰人米歇尔拉开了小屋的窗户，把他那巨大的长胳膊伸了进来，晃动着手中的满满一袋金币，发出一阵阵清脆悦耳的响声；一会儿，他又看见那个友善的玻璃小矮人骑在一只硕大无朋的绿瓶上，满屋子地乱跑；他觉得又一次听见小山坡上听到过的沙哑的笑声，然后在左耳侧畔响起叽里咕噜的低语：

> 在荷兰金子真不少！
> 你想得到就可得到，
> 不需要花多大代价，
> 金银财宝就归你了！

一会儿，他右耳旁边再一次响起绿色枞树林里守财宝人的歌谣，一个温柔的声音向他悄悄说："愚蠢的烧炭夫，笨蛋彼得·蒙克，你想不出用'站'押韵的诗词，亏你还是星期日十二点钟出生的。想想吧，笨蛋彼得，想出与'站'押韵的诗句！"彼得·蒙克在梦中唉声叹气，费尽心思想找出一个韵脚；可他一辈子从没有学过押韵，再怎么努力都是白费。天蒙蒙亮时他醒来了，觉得夜里的梦很奇怪。他抱着胳膊坐到桌后，思考他还记得很清楚的悄悄话；"押韵吧，笨蛋彼得，用'站'韵念一节小诗！"他一边自言自语，一边用手指敲敲额头，可还是什么韵也想不出来。他就这么坐着，悲哀地凝视前方，绞尽脑汁地想着给"站"这个词押韵。这时有三个小伙子从房前走过，正要到树林里去，其中一个边走边唱：

> 我在山崖边站站，
> 低头朝谷中俯瞰，
> 于是我最后一次，
> 把心上人儿瞧见。

歌声有如明亮的闪电，射进彼得的耳膜，他急忙跳起来，冲出了房子；他觉得自己听得还不够清楚。他冲到那三个小伙子身后，使劲地拽住唱歌者的胳膊：

"朋友，等一等！"他叫道，"您给'站'后面押的什么韵？劳驾，告诉我您怎么唱的来着！"

"这关你屁事，小子？"黑森林人回答说，"我想唱啥就唱啥，快把我胳膊放开，要不……"

"不行，你得告诉我歌词！"彼得吼了起来，差点控制不住自己，并且把人家抓得更紧。

同行的两个小青年见此情景，二话没说就举起铁一般的拳头，朝着可怜的彼得劈头盖脸地打去，疼得他只好放开那个年轻人，无力地跪倒在地。

"你这是自找苦吃，"他们三人大笑道，"记住，莽小子，千万别在大街上找我哥们儿的麻烦！"

"唉，我肯定会记住！"烧炭夫彼得叹口气，回答说，"不过，我打已经挨过了，还是劳你们的驾，给我讲清楚，那位刚才唱的什么吧！"

仨小伙子又笑起来，讥讽了他一通；不过唱歌的青年到底还是把歌词告诉了他，然后他们才唱着笑着继续赶自己的路。

"原来该用'见'，"挨了打的可怜虫边说边吃力地站起来，"'见'和'站'能押韵——现在，玻璃小矮人，咱们再来谈谈吧！"他走进茅屋，操起他的帽子和长手杖，告别了房里的人们，朝着小坡方向慢慢走回去。一路上他都动着脑筋，因为还得想出一节诗来啊。走到了小坡附近，枞树越来越高大、稠密；这时他终于突然想起了一节诗，兴奋得一蹦三尺高。可冷不丁儿地，枞树后面转出个巨人，一身放筏工打扮，手执一根像桅杆那么长的大棍子。见他迈着方步走在自己身旁，彼得·蒙克吓得差一点趴倒在地。因为他想，这准是荷兰鬼米歇尔，只可能是他，不会是别人。可身边的庞然大物一直不开腔，彼得只敢偶尔心惊胆战地瞧上他一眼。他比彼得见过的最高的人还大约要高出一头，脸看起来已不再年轻，但也不见得苍老，只是布满了皱纹。他穿的是亚麻紧身上衣，皮裤外面套着彼得早已从传说中熟知的那双巨大异常的靴子。

"彼得·蒙克，你来这小山坡干什么？"森林之王到底开了口，嗓音低沉得像隆隆的雷声一样。

"早晨好，老乡！"彼得回答，他想显得毫无畏惧的样子，其实全身都在发抖，"我想越过小山坡回家去。"

"彼得·蒙克，"巨人反驳说，目光咄咄逼人瞅了他一眼，"你回家不经过这林子。"

"是的，本来可以不经过，"彼得说，"不过，今天很热，我想走这边会凉快些。"

"不要撒谎，你这个小烧炭佬！"荷兰人米歇尔吼起来，声音大得如同响雷，"看我不一杆子捅死你。你以为我没有看见你去祈求那个小东西？"他继续说下去，不过声音已变得温和，"去吧，去吧，那只是发傻，幸好你不晓得咒语。那个小侏儒可吝啬呢，才舍不得给你多少呢；而谁要真得了他什么，谁一辈子也别想过得舒心。彼得，你这可怜的糊涂虫，我真为你惋惜：一个这么朝气勃勃的、英俊的小伙子，在世界上做什么都会很有出息，干吗偏偏去烧炭！别人一伸手便有大把的金币银币，你却连几个铜子儿也抠不出来；活得真叫可怜啊！"

"确实这样，您说得对，活得太苦了。"

"喏，这在我不算什么，"可怕的米歇尔继续往下说，"我已经帮助过不少人摆脱贫困，你并非第一个。讲讲吧，你第一次需要几百银塔勒？"

他边说边摇晃他那硕大无比的钱袋，使其发出悦耳的响声，和彼得昨晚梦中的经历一样。听他这么一讲，彼得立刻心慌意乱，身上一会儿发热，一会儿发冷。荷兰人米歇尔看来不像是同情他才给他钱，而是心怀鬼胎，另有打算。忽然，他想起老爷子谈到那些富人时所说的神秘的话，不禁一阵战栗，赶紧叫道："非常感谢，先生！但我不想和您往来，我知道您是谁了。"说完撒腿就跑。

然而这森林的鬼怪大步流星地奔在他身边，声音低沉地、嘟嘟囔囔地威胁道："你会懊悔的，彼得！从你脸上一眼就能看出，你的眼神也告诉了我：你是逃不出我的手心的。别跑这么快，听一句明智的话：那儿就是我的边界！"

彼得听他这么说，又看见前面不远的地方横着一条小沟，便跑得更快，企图逃过边界去；这使米歇尔不得不加紧追赶，一边追赶一边还诅咒、威胁。年轻人绝望地纵身一跃，想跃过小沟，须知他已看见那林中的鬼怪举着棒子赶了上来，想一棒把他打死。他幸运地跳到了沟对面，那根棒子却在空中折断了，好像碰到了一堵无形的墙。

一块碎片朝彼得脚下飞来，他得意扬扬地把它捡起，想朝凶恶的荷兰人米歇尔掷过去。就在这一刹那间，他突然感到手上的木片在扭动，一看即大惊失色，原来在他手中是一条大蟒。蟒蛇的芯子流着涎水，眼睛闪着亮光，正要直立起来。他急忙想甩开它，然而已牢牢地缠在他的手臂上，晃动着蛇脑袋离他的脸越来越近。忽然从空中飞下来一只硕大无朋的山鸡，用嘴叼衔住蛇的头，然后腾空而去。沟那边的荷兰人米歇尔看见了发生的这一切；当蟒蛇被一头更强大的动物叼走时，他号叫起来，大发雷霆。

　　彼得战战兢兢地，疲惫不堪地继续赶路。小径越来越陡峭，四周越来越荒凉，不一会儿他又来到了那棵巨大的枞树面前。他不断地向那位看不见的玻璃小人儿鞠躬，然后念道：

> 绿色枞树林里的守宝人，
> 生活了几百年的老寿星，
> 枞树生长的土地全归您，
> 星期天生的孩子见得到您。

　　"尽管没有完全念对；不过看在是你烧炭夫彼得·蒙克的分上，就算过关了吧。"他身边一副细柔的嗓音说道。彼得·蒙克吃惊地四处张望，只见在一棵亭亭玉立的枞树下面，坐着个小老头儿，穿着黑色的紧身衣，脚上是一双红袜子，头戴一顶大盘尖顶帽。他小脸儿和蔼可亲，胡须像蜘蛛丝一般细软，更稀罕的是抽着个蓝色的玻璃烟斗。彼得靠近了他，才惊奇地发现，小老头的衣服、鞋子和帽子都是有色玻璃做的。不过玻璃挺柔软，好像还是热的一样，因为它随着小老头一举一动卷折自如，就像布一个样。

　　"你碰到那个粗野无礼的荷兰人米歇尔了吗？"小老头儿问。他每说一句话都要奇怪地咳一声，"他本来是想好好地吓唬你，可我把他的魔棍夺走了，他一辈子也别想再得到。"

"是的，守宝人先生。"彼得回答，同时深深地鞠了一个躬，"我真吓坏了。您大概就是那位咬死蟒蛇的山鸡先生吧，我非常地感谢您。我到您这儿来，是想请您给我出出主意。我的境况很不好，一个烧炭佬没多大出息；不过我还算年轻，因此想，没准儿我的情况能变得好一点。我经常看见有些人在很短的时间就发了迹，比如埃泽希尔，还有舞蹈王子，他们的钱多得像牛毛。"

"彼得。"小老头儿严肃地说，同时吸了一口烟，使劲地朝远处喷去，"彼得，别给我讲这些人。他们有几年表面看来很幸福，过后反倒会更加不幸，他们究竟得到了什么呢？你不应该轻视自己的手艺，你父亲和祖父都是受尊敬的人，他们干的就是你这行。彼得·蒙克，我不希望你是好吃懒做才来找我！"

小老头儿这么严肃，使彼得大吃一惊，脸也变红了。"不是的，"他说，"懒惰是万恶之源。不过，我想改变一下自己的处境，使它变好一些，您不至于因此就责怪我吧。一个烧炭工在世上微不足道，玻璃匠、伐木工、钟表匠和其他手艺人都更加体面。"

"自满必然导致失败喽。"枞树林里的小老头儿回答，态度变得更和蔼些了，"你们人类啊真是个奇特的族类！极少有谁对自己的出生和成长环境完全满意的。你要是个玻璃匠，就想去做一个木材商；你如果是木材商，又该羡慕林务官的工作或者地方官的宅子了。话说回来，只要你答应好好劳动，彼得，我就愿意帮助你过得好一些。任何一个星期天出生的孩子，只要他来找我，我就会满足他三个愿望。对于前两个愿望，我是无条件地满足；而第三个，如果是愚蠢的，我可以拒绝。现在说说你的愿望吧！不过——彼得，要讲好的、有用的！"

"哈哈，您真是一个了不起的小玻璃人！怪不得大家唤您做财宝的看守，原来您房里到处都是宝贝。诺——如果我心里想要什么，就可以要什么，那我首先希望跳舞跳得赛过舞蹈王子，而且每次进酒馆带的钱要和他一样多。"

"你这傻瓜！"小老头儿气愤地回答，"这是多么卑鄙的愿望啊，只是想跳好舞，想有钱去赌博！傻瓜彼得，你就这样欺骗自己，毁掉自己的幸福，难道不害臊吗？你很会跳舞，这对你和你那可怜的母亲又有什么好处？按照你的愿望，你的钱都用来上酒馆，就跟那可悲的舞蹈王子一样，那这钱对你又有什么用呢？这样干，你整个礼拜还是没钱，还得和以前一样忍饥挨饿的。现在我还允许你再提一个愿望，不过注意，要提得明智一些！"

彼得搔了搔耳朵，犹豫一会儿以后便说："唔，我希望拥有整个黑森林地区最漂亮、最值钱的那座玻璃厂，以及办厂的全部设备和资金。"

"就这些了吗？"小老头儿神色忧郁地问，"彼得，其他再不要什么？"

"那——您还能不能给我添一匹马和一辆车——"

"哦，烧炭佬彼得·蒙克，你这个笨蛋！"小老头叫起来，同时不高兴地把他的玻璃烟斗朝一棵粗壮的枞树掷去；烟斗摔得粉碎，"马匹？车辆？智慧呢，我告诉你，智慧！你本该希望得到健康人的智慧和远见卓识，而不只是要什么车，什么马！不过，也不用这么垂头丧气，我们希望看到，这些个愿望不会给你带来什么害处，因为总的说来它们还不算荒唐。一家好玻璃厂既可以养活它的老板，也可以养活许多工人。你要是提出得到远见卓识和智慧就好了，如果这样，车辆和马匹也自然而然会有。"

"可是，守宝人先生，"彼得回答，"我还剩一个愿望没提出呢。如果真的如您所说，智慧对我十分重要，那我就再希望得到智慧！"

"现在别提了，将来你会陷入一个个困境，到那时如果你还可以提出一个愿望，你会感到高兴的。马上回家去吧。这儿是——"枞树林里的小精灵边说边从口袋里掏出个小钱夹，"这儿是两千金币，足够了呵。别仅仅为了要钱又来找我，如果那样，我会把你吊到最高的枞树上！自从我住在这森林里，我总是这么办的。三天前，老温克弗里茨去世了，在密林深处留下了一家大玻璃厂。你明天一早就到那里去，出个合适的价钱，把工厂买过来。要好自为之，要勤快，我会不时地来看你，给你出出点子，帮帮忙，因为你还没有请求得到智慧嘛。不过，我得严肃地告诉你，你的第一个愿望是很差劲儿的。你要注意别去泡酒馆，彼得！还没有人从泡酒馆这事得到什么好处。"小老头边说边摸出一个非常漂亮的新玻璃烟斗，用干枞子把它填满，然后塞在他那没牙的小嘴里。接着，他又拿出一个很大很大的凸透镜，走到太阳下面去把他的烟斗引燃。做完这些，他便友好地和彼得握手道别，给彼得一些个上路的忠告。他烟抽得越来越急，气也吐得越来越快，直至终于消隐在一团烟云中。烟云散发出一阵真正的荷兰烟草味，在林间的枞树梢头慢慢地回旋，飘散。

彼得回到家，发现母亲正为他担忧得要命，因为好心肠的老妈妈以为她儿子一定是被征召入伍了。谁知彼得却兴冲冲地、眉飞色舞地告诉母亲，他怎么在树林里碰到一位好朋友，这人借了一笔钱给他，让他改行做其他事，不要再烧煤炭啦。尽管他母亲三十年来都住在烧炭工的小茅屋里，看惯了工人们脏兮兮的脸，就像磨坊老板娘看惯了丈夫满脸糊着面粉一样；可她一听说她的彼得前程会更美好，立即也沾沾自喜起来，开始瞧不起从前的处境了。她说："好啦，我将是一位玻璃厂老板的妈妈，当然和格雷蒂和贝蒂这些邻居不再一样；在教堂里我要坐在前排，和那些体面的人物一起。"

彼得·蒙克很快和玻璃厂的继承者达成了协议，留下厂里的原班人马，让他们日夜制造玻璃。刚开始他很满意这份工作，时常悠悠闲闲地下到厂子，两手揣在口袋里高傲地走来走去，这儿瞅瞅，那儿望望。他海阔天空地和众人聊天，常常引得工友们哈哈大笑。他最大乐趣是看人吹玻璃，有时还要亲自上阵，把柔软的玻璃吹成稀奇古怪的形状。可是没过多久，他就讨厌这活儿了。最初他倒还每天到厂里来一小时，稍后就两天来一次，最后一周只来一次了，于是乎他的帮工们便无所顾忌，想干什么就干什么。他所以变成这样，原因在于逛了酒馆。从枞树小坡回来的那个星期天，他就到酒馆去了。他一看已有人在跳舞，正是那个舞蹈王子。胖子埃泽希尔也早到了，坐在一把大酒壶后面，正在掷骰子赌金币。彼得赶紧摸自己口袋，看玻璃小人儿是否信守诺言。他发现自己满口袋都是金币银币，同时感到双腿也哆嗦起来，像是迫不及待地要跳、要蹦似的。第一支曲子跳完以后，他已带着舞伴登了场，并且紧挨在舞蹈王子身边。如果舞蹈王子跳两尺高，他彼得就跳三尺；如果舞蹈王子舞步奇特而优美，彼得就来个双脚交叉并且快速旋转，看得全场的人乐不可支，惊诧莫名。在舞场上人们还得知彼得买了一家玻璃厂，又看见他每次跳到乐师身旁都要扔给他们一枚大银币，更是惊叹不已。一些人相信，他在树林里找到了宝藏；另一些人认为，他继承了遗产。尽管众说纷纭，就因为他口袋里有了钱，现在人人都尊敬他，把他看成一个发了迹的人。在这个晚上，他便输掉了二十个金币；可是他口袋里仍旧丁零当啷响，好像还装满百来个银币似的。

彼得见自己这么受尊重，高兴和骄傲得忘乎所以。他大把大把地花钱，同时对穷人也慷慨施舍；他清楚记得，以前穷困是怎样压得自己直不起腰来。他作为舞蹈家也崭露头角，高超的舞技击败了舞蹈王子，赢得了"跳舞皇帝"的称号。就连星期天最豪赌的人也不敢下他那样大的注，当然也输不了他那样多的钱。不过，他输得越多，赢得也越多，整个情形和他当初向玻璃小人儿所要求的一样。他曾希望口袋里的钱永远都像胖子埃泽希尔一样多，现在他的钱正好输给了埃泽希尔。所以他每次输掉二三十个金币，埃泽希尔刚把这钱收起，它们便又回到了彼得的口袋里。天长日久，他沉溺于吃喝和赌博，在邪路上滑得比黑森林地区最坏的坏蛋还更远。如今人们更多地叫他赌鬼彼得，而不是"跳舞皇帝"了，因为他现在几乎天天都去赌博。这样一来，他的玻璃厂也濒临倒闭。这全怪彼得缺少智慧，没有远见。他只知道让人尽量多地生产玻璃，当初他买下玻璃厂时却没有买到销售的秘诀，不知道货运往何处最好脱手。到头来，面对大量的玻璃，他一筹莫展，只好半价卖给那些四处流动的小贩，用这点儿钱来支付工人的工资。

一天晚上，他又到酒馆去寻欢作乐。在回家的路上，尽管喝了很多酒，他还是想到自己快破产了，不禁又惊又怕。突然，他发觉有谁走在他的身旁，转过身去一看——原来是玻璃小人儿。他立刻发起火来，并且狂呼乱叫，他现在这么倒霉，责任全在玻璃侏儒身上。

"我现在要马要车来干什么？"他吼道，"玻璃厂和所有玻璃产品对我又有啥用？就是以前当穷烧炭工，我日子也比现在过得快乐，也比现在无忧无虑。现在反倒欠了债，鬼知道上面当官的什么时候会跑来清算我，把我的厂子拍卖掉！"

"什么？"玻璃小人儿反问道，"什么？你现在倒了霉来怪我，难道这就是对我乐于助人的报答？谁让你尽希望些傻事呢？既想当玻璃厂老板，却不知道去哪儿卖玻璃。难道我没告诉你，要仔细想想再提出希望？你缺少的是智慧哟，彼得，是聪明。"

"什么智慧？什么聪明？"彼得叫起来，"我比任何人都聪明，你这玻璃侏儒，我要让你见识见识。"他一边说，一边使劲抓住小老头儿的衣领，吼道："你现在落在了我的手心儿里，你这绿色枞树林中的守宝人！我现在马上提出我的第三个希望，你必须照办！我立刻就要二十万响当当的金币，还要一所房子，还要——哎哟，哎哟！"他吼叫着使劲甩手，因为森林里的小矮人已变成一团炽热的玻璃，像烈焰一样在他手里燃烧起来，而小矮人本身却已无踪无影。

彼得·蒙克手烧肿了，因此有好几天老想着自己忘恩负义所干的傻事。可是过了几天，他又丧失了良知，说什么："即使他们把我的玻璃厂和所有财产都卖了，却还有胖子埃泽希尔存在。只要他星期天有钱花，就不可能缺少我的。"

是啊，彼得！但是，如果他也没钱了呢？——有一天，确实出了这样的事，给了彼得·蒙克一个教训。事情是这样的：一个星期天，他乘车来到酒馆，酒馆里的人都从窗口伸出头来，这个说赌鬼彼得来了；那个说是"跳舞皇帝"，是有钱的玻璃商；第三个摇了摇头说："也可以讲还有钱，不过据说他已经负债累累，城里当官的不会等多久，就要来查封他的财产喽。"

说话时，有钱的彼得已趾高气扬地和坐在窗户边的酒客们打招呼，一下车就叫道：

"晚上好，太阳酒馆的老板！胖子埃泽希尔他来了吗？"

一个低沉的声音回答："你只管进来吧，彼得！给你留着座位呢。我们都来了，正在打牌呢。"彼得·蒙克跨进酒馆，马上往口袋里一摸，立刻断定埃泽希尔身上带有不少的钱，因为他自己的口袋也胀鼓鼓的。

他坐到桌子前面，开始和其他的人赌起来，一会儿输，一会儿赢，赌了个没完没了，直到有些规矩人回家去了，他们还点起灯来继续赌。最后，有两个赌客说："现在够了，我们得回家看老婆孩子去啦。"

可是赌鬼彼得却要胖子埃泽希尔留下。胖子先一直不同意，最后才嚷道："好吧，那咱先数数钱，然后再玩骰子。每一盘赌五块金币；少了就和小孩儿们游戏一般。"他拽出钱袋，数了数，刚好一百个金币；赌鬼彼得也就知道他自己有多少钱了，用不着再数。埃泽希尔起初赢了，后来却一盘接一盘地输，嘴里便不干不净地咒骂起来。每当他掷一次骰子，赌鬼彼得也便跟着掷，而且总要比他多两点。最后他朝桌上丢出仅有的五个金币，说："再来一次，如果我这次仍旧输了，我还是不罢休。你得把赢的钱借给我，彼得！诚实的人是乐意帮助别人的。"

"你要借多少就给你多少，哪怕一百块金币也行，""跳舞皇帝"回答道，他赢了钱十分得意。胖子埃泽希尔摇摇骰子，掷了个十五点。"着啊！"他吼道，"这回咱们瞧吧！"

谁料彼得却掷出了十八点。这当儿，一个嘶哑而熟悉的声音在他身后说："噢，这可是最后一次。"

彼得·蒙克回头一看，荷兰人米歇尔像个巨大的怪物一样立在他的背后，吓得他把刚到手的钱全掉到了地下。可是胖子埃泽希尔没有看见森林巨人，还在要求赌鬼彼得借十个金币给他，好让他再赌下去。彼得神志恍惚地把手伸进口袋，可是却没有摸到钱，赶紧又找另一个口袋，还是空空如也。他把外套整个翻了一个遍，仍然没有掉出一个子儿来。直到这会儿他才想起自己提的第一个希望：他不是想要自己的钱总是和胖子埃泽希尔一样多么？这下可是全都化为乌有了。

彼得·蒙克不停地找啊找啊，终归还是没有找到。酒馆老板和埃泽希尔吃惊地望着他，压根儿不信他一分钱都没有了。最后，他们自己动手翻他的口袋，非常气愤地断定赌鬼彼得是个险恶的巫师，施用了魔法，把赢的钱和自己原来的钱通通都送回家去了。彼得一个劲儿地辩解，但现实却对他不利。埃泽希尔扬言，他要把这可怕的事情在黑森林中公布于众。酒馆老板威胁说，明天一大早他就要进城去揭发彼得·蒙克，指出他是个巫师，还说要亲眼看见彼得被烧死。最后大家怒不可遏，给他一阵拳打脚踢，扯破了他的背心，把他扔出了店门。

彼得痛苦不堪地走回家去。尽管月黑星疏，他还是发现身边有一条黑影跟着。终于，那影子说话了："你已经完蛋，彼得·蒙克，你的好运到了头。当初你根本不愿听我的话，而跑去找那个愚蠢的玻璃侏儒。当时我本来可以教你变得聪明点儿。现在你该明白了吧，谁要是把我的劝告不当回事，谁就自找苦吃。不过，现在到我这儿来试试运气吧，我非常同情你的遭遇。所有向我求助的人，还没有一个后悔的。只要你不怕再走那条路，明天一整天我都在小坡上等你，你叫我一声就行了。"彼得·蒙克清楚是谁在对他说话；他吓得毛骨悚然，一句腔也没搭，赶紧跑回了家。

正好说到这儿，客栈外边传来的一阵响声，把讲故事的大学生打断了。仔细一听，原来是一辆马车停在了门前，好几条嗓子喊着掌灯，还乒乒乓乓地使劲儿擂门，一些个狗也跟着吠叫起来。指定给车夫和手艺人的房间临着大路，四个人便一起跳起来奔向窗户边，想看到底出了什么事。就着灯光，勉强能看见店前停着一辆挺宽大的旅行马车，一个大块头儿男人正在扶两位蒙着面纱的太太下车，穿着制服的车夫正在给马解套，一名仆人正从车上卸下行李。

"上帝保佑他们，"马车夫松了一口气，说，"如果这些人都能平平安安离开客栈，咱也不用再担心我那辆破车了。"

"别响！"大学生压低嗓音道，"我猜想，人家要算计的不是咱们，而是这些夫人；多半早已通报她们会来。要能提醒她们一下就好啦！可是等等！整个客栈都没有像样的房间给这两位太太住，只有我旁边那一间还可以。店家将带她们上那儿。你们待在这房里别吱声，我去设法提醒她们的用人。"

年轻的大学生溜回自己房间，吹灭了蜡烛，只留下店家给他的那一点儿亮光，然后耳朵贴在房门后偷听。

一会儿，老板娘领着太太们登上楼梯，一边轻言细语，一边走进了隔壁房间。她劝两位女客早点就寝，因为旅途上一定十分疲劳；说完，老板娘就下楼去了。又过了一会儿，年轻人听见楼梯上响起沉重的男人的脚步声。他小心翼翼地拉开房门，从窄窄的门缝里看见了那个曾经扶两位太太下车的大高个儿。此人身着猎装，腰间挂着把长长的猎刀，多半是太太们旅途中的管事或者保镖。大学生搞清楚他是独自上楼来的，就飞快大打开门，同时招手要他进他房间里来。大高个儿惊异地走近他，还来不及问有何见教，他已悄声告诉人家：

"我说先生！你们今天晚上已经误投黑店啦。"

大高个儿惊慌失措；年轻人却把他完全拉进房里，给他讲了这店中可疑的现象。

听罢年轻人的讲述，这位陪太太们打猎的汉子变得忧心忡忡。他告诉年轻人，那两个太太是一位伯爵夫人和她的贴身使女，她俩原本打算通宵赶路；谁知在离这客栈大约半小时路程的地方，他们碰见一名骑手，此人喊住他们，问他们上哪儿去。当他听说太太们打算连夜连晚穿过施佩萨特森林，就劝别这么干，因为林子里近来很不安宁。"如果二位还多少听得进一个诚实的人的劝告，"骑手补充说，"那就请放弃这个念头。离此不远有一家客栈，尽管很脏、很不舒服，还是不妨在那儿过夜好些；没有必要在漆黑的夜里去冒险嘛。"这个给她们劝告的男子看上去挺诚恳，挺正派；伯爵夫人生怕真遭到强人袭击，便命令在这家客栈住下来。

着猎装的大个儿认为自己有责任提醒太太们他们所面临的危险。他去到隔壁的房间，不一会儿他就推开了从那里通到大学生房间里来的门。伯爵夫人，一位四十岁光景的太太，吓得脸色苍白；她走到大学生身边，请他把情况再讲了一遍。接着便商量在眼下这倒霉的环境里该如何办，最后决定悄悄地去把她们的两个仆人、马车夫和年轻的手艺人通通叫来，以便共同对付可能遭到的袭击。

人到齐后，就拴死了伯爵夫人房间通走道的门，还用柜子、椅子什么的堵了起来。伯爵夫人和使女坐在床上，两个仆人充当着守卫。早进店的几位和大高个儿则围着大学生房中的桌子坐下来，等待着危险的降临。眼下已大约晚上十点，客栈内一片死寂，还没有要来打搅住客们的任何迹象。这当儿，铁匠伙计开了口：

"为了提起精神，最好还是像刚才那样；我是说我们在讲各式各样的故事。狩猎师先生要是不反对，我们可以接着讲下去。"

　　大高个儿狩猎师岂止不反对啊。为了表示积极支持，他马上许诺自己也讲点什么，并且说讲就讲。

赛义德历险记

在哈伦·拉希德还统治巴格达的年代，巴索拉城里住着一个名叫巴那扎的市民。他拥有一份不多不少的家产，日子过得宁静而又舒适，却不用为此去经营一家店铺，或者做个什么买卖。甚至在生了一个儿子以后，他仍然未改这老习惯。

"我这么把年纪还挖空心思攒钱干吗呀？"他对邻居们说，"弄得好，不过多给我儿子赛义德留下一千金币，弄不好，就少给他留一千金币，如此而已。常言道得好，两个人有饭吃，第三个也饿不着；只要他是个好小子，将来就什么也不会缺少。"

巴那扎说到办到。他因此也不让儿子去学做买卖或者学什么手艺，而是抓紧辅导他读一些富有智慧的书籍。他并且认为，除了学识渊博和孝敬老人之外，一个年轻人最可贵的品格就数矫健和勇敢了，于是早早地就送赛义德去学武，使他很快就在同龄的，不，甚至比他年长的小伙子们中间，也被视为一个佼佼者，特别是游泳和骑马，更没有谁能超过他的。

赛义德满了十八岁，按照风俗和教规的要求，父亲便打发他去圣城麦加拜谒先知墓，在圣地进行祈祷和完成宗教的仪式。在动身之前，父亲再一次叫去赛义德，夸奖他的表现，给了他一些教诲，把路费交给他，然后对他说：

"还有一件事，赛义德，我的儿子！我这人素来不受老百姓中流传的那些迷信的影响。尽管为了消遣，我也喜欢听关于仙女和魔术师的故事，但却与那许许多多没有知识的人不一样，因为我压根儿就不相信他们或者别的什么精怪真能左右人的生活和行为。然而你的母亲，她去世已经十二年，你母亲对精灵的影响却像对《古兰经》一般深信不疑。是的，有一天旁边没别的人，在我向她起誓除去对她的儿子你不再对谁泄露以后，她才神秘地告诉我，她打你出生时起就与一位仙女保持着联系。我为此嘲笑她，不过我得承认，赛义德，在你妈分娩的时候确实发生一些令我本人也感觉惊讶的事。那天一整天都在打雷下雨，天黑得不点灯就没法看书。大约下午四点钟光景，人家告诉我妻子生了一个男孩。我急忙奔向你母亲的房间，以便看一看自己的头生儿并给他祝福。谁料她的使女们全都站在产房门外，我问干吗，她们回答现在任何人不准进去；是泽弥拉，你的母亲，把她们通通喊了出来，因为她想独自一个人待着。我开始敲门，可是没用；门仍紧紧关着。

"就在我这么不怎么耐烦地和使女们一起站在门前的时候，天空却突然变得我从未见过的晴朗了，而最最可惊的是，仅仅在我们亲爱的巴索拉城的上空，天穹才是一片纯净的蔚蓝；四周却仍旧乌云翻滚，电光闪烁，蜿蜒扭曲地像蛇一样伸向远方。我正出神地望着眼前的这一幕，妻子房间的门一下子开了；不过我仍吩咐使女们留在门外，好单独走进房去，问你母亲干什么这样把自己关在屋里。一跨进门，我便觉得迎面扑来阵阵玫瑰、丁香和风信子的醉人香味，脑子已经有些晕晕乎乎。你母亲把你递给我，同时指了指你脖子上一只用细细的金链子挂着的小小银笛，说道：'我曾经给你讲过的那位仁慈的仙女，她刚来过，'你母亲讲，'是她给了你儿子这件礼品。'——'如此说来她就是那个精灵，她使天气变得如此晴朗美好，并让屋里充满了玫瑰和丁香的馥郁喽？'我笑道，颇不以为然的样子，'只可惜她没有送点更贵重的东西给咱儿子，比如一袋金币或者一匹骏马什么的，而只是这只小笛儿！'

"你母亲恳求我别说挖苦话，因为仙女容易生气，闹不好会把祝福变成灾祸呢。

"为讨她欢心，我便不再作声，由于她经常生病，从此我也没再谈这件奇怪的事，直到六年后她感到自己快死了，虽然当时她还那样年轻。她把那只小银笛递给我，嘱托我在将来你长到二十岁时交给你；要知道在这之前，我一刻也不能让你离开我身边。你母亲死了。这儿就是那件礼物，"巴那扎继续说，同时从一个小匣子里，取出一只系在一条细细的金链子上的小银笛来，"不等到你满二十岁，而是现在你十八岁时我就把它给你，因为你马上要出远门，我怕等不到你回来，自己已去你祖父和曾祖父那儿集中去啦。我看不出有什么合理的原因，非要你像你胆小的母亲希望的那样，在家里再待两年。你是个善良、机灵的小伙子，使起兵器来不比一个二十四岁的年轻人差，因此今天我就可以放心地宣布你成年了，好像你已满二十岁一样。喏，安安心心地去吧，不管将来幸运还是不幸，都要经常想到你的父亲。愿老天保佑你！"

在打发走自己的儿子时，巴索拉城的巴那扎说了这么一席话。赛义德激动地与父亲告别，把金链子挂在脖子上，把小银笛插进腰带里，翻身上马，来到了出发去麦加的骆驼队集中的地方。很快就集合了八十多头骆驼和数百名骑士；商队于是出发，赛义德就这样出了他的故乡巴索拉的城门，哪知道很久都再也见不到它啦。

旅行的新鲜感和旅途中的许许多多从未见过的事物，一开始令赛义德目不暇接，颇为开心；可等到接近沙漠，周围的地区越来越荒凉，越来越寂寞，他便产生了一些想法，不时地也回忆起了他父亲巴那扎在送别他时的那番话。

他拔出小银笛来端详了又端详，最后把它放到嘴边，想试一试这小笛儿是否真的能吹出清亮悦耳的声音来。可是糟糕，小笛子不出一声，尽管赛义德鼓着腮帮，用尽浑身的力力吹呀，吹呀，仍一个音也吹不出来。最后，他闷闷不乐地把这无用的礼物插回到腰带里。不过没过多久，他的整个心思便重新集中到母亲说的那些神秘的话上。从前，他也曾听过不少关于仙女的传说，可却从来不知道在巴索拉城的邻里中有谁真和精灵有过接触，人们总把有关精灵的故事放在遥远的异国和古代，因此赛义德相信而今已不再有那类奇异的现象，要不就是仙女们已停止与人交往，不再干预人类的命运了。他尽管这样想，却也时不时地重新做出努力，希望让自己相信他的母亲确实有过什么神秘和非凡的遭遇。这样一来，他有时便一整天坐在马上像在做梦似的，既不参加旅伴们的交谈，对他们的歌声或者欢笑也置若罔闻。

赛义德是一个英俊小伙子，目光刚毅、勇敢，体型也很优雅，虽说年纪轻轻，整个举止却已有一种他这个年龄的青年难得一见的高贵风度；他那么全副武装地坐在马上，显得既潇洒又稳重，自然吸引来了某些旅伴的目光。骑马走在旁边的一位老先生对他产生了好感，试图问他一些问题，看看他的学识究竟怎样。赛义德铭记着要尊敬长者的教导，回答得挺谦逊，但又不失周到和聪明，使老人愈发地喜欢他起来。然而，由于年轻人一整天脑子里都装着一件事，话题很快便自然地转到了神秘的仙女之国上，以致最后赛义德径直地问起老人，他是否相信真有仙女，真有保护人类的善良的精灵，或者迫害人类的凶恶的妖精。

老先生捋了捋胡须，把脑袋摇来摆去，然后说："不能否认，这样的事情的确存在，虽然我到今天为止既未见过精灵侏儒，也未见过妖怪巨人，还有仙女呀，魔法师呀，也一样没见过。"这样就说开了，老人随即给小伙子讲了许许多多奇异的事情，直讲得他脑子里晕晕乎乎，不再有任何别的想法，完全相信他出生时发生的一切，诸如天气变得晴朗呀，屋里充满玫瑰、丁香和风信子的甜美气息呀，都预示着巨大的幸运，而他自己呢，正蒙受着一位仁慈而强大的仙女的特别保护，还有那只作为礼物送给他的小银笛也不简单，一定是用来在危难中召唤仙女的。整夜整夜地，赛义德净梦见皇宫、宝马和精灵什么的，简直就像生活在异国真正的神仙世界。

然而可悲的是，第二天他就经历了一些事情，让他明白他睡着或醒着所梦见的一切，通通都是子虚乌有。其时骆驼队已经缓缓地行进了大半天，赛义德仍然和老先生并辔走着，突然在远远的沙漠的边沿上，人们发现了一些黑影。有的旅伴认为那是些沙丘，有的认为那只是云朵，还有另一些人说是一支别的商队；谁料已经历过多次旅行的老人却大叫"留神，不好"，说什么那是一群阿拉伯强盗正在逼近。于是男人们纷纷拿起武器，妇女和货物被聚集在了队伍的中间，所有人都做好了抵抗强盗攻击的准备。那一片黑影慢慢地在大漠上移动过来，看上去很像一大群向着远方迁徙的长脚鹭鸶。渐渐地，黑影向前移动得越来越快了，还不等分辨清人和长矛，强盗群就旋风似的扑来，猛烈冲击着商队。

　　男子汉们英勇地抵抗；可强盗的人数超过了四百，已将他们团团围住，远远地就射死了许多商人，随后又用长矛发起进攻。在这千钧一发之际，一直勇敢地厮杀在最前边的赛义德突然想起了自己的小银笛，便赶紧拔出来凑在嘴边猛吹——可是马上又难过地放下了，因为小笛儿仍旧不发出一点声音。大失所望的赛义德怒火中烧，便张弓瞄准一个衣饰华丽特别的阿拉伯强盗，一箭射穿了他的胸膛；强盗身子晃了一晃，随即摔下了马。

　　"真主啊！你干什么哟，年轻人！"赛义德身边的老先生喊起来，"这一下咱们全都完啦！"

　　情况看来确实如此。强盗们一发现那人掉下马，便发出可怕的怒吼，疯了似的向商队猛冲过来，少数本来还没受伤的商人立刻死在乱刀之下。赛义德发现自己也陷入了五六名强盗的包围中。多亏他的矛使得那么敏捷熟练，没有一个强盗敢于靠近。终于，一个强盗也张弓搭箭，瞄准了他眼看就要射，却被另一名强盗挥手制止了。小伙子做好抵御下一轮攻击的准备，冷不防一个阿拉伯强盗向他兜头抛来一根套绳，他拼命想扯断那绳子，结果白费力气。套绳越收越紧，赛义德成了俘虏。

到最后，整个商队非死即俘，而那帮阿拉伯强盗呢，本来也不属于同一个部落，在瓜分完俘虏和其他赃物后便分道扬镳，各奔东西。赛义德被四个武装匪徒押解着，他们经常恶狠狠地瞪着他，不断对他进行咒骂。他听出来，他射死的是个有来头的人，没准儿甚至是位王子。他面临的受奴役虐待的命运，将比死更加可怕；他因此暗自庆幸，希望已经把整个匪帮的愤怒引到了自己身上，相信到了他们的营地必定会被处死。匪徒们监视着他的一举一动，他只要东张西望，他们就举起枪矛发出警告。可有一次，一名匪徒的坐骑失蹄摔倒了，他趁机迅速扭过头，很高兴地发现了那个曾与他走在一起的老人；刚才赛义德还以为自己这位旅伴也和许多其他人一样已丧了命啦。

终于，在远处出现了树木和帐篷。一当走近，迎面便奔来很大一群孩子和妇女。他们和匪徒们稍作交谈，立刻发出阵阵惊叫，并一齐把目光转向赛义德，纷纷举起胳膊来对他发出诅咒。

"就是这家伙，"他们叫道，"就是他杀死了伟大的阿尔曼索尔，咱们最勇敢的战士！他一定得偿命，咱们要拿他的肉去喂沙漠里的胡狼。"

说着，妇女儿童们就纷纷举起木棍，攥着土块，拽着手边刚好有的其他东西，气势汹汹地向赛义德冲过来，害得负责押解的匪徒也不得不拿起武器。

"滚开，你们这些浑小子！滚开，你们这些娘儿们！"强盗们一边吼叫，一边用枪矛驱散人群，"他在战斗中杀死了伟大的阿尔曼索尔，他是得偿命，不过不能让他死在娘儿们手里，而要死在勇士们的剑下。"

在帐篷中间有一片开阔地，队伍到了那儿便停下来；俘虏被两个两个地绑在一起，赃物被分别搬运进了帐篷，只有赛义德独自戴着锁链，被拖进了一顶大帐篷。帐篷里边坐着一位衣着豪华的老头，神情威严高傲，一看便知道是部落的头领。押解赛义德的强盗们一个个垂头丧气，走到老头跟前。

"女人们大呼小叫，我知道准是出事啦，"威严的老头领挨个儿打量着面前的匪徒，说，"你们的表情已向我证实——阿尔曼索尔牺牲了。"

"阿尔曼索尔牺牲了，"众人回答，"可这儿，塞利姆，沙漠的主宰，这儿就是害死他的凶手；我们把他带了来，好由您处置他；您就决定他怎么个死法吧！是由我们在远处用乱箭射死他呢，还是驱赶着他穿过'矛巷'，或者您想绞死他，或者将他五马分尸？"

"你是何人？"塞利姆目光阴沉地瞪着俘虏；小伙子却无所畏惧地站在他面前，做好了死的准备。

赛义德简单明了地回答了头人。

"你阴险地杀死了我的儿子吧？你是从背后用箭射中了他，还是用矛刺透了他？"

"不，老爷！"赛义德回答，"我是在你的人进攻我们商队的战斗中，在光天化日之下从正面结果了他，因为他已在我的眼前杀死了我的八个旅伴。"

"是他讲的这样吗？"塞利姆问俘虏赛义德来的自己手下。

"是的，老爷，他是在公开的战斗中杀死了阿尔曼索尔。"一个手下回答。

"要是这样，他干了该干的事情，换了我们也会一样干，"塞利姆说，"他抵抗企图抢夺他自由和生命的敌人，并且杀死了他；所以快快给他松绑！"

手下们一个个惊讶地望着自己的头人，磨磨蹭蹭，很不情愿地解着捆绑赛义德的锁链。

"难道杀死您儿子，杀死伟大的阿尔曼索尔的凶手，您就不要他偿命了么？"他们中的一个问，同时恶狠狠地瞪着俘虏，"我们真恨不得马上宰了他！"

"我不要他死！"塞利姆高声宣布，"我要带他回自己的帐篷，作为我应分得的战利品，让他做我的奴仆！"

赛义德不知道说什么感谢老头领才好，强盗们却悻悻地离开了头人的帐篷。一当他们对聚在外面等着看处死赛义德的妇女和孩子传达老塞利姆的决定，众人便可怕地狂呼乱叫起来，发誓要为阿尔曼索尔的死进行血腥的报复，虽然死者自己的父亲不打算叫凶手以血还血，以命偿命。

其余的俘虏被分配到了一个个强盗帮；有的在交了丰厚的赎金后被放了，有的则被派去当了牧羊人，还有的从前过惯了奴婢成群的生活，现在却不得不在营地里干最低贱的粗活儿。赛义德没这样倒霉。不知是他英武勇敢的外表呢，还是那位仁慈的仙女的神秘法力，使得老塞利姆对小伙子产生了好感？人们不知道作何解释，但赛义德住在老头领的帐篷中，与其说是被当作了奴仆，不如说被当作了儿子。然而，老人对赛义德不可理解的眷顾，却给他招来了其他仆人的仇恨。他到处都遇见敌意的目光，在独自走过营地时总听见周围一片骂声和诅咒声，是的，有几次胸前还嗖嗖地飞过利箭，显然都是冲着他来的，之所以没有射中他，赛义德只能归功于他时刻挂在胸前的那只神秘的笛子，相信是它给了自己保护。他经常向塞利姆抱怨有人想害死他，可老头领寻找暗算者的努力总是失败，因为整个部落看样子都已联合起来对付受到宠幸的异族青年。于是乎有一天，老塞利姆对他说：

"我原本希望，你也许能代替我那死在了你手下的儿子；不成啊，可既不是你的错，也不是我的错。所有人都恨得你牙痒痒的，就连我将来也不能继续保护你；要知道，他们如果秘密将你处死，让罪人受到惩罚，你和我都一样毫无办法。因此，当好汉们巡逻归来，我会说你的父亲已经给我送来了赎金，然后就派我的几名亲信护送你出沙漠。"

"可除了您，我还能信赖任何人吗？"赛义德惊恐地喊道，"他们难道不会半路上杀死我？"

"他们必须对我起誓，从来还没谁破坏过对我的誓言，这样你就安全啦。"塞利姆信心十足地回答。

几天后，巡逻的强盗回到了营地，塞利姆也说话算话。他赠给小伙子武器、衣服和马匹，召集起自己最善战的手下，从中挑选出五个来护送赛义德，让他们起了一个绝不杀害他的极可怕的誓，然后含泪打发年轻人上了路。

五名壮汉骑着马送赛义德穿越沙漠，一路上阴沉着脸，闷声不响。小伙子看得出来，他们都很不情愿完成这个差事，特别是其中有两个还参加过他射死阿尔曼索尔的那场战斗，更令赛义德十分忧虑。大约走了八个小时，突然他听见强盗们咬起耳朵来，发现他们的神色越发地阴沉了。他竖起耳朵仔细听，听出来强盗们是用在进行秘密和危险的勾当时总是使用的黑话在交谈。塞利姆原打算让小伙子一直留在自己帐篷里，所以也花了点时间教他这种黑话；然而他现在听见的，绝不是什么值得高兴的事。

"就是这儿，"一个强盗说，"在这儿我们袭击了商队，也在这儿，我们最勇敢的战友牺牲在了一个男孩手里。"

"风吹散了他的马蹄印，"另一个强盗接过话茬，"可我没有忘记它们。"

"而杀害他的家伙还活着，并且将获得自由，这不是咱们的耻辱么？啥时候听说过有父亲不为自己被害的独生子报仇的？塞利姆老了，糊涂啦。"

"既然做父亲的就此罢休，"第四个强盗说，"为死者报仇便成了朋友们的义务。让咱们就在此地砍死他吧。这是从古至今的公道和风俗。"

"可咱们对老头子起过誓，"第五个大声道，"咱们不允许杀死他，咱们的誓言不容破坏。"

"确实呢，"其他人应着，"我们起了誓，凶手可以离开我们，获得自由。"

"等等！"所有强盗中最阴险的一个叫起来，"老塞利姆脑瓜聪明，只是还不像大伙儿相信的那样聪明；咱们可起过誓一定要把这小子送到什么地方？没有嘛，他只要求我们起誓让他活命，咱们把命送给他得啦。就在这地方，咱们把他捆起来，扔他在地上。"强盗这么说。他哪想到，早在几分钟前，赛义德已做好最坏的打算，还不等那人把话说完，他已勒转马头，狠狠一鞭子，马就被赶得像鸟儿一样飞驰过了沙漠。五个强盗先愣了愣，但已习惯追人抓人，马上便分成两组，从左右两面紧追不舍；由于更清楚在沙漠中骑马奔驰的窍门，其中的两个很快便超过了赛义德，然后转回头来直奔向他。赛义德向边上逃遁，发现前边也有两个敌人，而第五个已追至他身后。碍于不杀他的誓言，强盗们没有动用武器；在这儿他们又是向他兜头抛来一条绳套，一下将他拽下马，随即对他凶残地拳打脚踢，最后捆住他的手脚，把他扔在荒漠上炽热的沙中。

赛义德乞求强盗们怜悯，大叫道，他保证给他们大笔赎金；然而强盗们狂笑着跃上马背，一溜烟跑远了。有那么一会儿，他还倾听到他们的骏马的轻捷蹄声，但随后完全绝望了。他想起了自己的父亲，想到如果儿子一去不返，老人家会如何地伤心。他想到自己不得不早早死去，实在是可悲；因为他断定自己只会在灼热的沙漠中饥渴而死，痛苦不堪，要不就叫一头胡狼撕碎咬烂，再没其他好下场。这时太阳越升越高，火辣辣地烤晒着他的额头。他拼命挣扎，终于站了起来，但并不因此觉得好受多少。在这么挣扎的过程中，那只小笛子从衣带里滑了出来。他努力了很久，终于用嘴够着了笛子，并且将嘴唇凑拢去，试图吹响它；可遗憾的是在这性命攸关的时刻，小银笛仍不肯效劳。他脑袋一仰，彻底绝了望；终于针刺一般的烈日夺去他的知觉，他晕倒在了地上。

过了好几个钟头，赛义德苏醒转来，听见近旁有什么声响，同时感觉着自己的肩膀被拽住了，于是一声惊叫，相信一定是有胡狼来到了身边，正在撕咬他呢。这当儿，他的双腿也已被拽住，不过却感觉拽住他的不是什么猛兽的爪子，而是一个人的双手。这人正小心翼翼地搬动他，并在和别的两三个人讲话。

"他活过来啦，"他们低声说，"他肯定当我们是敌人。"

终于，赛义德睁开眼睛，看见正瞅着自己的是一个矮胖子，他有个眼睛小小、胡须长长的大脑袋。这人和和气气地对他说话，扶他坐起来，递给他食物和饮水。在他吃喝的时候告诉他，他是一位来自巴格达的商人，名叫卡鲁姆—贝克，做的是供妇女们用的面纱和丝巾的买卖。他刚外出做完生意，正准备回家去，却发现年轻人可怜地几乎已被沙活埋。赛义德讲究的衣服和短刀上闪闪发亮的宝石引起了他的注意；他想尽一切办法来救活他，也成功了。小伙子感谢他的救命之恩；他看得十分清楚，如果不是这个人到来，自己必然惨死无疑。因为赛义德既无办法自个儿往前走，也失去了独自徒步穿越沙漠的勇气，就千恩万谢地在商人的一头满载货物的骆驼背上占了个位置，打定主意先去巴格达，心想从巴格达也许能找到一伙旅伴，再回巴索拉故里。

旅途中，巴格达的商人给自己的旅伴讲了许多有关教民们的杰出君主，有关哈伦—拉希德国王的事迹；讲到他热爱正义，机智聪明，用一些既简单又值得称赞的方法，断明了许多稀奇古怪的案子，例如那个制绳匠的故事，那只盛满橄榄油的陶罐的故事，在巴格达真叫妇孺皆知，却也令赛义德赞叹不已。

"咱们的国王，教民的统治者，"商人继续讲，"咱们主上是个很特别的人。要是你以为他也像常人似的睡觉，那你就大错特错喽。每天在黎明前只就寝那么两三个小时，他已足够。我怎么能不知道呢？要晓得我的表兄麦索尔，是他最贴身的内侍；我表兄他虽然守口如瓶，绝不泄露主人的秘密，却也不能不照顾近亲的面子，三天两头地做上一点儿暗示什么的，当他发现我好奇得真的快发疯的时候。是啊，哈里发不像常人似的睡觉，而是夜夜溜到巴格达的街上，很少有哪一个礼拜不撞上什么惊险的事情。您得了解，正如从那只橄榄油罐的故事里人们已经知道的，而且也像先知的话一样千真万确，他在巡游时才不骑着骏马，带着卫士，浑身穿戴齐备，由一大帮举着火把的侍从开道啊，尽管他可以这样做，只要他愿意这样做；而是装扮得一会儿像个商人，一会儿像个船夫，一会儿像名士兵，一会儿又像位教会法典的解释官。就这样，他四处巡游，看一切是否合理，是否正常。

"可也正因为如此，除了在巴格达，恐怕没有哪座城市的人对夜里在街上碰见的任何傻瓜都会这么客客气气，彬彬有礼；要知道，哈里发他完全可以是一个来自沙漠的肮脏的阿拉伯人，而地里长出来的木条又多的是，足以让巴格达城里城外的所有居民都尝到脚掌挨抽的滋味。"

听商人这么讲着，赛义德尽管不时地为思念自己的父亲而难过，却也很高兴能去见识见识巴格达，见识见识那位威名赫赫的国王哈伦－拉希德。

十天后，他们抵达了巴格达；对于其时正处于鼎盛时期的巴格达城的繁华富丽，赛义德惊讶莫名，赞叹不已。商人邀请赛义德上自己家去，小伙子愉快地接受了邀请；因为眼下在杂沓的人群中，他突然意识到，在这座城中除了空气和底格里斯河的河水，还有就是在一座清真寺的台阶上过夜以外，其他任何东西看样子都不会是不花钱的。

在住下后的第二天清早，赛义德刚穿好衣服，正自个儿琢磨着他要是穿着这身漂亮的武士服到巴格达城里去走走，定会吸引不少人的目光，这时商人跨进了他的房间。他端详着英俊的年轻人，脸上露出奸笑，手指捋了捋胡须，随即说：

"从头到脚都挺漂亮嘛，少爷！可您以为您会成为什么样的人呢？依我看，您是个梦想家，只顾眼前不想明天；要不啊，您就有的是钱，可以过与您身上穿的这套漂亮衣服相当的生活吧？"

"亲爱的卡鲁姆－贝克先生，"小伙子窘得满脸通红，回答道，"钱嘛我是没有，不过您也许可以借一些给我，帮助我回家去；我父亲一定会很好报答您。"

"你父亲，傻瓜？"商人哈哈大笑，说，"我想，你的脑袋准让烈日晒糊涂了吧。你以为，你在沙漠里给我讲的那些故事，我会字字句句都相信么？相信你父亲是巴索拉城的一位富商，你是这位富商的独生儿子？相信你遭到了阿拉伯强盗的袭击，在匪帮营地生活了一段时间，如此如此，这般这般？我可是一开始就对你的弥天大谎和厚颜无耻气得要命。我知道，巴索拉的所有有钱人都经商，并且和他们全部有过交易往来，肯定也会听说某个巴索拉，哪怕他的财产仅仅只值六千。也就是说，你要么是谎称来自巴索拉，要么你的父亲只是一个穷鬼；对这穷鬼流浪到巴格达来的崽子，我才一个铜板也不肯借呢。还有什么在沙漠里遭到了袭击！自从英明的哈伦哈里发把沙漠中的商道变得安全以来，什么时候听说过还有强盗敢于进攻商队，甚至掳走人质？就算有吧，可我一路之上一点没听说过，在这世界各国的商贾云集的巴格达城，也完全没人说起。可见又是你在撒谎，无耻的年轻人！"

赛义德脸色苍白，又气又恼，几次想打断可恶的矮怪物的话，可这家伙叫起来声音比他大，而且两条胳膊乱舞乱挥。

"你的第三个谎言，大骗子，是关于塞利姆营地的生活。塞利姆他可是鼎鼎大名啊，所有那些不管在啥时候见过一个阿拉伯强盗的人都没有不知道他的。不过塞利姆的出名是因为他残忍到了极点，可怕到了极点，而你呢，竟敢说你杀死了他的儿子，却不曾马上被他给剁成肉酱。是的，你真是太放肆啦，竟声称塞利姆为保护你而不顾整个匪帮的反对，把你收留在他自己的帐篷中，后来又没要赎金就放了你，却不是把你吊死在旁边的随便哪棵树上，真是鬼才肯信喽！须知他常把路过的客商高高吊起来，仅仅为了看一看他们在被绞死时有怎样的表情。哦，可恶的撒谎者！"

"可我凭着自己的灵魂和先知的胡须起誓，一切全是事实啊，"赛义德喊道，"除此我再没什么好讲！"

"什么，凭你的灵魂起誓？"商人也叫起来，"凭你那龌龊、虚伪的灵魂起誓？想叫谁相信呢？你呀，你自己嘴上无毛，却要凭先知的胡须起誓，叫谁信得过喽？"

"我自然是没有证人，"赛义德继续说，"可你不亲眼看见我被捆在沙漠里，已经奄奄一息了吗？"

"这什么也证明不了，"对方回答，"你穿得像个强盗头儿，很可能是袭击了另一个比你更厉害的强盗，结果被他制伏了，捆了起来。"

"我真想看看有谁能独自或者甚至两人一块儿合力打倒我，捆住我，如果他们不是从背后偷袭，从我头顶抛来绳套，"赛义德反驳说，"您坐在市集上自然不了解，一个习过武的人，他匹马单枪能有多厉害。不过呢，您救了我的命，我还是感谢您。可您现在打算将我怎样？如果您不帮助我，我定会沦为乞丐；我可不愿意乞求任何与我差不多的人施舍，而只愿去见哈里发。"

"当真？"商人冷笑了笑，说，"您除了咱们仁慈的主上就不愿求任何人？你这样的乞丐我看真够气派呢！哎哟哟，哎哟哟！不过呀小少爷，你得想一想，要去见哈里发只有经过我的表兄麦索尔，我只需说上那么一两句，内侍长就会留神你这位行骗的高手。但我可怜你看在你年轻的分上，赛义德。你可以改邪归正，可以还有一点出息。我愿意把你收留在我市集上的铺子里，让你在那儿为我干一年活儿，一年后你要是不肯留下来，我就付给你工钱，放你走路，随你上哪儿，去阿勒颇或是麦地那，去伊斯坦布尔或是巴索拉，甚至去异教徒那里我全都无所谓。我让你考虑到中午；你要同意就好，要不同意，咱就公平合理地和你算账，请你赔我为你花的旅费，包括你骑我的骆驼的费用，让你把你的衣服和所有一切全给我，然后再扔你到大街上，到那时候你就可以去乞讨，向哈里发或是向教长，在市集上或是在教堂前。"

可恶的家伙边说边走，离开了不幸的青年。赛义德望着他的背影，目光充满鄙视。这坏蛋蓄意领他出沙漠，把他骗到家里，为的是控制他，叫赛义德气得要命。他试了试能否逃走，可房间装了铁栏，门也上了锁。终于，在长时间的抗拒、犹豫之后，他还是决定暂时接受商人的提议，去他的铺子里干活儿。他看出没有更好的办法；就算他能逃脱，也没有钱回到遥远的巴索拉呀。不过他下定决心，一有机会就去请求哈里发本人保护。

第二天，卡鲁姆－贝克带自己的新仆人到了市集上的铺子里。他指给赛义德看他经营的面纱、丝巾和其他商品，分配给了年轻人一个特别的任务。这就是，赛义德得穿得像个店铺里的伙计，不能再作武士打扮，然后一只手拎着条面纱，另一只手提着条华丽的丝巾，在店门口这么一站，冲过往的男男女女大声吆喝，展示手中的商品，说出定价，引诱人们前来购买。到这时候，赛义德也明白过来，为什么卡鲁姆－贝克硬要让他干这活儿。因为老家伙又矮又丑，要是站在店前招徕客人，旁边店里的人或者过路的都会说风凉话，孩子们也会嘲弄他，妇女们会叫他稻草人；反过来，年轻、挺拔的赛义德招呼起客人来彬彬有礼，展示面纱和丝巾的动作优雅灵敏，真个是人见人爱。

当卡鲁姆－贝克看出，自从有赛义德站在门前，他店里的顾客便逐渐增加，于是对年轻人和气了起来，给他开的伙食也比以前好一点，并且考虑要一直让他穿得漂亮、得体。不过，对东家的这类善意表现，赛义德却无动于衷，而是整天考虑和梦想找到返回故乡的办法。

一天，铺子里买卖格外兴隆，所有负责送货上门的伙计都被派出去了，这时又来了一位女顾客买东西。她很快挑好商品，要求派个人替她送到家里去，答应付给小费。

"过半小时我就差人把什么都给您送去，"卡鲁姆－贝克回答，"只须请您耐心地等上一会儿，要不临时找个苦力送送也成。"

"您这个老板，竟想随便叫个陌生人给自己的顾客送货？"妇人吼起来，"这样的人难道不会趁拥挤把东西拿跑么？真跑了叫我找谁去？不行！根据市集的法规，你有责任派人把货送到我家里去，而我只能要求您也只想要求您。"

"只请您等半个小时嘛，夫人！"商人恳求，同时焦急不安地东张西望，"我所有的送货员全都派……"

"这家商店太差劲，竟然有时没有送货员，"刁钻的女人回答，"喏，那儿不立着个无所事事的年轻人么？来，小伙子，拿上我的东西，给我送上门去！"

"等等，等等！"卡鲁姆－贝克嚷起来，"他是我的招牌，我的喇叭，我的磁石！他可不能离开商店一步！"

"什么！"老太太不由分说地把包好的商品塞在赛义德腋下，喊道，"你是个奸商，货也是孬货，不能凭货色本身吸引顾客，竟要一个年轻力壮的人什么事不干，专门给你当招牌！走，走，小伙子，今儿个活该你挣一笔小费！"

"那就跟着见他妈的鬼去吧，"卡鲁姆－贝克对他的"磁石"嘀咕道，"可得马上给我回来；要是我继续拒绝她，这老巫婆会叫我在整个市集名声扫地。"

赛义德跟着老太太，想不到她年纪那么大却步履矫健，很快穿过了市集和一条条街道。终于，她站在了一座华丽的宅邸前，敲敲门环，两扇大门便敞开了。她走上宽大的大理石台阶，示意赛义德跟上。最后，他们跨进一座高敞宽阔、金碧辉煌的大厅，其富丽豪华是赛义德一生未见的。老太太有些疲乏的样子，在厅中的一张软榻上落了座，示意年轻人放下商品，递给他一枚银币，然后让他离开。

赛义德刚走到门边，忽听一声清脆、温柔的呼唤"赛义德"，不禁一怔：这儿怎么有人认识他！回头一看，坐在软榻上的已不再是个老太太，而成了一位美丽端庄的夫人，两旁立着无数的仆人和使女。小伙子惊讶得说不出一句话，只是把双臂抱在胸前，深深鞠了一躬。

"赛义德，我亲爱的孩子，"夫人说，"尽管那些把你带来巴格达的灾难令我很遗憾，可这座城市是命运为你安排的唯一的地方，只有在这儿，你能解除在二十岁前贸然离开家所遭到的厄运。你的小银笛还在吗，赛义德？"

"当然还在，"小伙子高兴得叫起来，立刻拔出金项链，"您多半就是那位在我出生时把它送给我的仁慈仙女吧！"

"我是你母亲的朋友，"仙女回答，"也是你的朋友，只要你一直保持善良的天性。唉，你父亲真是轻率，都怪他不照我说的办！否则你会少许多灾难。"

"嗨，也许命该如此！"赛义德说，"不过，请发发慈悲，让强劲的西北风驱动您的云辇，载上我，送我迅速返回巴索拉去见我父亲；此后我将耐心地在家待上六个月，直到我满二十周岁。"

仙女莞尔一笑，答道："你倒是挺会说话，但是，可怜的赛义德，这不可能；你离开了父亲的家，我现在已不能为你显示任何奇迹。连从可恶的卡鲁姆－贝克手中救你出来也不能够。他可是处在你那强大的敌人庇护下的啊。"

"这就是说，我不只有一位善良的朋友，还有一个敌人喽？"赛义德问，"是的，我相信也经常感觉出了她的影响。不过，您帮我出出主意总可以吧？我该不该去找哈里发，求哈里发保护呢？他是个贤明的人，会使我免遭卡鲁姆－贝克迫害的。"

"不错，哈伦是位贤明的国王！"仙女回答，"可遗憾的是他也只是个人。他信赖他的内侍长麦索尔跟相信自己一样，并且也有道理；因为他发现麦索尔确实忠诚可靠。然而麦索尔又相信你的朋友卡鲁姆－贝克，也跟相信自己一个样，这可就不对啦；因为卡鲁姆是个坏蛋，虽说和他有亲戚关系。卡鲁姆头脑狡猾，一回巴格达就对他表兄内侍长讲了编造你的坏话，内侍长又讲给哈里发听了，所以你现在要是进宫去马上就会给逮起来，哈里发不信赖你呗。不过有另外的办法和途径接近他，而且星象也显示出，你应该争得他的恩宠。"

"情况真是可悲，"赛义德难过地说，"这样一来，我还得给卡鲁姆那坏蛋做相当长时间的伙计。可尊敬的夫人啊，仅仅一个恩典，您大概不会不给我吧。我从小习武，最高兴的就是参加比赛，用枪矛、弓箭和短刀正大光明地和人较量。而本城的贵族青年，恰好又每个礼拜都要举行一次这样的赛事。不过只有衣饰讲究的人，而且还必须是自由民，才允许进入赛场，也就是说，市集上的帮工是不准参加的。现在，只要您能使法让我每礼拜都有一匹骏马，几件衣服和一些武器，并且让我的模样不那么被人认出来……"

"这个愿望呢，一位高贵的青年倒不妨冒险一试，"仙女说，"你的外祖父曾是叙利亚最英勇的武士，你看来继承了他的精神。记住这幢房子，你每礼拜都可以来这里取一匹马，两名骑马的侍从，以及一些武器和衣服，还有一种用过以后就谁都不再能认出你模样的洗脸水。好啦，赛义德，再见！坚持下去，做一个聪明善良的人！六个月后银笛就会吹响，它的声音自会传进祖利玛的耳里。"

小伙子怀着感激和崇敬的心情离开自己的保护神，牢牢地记住了那幢宅邸和它所在的街道，然后走回市集。

当他回到市集的那一刻，正好还来得及帮助和拯救它的东家卡鲁姆－贝克。铺子已被人群团团围住，小孩子绕着卡鲁姆一边蹦蹦跳跳，一边讥讽他，老年人则冲他发出阵阵哄笑。他自己站在铺子门前，一手拎着面纱，一手提着丝巾，又尴尬，又气愤，浑身上下不住哆嗦。这奇特的一幕是由赛义德走后不久发生的事引起的。卡鲁姆当时代替漂亮的伙计站到店前，大声叫卖，可没任何人愿意来买这老丑八怪的东西。临了儿市集上来了两个男人，打算替自己妻子采购礼品。他俩在集上来来回回挑了好几遍，这时候又正好东张西望地走了过来。

卡鲁姆－贝克发现了，决心抓住这个机会，便吆喝："这儿哪，这儿哪，二位二位！二位选购什么？漂亮的丝巾，上等货色！"

"老爷子，"一个男人回答，"你的货嘛可能挺不错，不过咱们的太太很是特别，而且在本城也成了大伙儿的习惯，就是除了英俊的店员赛义德卖的，其他任何人的丝巾她们都不买。为了找他，我们已在集上转了半个钟头，却仍然找不着。你可能告诉我们他在哪儿，要是能，我们下次准买你的。"

"真主啊，真主啊！"卡鲁姆－贝克喊起来，同时满脸堆笑，"二位有先知带路，真走对了地方。你们不是想买漂亮店员的丝巾吗？喏喏，只管进来，进来，这正是他的店子。"

两位顾客一个嘲笑卡鲁姆矮小丑陋的身材，笑他竟然自称是那位英俊的店员，另一个更相信是卡鲁姆有意戏弄自己，二话没说就给他一顿臭骂。这一来卡鲁姆也急啦，叫来几个邻店的老板当证人，要人家说那漂亮店员的铺子正是他这家商店；谁知邻居们正对他一段时间以来生意特别好心怀嫉恨，根本不想管这档子事，以致那两位顾客终于对他们骂的这个老骗子认真动起手来。卡鲁姆虽也挥拳自卫，但更多的是还以叫骂，于是店前吸引来了一大群看客。城里原本很少有谁不认识卡鲁姆，不知道他是个贪婪、卑鄙的守财奴，现在围观的人便都认为他挨揍是活该。眼看顾客中的一个已经揪住他的胡子，这顾客的胳膊却也被抓着往地上一摔，摔得他头巾掉了，两只拖鞋更飞得老远。

看客们显然都希望见到卡鲁姆－贝克挨整治，这时便大声嘀咕起来，被摔倒的顾客的同伴回头一瞅，有人竟敢把他的朋友打翻在地，正准备反击，却发现面前站着一个高大英武、目光炯炯、神色果敢的青年，不禁住了手。卡鲁姆发现救星奇迹般地出现了，便赶紧指着小伙子喊道：

"喏，你们还想干什么？他就在这里，你们二位，他就是赛义德，那位英俊的店伙计！"

围观的群众哈哈大笑，因为他们知道刚才卡鲁姆－贝克遭了冤枉。那个被摔倒的顾客不好意思地从地上爬起来，一瘸一拐地跟着同伴走了，面纱和丝巾一样没有买成。

"哦，你真是店员中的明星，真是咱们市集的骄傲！"卡鲁姆一边领自己的伙计进店子，一边叫喊，"真的，我说你来得真及时，我说你真敢作敢为。那小子趴在地上，就跟压根儿没长腿似的，还有还有……你要是迟到两分钟，我这辈子就再用不着找理发匠修胡子、抹油膏啦！我怎么报答你才好呢？"

赛义德呢，纯粹出于一时的怜悯，才动了心，出了手。眼下，同情心没有了，他几乎后悔免去了这老坏蛋本该受到的教训，少了一撮胡子，他想，也许反可以使这家伙性情温和个十来天。不过呢，他仍尽量利用老头的好性子，要他作为报答，允许自己每礼拜有一个晚上自由支配，爱散步就散步，或者做任何愿意做的事情。卡鲁姆答应了，因为他清楚知道，这个被迫当他伙计的青年非常理智，在还没钱和像样的衣服时是绝不会逃走的。

没过多久，赛义德便达到了目的。第二个礼拜三，就是城里的贵族青年们在公共广场上聚会和练武的日子，他于是告诉卡鲁姆，他希望自己这个晚上自由活动。卡鲁姆同意了，他便走到仙女的宅邸所在的街上，一敲门，门立刻大打开来。用人们像对他的光临早有准备，也不问他有什么要求，就领他进了一间漂亮的屋子。在屋里，他们先递给他一瓶洗脸水，用它一洗模样就应该不再能认得出来。赛义德用这水浸了浸面孔，然后瞅瞅铜镜里面，果然几乎认不出自己了；须知，眼下他的皮肤似乎晒成了红褐色，长着两撇黑油油的胡子，看上去至少比实际年龄大了十岁。

随后他们又领赛义德进第二个房间。在那儿他得到了一整套华丽的装束，即使是巴格达的哈里发本人盛装打扮起来去检阅大军，穿上它们也绝不会感觉寒碜。除了一顶装饰着宝石和长长鹭翎的精工织造的头巾，一件绣着银花的红缎战袍，赛义德还得到了一副打造得极为精致的银环胸甲，让他穿起来不但贴身和动作灵活，而且坚固无比，刀枪不入。最后，还有一把剑鞘精美绝伦的宝剑，剑柄上的宝石在赛义德看来一定是价值连城，完成了他的整个装备。当他披挂齐整走出房门，一个侍者递过来一条丝巾，告诉他是女主人给他的，他只要用这丝巾一揩脸，脸上的胡子和红褐色都会消失。

院子里立着三匹骏马；赛义德跃上最漂亮的一匹，另两匹归了他的侍从。随后，三人喜气洋洋地驰往比武赛会的广场。赛义德华美耀眼的衣甲和兵器吸引了众人的注意，在他走进人群围绕着的场地中央时，四周传来一阵压低了的惊叹之声。眼下是巴格达城最勇敢和最高贵的年轻人的盛大聚会，连哈里发的兄弟们也纵马挺枪，来到了场内。赛义德抵达时，看样子谁也不认识他，可仍旧有一位宰相的公子和他的朋友们迎上来，很有礼貌地向他致意，邀请他参加比赛，并询问了他的姓名和籍贯。赛义德自称阿尔曼索尔，来自开罗，在旅途中常听说巴格达的贵族青年们既勇敢又正直，所以不愿放过来认识和结交他们的机会。青年们挺喜欢赛义德－阿尔曼索尔得体的举止和英武的外表，让人给他送来一杆枪，请他自己选定参加哪一方；因为所有的武士已一分为二，以便捉对儿比试，或一方与另一方集体厮杀。

赛义德的外表本来就已令人注目，现在人们对他的矫健勇猛越发惊叹不已。他的坐骑来往疾驰赛过飞鸟，他的宝剑左右旋舞胜似流星。他投出的标枪既远又准，就跟用强弓射出的箭矢一样。他战胜了对方最勇敢的武士，最后被公认为整个赛会的大赢家，以至哈里发的一位兄弟和那个宰相的儿子,他们本来与他同属一方,也请求和他再比试比试。结果哈里发的兄弟阿里给他打败了,大臣的儿子呢却一直顽强地与他拼杀,最后大家都认为还是等下一场再分胜负更好一些。

比武后的第二天,整个巴格达城都在议论纷纷,话题全集中到了那个英俊、富有和勇敢的外乡青年身上。所有见过他的人,包括那些败在他手下的勇士,无不钦佩他高贵的风度举止。就连在卡鲁姆－贝克的店中,当着赛义德本人的面,人们也谈论起他,并说只可惜没有任何人了解他住在哪里。

第二次,他在仙女的家中得到了一套更华丽的战袍,一些更精美的兵器。这一天,半个巴格达城都拥向演武场,哈里发本人也在一处高高的阳台上观战。他同样十分赞赏异乡青年阿尔曼索尔,在比武结束时亲自给他脖子上挂了一枚金链系着的大金质纪念章,以表示鼓励。这样一来,赛义德第二次更辉煌的胜利就必然引起巴格达本城青年的妒忌。

"这个外乡小子,"他们私下议论,"难道能让他来巴格达把咱们的荣誉、光彩和胜利通通都抢走么?难道能随他去别处吹嘘炫耀,说在咱巴格达的年轻精英中就找不出一个人,敢于和他一争高下么?"如此这般,他们就决定在下一次比武时一哄而上,以五个或者六个人围攻他一个,并装得像出于偶然似的。

他们不痛快的表现没能逃过赛义德锐利的眼睛。他发现,他们聚在角落上窃窃私语,神色阴沉地朝他指指点点;他料想,除去哈里发的兄弟和宰相的公子,再没有谁对他怀有善意;而且就是他俩,也用各种问题来烦他,打听他居住何处,从事什么职业,喜欢巴格达什么,等等。

在年轻人当中,有一个看赛义德－阿尔曼索尔时目光最凶险,对他似乎也最存敌意。而且特别凑巧的是,此人恰好就是不久前在卡鲁姆－贝克的铺子里被他拽倒在地的那个家伙,正当他准备揪掉倒霉的卡鲁姆的胡子的时候。这个人一直留神打量着赛义德，眼睛里燃烧着妒火。尽管赛义德已战胜过他几次，可这也不该成为仇视的原因呀。他因此有些担心，那家伙没准儿已从他的嗓音和身材，认出了自己就是卡鲁姆－贝克铺子里的那个店员，而只要一揭出真相，他准会遭到那伙人的耻笑和报复哦。然而，一帮忌妒者的阴谋暗算失败了，一是因为赛义德本人谨慎又勇敢，二是由于哈里发的兄弟和宰相的儿子对他表现了友好。当他俩看见至少有六个人包围着赛义德，试图将他打下马来，或者解除他武装，他们便策马赶去，驱散了围攻者，并警告这帮年轻娃娃，谁如果继续这么不仗义，就将谁干脆逐出演武场。于是在随后的四个多月中，赛义德都能这样考验自己的勇气，同时赢得巴格达的惊羡，直到有一天傍晚，在从赛场回家去的途中，他于不经意间听到了一些个似乎挺熟悉的嗓音。在他前面慢慢走着四条汉子，看样子正在商量什么。赛义德轻轻靠拢去，听清楚他们正操着在沙漠里的塞利姆匪帮讲的那种黑话，便预感到这四条汉子一定是准备进行抢劫。他的头一个念头是离开这四个家伙；但继而一考虑，他可以阻止一桩罪恶发生，便更加靠前一些，偷听他们到底说些什么。

"看门人讲得很肯定，市集右边那条街，"一个汉子说，"今天夜里他和宰相绝对会从那儿经过。"

"好，"另一个回答，"宰相咱不怕，他年纪大啦，没有多少武功；可据说哈里发却剑法很棒，我对他没把握。而且，他身后一定还尾随着十好几个卫士。"

"鬼也不会有！"第三个反驳说，"谁要什么时候在夜里见过他，认出他，总发现他独自和宰相或者内侍长在一起。今天夜里他逃不出咱们手心，只是别伤着他才好。"

"我考虑，"第一个汉子又开了口，"最好的办法是从头上向他扔套绳；杀死他不行，为他的尸体他们只会付很少一点赎金，再说咱们还没把握得到。"

"就这样，午夜前一个钟头！"四条汉子异口同声，说完就散开来，各奔东西。

赛义德被他们的阴谋大大吓了一跳。他决定立马赶去宫里见哈里发，报告他正面临着危险。可等他已跑出几条街，却突然想起仙女曾对他讲过的话，想起她告诉他哈里发对他的印象已经有多坏。于是赛义德考虑，他的陈述很可能遭到讥嘲，或者被当成是企图讨好谄媚巴格达的主宰。想着想着，他已收住脚步，心想倒不如信赖自己的好剑法，用它从强盗手里救出哈里发。

他因此没有回卡鲁姆－贝克的铺子，而是坐在清真寺的台阶上，在那儿等到完全天黑，然后再沿着市集走进强盗们说的那条街道，藏在一幢房屋的墙角后面。他在那里站了约莫一个钟头，才听见有两个人慢慢走来，起初还以为那就是哈里发和宰相，可其中一个击了击掌，立刻又从市集的方向轻手轻脚地溜过来两个。只见他们悄声合计了几句，又马上分散开；三人藏在离赛义德不远处，一人在街上踱来踱去。夜色已经很深，四周一片死寂，赛义德什么也听不见，只能依赖自己灵敏的双耳。

又过了差不多半小时，传来了朝市集走去的脚步声。街上那个强盗可能也听见了；他经过赛义德面前，朝市集溜去。脚步声越来越近，赛义德已看见几个黑黑的人影，那个强盗一拍手，埋伏着的三个同时就冲了出来。遭袭击的人想必也有武装，赛义德听见了刀剑碰击的叮当声。他立刻拔出自己的宝剑，边喊："杀死你们这些伟大的哈伦的敌人！"边向强盗们扑去，第一剑就刺倒了一个，紧跟着又冲向另外两人；他们已用套绳将一个人捆住，正动手解除此人的武装。赛义德挥剑砍强盗手中的绳子，不想用力过猛却砍着了强盗本身，削下了他的一只手；这家伙惨叫一声跪倒在地。这时正在和另一个人厮杀的第四名强盗转过身来，和第三个强盗一块儿进攻赛义德；可那个被套绳困住的人刚一脱身便拔出匕首，从侧面一下刺进了进攻者的胸口。见此情景，还剩下的那个强盗便扔下长刀，溜之大吉。

赛义德没等多久已清楚自己救的是谁。两位遭袭击者中身材更魁梧的一位走过来，对他讲："今晚的两件事都一样奇特：竟有人想害我的性命，或夺取我的自由；同时又得到了意想不到的帮助和拯救。您知道我是何人？难道您预先了解到了这些家伙的阴谋？"

"教民们的主宰啊，"赛义德回答，"我丝毫不怀疑您就是他。今天傍晚我经过马勒克街，听见前面有几个人在说我曾经学习过的那种黑话。他们商量着要绑架您，同时杀死您的高贵的宰相。可是已经来不及向您发出警告，我只好决定先赶到他们准备袭击您的这个地方，以便届时救驾。"

"谢谢你，"哈伦哈里发说，"不过此地不便久留；收下这枚指环，带上它明天到我宫里来；到时候咱们好好谈谈你和你救驾的事，看看我怎么能最好地奖赏你。走，宰相，这地方不好逗留；他们可能会再来的。"

他一边讲，一边给年轻人戴上一枚戒指，然后拉着宰相就准备离开，可宰相请求他再停留一会儿，随即转过身来把一个沉甸甸的小包递给莫名其妙的小伙子。

"年轻人，"宰相说，"我的主上哈里发只要高兴，想叫你变成什么人就变成什么人，甚而至于当他的继承者；可我能做到的不多，今天能做的最好就别推到明天，所以收下这个钱包吧。它还不足以表达我的感激。不管啥时候你有怎样的愿望，都尽管放心来找我！"

在赶回家时，赛义德完全陶醉在了幸福中。然而家里等着他的却没好事；卡鲁姆－贝克对他的迟迟不归先是感到恼火，随即便产生了担心，生怕自己的铺子会失去它漂亮的招牌。

老头子一见他便破口大骂，接着更暴跳如雷，活像是个疯子。可赛义德呢先已往钱包里瞅了瞅，发现里边全是些金币，就想他现在即使不再获得哈里发肯定是更加丰厚的赏赐，也完全可以动身回故乡去啦，因此不屑回答卡鲁姆一个字，便直截了当地向他宣布，他在他铺子里一个钟头也不愿意再待。卡鲁姆一开始很是吓了一跳，但紧接着便冷笑了笑，说：

"你这个穷鬼，流浪汉，臭瘪三！我要不收留你，看你到哪儿栖身去？你打算去哪儿找饭吃，去哪儿找床铺过夜？"

"这用不着您操心，卡鲁姆－贝克老爷！"赛义德倔强地回答，"好好地保重自己吧，我您再也见不着！"

他说着就跑出了店门，卡鲁姆－贝克在后面望着他，瞠目结舌。第二天早上，老头子在仔仔细细考虑以后，便派几个负责送货的伙计去四处寻找逃跑的小伙子。他们找了很久都白费力气，直到最后才终于有个伙计回来报告，他看见赛义德从一座清真寺走出来，进了一家商队客栈。他说，从前的店员完全变了一个人，穿着漂亮衣服，腰悬长刀和匕首，头戴着华丽的头巾。

听这么一讲，卡鲁姆－贝克大声发誓道：

"他肯定是偷了我的钱，才有得好的穿。哦，我这个倒霉鬼！"说完就跑去找警长。警长知道他是内侍长麦尔索的亲戚，所以没让他费多少口舌，便应他要求派出几名警察跟他去逮捕赛义德。赛义德呢正坐在一家商队客栈前，心平气和地和他在那里找到的一个商人商谈回自己故乡巴索拉的事。几名警察突然扑向他，不顾他的反抗，把他的双手绑在了背后。赛义德质问他们有什么权利对他动武，他们回答执行警长的指示，应他合法的雇主卡鲁姆－贝克的要求。与此同时，那矮怪物已赶过来，挖苦奚落赛义德，并伸手进他口袋，一下掏出来一大包金币，使围观的人惊讶不止，老家伙更是得意地大叫大喊：

"瞧瞧！这全部是从我店里慢慢偷的，这个坏蛋！"

众人都带着鄙夷的神色瞪着被捕的青年，大声议论："怎么搞的！还这样年轻，这样英俊，却又这么坏！送他上法庭，送他上法庭，让他尝尝脚掌挨揍的滋味儿！"说着，就拖赛义德往前走；在他身后跟了一大群来自各个等级的形形色色的人。人们边走边喊："快瞧啊，市集上最漂亮的店员——偷了东家的钱财逃跑——足足有两百金币喽！"

警长阴沉着脸，传见被捕的犯人；赛义德想要申辩，可这官僚禁止他开口，单听那小商人一面之词。他指着钱袋问卡鲁姆－贝克，这可是他被盗的金币；卡鲁姆赌咒发誓说是的。

他这样作伪证，尽管得到了金币，却失去了对他来说价值一千金币的漂亮店员，因为法官宣判：

"根据我们至高无上的君主哈里发几天前颁布的一部法律，在市集上行窃凡超过一百金币者，便要处以终身流放荒岛的刑罚。这个贼来得正好，刚好凑足二十名犯人的数字，明天就可以押上三桅船出海。"

赛义德非常失望，恳求法官听他申诉，允许他哪怕和哈里发只说一句话；但没得到许可。卡鲁姆－贝克呢也后悔自己起的誓，一样开始为赛义德求情，法官却回答：

"你拿到了金币该满足啦，各人回家去安安静静待着，再要啰唆一句就罚你十个金币。"

卡鲁姆吓得不吱声了，法官手一挥，不幸的赛义德就被带下了堂。

小伙子被关进了一间黑暗潮湿的牢房，牢房里本已横七竖八地在草上躺着十九个可怜虫。

他们以粗野的哄笑欢迎新来的难友赛义德，并且对法官和哈里发发出诅咒。尽管眼前的命运险恶，尽管一想到要被流放荒岛就心里害怕，但明天毕竟可以脱离这恐怖的监狱，他从中仍得到了几分安慰。然而，他想错了，因为船上的情况并不比监牢中好一些。二十名囚犯被扔进了人都站不直的底舱，他们为了占一个好点的位置而相互推挤，挥拳斗殴。

起锚了；当载着他背井离乡的帆船开始移动，赛义德便伤伤心心地流下了眼泪。每天他们只领到一点儿面包、水果和淡水，舱里一片漆黑，犯人吃饭时总得有人下来点上亮。他们中几乎每两三天就要死掉一个人，这水上牢房里的空气太污浊啦，赛义德只是由于年轻力壮才活了下来。

在海上已航行两个礼拜，突然，有一天巨浪汹涌，船面上出现了异样的忙碌和跑动。

赛义德预感到是起风暴了；因此他反倒觉得心里畅快，希望死去更好。

船被剧烈地抛来抛去，终于随着一声可怕的巨响停了下来。从船面上传来惊呼和惨叫，夹杂着风浪的阵阵咆哮。过一会儿又完全安静下来，但与此同时有个囚犯却发现船底进了水。他们捶打头顶上从上往下关的舱门，可是没人回应。海水往舱里灌得越来越急，囚犯们只好合力顶撞舱门，终于把门撞开。

他们爬上扶梯，但舱面上见不到一个人影。船员们全都乘小艇逃命去了。眼下多数囚犯已经绝望；要知道风暴重新变得凶猛起来，船正嘎嘎嘎响着逐渐往下沉。他们在舱面上还坐了几小时，找出船上储存的食物来最后大吃了一顿。事后风暴再起，船被吹离了它搁浅的礁石，开始分崩离析。

赛义德抱住一根桅杆，在船解体后仍然没有松手。海浪把他打过来打过去，他靠双脚划水，使身体始终保持在水面上。一直怀着死的恐怖，他游了约半个钟头，突然发现那拴着小银笛的金链子从衣带里滑出来了，便想再试一试能否吹响。他一只手抱紧桅杆，另一只手送小笛儿到嘴边，只这么一吹，一串清脆的笛音便响彻空际，四周顿时风平浪静，海面平滑得如同敷了一层油似的。赛义德舒了一口气，正四下张望是否哪儿有陆地，却觉得身子底下的桅杆在开始奇怪地膨胀和蠕动，低头一看，大吃一惊：他已不是趴在一根木头上，而是骑着一头硕大无比的海豚！不过没一会儿他便回过神来，发现海豚游得虽快，却是在平稳而从容地前进，明白自己神奇地获救得归功于那小银笛和仁慈的仙女，于是对着苍天大声喊出自己热忱的感激。

赛义德那神奇的坐骑托着他飞快地穿过波浪，不等天晚他已看见陆地，并发现一条大河，海豚也立刻拐进这河中，随后慢慢向上游游去。赛义德想起了一些古老的神话，记得人们怎样求助于魔法，为了不饿坏自己，他也拔出小银笛来猛吹，衷心希望能得到一顿丰盛的饮食。笛音刚落，海豚已静止不动，同时从海水中冒出一张桌子，而且是干干燥燥的，就像在太阳下摆了八天一样；桌上摆满了可口的饮食。赛义德大吃大喝，因为在监禁期间，他的伙食是又少又坏的呀。吃饱喝足以后，他道声谢谢，桌子便沉下去了；他呢用腿一夹海豚的腹部，这家伙又继续游向河的上游。

太阳渐渐西沉，赛义德在朦朦胧胧的远方看见了一座大城市，城里清真寺的塔尖似乎很像巴格达的那些建筑。想到巴格达他颇有些不快，但却非常信赖那位仁慈的仙女，坚信她绝不会再让自己落进卑鄙无耻的卡鲁姆－贝克手里。在河岸边离那大城市约莫一英里的地方，他看见一幢豪华别墅，使他惊讶的是海豚竟托着自己径直向那别墅游去。

别墅的屋顶上站着几位衣着华丽的人；在岸边，赛义德看见一大群仆人；人们全都朝着他张望，一边还惊喜地不住鼓掌。海豚游到一段通向别墅的大理石台阶旁边，赛义德脚一落地，海豚便马上消失得无踪无影。与此同时从台阶上走下来几个仆人，他们以主人的名义邀请年轻人上去，并且把一些干衣服递给他。他很快换好衣服，随仆人走到那三位男子站着的屋顶上；他们当中最高大英武的一位立刻迎上来，对他既友善又敬重。

"您是谁呀，神奇的异乡人？"他问，"您怎么能驯服海中的游鱼，要它向左就左，向右就右，就跟优秀的骑士驾驭自己的战马一样？您是一位魔术师呢，还是与我们一样的普通人？"

"老爷啊！"赛义德回答，"最近几个礼拜我的遭遇坏透啦；您要是高兴知道，我就讲给您听。"于是他开始给三位贵人讲自己的故事，从他离开父亲家中的一刻一直讲到了神奇地得救。

他的讲述时常被他们的惊讶呼叫打断；当他讲完了，殷勤接待他的那位主人说道：

"赛义德，我相信你说的话！可是你讲你曾在比武时赢得一条金项链，还有哈里发送过你一枚戒指，你能够把这些东西拿出来让我们看看么？"

"这儿，在我的胸口上，我藏着这两件礼物，"年轻人回答说，"哪怕牺牲性命，我也不愿失去它们；因为我把从强盗手中搭救出伟大的哈里发，视为无上光荣和崇高的壮举！"说着便掏出项链和戒指来，一起交给那三位贵人。

"以先知的荣誉起誓，就是他！这戒指正是我的！"魁梧英俊的男子叫起来，"宰相，咱们快拥抱他！咱们的救命恩人光临啦！"

当他俩一起拥抱赛义德时，小伙子像在做梦；不过他跟即跪倒在地，说：

"饶恕我，伊斯兰教民的君主，饶恕我在御驾面前信口开河；因为我知道您并非别的什么人，正是巴格达伟大的哈里发哈伦－拉希德啊！"

"对，我是他，也是你的朋友！"哈伦回答，"从这一刻开始，你所有的不幸都要翻个个儿。随我去城里，时刻留在我的左右，做我的亲信。确实啊，那天夜里你已用行动表明，哈伦在你心目中有多重要；然而我并不认为，我的每一个亲信，都经得起这同样的考验！"

赛义德谢了恩，答应要一辈子留在哈里发身边，只是在这之前他希望回去看看自己的父亲，老人家一定是非常非常地牵挂他呀；哈里发认为赛义德的要求合情合理。他们随即上了马，在日落之前便回到了巴格达。哈里发指示在宫里给赛义德分配了一长排装饰气派的房间，并下诏为他特地兴建一座公馆。

一听见这个消息，赛义德比武时的老对手，也就是哈里发的兄弟和宰相的公子马上赶了来；他们拥抱他，把他当成自己一样的贵族骑士，请求他做他们的好朋友。他们吃惊得说不出话来，当赛义德回答"我早已是你们的朋友了哟"同时抽出那条在比武时作为奖品得来的项链，以帮助他们回忆往事。可是他俩一直看见他都是皮肤褐黑，胡子长长的。所以直到赛义德讲了自己为什么乔装改扮，并且叫人取来一些没锋刃的兵器和他们作了一番较量，以证明他就是勇敢的阿尔曼索尔后，他们才欢呼着重新拥抱赛义德，同时庆幸自己有了一位如此出色的朋友。

第二天，赛义德和宰相正坐在哈伦哈里发身旁，内侍长麦索尔走了进来，说道：

"伊斯兰教民的君王啊，要是您开恩的话，我想求您一件事情。"

"让我先听听是什么事。"哈里发回答。

"宫门外候着我亲爱的表弟卡鲁姆－贝克，他是市集上一位有名的商人，"麦索尔禀报道，"他与巴索拉城的一个人有一桩奇特的官司；这人的儿子在他店里帮工，后来却偷了他的钱逃走了，谁也不知跑到了什么地方。现在那位父亲却来找卡鲁姆讨他的儿子，卡鲁姆自然交不出来。所以他希望，他请求您开恩，凭着您伟大的智慧和圣明，在他与巴索拉的那人之间断一个谁是谁非。"

"我乐意当这个裁判，"哈里发回答，"半个小时以后，请你的表弟和他的对手到法院来吧！"

麦索尔谢过恩走了，哈里发说：

"来的人正是你的父亲，赛义德，幸好我已经了解一切的真相，断起案来一定会像所罗门。你，赛义德，先藏在我宝座的帏幔后面，等我唤你再出来；你，宰相，马上去传那个草率行事的坏法官，在审讯时我用得着他。"

两人都遵旨行事。当赛义德看见自己父亲走进公堂，步履蹒跚，面容苍白憔悴，禁不住一阵心痛；反之，卡鲁姆－贝克却面带微笑，信心十足，正和他的表兄内侍长咬耳朵，叫赛义德气得恨不能马上从帷幕后冲出来，扑向这坏家伙。要知道，他最大的痛苦和磨难，都是此人造成的。

法庭内聚集了很多民众，谁都想听一听哈里发亲自断案。等巴格达的君王登上了宝座，宰相立刻要求肃静，并问有谁提出申诉。

卡鲁姆－贝克走到堂前，语气傲慢地道：

"几天以前，我正站在市集上我的铺子门口，就看见旁边这个人手里拿着一袋钱在店铺之间穿来穿去，边走边喊：'谁要知道来自巴索拉的赛义德的下落，这袋钱就归谁！'这个赛义德曾经在我铺子里当帮工，我于是大声回答：'过来，朋友，这袋钱是我的啦！'现在他如此仇视我，当时却是怪和气地走过来，问我了解什么情况。我回答：'您大概是他的父亲巴那扎吧？'他友好地答应是的，我于是就告诉他怎在沙漠中发现了年轻人，救了他，帮他养好身体，带他回了巴格达。他一听满心欢喜，把钱袋送给了我。可这个混蛋，当我继续对他讲，他儿子曾替我干活儿，行为却不端正，竟偷了我的金币逃跑啦，他就硬是不信，一连扭着我吵闹了好几天，要我还他儿子，还他钱袋。两样咱都不能给他，钱是咱向他提供消息赢得的报酬，他那没教养的崽子我也没法找到。"

现在巴那扎也说话了；他细细述说他的儿子多么高尚，多么有品德，绝不可能像那样偷人家的东西。他请求哈里发仔细调查。

"我希望，"哈伦哈里发说，"卡鲁姆－贝克，你是报了案的，像法律规定的那样。"

"嗨，那还用说！"商人大声回答，同时笑了笑，"我抓他去见了警长兼法官。"

"带警长上堂！"哈里发命令。

让听众惊讶的是警长说到就到，好像是魔法变出来似的。哈里发问他可记得这件案子，他承认有这么回事。

"你审问过年轻人吗？他承认偷盗了吗？"哈里发问。

"没有，他甚至很顽固，坚持要向您本人进行申诉！"法官回答。

"可我却想不起来见过他呀。"哈里发说。

"哎，干吗呢！要那样我每天都得送一大串坏蛋来见您，他们都想向您申诉。"

"可你知道，我是谁申诉都愿意听的啊，"哈里发回答，"不过，看样子他偷窃必定是已经证据确凿，所以才没有必要带他来见我。卡鲁姆，你可有证据，证明这些钱正是你被偷的钱呢？"

"证据？"卡鲁姆脸色苍白，问，"不，我没有证据。而您，伊斯兰教民的君王也该知道，金币这个和那个一模一样。叫我从哪儿去找证据，证明这一百个金币恰好是我柜上少掉的哟！"

"那你究竟凭什么看出这笔钱是你的呢？"哈里发问。

"凭装钱的袋子呗。"卡鲁姆回答。

"袋子在身边吗？"哈里发刨根问底。

"在这儿呢。"卡鲁姆说着掏出钱袋来递给宰相，由宰相转呈哈里发。

谁知宰相发出一声惊呼："我的先知啊！你说这钱袋是你的，你这狗东西？这钱袋属于我，它原本装着一百金币，是我把它送给了一位从危难中搭救了我的勇敢青年！"

"对此你愿起誓吗？"哈里发问。

"当然愿意，就像我愿有朝一日升天堂一样，"宰相回答，"要知道还是我女儿亲手为我缝的呢。"

"噢，噢！"哈里发嚷起来，"这么说，人家向你谎报了案情喽，法官？你为什么相信，钱袋属于这个商人呢？"

"他起过誓的呀。"法官战战兢兢地回答。

"如此说来，你发了伪誓！"哈里发冲商人大发雷霆，商人吓得脸色惨白，浑身哆嗦。

"真主啊，真主！"他连声叫喊，"对宰相大人的话，我自然不敢说啥，他是位有身份的人物嘛，可是，唉，这钱袋确实属于我，是那下贱的赛义德把它给偷走了。可惜他现在不在场，否则我宁愿拿出一千金币。"

"你到底如何处置了赛义德？"哈里发问，"说，要派人去哪儿才能带他来对证！"

"我把他流放到了一座荒岛上。"法官回答。

"哦，赛义德！我的儿子，我的儿子！"不幸的父亲哭喊着。

"这就是说，他认罪了喽？"哈里发问。

法官脸色苍白，一双眼睛溜来溜去，好一会儿才说："要是我没有记错的话——是的。"

"你也没有把握吗？"哈里发厉声追问，"那好，咱们就问他本人。出来吧，赛义德，而你，卡鲁姆-贝克，你首先得付一千金币，因为他现在在场！"

卡鲁姆和法官以为见到了幽灵。他俩一下跪倒在地，连呼："恕罪！恕罪！"

巴那扎高兴得险些儿晕倒，一头扑进原以为已失去的儿子怀里。接着，哈里发便神情严厉地问："法官，赛义德就在这里，他认罪了吗？"

"没有，没有！"法官尖声喊着，"我只听了卡鲁姆一面之词，因为他是个体面人。"

"我派你当大家的裁判官，就为的是让你只听体面人的申诉喽？"哈伦-拉希德义愤填膺，喝道，"我把你流放到大海里的一座荒岛上去待十年，让你在那儿好好考虑什么叫正义！还有你这混蛋，你唤醒一个垂死的人，不是为了救他，而是把他变成你的奴隶！你像说过的那样付一千金币吧，你许诺过，如果赛义德能出庭对质。"

卡鲁姆暗暗高兴，这么便宜就了结了一场险恶的官司，正想向宽宏大量的哈里发谢恩。哈里发呢却继续说："为了你就那一百金币发的伪誓，判你挨打一百脚掌。另外，随赛义德挑选，看他是接管你的整个铺子和你这搬运工呢，还是愿意按照他替你干活儿的天数每天收你十个金币。"

"让这混蛋滚吧，哈里发！"年轻人大声说，"我不稀罕他的任何东西。"

"不，"哈里发回答，"我要你得到补偿。我代你挑选每天获得十枚金币，你可以算一算，在他的魔爪下一共熬了多少天。现在把这俩坏蛋带走！"

两人被带下去了。哈里发领着巴那扎和赛义德来到另一座大厅，在那儿对巴那扎讲自己被赛义德搭救的奇异经过，只是讲述不时地让卡鲁姆的惨叫声打断；须知人家正在院子里一棍一棍往他脚掌上数那一百金币来着。

哈里发邀请巴那扎与赛义德一起在巴格达生活。巴那扎同意了，只是还回了一趟家，为的是搬来大笔的家产。赛义德呢就像个王子似的，住在知恩必报的哈里发为他新建的宅邸中。哈里发的兄弟和宰相的儿子成了他的挚友。从此以后巴格达便流传着一句口头禅：

我真希望能像巴那扎的儿子赛义德那样，又善良，又幸运。

"这样消磨时光我真一点也不困，哪怕接连两三个晚上甚至更长的时间不睡觉。"狩猎师一讲完，年轻铁匠就说，"我常常经历这种事，例如早先在一位铸钟师傅那里当伙计的时候。这位师傅很有钱却不是个吝啬鬼，可正因此有一次接到一桩大活儿他却一反常态，抠门儿得很，令我们十分惊异。那是要为一座新建的教堂铸口大钟；

我们做伙计和学徒的得通宵达旦地待在炼铁炉旁，守护着炉火。大伙儿无不认为，师傅这回一定要开他的老窖，赏咱们点好酒喝啦。没那回事！他只是每过一小时让咱们传递着喝上两口，自己却开始讲他学徒期满后的漫游，讲他一生中各式各样的故事。他讲完了就由大师兄讲，挨个儿轮着来，结果咱们没有一个喊困，因为都听得入了迷。不知不觉间，天已经亮了。这时我们才识破师傅的诡计，原来是用讲故事的办法使咱们保持清醒。不过，大钟铸成了，他却没有吝惜自己的葡萄酒，补上了那天夜里聪明地搁置起来的事。"

"你师傅是个有头脑的人，"大学生接过话茬，"我很清楚，没有什么比讲故事更能制止瞌睡。所以嘛，今晚上我不肯独自待着，否则不到十一点，我就非睡着不可。"

"农民们也很好地考虑到了这一点，"狩猎师说，"所以姑娘媳妇冬夜里在灯下纺纱，都不是独自关在自己房里单干，因为这样纺着纺着就会瞌睡，而是集中到所谓亮室中，大家伙儿一起边干边讲故事。"

"是的，"车夫插进来说，"气氛常常怪恐怖，叫听的人怕得要命，因为讲的要么是出没在草地上的喷火魔鬼，要么是半夜里在人房中拼命闹腾的精怪，要么是吓唬人和畜生的幽灵。"

"那她们自然就得不到很好的消遣喽，"大学生认为，"我承认，本人再讨厌这样的鬼怪故事不过。"

"嗨，我的想法刚好相反，"铁匠伙计大声反驳，"这种恐怖故事，我听起来才叫过瘾喽。那劲头儿，就像外边下大雨，你在房里睡觉一样。你听见屋顶上一个劲儿滴滴答答，滴滴答答，自己却只感到裹在干被窝里暖烘烘的。是啊，大伙儿聚在灯下听鬼故事，真感到既安全，又舒适。"

"可以后呢？"大学生追问，"一个人听了并可笑地相信了这些鬼故事，他将来独自摸黑走夜路，会不毛骨悚然么？他不会想起听过的种种可怕情景么？直到今天，每当回忆起童年时代，我还对这类鬼怪故事感到厌恶。我是活泼、早熟的男孩，对我亲爱的保姆来说也许过分好动。她没有别的办法使我安静下来，只知道吓唬我。她给我讲各式各样的恐怖故事，什么女巫呀，在人家里作祟的恶鬼呀，等等。每当有只猫在阁楼上捣蛋，她就胆战心惊地冲我耳语：'听见了吗，宝贝儿？现在他又在楼梯上上上下下，那具僵尸！他把脑袋夹在腋下，两只眼睛亮得像灯笼。他没有手指，而是利爪，在黑暗中逮住谁，就一下拧断他的脖子。'"

男人们听了都笑起来。大学生却继续说：

"我当时太小，不可能认识到一切都是假的，都是杜撰的。我不怕高大的猎狗，能够把一块儿玩儿的小伙伴一个个摔倒在地，可是一走到暗处，却害怕得闭紧眼睛，相信那个僵尸马上会来。情况窝囊到了没灯我就独自不肯出门的地步，有几次让父亲发现了，事后狠狠惩罚我一顿。然而很久很久，我仍摆脱不了孩子气的恐惧；全得怪我愚蠢的保姆。"

"是的，是大错特错，"狩猎师附和说，"如果给孩子头脑里灌满这种蠢念头。我可以担保，我曾经认识一些坚强、勇敢的男子汉，一些面对着三倍于己的敌人也不会胆怯的猎人——可是，一旦要他们夜里埋伏在森林里逮野兽，或者抓偷猎者，他们常常也会突然感到气短心虚，因为在他们眼里大树能变成可怖的幽灵，灌木能变成女巫，萤火虫能变成在黑夜里窥视着他们的精怪一闪一亮的眼睛。"

"不只对于小孩子们，"大学生继续说，"我认为这么讲故事玩儿极其有害，极其愚蠢，而是对于所有的人。要知道，一个理智健全的人，怎么会对只在傻瓜的脑子里才真实的怪物的胡作非为，感到兴趣呢？只在傻瓜的脑子里才有鬼，其他任何地方都没有。说到有害嘛，又以农民中流传的那些故事为最。在乡下人们对这类蠢话坚信不移；他们常常挤在酒馆和纺纱屋里，用战战兢兢的声调讲述各种最最可怖的故事，以培养、坚定自己的信念。"

"是啊，少爷，"车夫应道，"您说得不错！由于信这种故事，已经发生许多不幸。是啊是啊，我有个姐姐，她甚至因此可悲的丧了命。"

"什么？就因为信这种故事？"男人们一起惊呼。

"可不是吗，因为这种故事，"车夫回答，"在我父亲居住的村子里，姑娘媳妇们也有冬夜聚在一起纺纱的习俗。小伙子们也跟着去讲各式各样的故事。一天晚上，人们又讲起鬼故事来。小伙子们说有个年迈的小店店主十年前死了，可躺在墓穴中不得安宁。他每天夜里都推开泥土，爬出墓坑，一边像他生前似的咳咳呛呛，一边慢慢溜回他的小店；他在那儿不停地称白糖啊，咖啡啊，嘴里还自顾自地念叨：

半夜七两五，七两五，
天亮变一斤，变一斤。

"许多人硬说见过他，姑娘媳妇们开始害怕起来。我的姐姐是个十六岁的大姑娘，自以为比其他女孩子聪明，因此讲：'我完全不相信；哪个死了还回得来喽！'她话虽这么说，可惜却少了信念，因此常常已感到害怕。这时一个小年轻说了：'如果你真这么想，就不会畏惧那个老头。他的墓穴离最近死的凯特馨仅仅两步，要有胆量就去一下墓地，从她的坟上给咱们摘些花回来，这样咱们才真相信你不怕那老店主。'

"我姐姐羞于被人嘲笑，便回答：'嗨，这还不容易！你们到底要哪种花？'

"'全村只有那儿开得有白玫瑰，你就去给咱们采一束回来吧。'她的一个女友回答。我姐姐站起来走了，男人们全称赞她勇敢；可妇女们却直摇头，说：'但愿别出岔子才好！'

"我姐姐朝着墓地走去。那晚月色明亮。当钟敲午夜十二点，她推开墓园的大门时，已经感到不寒而栗。

　　"她走过一座座熟悉的小坟丘，离凯特馨坟上那些白玫瑰越近，离那个作祟的老店主的坟越近，她心里越是紧张，越是害怕。

　　"终于走到了，她便哆哆嗦嗦地跪下去，开始摘那些白花。就在近旁，她相信听见了一阵窸窸窣窣的声音；她回头一看，只见两步外的一座坟上有土块飞起来，从墓坑中慢慢慢慢立起一个人形，一个戴着白色睡帽的脸色苍白的老头。我姐姐吓坏了，再定睛望去，想知道是否看错了。可坟里那家伙却嗓音沙哑地说起话来：'晚上好，小姐！这么晚打哪儿来？'我姐姐蓦地吓得半死。她拼命冷静下来，跳过一座座坟丘，奔回纺纱屋，上气不接下气地讲了刚才看见的情况，人虚弱到了极点，只得让人抬回家去。第二天我们才知道，是一名掘墓人在那儿挖坟坑，向我姐姐打了声招呼；可这还有什么用呢？我姐姐在听到此事之前，已经发很高的高烧，三天后就死啦。那些用来为她编花圈的白玫瑰，是她亲手摘来的啊。"

　　车夫不作声了，眼里噙着热泪；其他人都同情地望着她。

　　"可怜的孩子肯定就死于这样的迷信，"年轻的金匠说，"我也想起一个故事，打算给各位讲一讲；遗憾的是和刚才那可悲的事件不无联系。"

施廷福岩洞

（苏格兰传说）

　　许多许多年以前，在苏格兰的一座岩石荒岛上，和睦幸福地生活着两个渔夫。两人都未结婚，也没有其他亲属，虽然分工不同，却靠共同的劳动维持生计。他俩年龄相仿，长相和个性却像老鹰和海牛似的少有共通之处。

　　卡斯帕尔是个矮小粗壮的汉子，长着张肥大的满月似的圆脸，和善的眼睛老是笑眯眯的，似乎从不知道什么烦恼忧愁。他不只肥胖，还懒惰、贪睡，因此家里的事就归他；他得烧烧烤烤，织补自己用的和出售的渔网，同时干他们那一小块地上的大部分农活儿。他的伙计却完全相反，个子瘦高瘦高的，长着只勇敢的鹰钩鼻子，目光敏锐犀利，不只是勤劳而成功的渔夫，还是大胆攀高的掏鸟窝好手；不只是苏格兰群岛最吃苦耐劳的农民，还是基尔希瓦尔市集上以贪婪著称的买卖人。然而他的货色上乘，做起买卖来从无欺诈，所以谁都乐意与他交易。老鹰威尔穆——他的乡亲都这么叫他——尽管贪婪，却乐意和木头卡斯帕尔分享自己辛辛苦苦挣来的钱财，两人不只日子过得挺好，而且已开始走上小康之路。然而仅仅是小康还满足不了老鹰的贪心；他希望富有，十分的富有。很快他就看出，要走勤劳致富的老路，不可能迅速达到目的，于是，他终于产生了要靠某种非常的机遇侥幸发财的念头；而这念头一占据他那动荡不安的心，这颗心就再也容不下别的什么，他也开始一本正经地和木头卡斯帕尔合计此事。对于木头来讲，老鹰的话就是圣经，这傻蛋还把它告诉邻里，于是不久就传开了谣言，说什么老鹰威尔穆为了暴富真把自己的灵魂出卖给了魔鬼，要不就是他已经得到了魔鬼的类似许诺和提议。

一开始，老鹰对这类谣言还嗤之以鼻，可渐渐地，他也陶醉于各样的想法，真希望有朝一日某个精灵会透露给他一座宝藏的秘密；这时候，乡亲们再来作弄他，他就不怎么反驳了。他尽管还继续干着原来的营生，可是已缺少了热情，常常用大部分过去打鱼和干其他正事的时间去做没结果的搜寻和冒险，希望这样能够使他突然发起来。也活该他倒霉啊！一天，他独自站在荒凉的海岸边，眼睛莫名其妙地凝视着远方动荡翻腾的大海，似乎他的鸿运就要从那儿漂来。这当儿，一个巨浪冲来一些断根的苔藓和泥沙，从苔藓和沙石中间滚到他脚下来了一团黄灿灿的东西——一团真正的金子。

威尔穆呆若木鸡；看来他的渴望并非虚幻的梦想，大海真的赐给他了金子，黄澄澄的纯粹的金子，而且多半只是些从一块大金锭上掉下来的碎屑，让海浪在海底里冲成了枪子儿大小的一团吧。想到此他恍然大悟，在这海岸边的什么地方准是曾经有一艘满载的大船触礁沉没了，而他威尔穆就正好是注定来打捞那些埋藏在深海中的财宝的人。从这一刻起，他的一门心思全集中到了这件事上：甚至对他那伙计，威尔穆也严守自己发现的秘密，以免其他人也看出蛛丝马迹。他荒废了其他所有工作，夜以继日地守在海岸边，但并非撒网捕鱼，而是向海里抛一把特制的铲子——为打捞黄金呗。可他捞到的只是贫穷，因为他再没有任何收入，而成天睡眼惺忪的木头卡斯帕尔即使努力，挣的钱也不够养活他两个人。在寻找更多宝藏的过程中，不只捡到的那一小团金子消失了，还渐渐耗尽两个单身汉原有的财产。就像当初木头不声不响地靠老鹰替自己挣来好吃好喝的一样，眼下他同样一声不吭，毫无怨言，听任威尔穆去白干他那些蠢事；也正好是他伙计这样的宽厚容忍，更加鼓起了老鹰继续不停地探宝的劲头儿。而且，还有一个情况使他更加来劲儿，就是常常在他躺下来闭上眼睛快睡着的时候，总有什么在他耳边嘀嘀咕咕，他虽然听得非常清楚，似乎还总在重复同一个词儿，可却从来记不住。这个现象奇怪极了，尽管他还不知道它和自己眼下急着干的事可能有什么联系；然而，像老鹰威尔穆这么一个人，什么都免不了影响他的情绪，这神秘的耳语同样使他更加坚信自己注定要交好运啦，他希望，这就是等着他去挖掘的一大堆金子。

一天，在老鹰威尔穆找到那一团金子的海岸边，他突然遇上狂风暴雨，没办法只好逃到附近的一座岩洞里躲避。当地居民称此洞为施廷福岩洞，原本是一条长长的地下通道，两边的洞口都通向大海，因此给海浪提供了一条出入自由的走廊，海浪也就咆哮着，汹涌着，不停地从洞中穿过。这座岩洞只有一个地方人进得去，就是钻过洞顶上的一道裂缝，可真敢去钻的仅仅是一些傻胆大的小青年，因为传说那儿还经常闹鬼。威尔穆正是从这条裂缝吃力地钻到了施廷福岩洞里，站在地面下约莫八九尺处的一块突岩上，脚下海水汹涌澎湃，头顶风暴怒吼呼啸；就在这样的处境中，他又跟往常一样思索起来，思考的仍是那条沉船，它究竟是怎样一条船呢？要知道，不管他如何打听来打听去，即使从那些最年长的居民口里，也掏不出半点儿关于此地有过沉船的消息。威尔穆自己都不知道在洞里坐了多久。可当他终于从白日梦中清醒过来时，发现洞外风暴已经停息。他正打算爬出洞去，冷不防从深深的洞底传来一个声音：卡尔——米尔——汉！这几个字清清楚楚地送进了他的耳里。他吓得一跃而起，低头往黑洞洞的深渊望去。"我的主啊！"他失声叫道，"这不就是在睡梦中老缠着我的那个词儿么？老天知道，它到底是什么意思？"

"卡尔米尔汉！"这叹息似的声音再一次从洞底传来。当威尔穆的一只脚已经跨出洞顶的裂隙，紧接着他便仓皇逃回自己的小屋，活像一只受惊的鹿子。

并不是说威尔穆变成了懦夫，而只是事情对他来说太突然；再说他心中的贪欲也太强烈啦，远远不会叫一些个危险迹象给吓住，在他那充满艰险的崎岖小路上停止前行。一天深夜，威尔穆趁着月色，又在施廷福岩洞的面前用他特制的铲子打捞宝藏，捞着捞着铲子突然让什么东西挂住了。他使出吃奶的力气拖啊拽啊，那东西一动不动。这当口起风了，乌云从天空掠过，小船剧烈颠簸，眼看就要翻了；威尔穆却毫不动摇，仍旧坚持拽啊，拖啊，直到失去反作用力，他已感觉不到重量，以为是绳子断了。然而就在乌云聚拢在月亮面前的一刹那，海面上蓦地出现一个黑乎乎、圆滚滚的大家伙，同时传来一直对他穷追不舍的那个词儿：卡尔米尔汉！老鹰威尔穆急忙伸出手去抓那东西，可这家伙更加迅速地消失在了暗夜里。与此同时又风暴大作，逼得威尔穆再一次逃进身后的岩洞中。在洞里，他疲倦得不知不觉睡着了。睡梦中，他受着似脱缰野马一般的想象力的折磨，把白天为无休止地追逐财富而吃过的苦头又忍受了一遍。直到旭日初升，第一抹霞光照在眼下已是风平浪静的海面上，威尔穆才醒来。他正准备出洞去干他习惯的工作，却见远远的海上有什么东西向他漂来。他立刻认出那是一只船，船上有一个人影；可令他惊讶得无以复加的是，那船既无帆，也没桨，却自动在往前走，而且船头正对着岸，加之坐在船上的那人看上去根本没有管舵，要是上面还有个舵的话。那船越走越近，越走越近，终于停在威尔穆的小船旁不动了。现在看清楚船上坐的是一个干瘪的小老头儿，穿着黄色的麻布衣服，戴一顶高耸耸的红色睡帽，一动不动地紧闭双眼，活像一具风干了的僵尸。威尔穆招呼、喊叫没有用，用铲子捅、戳也没有用，就想用一根绳子捆住那船拖走它，不料这时那小老头儿却睁开了眼睛，并且以令勇敢的渔夫见了也毛骨悚然的怪诞方式活动起来。

"我这是在哪儿哟？"小老头儿深深地叹了口气，然后操着荷兰语问。

老鹰从捕捞鲱鱼的荷兰渔民处学了一点儿他们的语言，告诉老头儿这座岛叫什么，问老头儿到底是何人，怎么会到这儿来了。

"我来看看卡尔米尔汉。"

"卡尔米尔汉？我的天啊！这究竟是什么？"贪婪的渔夫大声问。

"咱不回答任何以这种方式提出的问题。"小老头儿应道，一副怯生生的样子。

"喏喏，"老鹰大声喊，"什么是卡尔米尔汉？"

"卡尔米尔汉眼下没啦，可当初它是一条漂亮的大船，装载着没有任何别的船载运过的那么多金子。"

"它沉没在什么地方？什么时候？"

"那是在一百年前，什么地方我不清楚。我来就是找这个地方，打捞丢失的黄金；你要肯帮助我，咱俩就可以平分。"

"打心眼儿里愿意啊！快讲，要我干什么？"

"让你做的事需要勇气：正好午夜时分，你得去岛上最荒无人迹的地方，并且牵上一头牛，在那儿把牛宰了，让另一个人帮助你把刚剥下的牛皮穿在身上。这个陪你的人随后必须把你放倒在地上，扔下你一个人；这样，在钟敲一点之前，你就知道卡尔米尔汉的金银财宝沉在何处了。"

"这么干连圣人的儿子也会身败名裂！"威尔穆吓得叫起来，"你准是魔鬼。回地狱去吧！我不想和你打任何交道！"他继续讲，同时拼命划桨逃走。

小老头儿气得咬牙切齿，在他背后诅咒谩骂；威尔穆划着双桨，一会儿已听不见骂声，在转过一道岩壁以后，便从小老头儿的视线里消失了。他发现魔鬼企图利用他的贪欲，用金钱引诱他上圈套；可这发现仍然不能使财迷心窍的渔夫悬崖勒马，相反他倒以为可以利用那黄衣小人儿的提议，却不受魔鬼的支配。他继续一门心思地在海岸边打捞金子，放弃了去其他海域捕鱼的丰厚收入，懈怠了过去勤劳谋生的种种努力，从此一天天贫困下去，最后甚至开始缺少生活必需之物，同时也连累了他的伙计。尽管倒霉受穷全怪老鹰威尔穆的贪婪和固执，尽管养活两个人的重担落在了木头卡斯帕尔一人肩上，他的这个伙计却从无任何怨言。是的，卡斯帕尔甚至仍旧对他百依百顺，仍旧相信他比自己有头脑，就像当初他干什么总是成功的时候一样。这个情况大大增加了威尔穆的苦恼，同时更刺激起他寻找宝藏的欲念，因为他希望这样能够给眼下跟着自己受穷的朋友以补偿；加之那魔鬼的耳语"卡尔米尔汉"仍不断在睡梦中追逐着他。长话短说，贫困、绝望和贪欲，驱使着老鹰威尔穆最终发了疯；他真的决定照小老头儿的提议行事，尽管依据古老的传说，他知道这样做自己会落入魔鬼的手掌。

卡斯帕尔再怎么反对也没有用。他越是恳求老鹰放弃自己铤而走险的打算，这小子越是来劲儿。终于，善良软弱的老好人同意了陪伴他，帮助他实现自己的计划。当把绳子套到那头漂亮的母牛——他们现在唯一的财产的角上时，两人的心都痛苦地缩紧了；须知它是他俩从小牛犊一直养大的，好多次想卖都舍不得卖，因为不忍心看见别人牵走它。然而眼下恶魔控制了威尔穆，窒息了他胸中所有美好的感情；卡斯帕尔呢，又拿他一点办法没有。眼看到了九月，苏格兰群岛已开始寒冬的长夜。凄厉的夜风吹得天空中乌云翻卷，堆积起来宛如迈尔斯特若姆的座座冰山；浓黑的阴影笼罩着山坡和泥沼地之间的峡谷；幽暗的河床黑沉沉的，看上去就跟地狱的入口一样怕人。老鹰走在前面，对自己如此胆大也心里发怵的木头紧随其后，每瞅一眼那可怜的母牛就热泪盈眶；这畜生正一无所知地，满怀信赖地走向死亡，死在那个在此以前饲养它的同一个人手中。他俩吃力地走近狭窄的、积水的山谷，谷中长满苔藓和野草，遍布嶙峋巨大的石块；四周围绕着消失在灰色浓雾里的、人迹罕至的荒凉群山。他们爬到了山谷中央一块摇摇晃晃的巨石上，一只受惊的老鹰嘎声啼叫着冲上了夜空。可怜的母牛闷声哞叫，好像看出了这个地方多么可怕，预感到了自己即将遭遇的不幸。卡斯帕尔扭过头去，以便抹掉夺眶而出的泪水。他俯瞰刚才上来时穿过的岩隙，听见从那儿传来远远的海潮的喧声。随后他们朝着堆集着墨黑的乌云的山顶爬去，云层里时时响起暗哑的嘀咕。当卡斯帕尔再回过头来看威尔穆，这小子已经把可怜的母牛捆在巨石上，正举起斧头要砍倒这乖觉的牲口。

这叫横下决心对自己朋友始终逆来顺受的卡斯帕尔也受不了啦。他绞着双手跪倒在地。

"看在上帝分上，威尔穆！"他绝望地叫着，"放过它，放过这头母牛！别毁了你和我！别毁了你自己的灵魂！——别毁了你自己的一生！要是你非试探试探上帝不可，那就等到明天吧，宁肯明天宰掉另一头畜生，也别杀死咱们心爱的母牛啊。"

"卡斯帕尔，你疯了吗？"威尔穆像个狂人似的大声吼叫，斧子仍高贵地举在空中，"难道要我为保全这头母牛而自己饿死不成？"

"不会让你饿死，"卡斯帕尔语气坚定地回答，"只要我还有一双手，就不会让你挨饿。我愿从早到晚为你劳动。只求你别丢弃自己灵魂的幸福，给我留下这头牛的性命吧！"

"那你就接住斧头，把我的脑袋劈开！"威尔穆绝望地喊道，"不得到我想要的东西，我绝不离开这个地方。——你能替我打捞卡尔米尔汉的财宝么？你这双手除了应付生活急需，还挣得来什么？——不过它们能结束我的痛苦——来，把我砍了代替这牛当作牺牲吧！"

"威尔穆，杀掉这牛，杀掉我得啦！我无所谓啊，我担心的只是你的灵魂能不能得救。唉，这儿是魔鬼的祭坛，你是要向黑暗奉献牺牲啊。"

"我管不了这些，"威尔穆喊道，随后像个决心不顾一切铤而走险的人似的发出阵阵狂笑，"卡斯帕尔，你疯了，也使我疯了——好吧，"他继续说，同时扔掉斧头，从石头上抓过刀子，像准备自己捅自己一刀，"好，你就让这牛顶替我吧！"

卡斯帕尔转瞬间冲到他面前，夺下他手里的凶器，抓住斧头来高高挥起在空中，猛地一下砍在心爱的母牛脑袋上，这畜生挣都没有挣扎一下，就倒在自己主人的脚边一命呜呼了。

　　紧跟着这迅疾的行动，一道闪电伴着隆隆的雷声划过夜空；老鹰威尔穆两眼呆呆地瞪着自己的朋友，就像大人瞪着个干了连大人自己也没勇气干的事的小孩一样。木头卡斯帕尔呢，似乎既不畏惧闪电雷鸣，也不为朋友的惊恐凝视所动，而是一声不吭地匍匐到牛身上，动手剥起牛皮来。威尔穆稍稍定了定神，也帮着一起剥，然而就跟他先前急切地想看见这奉献牺牲的一幕似的，他这时也掩饰不住内心的反感。他们还在干着，暴风雨就已来临，群山中雷声隆隆，可怕的闪电像蛇一般绕着山谷里布满苔藓的怪石窜来窜去，尚未到达山顶的飓风在谷底和海滩发出狂叫。牛皮终于剥下来了，两个渔夫全身都已湿透。他们把牛皮铺在地上，然而按照威尔穆的指点，卡斯帕尔把他裹在里面并且捆紧了。一切全做完了，这可怜的人才打破长时间的沉默，满怀同情地俯视着自己财迷心窍的朋友，嗓音颤抖着问："我还能为你做点什么吗，威尔穆？"

　　"什么也别做了，"对方回答，"回头见！"

　　"回头见，"卡斯帕尔应道，"愿主与你同在，像我一样原谅你！"

　　这就是威尔穆听见他说的最后一句话；他随即消失在了越来越浓重的黑暗里。而也就在这一刹那，老鹰一生中所经历过的最可怕的风暴发作了。一开始就是一道雪亮的闪电，不只照彻了威尔穆近旁的峭壁和怪石，还把他脚下海潮汹涌的峡谷和散布在海湾中的一座座小岛，也清清楚楚显现在他眼前；就在这些小岛之间，他似乎看见一艘造型异样的、断了桅杆的大船，可是一眨眼，这船也消隐在了漆黑的暗夜里。雷声震耳欲聋。大量的岩石从山上滚下来，险些儿把他给砸死。大雨倾盆，转瞬间洪水已冲进狭窄的山谷，威尔穆连肩膀都泡在了水里；幸好卡斯帕尔把他的上半身放在了一块凸起的地上，不然他一下子就淹死了。洪水涨高起来；然而，威尔穆越是挣扎着想脱离险境，牛皮就把他箍得越紧。他喊卡斯帕尔也没用，卡斯帕尔已经走远。在危难中呼唤上帝吧他又不敢，于是转而打算乞求那些他觉得已经控制着自己的黑暗的势力，可一转念不禁浑身打了个寒战。

水已经钻进他的耳朵，触到他的嘴唇。"主啊，我完啦！"他感觉一股洪水漫过他的脸颊，叫道。——然而就在这一瞬间，他恍惚听见近旁有一道瀑布坠落的淙淙声，他的嘴立刻又露出了水面。洪水在岩石间冲出一条通道，同时雨也小了，漆黑的夜空稍微亮开了一点。威尔穆不再完全绝望，似乎又有了一线希望的光明。经过与死神的搏斗，他现在虽然精疲力竭，恨不得马上从困境中解脱出来，可是他那疯狂追求的目的仍未达到啊；因此，随着直接的生命危险已成过去，对财富的贪欲又回到了他胸中，对他施以疯狂的报复。他确信坚持这么待着就能达到目的，于是静下心来，在又冷又累的情况下堕入了沉睡之中。

他大约睡了两个小时，一股冷风刮过他的面孔，一阵由远而近的海潮声涌入耳鼓，威尔穆才从自己不幸的昏迷状态中苏醒转来。天空又开始变得黑暗了，一道闪电，像引来头一场暴风雨那样的闪电，重新照亮他的周围，威尔穆相信再次看见了那艘造型陌生的大船；眼下，这艘船搁浅在了斯廷福岛礁的紧跟前，一个浪头涌起，船似乎突然就沉到了海底的深渊。威尔穆目不转睛地盯着那幻象；这时电光闪闪，海上一片通明，可突然谷底腾起一根山一般高的水柱，将他猛地卷到一块岩石上，使他完全失去了知觉。他再醒过来时，暴风雨已经住了，天空也亮了一些；只是闪电仍一个劲儿在继续。他躺在围绕着峡谷的山脚边，感觉浑身骨头像散了架似的一点动弹不得。海潮的喧啸声变弱了一些，其间听得见犹如教堂唱圣歌似的庄严乐声。这乐声开始时很轻很弱，他当是错觉。可它们一次又一次传来，而且越来越近，越来越清晰，最后他似乎觉得听出来一首赞美诗的曲调；记得去年夏天，在一艘捕捞鲱鱼的荷兰船上，他就听见过这首曲调。

终于，他分辨出了不同的声部，是的，他甚至觉得听清了歌词。现在，唱赞美诗的人声已近在谷中，威尔穆使劲儿将身子挪动到他枕靠脑髓的小坡上，看见真的有一行人唱着圣歌，照直朝他走来。这些人的脸上带着痛苦和恐惧，衣服好像都在滴水。现在他们已走到威尔穆近旁，歌声也沉寂了。走在队伍头上的是几名乐师，随后跟着一些水手，水手后面是一位健壮魁梧的男子，穿着一套老祖宗时代的绣金服装，腰间挂着一柄弯刀，手里握着支又粗又长的西班牙式金头望远镜。他的旁边走着个小黑奴，不时地给主人递过去长长的烟袋；他便威严地吸上几口，吸完又往前走。他身板笔挺地站在了威尔穆面前，两旁站着一些衣着稍微少一些讲究的男子，手里也全都握根烟袋，只是似乎不如小黑奴为他魁梧庞大的东家拿着的值钱罢了。在他们身后还跟上来另一些人，其中有不少妇女；她们或牵着或抱着几个小孩，衣着都挺华丽，只是式样颇为陌生。给一行人殿后的是些荷兰水手，个个嘴里满是烟草，牙齿间还咬着根褐色的小烟斗，脸色阴沉地、一声不响地在那儿吸着。

渔夫惊恐地望着这奇特的一行；可是对即将发生的事情的期待，使他保持着勇气。那些人久久地围着他站在那儿；从他们烟袋里冒出来的烟，像云一样聚集在威尔穆头顶上，其间闪烁着一颗颗星星。他周围这个人圈越收越紧，越收越小；从他们嘴里和烟袋里吐出来的烟雾，却越来越厚，越来越浓。老鹰威尔穆本是个勇敢无畏的汉子，也做好了应付非常事件的准备——可是，当他看见这帮不可理解的人越来越逼近自己，就像要用自身的重量把他压死似的，他也勇气顿失，额头上沁出来大颗大颗的汗珠，自己感觉怕得要死。各位不妨先想象一下威尔穆有多么恐怖：他不经意地转了转眼珠，竟发现就在自己脑袋边上，身板笔挺僵直地坐着他曾经见过的那个黄衣小老头儿，只是这一次口里也含着根烟袋，像是在嘲弄那帮人一样。死亡的恐惧一下攫住了威尔穆，他情不自已地对那个首领喊道：

"看在你们的主子面上，您到底是谁？要想把我怎么样？"

高大魁梧的男人比啥时候都更威严地一连抽了三口烟，然后把烟袋递给用人，口气冷漠可怕地回答：

"我叫阿尔得勒特·弗朗茨·范·得尔·斯维尔得尔，是阿姆斯特丹的卡尔米尔汉号船的船长；在从巴塔维亚①返回荷兰的途中，我连船带人触礁沉没在了这岩岸边。这些是我的助手和船员，那些是我的乘客，还有那些是我勇敢的水手，全都淹死在了海里。你为什么把我们从深藏在海底的住所召唤上来？你为什么打扰我们的宁静？"

"我想知道卡尔米尔汉的宝藏在哪里。"

"在海底。"

"什么方位？"

"在斯廷福岩洞中。"

"我怎么能得到它？"

"跟鹅抓鱼儿似的往深渊里一跳，难道卡尔米尔汉的宝藏还不值得这么干？"

"我究竟能得到多少？"

"多得叫你一辈子也吃喝不完。"黄衣小老头儿一声狞笑，其他人跟着一起放声大笑起来。

"问完了吗？"船长接着问。

"是的。再见！"

"愿你好自为之，再见！"荷兰船长说罢转过身去准备离开。乐师们重新走到队伍头上，一行人就按来时的顺序慢慢离去，同样唱着庄严的圣歌，随着队伍越走越远，歌声也越来越轻，越来越含糊，一会儿以后完全消失在了海潮声中。这时候，威尔穆才使出最后的力

----

① 巴塔维亚（Batavia），印度尼西亚首都雅加达的旧称。

气，想从捆绑中挣扎出来。他终于成功地抽出一条手臂，先用这只手解开了缠在身上的绳子，最后整个人才完全钻出了牛皮。他头也不回就急急忙忙奔回自己的小茅屋，一进门发现木头卡斯帕尔人事不省地躺在地上。他好不容易才使自己的朋友苏醒转来；一见他原以为准已没了的年轻朋友又站在自己面前，这老好人高兴得流出了眼泪。只不过在他听了威尔穆眼下孤注一掷的打算以后，卡斯帕尔心中的幸福之光迅速又消失了。

"我宁肯掉进地狱，也不愿再成天面对这只有光秃秃的四壁的穷家。你陪不陪我我反正得去！"威尔穆一边说，一边抓起一支火把、一件工具和一根绳子，匆匆离家走了。卡斯帕尔拼命追赶，一直到了那威尔穆两次躲避风暴的岩石上才赶上他。这时候，老鹰已在身上绑好绳子，就要滑下那黑洞洞的深渊里去。卡斯帕尔发现不管怎么劝说这个狂人也无动于衷，就准备跟着往下爬；可老鹰却命令他留在上面，抓紧绳子。只有财迷心窍才会使威尔穆有如此大的胆量和力气，他为滑进洞去做出了可怕的努力，终于落脚在了一块突出的岩石上；凸岩下边，黑色的激流卷着白色的巨浪，喧啸着飞泻而去。他贪婪地环顾四周，终于就在脚下的水中看见了一团什么闪亮的东西。他放下火把，纵身下水，抱住一重物，努力将它举出了水面。真是一只装满金子的小铁箱！他把自己的发现通报了同伴；卡斯帕尔恳求他就此满足，爬回洞外，他却一点听不进去。威尔穆相信，这只是他长期努力的第一个收获。他再次跳到水里——从海底传来一阵狂笑，再也不见老鹰威尔穆的踪影。卡斯帕尔独自回到了家里，可已变成另外一个人。他那迟钝的脑袋和敏感的心灵遭受到少有的震撼，神经完全错乱了。他丢下了身边的一切，没日没夜地发痴发呆，东游西荡，所有认识他的人都可怜他，也回避他。一个渔夫自称见过威尔穆和一些水手在一起，时间是某个起风暴的夜晚，地点是停靠在海边的卡尔米尔汉号上；而就在那天夜里，木头卡斯帕尔也失踪了。

人们四处寻找他，可哪儿也没有一丝踪迹。只是一直有人传说，从此以后那艘幽灵船就定期出现在施廷福岩洞附近；而在船上的水手们中间，也经常见着木头卡斯帕尔和老鹰威尔穆。

　　"早已过了午夜，"年轻的金匠讲完后大学生说，"现在危险多半已经过去了，我呢也困得要命，想建议大家上床去安安心心睡一觉。"

　　"在凌晨两点以前我可放心不下，"狩猎师回答，"俗话说，从十一点至两点，贼娃子正好作案。"

　　"这我也相信，"铁匠附和说，"人家要想算计咱们，最合适的时间莫过于在半夜以后。所以我认为，学究先生可以继续讲他那未讲完的故事。"

　　"对此我没有异议，"大学生回答，"只不过咱们的狩猎师先生没有听到开头。"

　　"我一定能凭想象补上，你只管开始讲吧！"狩猎师大声道。

　　"那好。"大学生刚刚开口，突然传来的狗吠声又打断了他。

　　大伙儿屏息静听；这时伯爵夫人房中的一名仆人却冲了进来，高声惊叫，大约有十至十二个武装汉子从旁边直奔客栈来了。

　　狩猎师伸手去抓自己的火铳，大学生拔出了手枪，两个手艺人各操起一根游杖，车夫则从袋里抽出一把长刀。他们就这么面面相觑地站着，全都束手无策。

　　"我们到楼梯口去！"大学生高声说，"在我们被打倒之前，让那帮恶棍先死他两三个。"说着，他把另一支手枪递给铁匠，同时告诉他，他俩要一个接一个地开枪。

　　他们走到了楼梯口，大学生和狩猎师并排着刚好完全把它堵住；勇敢的铁匠站在狩猎师身边，上身探过栏杆，用枪口对准楼梯中央；金匠和车夫站在他们背后，准备好一旦短兵相接，马上进行支援和接应。大伙儿就这么静静地期待着站了好几分钟，终于传来开院门的声音，他们觉得还听见有几个人在交头接耳。

这时候，听得见一群人的脚步声向楼梯靠拢，接着便上了楼梯，在楼梯的半中腰处出现了三个男人；看样子，他们多半没料到会受着这样的迎接。要知道他们一转过楼梯的柱头，狩猎师便大喝一声：

"站着！再往上跨一步就要你们的命！朋友们，按下扳机，好好瞄准！"

强盗们猝不及防，吓得急忙退了下去，和剩下的同伙商量。过了片刻，又走回来一个道：

"各位绅士！你们这样干太愚蠢，只会白白丢掉老命，因为我们完全可以把你们斩尽杀绝！你们还是回去吧，不会碰你们一根毫毛的；咱们不要你们的一个子儿。"

"那你们到底要什么？"大学生喝问，"你们以为，我们会相信你们这样的盗帮？休想！看在上帝分上，你们要抢什么就来吧，可第一个敢转过柱头的人我要敲打敲打他的脑袋，叫他从此再不会闹头痛！"

"把那位夫人给咱们交出来，乖乖儿地！"那个强盗回答，"不会把她怎么样；只是准备送她去一个更安全、更舒适的地方。她的下人可以回去，请伯爵大人拿两千金币来赎人。"

"竟要咱们接受这样的建议！"狩猎师气得咬牙切齿，一边应着一边按下扳机，"我数三下，数到三时你还不滚蛋，我就开枪射击！一！——二！——"

"等等！"那强盗声如洪钟地吼道，"朝一个来和你们谈判的没抵抗能力的人开枪，这算什么规矩？蠢小子，你就算打死我，也算不上什么英雄壮举；咱可有二十个弟兄在这儿呢，他们会替我报仇的。要是你们死了，或者缺胳膊少腿儿地倒在走廊上，这对你们的伯爵夫人又有啥好处呢？相信我，她要是自愿跟咱们走，一定会受到尊重；可你要是在我数到三时还不松掉扳机，就有你受的。松掉扳机！一！——二！——三！"

"和这帮狗东西不好闹着玩儿，"狩猎师低声说，同时执行了强盗的命令，"说真格的，我这条命算不了什么；可要是撂倒他们一个，他们就会狠狠地报复咱夫人。我想去请示一下夫人怎么办，"接着又提高嗓门儿道，"给咱们半小时让伯爵夫人有个思想准备吧；她要突然听到你们的要求，非吓死不可。"

"同意。"那强盗回答，同时让六个同伙守住下面楼梯口。

倒霉的旅行者们跟着狩猎师，惊慌失措地跑进伯爵夫人房间；这房间离得很近，谈判又大声武气，她全听在了耳里。只见她脸色苍白，浑身哆嗦，可似乎仍旧下了决心听天由命。

"我干吗要拿你们这么多好样儿的人的性命当儿戏？"她问，"你们与我素不相识，怎好叫你们去做无望的抵抗？不，我看别无活路，只能跟这帮混蛋去。"

大伙儿全被夫人的勇气和不幸打动了；狩猎师哭着发誓说，他蒙受了这样的耻辱唯有一死。大学生则以自己身为七尺男儿感到羞耻。

"我真恨不得比现在矮一头，"他叫道，"要是我没有长着胡子，我多半就知道该怎么办了。我将请伯爵夫人把衣服换给我，叫那帮强盗过了好久才明白自己犯了多么大错误。"

伯爵夫人的不幸也深深地打动了金匠费里克斯。她的整个形象和气质在他看来是如此感人，如此亲切，他简直觉得眼下困在这个可怕处境中的女人，就是自己早逝的母亲一样。一时间，他感到自己也变得高尚和勇敢起来了，完全可以为了搭救她的性命而牺牲自己的性命。因此大学生的那几句话一出口，他心中突然产生了一个念头；他完全忘记了惧怕，忘记了顾忌，一心只想拯救伯爵夫人。

"仅仅这些条件么？"他走上前来，羞红着脸问，"仅仅只要身材矮一点，下巴上没胡子，同时有一颗勇敢的心，就能够搭救高贵的夫人么？真要这样，我也许就蛮适合。看在上帝分上，请您穿上我的外套，用我的帽子盖住您美丽的头发，背上我的背囊，变成金匠费里克斯继续赶您的路吧！"

所有人都对小伙子的勇敢无畏感到惊讶，狩猎师更兴奋得抱住了他。

"金子般的青年啊！"他叫道，"你真乐意这么做？真乐意装扮成我的夫人，救她脱离险境？是上帝给了你启示；可不会让你单独去的，我愿意跟你一道被抓去作人质，愿意时刻待在你的身旁，做你最好的朋友，只要我还活着，就绝不让他们动你的一根毫毛！"

"我也跟你去，哪怕丢掉性命！"大学生喊起来。

为了说服伯爵夫人接受这个建议，大伙儿好劝了一阵。一想到要一位素不相识的人为自己送命，她就难以忍受；她想象强盗们事后发现了报复会完全落在这可怜人身上，那情景实在是可怕。可最后她还是抵挡不住众人的请求，加之她确信自己一旦得救就可以倾其所有，反过来去搭救出自己的救命恩人。她同意了。于是狩猎师和其他旅伴陪着费里克斯来到大学生房里，急急忙忙穿上几件伯爵夫人的衣服。狩猎师还多余地给他头上网了几撮使女的假发，戴上一顶女式帽子；大伙儿都说保证认不出来。就连铁匠也赌咒发誓，要是在街上碰见费里克斯也会提一提头上的礼帽向他致意，万万不会想到自己献殷勤的竟是他这位勇敢的伙计。

与此同时，在贴身使女的帮助下，伯爵夫人也用从金匠背囊中取出的衣服把自己乔装起来。那低低压在额头上的帽子，那拎在手里的游杖，那背在背上的变轻了的背囊，使得她面目全非；换在任何其他时候，旅伴们见到她如此滑稽的装扮，不笑破肚子才怪呢。新出炉的手艺人眼泪汪汪地感谢费里克斯，许诺尽快设法将他搭救。

"我只还有一个请求，"费里克斯回答，"在您所背的背囊里，有一个小匣子；请一定将它保管好！它要丢了，我将永远不幸。我必须把它带给我的养母……"

"歌特弗里德，我的狩猎师，他知道我的府第在哪儿，"伯爵夫人应道，"小匣子会完好无损地还给你；因为我希望你，高贵的年轻人，事后能亲自来我府里，接受我丈夫和我本人的谢意。"

费里克斯来不及回答，楼梯下已传来强盗们粗暴的吼声；他们叫时间到了，快快送伯爵夫人上路。狩猎师走下楼去对他们解释，他不能丢下夫人不管，宁肯跟她一起去到任何地方，也不愿没有夫人独自会去见他的东家伯爵。还有大学生也要求陪主人去。强盗们做了一番商量，终于同意他们的要求，条件是狩猎师立刻交出武器。他们同时命令，在伯爵夫人被带走的时候，其他旅客不得作声。

费里克斯放下搭在帽子上的面纱，坐到一个屋角里，手撑着额头，以这样一个深陷忧愁的人的姿态，静等着强盗们的到来。其他人退到了另一间屋子里，但能看清楚即将发生的一切；狩猎师看上去也愁眉苦脸，在夫人房间的另一个角落里坐着，眼睛却时刻在窥视。他们如此坐了几分钟，房门开了，走进来一个仪表堂堂、衣着讲究的男子，年纪大约三十六七。他穿着一套军服，胸前挂着枚勋章，腰间挎着长剑一把，手里拿着礼帽，帽子上颤巍巍的羽毛十分漂亮。他一进屋，两个手下便把住了门。

他先深深鞠了一躬，然后走向费里克斯。在这样一位贵夫人面前，他显得有些尴尬，架了好几次势才终于像像样样地说出话来。

"尊贵的夫人，"他道，"人处在有的情况下必须学会耐心。您眼下的处境正是如此。请别怀疑，在您这样一位杰出的夫人面前，我哪怕仅仅是片刻都不会失去敬意。您会有一切的生活享受，您不会有任何抱怨，也许除了抱怨您今晚所受到的惊吓。"说到这里他停了下来，等待着回答；然而费里克斯固执地一声不吭，他便继续说下去："您别把我看成一个卑鄙的盗贼，一个冷酷的凶手。我是一个不幸的人，厄运迫使我干上了强盗的勾当。我们打算永远离开这个地区，可为此需要盘缠。抢劫旅客或者驿车在我们易如反掌，只是这一来也许又会使一些人堕入永远的不幸。您的丈夫伯爵老爷六周前继承了一笔多达五十万银币的遗产。我们请求从这富余的财产中分得两千金币，这应该说是个合理的要求而非奢望吧？劳驾您马上给您丈夫写一封公开信，告诉他我们把您留下了，他必须尽快交付赎金，否则……您明白我的意思，那样的话我们就会对您不那么客气啦。赎金还必须在严格保密的情况下派一个人单独送来，否则不予收取。"

林中客栈的住客全紧张地注视着这一幕，最心惊胆战的自然是真正的伯爵夫人。她怕那舍身保护自己的青年随时可能暴露。她下决心为他付出大笔赎金；可不管要多大代价也绝不能跟强盗们走哪怕只是一步，她这个想法同样坚定。她在金匠的衣袋里摸到了一把刀。她把刀打开来握在痉挛的手中，宁可自戕也绝不忍受这样的羞耻。费里克斯本人的恐惧也不见得轻一点。尽管想到这样帮助一个处于困厄中的弱女子，乃是富有男子气概的高尚行为，因而增加了勇气，感到了安慰，但他还是很怕一个动作、一句应答就使自己露馅。当强盗首领提出要他写信，费里克斯更加惊慌失措。

叫他怎么写啊？该以什么头衔称呼伯爵，采用怎样的书信格式，才不至于自我暴露呢？

强盗首领在他面前摆好了纸和笔，请他揭起面纱以便书写，费里克斯更是恐惧到了极点。

费里克斯不知道，他穿上伯爵夫人这身衣服有多么俊俏；他要知道了，就一点不会再担心被识破。须知，当他最终不得不揭开面纱的一刹那，那个穿军服的强盗头儿似乎立刻被"夫人"的美貌，被"她"微带男子气概的勇毅神态，给镇住了，因而在看他时表现出来更多的敬畏。这情况没能瞒过金匠锐利的眼睛；至少在此危急时刻不用再担心被发现了，费里克斯于是放心大胆地提起笔来，用他曾经在一本书上见过的书信格式，给自己假想的丈夫写了一封信：

我亲爱的夫君：

在旅途中，您的妻子我突然在深更半夜被一伙人扣押，遭到了不幸；这些人我想不可能怀有什么好意。他们将一直扣住我，直到您，伯爵老爷，送两千金币来做我的赎金。

条件是您压根儿别去上头报案，更不能请求搭救；您还只能派一个人单独把钱送到施佩萨特林中客栈来；要不，我就会遭到长期扣押，忍受虐待了。

求您快快来搭救啊！

您不幸的妻

"伯爵夫人"把这奇特的信递给强盗头儿，他读了一遍，表示认可。

"现在完全由您决定，"他说，"是让你的使女还是让狩猎师留下陪您。我将从其他人中间挑选一个，让他送信给您那位夫君。"

"狩猎师和这儿这位先生愿意陪我，"费里克斯回答。

"那好，"对方表示同意，随即走到门边，把使女叫过来，"您告诉这个女人，她该做些什么！"

使女哆哆嗦嗦地走进房间。费里克斯也脸色苍白，因为他想到即使现在，仍旧很容易露馅。然而，在刚才那些最危险的时刻曾使他坚强起来的无法理解的勇气，这会儿同样帮助他恢复了言语能力。

"我没有更多要吩咐你的，"他说，"你只需请求伯爵，让他立刻来救身处危难的我。"

"还有哪，"强盗头儿接过话茬，"您要准确无误地正告伯爵，在他接回自己妻子之前千万守口如瓶，不得有任何反对我们的举动。我们的探子会迅速通报我们，到那时咱就不负任何责任啦。"

使女答应一切照办。随后又命令她替伯爵夫人把一些衣服和内衣打成一包，因为不可能带去许多行李。办好这事以后，强盗首领就冲夫人一鞠躬，要她跟他去。费里克斯站起来，狩猎师和大学生也跟上去；三人便被强盗头儿押送着走下楼梯。

林中客栈门前站着许多马匹；一匹指定给了狩猎师，另外一匹配着女士偏鞍的漂亮小马是为伯爵夫人准备的，第三匹则给了大学生。强盗头儿把年轻金匠抱上马鞍，用绳子捆起来，然后跃上了自己的马背。他走在夫人的右手边，左边则由另一名同伙守着；狩猎师和大学生同样处于包围之中。等其他匪徒都上了马以后，他们的头儿便打了一声尖利响亮的呼哨，表示可以出发了；一眨眼，整个队伍已消失在密林中。

在经历了这一幕以后，集中在楼上房间里的人们渐渐从惊恐中恢复过来。如果不是牵挂着三个在他们眼前被人劫持走了的同伴，他们也许甚至会十分兴奋，就跟在挺过了巨大的不幸和危险之后通常都会发生的那样。众人争先恐后地称赞起年轻的金匠来；伯爵夫人更是一想到从未给过他半点好处，甚至与他素昧平生，却受到人家无尽的恩惠，便感激得泪如雨下。大伙儿唯一的安慰是，侠义的狩猎师和勇敢的大学生也陪着去了，万一年轻人遇动不幸，他们至少可以劝他一劝；是的，也不是完全不可设想，这位老练的猎人也许甚至能够想出办法让大家一起逃走。大伙儿还商量了该怎么办。伯爵夫人由于未受到给强盗的誓言的约束，决定立刻回丈夫那儿去，想一切办法弄清关押人质的所在，并且解救他们。马车夫答应赶往阿莎芬堡，吁请法院缉拿盗匪。只有铁匠打算继续赶自己的路。

夜里旅客们再没受到打扰，刚刚才上演过一个个可怕场面的林中客栈一片死寂。可是第二天清早，夫人下楼去找店家做启程的准备的仆人却马上回来报告，老板娘和她的长工处境极其可悲：他俩被捆绑着倒在店堂的地上，嘴里不住地叫救命。

旅客们听罢面面相觑。

"怎么?"铁匠失声叫起来,"如此说这些人仍旧是清白的喽?如此说咱们冤枉了人家,他们跟那帮强盗并不是一伙儿的喽?"

"如果咱们的猜测错了,"马车夫却说,"我情愿代替他们被绞死。这一切只是假象,为了不被告发。难道你们已想不起这客栈的可疑情景?难道你们已想不起,当我准备下楼去时,那经过训练的狼狗一下子扑上来,老板娘和她的长工跟即出现,气呼呼地问我还想干吗?可尽管如此,他们仍是咱们的救星,至少是伯爵夫人的救星。试想,这客栈的状况要是不那么叫人疑心,老板娘不那么处处提防着咱们,咱们还会待在一起,通宵不睡觉吗?盗匪们不会在我们睡着了来袭击我们,或者至少把房门通通守住,这一来就再也不可能让勇敢的年轻人装扮成夫人啦。"

大伙儿一致同意马车夫的分析,决定将老板娘和她的伙计一并举报官府。然而为了更加保险起见,他们准备不露声色。仆人和马车夫因此走到下边的保管室,替强盗的帮凶松了绑,还尽可能地装出同情他们的样子。老板娘呢,为了进一步安抚她的住客,给每人只算了很少一点钱,还邀请他们不久后再来。

马车夫付过店钱,和难友们道了别,就赶车上了路。在他之后,两个手艺人也走了。金匠的包袱尽管很轻很轻,却把这位娇滴滴的贵夫人背得够呛。然而,更加沉重的是她的心情,特别是到了店门前,当老板娘伸过手来与她握别的时候。

"唉,你还这么年轻,"老板娘在送走这小嫩崽儿时说,"还这么小小年纪就出来跑江湖!你肯定是个不成气的小徒弟儿,让师傅给撵出工场了吧。嗨,关我屁事。回来时请再来光顾小店。一路平安!"

伯爵夫人怕得直发抖,一语未答,生怕细柔的嗓音会将自己暴露。铁匠一看不好,立刻挽住同伴的胳膊,冲老板娘说声再见,就一边唱起快乐的歌曲,一边朝林子里走去。

"现在我总算安全了!"伯爵夫人走出了大约一百步,才叫起来,

"我仍旧担心那妇人会识破我，让她的伙计把我抓起来。哦，我真是感激你所有人！请你也上我府里去吧，你可得来接你的旅伴呀！"

铁匠答应一定去，两人正说着走着，伯爵夫人的马车就赶了上来。车门飞快开了，夫人跟即钻了进去，再对铁匠道了一声再见，马车就驶走了。

就在同一时刻，强盗们已带着人质抵达他们的营地。他们刚才飞奔过了一段荒芜崎岖的林中便道，和人质没作任何交谈，相互之间也只偶尔在改变行进方向时才耳语几句。

终于，在一道树木繁茂的幽谷前，队伍停住了。强盗们纷纷下马，头领也把金匠从马鞍上抱下来，同时对让她骑在硬邦邦的鞍子上急匆匆地赶路表示歉意，问尊贵的伯爵夫人是不是已有些吃不消。

费里克斯尽可能嗲声嗲气地回答说，他急欲休息。于是，强盗头儿伸过胳膊来，挽着他朝幽谷中走去。

他们走下一道陡坡；那通到坡下去的小路既窄又滑，强盗首领不得不经常搀扶他这位贵夫人，免得她摔下坡去，跌伤玉体。他们终于到达坡底。费里克斯借助拂晓时分的微弱光线，看清面前是一道长宽不过百步的狭小山谷，深藏在一些形似漏斗的峭崖里面。谷中有七八间用木板和原木搭建的简陋小屋。一些面目龌龊的女人好奇地从窗洞里朝外张望，一群多达十二只的大狗带着无数的狗崽冲向来人，又吠又叫。强盗头儿把所谓的伯爵夫人带进最好的一间木屋，对她说这是专门给她住的；经过费里克斯请求，他才允许狩猎师和大学生也住到这儿。

屋里铺着鹿皮和草荐，既当坐垫又作地毯。几只木头刻成的瓶瓶碗碗，一把生锈的猎枪，还有最靠里的屋角上一张铺着毛毯，用木板拼凑成的难以称作床铺的玩意儿，就是伯爵夫人行宫的所有什物家具。只是现在单独待在了这破屋中，三名俘虏才有时间来思考自己的奇特境遇。费里克斯虽说一刻也不后悔自己的义侠行为，但也很害怕自己一旦暴露会招致的后果，于是长吁短叹以抒胸中闷气；狩猎师一见赶快凑拢去，压低嗓音劝他说：

"看在上帝分上，快别作声，亲爱的！你不认为人家会偷听咱们么？"

"你的每一句话，你的每一点语音，都可能引起他们怀疑。"大学生补充。可怜的费里克斯别无他法，只好静静地哭泣。

"相信我，狩猎师先生，"他说，"我哭不是因为害怕这些强盗，或者害怕这破烂的木屋；不，压迫着我心胸的，完完全全是另外的苦闷。伯爵夫人可能很容易忘记掉我匆匆嘱咐她的话，这样人家就会当我是个小偷，我呢，将因此终生不幸！"

"可到底什么叫你如此担惊受怕？"狩猎师问；年轻人在此以前表现得勇敢又坚强，眼下的举动令他十分奇怪。

"听我讲吧，你们会理解我的，"费里克斯回答，"我父亲是纽伦堡一个很在行的金匠，母亲早先则在一位贵夫人身边当使女，当她嫁给我父亲的时候，她的伯爵夫人给了她很漂亮的陪嫁。这位伯爵夫人对我家一直很关照，我出世时，她当我的教母，送给了我许多礼物。可是不久，我父母亲相继害瘟疫死了，我孤苦伶仃地一个人留在世上，被人送进孤儿院。这时我教母知道了我家发生的不幸，就关心我，让我进了学校。我长大些了，她又写信问我，愿不愿学习父亲干过的手艺。我很喜欢金匠活儿，便同意了，于是她让我去维尔茨堡跟一个师傅当学徒。我干起活儿来手挺巧，不久就达到相当的水平，获得了出师证明，可以准备去漫游啦。我写信给教母汇报成绩，她即刻回信，说准备给我漫游需要的盘缠。她并且带来一些贵重宝石，要我把它们镶嵌成漂亮的首饰，亲自送去作为我所学本领的证明，同时也好领取我漫游的费用。我一生未见过我的教母，你们可以想象，即将见到她我有多高兴。我日夜打制那些首饰，把它们做得漂亮精致极了，连我的师傅看见也很惊讶。活儿做出来以后，我小心翼翼地把它们包在背囊最底下，告别师傅，走上了前往我教母的府邸的大路。谁想得到啊，"他眼泪汪汪地继续讲，"谁想得到来了这帮恶棍，毁了我的希望。要知道，您的伯爵夫人万一把首饰搞丢了，或者忘记我所说的话，把那个破背囊扔掉了，可叫我怎么去见我的教母哟！我用什么证明我的身份？我怎么赔得起那些宝石？还有漫游的盘缠也泡了汤；人家会当我是个忘恩负义的人，轻率地交掉了她托付给自己的珍宝。到头来——人家难道会相信我给他讲这个惊险的奇遇不成？"

"后面这点你可以放心！"狩猎师回答，"我不相信你的首饰在伯爵夫人那儿会搞丢。就算丢了，她也肯定会赔给自己的救命恩人，并且出具一个发生了这些意外事件的证明。现在我们想离开你几小时；说真的，我们需要睡一会儿，你紧张劳累了一夜也需要睡眠。睡够以后，咱们再来谈话，好暂时忘记咱们的不幸，或者更好一点，来想办法逃走！"

狩猎师和大学生走了，剩下费里克斯独自一人，他便试图照狩猎师的建议行事。

过了几小时，狩猎师和大学生走回来，发现小伙子坚强一些，也开朗一些了。他告诉金匠，强盗头儿吩咐悉心照顾他的"夫人"，并且讲过几分钟就会有个她在木屋下见过的妇女给"夫人"送来咖啡，听候她的使唤。为了不受干扰，他们决定谢绝这个好意，因此当一个吉卜赛丑老婆子来摆好了早餐，再殷勤而狡黠地问"夫人"还有何吩咐时，费里克斯便挥手打发她走；老婆子还犹犹豫豫，狩猎师只好赶她出木屋。接下来，大学生讲了在强盗窝里观察到的其他情况。

"您住的这间屋子，美丽绝伦的伯爵夫人，"他说，"看样子原本是给他们首领准备的。它虽不宽敞，却比其他屋子都要漂亮。除了这一幢还有另外六间，住着女人和孩子们；因为留在家里的很少超过六个匪徒。其中一个站在离这所屋子不远的地方，另外一个守住底下的路边，第三个是坡顶上峡谷入口处的瞭望哨。每隔两小时他们三个三个地换一次岗。除此而外，每个岗哨身边都躺着两条大狼狗；一个个还警觉得要命，哪怕跨出这屋子一步他们都不会不察觉。我半点不存能逃出去的希望。"

"别叫我丧气好不好！打过盹儿后，我勇敢多了，"费里克斯回答，"不要绝望，您如果担心露馅，咱们现在最后谈点什么别的，用不着早不早地就愁眉苦脸！学究先生，您在客栈开始讲那个故事，现在接着讲吧；要知道，咱们有的是时间闲聊啊。"

"我一点回忆不起来，我讲的是什么。"年轻绅士回答。

"您讲的是《冷酷的心》，打断在了那个店主和另一名赌徒把烧炭夫彼得扔出门去的地方。"

"嗯，现在我想起来了，"大学生回答，"喏，你们想继续听，我就接着讲下去。"

冷酷的心

（第二部分）

星期一早上，彼得来到他的玻璃厂，看到厂里除了他的工人，还有一些谁都不愿见的人，也就是地方上的官吏和三个法院办事员。地方官向彼得道"早上好"，问他昨晚睡得如何，然后拿出一张长长的名单，上面全是彼得的债主。"您能偿还这些债务吗？"地方官问，目光咄咄逼人，"搞快点，我可没有那么多时间可以耽搁，回城还得整整三个小时呢。"彼得灰心丧气地承认，他已一无所有，请地方官给他的宅子、庭院、工厂以及马厩、车辆和马匹估个价，好以此抵债。法院办事员和地方官在厂子里转过来转过去，察看、评估他的财产。这时候彼得想，小坡就在附近，既然小矮人没帮上我的忙，不如上巨人那儿去碰碰运气。他拼命地朝小坡奔跑，好像法院的人在后面紧追不舍。当他从上次和小矮人谈话的空地旁边跑过时，仿佛觉得有一只无形的手拦着他，于是他用劲冲过去，一直跑到那条界沟上。他刚叫："荷兰人米歇尔，荷兰人米歇尔先生！"那个巨人般的木材商已手持他的大棒，站在了他的面前。

"你来啦？"米歇尔笑道，"他们是不是打算剥你的皮，然后把它卖给你的债主？喏，沉住气！我早就说过了，你所有倒霉的事，都怪那个玻璃小侏儒，都怪那个阳奉阴违的虚伪家伙。要送人东西就大大方方地送呗，哪能像这个吝啬鬼似的！来吧，跟我到我家里去，看看咱们能不能做成这笔交易。"

"交易？"彼得心想，"他会对我提出什么要求呢？我又能卖什么给他？也许要我给他干活儿吧，否则他想得到什么？"他们先顺着森林里一条陡峭的小路朝上攀登，突然前面出现了一个黑咕隆咚的深渊，荷兰人米歇尔一跃就从岩石上跳下去了，好像只是下了一道平缓的大理石台阶。然而没过一会儿，彼得便吓得几乎昏死过去，因为米歇尔一到下面，就变得像教堂的钟楼那么高；他把手臂伸给彼得，这手臂也有纺织机上的轴那样长；手掌又宽又大，好似酒馆里的桌子；他的声音就像沉闷的丧钟。他叫道："坐到我的手上，抓住我的手指头，这样你才不会摔下去！"彼得心惊胆战地按照吩咐坐到米歇尔手上，紧紧抓住他的大拇指。

彼得·蒙克就这样下了深渊，下到很远很深的地方。令彼得奇怪的是，下面并非更阴暗，相反光线仿佛越来越亮，亮得他眼睛久久都睁不开。彼得越是往下沉，荷兰人米歇尔也变得越小，最后完全恢复到他原来的体形，站在了一座房子面前。这房子的质量和黑森林地区富裕农民居住的没什么差别。彼得被带进一间小房间，里边显得要清静些，其他方面就和一般人的住所没什么两样。

墙上的木制挂钟，庞大的瓷砖壁炉，宽宽的长凳以及搁板上各种各样的器具，都和其他的地方相似。米歇尔让彼得坐在一张大桌子前面，自己却出房去，一会儿拿了一壶酒和几个玻璃杯回来。他把杯子倒满酒，两人就聊起来。荷兰人米歇尔津津有味地谈起世间的欢乐；给他讲述异国风光，讲述美丽的城市和河流，听得彼得心痒痒的。他坦白地告诉荷兰人，他非常渴望能出去看看。

"虽说你全身充满干一番事业的勇气和力量，可只要愚蠢的心怦怦跳动几下，又会索索发抖，动辄顾虑什么名誉受到损害呀，会遭到不幸呀—— 一个聪明人干吗为此操心？最近人家骂你骗子和坏蛋的时候，你头脑里感觉到了吗？地方官来赶你出家门的时候，你胃疼吗？是什么，说吧，是什么让你痛苦？"

"是我的心。"彼得回答，边说边用手摁着怦怦跳动的胸脯，因为他觉得他的心仿佛恐惧得在来回地翻转滚动。

"你——请别见怪——把你的金币成百上千地扔给了那些讨厌的乞丐和其他无赖了，这带给你了什么好处？他们为此祝愿你幸福、健康；你是不是因此真的更健康了呢？你只需拿出你施舍的钱的一半，就足以请一位保健医生。一个人财产全部遭查封，自己也被扫地出门，祝福、美好的祝福对他又有什么用？碰上乞丐伸出破帽子向你要钱，你就赶紧摸口袋，驱使你这样干的又是什么呢？——你的心，仍是你的心；既非你的眼睛、你的舌头，也不是你的手臂、你的腿，而是你的心！人们说得对，你的心太容易受感动啦。"

"那么怎样能改变习惯，叫它不这样呢？这会儿我正使劲摁住我的心，可它还是怦怦跳动，还是叫我难受。"

"那当然，"米歇尔笑起来，道，"你这不幸的无赖自然拿它毫无办法；不过，你只要把这个微微跳动的玩意儿给我，你就会发现你感到多么的美好、舒服。"

"给您，把我的心给您？"彼得吃惊地叫起来，"那我立刻就会死去！绝对不能给！"

"当然，如果你们的哪个外科医生给你开刀取心脏，你是一定会死的；可我这儿是另一码事。走，进去自个儿瞧瞧！"他边说边站起来，打开一间房子的门，带着彼得走了进去。彼得跨过门槛的当儿，心整个都收紧了，只是自己却没注意，须知现在他眼前的景象是那样的奇特，那样令人惊讶：一排排木架上放着装满透明液体的玻璃杯，每只杯内盛着一颗心，杯子外面贴有标签，写明每颗心的主人的名字。彼得好奇地读着这些名字：这儿有F地方的长官的心，胖子埃泽希尔的心，舞蹈王子的心，林务官的心；那儿是六颗放粮食高利贷的人的心，八颗负责征兵的军官的心，三颗钱币经纪人的心—— 一句话，方圆百里开外最有名望的那些绅士们的心，都集中在了这里。

"你瞧！"荷兰人米歇尔说，"他们所有人一生都抛掉了恐惧和担忧，这些心中没有一颗还在胆怯地、忧虑地跳动。它们以前的主人把这些不安宁的客人请出了门，从此就感觉心情舒畅。"

"那么，现在在他们胸中装的是什么代替心脏呢？"彼得问。刚才所看到的一切，几乎使他头晕目眩。

"是这个。"米歇尔边回答，边从抽屉里掏出一点什么来递给他——一颗石头的心。

"这个？"彼得·蒙克问道。他吓坏了，不禁打了个冷战，"一颗用大理石做的心？你得听我说说，荷兰人米歇尔先生，它放在胸腔里肯定是冷冰冰的啊。"

"那当然，不过是凉悠悠的，怪舒服。干吗心一定得是温暖的呢？冬天，那心的温暖对你毫无用处，一杯好樱桃酒比一颗温暖的心对你更有帮助；夏天，一切都又热又闷——你想不到这样一颗心有多么凉快！我已说过，既无恐惧也无忧虑，既无愚蠢的同情，也无其他苦恼，会来烦扰这样一颗心。"

"这就是您能给我的一切吗？"彼得闷闷不乐地问，"我希望能有钱，而您却想给我一块石头！"

"喏，我想，第一次给你十万金币该够了吧。只要善于使用，过不多久你就会成为百万富翁。"

"十万？"贫穷的烧炭工欣喜若狂地叫起来，"行了，你别再死劲地撞击我的胸腔！咱俩马上就会一刀两断。好吧，米歇尔，您给我石头和钱，然后就可以把这不安宁的小东西从我胸腔里取走！"

"我早认为你是个通情达理的小伙子，"荷兰人友好地笑着回答，"来，咱们再喝上一杯，一会儿就数钱给你。"

他们回到外屋，坐下来喝啊喝啊，直喝到彼得坠入了沉沉的梦乡。

第二天，在驿车夫愉快的号角声中，彼得·蒙克苏醒转来，一瞧自己正坐在一辆富丽堂皇的马车里，奔驰在一条宽阔的街道上。他弯下腰从车窗望去，黑森林已落在身后蔚蓝色的远方。开初他不敢相信坐在车里的是他自己，要知道就连他的衣服也不是昨天穿的那件。然而，他能清楚地记起那一切，因此也不再想下去，只是大叫："我就是烧炭夫彼得·蒙克，确定无疑的，不会是别个。"

这是他第一次远离生活了多年的静寂的故乡和森林，然而一点也不觉得伤感；对此他自己都十分惊讶。他想到他的母亲，她现在正孤孤单单，一人过着贫苦的生活；即使这样，他仍既不流泪也不叹息，因为他对一切都已麻木不仁。"啊，当然，"他说，"眼泪和叹息，乡愁和忧郁，通通都从我心中消失了；为此我得感谢荷兰人米歇尔——我的心是冷冰冰的，是石头做的嘛。"

他把手扪在胸口上，那儿非常安静，不觉一点儿跳动。"如果米歇尔对那十万块钱，也像对这颗心一样地说话算话，那我就太高兴了。"他一边自言自语，一边开始在车里搜索。他找到了各式各样希望得到的衣物，却就是没有发现钱。最后他碰到一只口袋，看见里面真是成千上万的金币，还有各大城市商家的票据。"现在我才有了我渴望得到的东西！"想到这儿，彼得·蒙克惬意地在车内的一角坐好，然后朝着遥远的世界驶去。

两年来，他在世界各地漫游，坐在车里观赏驿道两边的高宅大屋。一当在某地停下来，他只瞅一瞅自己住的旅馆的招牌，然后就到城里闲逛，让人指给他看那些最美妙动人的风光、名胜。然而却没有什么能使他开心；不管是一幅图画，一座房子，一支乐曲，还是一种舞蹈，在他通通一样，对他那颗石头的心来说全都索然寡味；他的眼睛和他的耳朵，对所有美好的东西都已失去了感觉。除去吃、喝、睡觉，他已没有任何乐趣。他只毫无目的地在世界上东游西荡，以此打发日子。为了活着，他才吃东西；感到无聊了，他就睡大觉。尽管他有时也回忆起自己以前很穷，不得不靠做工艰苦度日；但是那时他还要快乐一些，要幸福一些。那时候，眺望山谷里美丽的景色，或是跳舞和唱歌，都使他感觉轻松快活；那时候，母亲给他把饭送到炭窑边，尽管只是些粗糙简单的食物，他却在几个小时前就开始欣喜地盼望着了。想着这些往事，令彼得·蒙克诧异的是，他现在连笑都不会了；而以前，一个小小的噱头就会引得他开怀大笑。现在呢，别人笑时他只是出于礼貌才咧一咧嘴，可是他的心——却没有一起笑。他觉得自己心里现在非常平静，却并不满足。终于，他回家去了，然而并不是因为想家，也不感到有什么悲哀，而是空虚、厌倦和毫无乐趣的生活驱使着他，让他踏上了归途。

他从斯特拉斯堡乘车往回走，看见了家乡郁郁葱葱的森林。他又一次见到了黑森林人强健的体魄和友善而慈厚的面孔，听见了浑厚、低沉而又悦耳的乡音，这时候他赶快摸摸他的心口，因为他的血液已经沸腾。他以为，他一定会欣喜若狂，没准儿还会放声大哭哪。然而——他怎么会这样傻呢，现在他的心不是石头做的吗？石头根本没有生命，既不会笑，也不会哭。

他首先去找荷兰人米歇尔，米歇尔还是和从前一样友好地接待他。"米歇尔，"他说，"我已漫游过了，什么都曾看见，全都没有意思，都叫我觉得无聊。不管怎说吧，我胸中装着您的这块石头，它确实省了我不少事儿。我一点儿也不生气，一点儿也不苦恼，但也并不快乐；我感觉自己活着只剩下了半条命。您能否让这颗石头心也有一丁点儿情感，或者——您干脆把我原来的那颗心还给我吧。二十五年来我已经习惯了我的那颗心，尽管有时它也会胡闹一气，但终究是一颗充满活力和快乐的心啊。"

森林的精怪发出一阵狞笑，"要等你啥时候死了，彼得·蒙克，"他回答说，"啥时候才还给你。到那时你又会得到你那颗软弱而多愁善感的心，你又可以去感受什么是喜悦，什么是悲哀了。不过，在这尘世上你可别想再得到它！是的，彼得，你确实漫游过了，不过，像你以前那样过日子法，对你的确毫无好处。在这森林里找个地方落下脚，然后再修座房子，娶个老婆吧！好好管理你的家财。你呢差的只是工作。你从前懒惰，干什么都没心思，到头来却把一切都归罪于这颗无辜的心。"彼得也认为，米歇尔说他懒惰是对了。他决心要变得富有，而且要越来越富有。米歇尔于是又给他十万金币，像送老朋友一样打发他走了。

　　不久，黑森林里传开来：烧炭夫彼得·蒙克，或者说赌鬼彼得又回来了，而且比以前更有钱。于是世态炎凉一如往常：当年他穷愁潦倒，被"太阳酒店"的老板扔出了店门；而今在一个星期天的下午，当他又一次走进这家酒馆时，大家都争着和他握手，夸奖他的马匹，询问他旅途中可安好。他又和胖子埃泽希尔赌起金币来，又和从前一样受到大家伙儿的尊重。不过他现在不再开玻璃厂，而是做木材生意，不过这只是装装样子而已。实际上，他主要倒卖粮食和放高利贷，逐渐地就成了半个黑森林地区的债主。他放债总要收取大一分的利息，要不就是以三倍的高价，把粮食赊给那些无法付现钱的穷人。他现在和地方官打得火热，如果有谁没有按时偿清欠彼得·蒙克老爷的债，地方官就会带着狗腿子亲自出马，把欠债人的房产估价后马上卖掉，把别人一家老小通通赶到森林里去。一开始彼得这位富翁感到有些麻烦，因为那些被扫地出门的可怜人老是一堆堆地围在他的家门口。男人们乞求他手下留情，女人们千方百计想软化他那颗冷酷的心，孩子们则哀哭着讨一小块面包。后来，他搞来了几条凶恶的狼犬，他所说的"猫叫声"才停止了。只要他一打口哨唤来恶狗，乞求的人群便会哭叫着向四处逃命。有一个"老婆娘"最让他头疼，但这不是别个，正是他彼得的母亲蒙克太太。她的房产被人卖了，儿子发了财回来却不赡养她，让她生活在贫困中。她偶尔也拄着拐杖来到彼得门前，一副老态龙钟、弱不禁风的样子。一次，她被儿子赶出了大门，从此再也不敢走进门去。令她心碎的是，她本可靠儿子安度晚年，现在却不得不靠别人的施舍度日。彼得即使看见她那苍白、熟悉的面孔和乞求的眼神，面对她伸向自己的干枯的手和虚弱的身躯，他

319

那颗冰凉的心也从来不为所动。每当老太太周末来敲门时,他总是气呼呼地掏出一个六毛的铜钱,用纸裹起来,让仆人递给她。他听见她嗓音哆嗦着对他表示感谢,祝福他一生万事如意,然后才咳嗽着从门口慢慢离去。对于这件事,他除了心疼又白扔了六毛钱以外,再也没有别的什么想法。

终于,彼得动了结婚的念头。他知道,整个黑森林地区做父亲的都愿意把自己的女儿嫁给他。但是他择偶条件很苛刻,因为在这件事上,他也想别人夸他既有福气又有头脑。因此,他骑着马在整个黑森林地区转悠,东瞧瞧,西看看,然而当地所有的漂亮女孩他都嫌不够美貌,在哪个舞场里也没有找着个自己称心如意的。一天,他听人说,黑森林最美丽、品德最好的姑娘是一个贫穷的伐木工的女儿。这姑娘安分守己,既能干又勤快,专心为父亲操持家务,从来不上舞场,即使是圣灵降临节或者一年一度的教堂落成纪念日,也仍然如此。彼得得知黑森林里有这样一位绝妙的女子,就打定主意向她求婚。他骑着马,朝人们指给他的茅舍走去。美丽的丽斯贝特的父亲急忙接待这位突然光临的贵人,当得知来客就是富有的彼得先生,而且彼得还愿意当他的女婿时,更是受宠若惊。他心想,他的穷困烦恼从此就结束啦,因此没多考虑思索,甚至也没问一问美丽的丽斯贝特自己愿不愿意,就答应下了这门婚事。善良的女孩完全听从父亲的安排,乖乖地做了彼得·蒙克的妻子。

可一切并非这个可怜的人梦想的那样美好。她自信善于料理家务,可是却没法让彼得老爷满意。她同情贫苦的人们,认为丈夫既然有钱,那么她施舍给一个穷苦的要饭婆子一个芬尼,或者给一个老头一杯烧酒,也算不上什么罪过。然而有一天,她丈夫看见了她做的事,就凶神恶煞地朝她吼:"你为啥把我的钱财扔给这些叫花子和流浪汉?你究竟带了什么陪嫁来到我家,能让你这么挥霍浪费?靠你父亲那根讨饭棍一碗热汤也甭想有得喝,你倒好,竟像个侯爵夫人似的大手大脚。下次再让我撞见，你就得尝尝我拳头的厉害！"美丽的丽斯贝特看见自己丈夫如此冷酷无情，回到房里伤心地哭了起来。她常常想，宁可回到父亲那简陋的茅草屋，也比待在这个虽然富有，却是又吝啬又心狠的彼得家里强。唉，要是她知道，他的心是石头做的，既不可能爱她，也不可能爱其他任何人，她对这一切也就不会吃惊了。现在，每当她坐在门洞里，遇到乞丐走过来脱掉帽子向她乞讨时，她就闭上眼睛，免得看见他们贫穷的样子，同时把手攥得更紧，以免自己不由自主地从包里掏出钱来。就这样，美丽的丽斯贝特在整个黑森林地区名声变得很坏，人们都说她比彼得·蒙克还要吝啬。

一天，丽斯贝特又坐在大门口，一边纺纱，一边哼着歌，情绪很是不错。这天天气很好，她丈夫彼得越过田野，出门去了。这时有个小老头儿从大道上走来，肩上扛着一只又大又沉的口袋。丽斯贝特老远地就听见他在喘气，心中对他满怀同情，她想，人们根本不该让这么一个上了年纪的小个子搬这么沉重的东西。这时，老头儿喘着气，蹒跚着走过来。当他走到丽斯贝特对面时，差一点没被肩上的重负压垮。"啊，可怜可怜我吧，太太，请给我一点水喝！"小老头儿说，"我不行了，非累死不可哟。"

"您这么大把年纪不该扛这么重的东西。"丽斯贝特太太说。

"您说得对，可是我很穷，又得活下去，不干这苦差事怎么行呢。"他回答，"唉，像您这样的阔太太当然不知穷困是啥滋味；也不知道，大热天喝一口凉水又是多么的舒服呵。"

听他这么一讲，丽斯贝特赶紧跑进房里，从墙上取下一个罐子，把它装满了水。当她回到离小老头儿几步远的地方，看见他疲惫不堪地、忧心忡忡地坐在口袋上，不觉动了恻隐之心，她想自己丈夫正好不在家，于是她把水罐放在一旁，又去取出一个杯子来斟满了酒，另外再加上一大块黑麦面包，一起递给了老人家。"请吧，您年纪这么大了，喝口酒要比水更有用。"她说，"不过别喝急了，边喝边吃点面包！”

小老头儿惊异地望着她，昏花的老眼里涌出来大滴的泪水。他喝了口酒，然后说："我活了这么大年纪，很少看见几个像您——丽斯贝特太太这样好心肠、这样慷慨大方的人。不过，为此您一辈子都会得到幸福，这样好的心肠将来是不会没有回报的。"

"不，她立刻就会得到回报。"一个可怕的声音吼道。他们回头一看，原来是彼得老爷，他已气得脸红筋涨。

"你竟敢把我这贵重的酒倒给叫花子喝，竟敢让这流浪汉的臭嘴碰我的杯子？好，我这就给你回报！"丽斯贝特太太跪倒在彼得脚下，请求丈夫原谅。但是石头的心根本不懂什么叫同情。只见彼得倒转手中握着的鞭子，用黑檀木做的手柄使劲地击打那美丽的额头。他打得太狠太猛，丽斯贝特一下子就咽了气，倒在了小老头儿的怀里。彼得一看这情形，似乎对刚才的鲁莽有些后悔，便弯下腰，想看看她是否还有一口气。这时小老头儿说话了，声音是那么熟悉："别费事啦，烧炭夫彼得·蒙克！黑森林里最美最可爱的花朵遭你践踏了，她永远不会重新开放！"

彼得吓得脸无血色，说道："啊，原来是您，守宝人先生！现在事情已经发生了，大概命中注定如此吧。我希望您不要把我当作杀人犯告到法庭上去。"

"你这无赖！"玻璃小矮人儿回答道，"我把你这行尸走肉的家伙送上绞刑架，对我又有什么好处？你该害怕的不是尘世上的法庭，而是另外一个更加严厉的裁判。因为你已经把你的灵魂出卖给了魔鬼。"

"说我出卖了我的心，"彼得叫起来，"可那是谁的过错？除了你和你那骗人的宝藏，我还能怪谁！你这奸诈的精灵，你把我引到毁灭的路上，又驱赶我到别人那儿去寻求帮助。全部责任都在你！"

然而他刚把话说完，玻璃小精灵人马上就长大和膨胀起来，变得又高又壮，双眼有汤盘那么大，嘴巴像座生着火的面包炉口，正喷出熊熊的烈火。彼得立刻跪倒在地，他的石头心也没法保护他，四肢开始像杨树叶子似的索索发抖。黑森林的精灵用鹰爪抓住他的脖子，让他像风中的残叶一般打了几个旋儿，然后使劲地把他扔到地下，跌得他肋巴骨喀嚓喀嚓作响。"你这卑鄙的家伙！"黑森林的精灵吼声如雷，道，"只要我愿意，我一脚就能把你踩得粉碎，因为你触犯了森林的神明。看在死去的这位太太分上，是她给了我东西吃，给了我水喝，我给你八天的期限。如果你还不改过自新，我会再来踩碎你的骨头，让你带着你的罪孽下地狱去！"

已经到了晚上，才有几个过路人发现阔佬彼得·蒙克躺卧在地上。他们把他翻来翻去，想看看他是否还有一口气。好一阵子，他们的努力都没有结果。最后，有一个人到房里去拿了点水来，洒在彼得脸上，他这才深深地吸了口气，开始呻吟。他睁开双眼，久久地凝视四周，然后问丽斯贝特到哪儿去了；可是谁也没看见他的妻子。彼得·蒙克谢了这几个人，然后慢慢地走到房里。他四处寻找，可是丽斯贝特既不在地窖下边，也不在阁楼顶上。他原以为这只是一场噩梦，不想却是可怕的事实。现在他孑然一身，便生出了些奇奇怪怪的想法。他什么也不怕，因为他的心本来就冰冷的。只是一想到他妻子的死，他才马上想到自己也得死。他死时的思想负担将有多么沉重啊！那么多穷人的眼泪，他们的千百次诅咒——尽管这些诅咒没能软化他的心，还有那些遭他唆使出来的狗咬的穷人的哀号，还有他生身母亲无言的绝望神情，还有他美丽、善良的妻子丽斯贝特的鲜血，这些通通是他灵魂的重负！再有，如果他的老岳父来问他："我的女儿，也就是你的妻子，到哪里去了？"他也无法交代。还有那位主宰所有森林、湖泊、山岳以及整个人类生命的神的提问，他又该如何回答呢？

即使夜间在睡梦里，彼得·蒙克也受着折磨，一个甜蜜的声音时时唤醒他，朝他叫道："彼得，去找一个温暖点的心吧！"一惊醒过来，他又赶忙闭上眼睛，因为从声音听出来，肯定是妻子丽斯贝特在悄悄对他警告。

第二天，他想散散心，便来到酒馆。他看见胖子埃泽希尔，就坐到他身旁；两人你一句我一句地聊了起来。他们说起天气，议论战争，讲到税收，最后又扯上死亡，说这儿那儿又死了某某某。于是，彼得就问胖子对死亡的看法，问他人死以后究竟会是什么情况。埃泽希尔回答，人的躯体埋掉了，而灵魂呢，要么升天堂，要么下地狱。

"人的心也要埋掉吗？"彼得紧张地问。

"嗨，那还用说，当然一起埋掉。"

"但是，假如一个人没有心咋办？"彼得紧追不舍。

埃泽希尔听他这么讲，便样子怪怕人地盯着他："你这话是什么意思？你想作弄我？你以为我没有心？"

"噢，心是有的，只是像石头那样硬。"彼得回答。

埃泽希尔万分诧异地望着他，转过身四下里瞅瞅，看是否有人在听他们的谈话，然后说："你是从哪儿知道这些的？或者你的心大概也不再跳动了吧？"

"是不跳动了，至少在我胸腔里这个是这样。"彼得·蒙克回答，"你现在明白了我指的什么，那就请告诉我，咱们的心将来会怎么样？"

"你管这个干什么，伙计？"埃泽希尔笑着反问，"你在世上有的是吃的、用的，这就足够了。我们不为这些想法苦恼，正是我们的冰冷的石头心的好处。"

"说得有理，不过人总有一天会想到这些的。尽管我现在不再害怕，但我清楚地记得，当我还是个天真无邪的孩子，我是多么地害怕下地狱啊。"

"喏——咱们这号人不会有好下场，"埃泽希尔说，"我曾经就这事请教过一位老师，他告诉我，人死后心都要拿来称一称，看犯了多么重的罪。轻的升天堂，重的入地狱。我想，咱们的石头心是够重的啦。"

"啊，那当然，"彼得回答，"我一想到这些事，自己经常也感到不痛快，奇怪我的心怎么会这样冷酷无情，这样无动于衷。"

他们俩就如此聊来聊去。可是半夜里，彼得又五六次地听见那个熟悉的声音在他耳边悄悄说："彼得，去找一个温暖点的心吧！"

他并不后悔杀死了自己的妻子。但当他给下人们讲妻子出外旅游去了时，他常想："她能上哪儿去呢？"就这样过了六天，每天夜里他都听见那个声音；他也不断地想到那个森林精灵和他可怕的威胁。然而到了第七天早上，他从床上跳下来便喊："好吧，去试一试，看我能不能找到一颗温暖点的心。确实，我胸腔里的这块石头，是它把我的生活变得空虚无聊了。"他很快地穿上礼拜天的讲究衣服，骑上马，朝着小山坡奔去。

到了小山坡树木茂密的地方，他跨下马，把马拴在一棵树上，然后快步朝着小坡的高处走去。他站到一棵枝繁叶茂的枞树前面，又念起了咒语：

> 绿色枞树林里的守宝人，
> 活了好几百岁的老寿星，
> 枞树生长的土地全归您，
> 星期天生的孩子能见到您！

他刚念完，玻璃小矮人儿就走了出来，但不像平常那样和蔼可亲，而是脸色阴沉，忧心忡忡。他穿着一件黑色玻璃小外套，帽子上垂下来一条长长的黑纱带；彼得心中十分清楚他在哀悼谁。

"你找我干什么，彼得·蒙克？"他问道，声音异常低沉。

"我还有一个愿望，守宝人先生。"彼得低垂着眼睑回答。

"一颗石头心居然还有愿望？"玻璃人说，"干坏事所需要的一切你全有了，我很难再满足你的愿望。"

"可是，您曾答应让我提三个愿望，还剩一个我一直都没有提出呢。"

"如果是一个愚蠢的愿望，我就可以拒绝，"森林精灵继续说，"好吧，让我先听听，你的愿望究竟是什么。"

"请您把石头从我胸膛里取出来，还我那颗活鲜鲜的心吧！"彼得说。

"难道当初和你做的这笔买卖是我吗？"小玻璃人问，"难道我是送给你财富和冷酷的心的那位荷兰鬼米歇尔吗？那边，你该上他那儿寻找你的心去。"

"唉，他永远也不会还我了。"彼得回答。

"尽管你坏透了，我还是同情你，"小矮人思考了一下，说，"因为你这个愿望还不算愚蠢，所以我至少不拒绝帮助你。你听着，你用武力没法取回你的心，用计谋还行，也许要办到也不难。因为米歇尔永远都是笨蛋米歇尔，虽然他自认为聪明绝顶。这样吧，你径直到他那儿去，照我说的办！"接着，玻璃小人儿便详详细细地教彼得如此这般，还送他一个雕琢精细的小玻璃十字架："他不会伤害你的性命，还会放掉你，只要你把这十字架举到他面前，同时做祷告。一旦得到你要的东西，你就赶快回到我这儿来！"

彼得·蒙克接过十字架，牢牢记住了玻璃人儿说的每一句话，然后就朝荷兰人米歇尔的住处走去。他叫了三遍他的名字，巨人便出现在他面前。"你打死了你的老婆？"米歇尔笑着问道，笑声令人毛骨悚然，"要是我也会这样干的，她竟把你的财富送给那些个叫花子！不过，你得出国去待一段时间，否则人们老是看不见她，会来找你要人。你大概是缺钱花了，所以跑来找我吧？"

"你猜对了，"彼得回答，"这次需要很多钱，因为去美洲路途遥远。"

米歇尔走在前面，带他进了屋，随后打开一个装满了钱的柜子，从里面拿出好多锭金子。他一边数一边朝桌上放，这时彼得说话了："你是个靠不住的家伙，米歇尔，骗我，我胸腔里装了一块石头，而你拿走了我的心。"

"难道不是这么回事吗？"米歇尔惊讶地问，"你难道还感觉得到你的心？它不是像冰块一样冷吗？你还害怕吗，还感到忧伤吗？你还为你的所作所为后悔吗？"

"你只是让我的心不再跳动而已，它仍然像从前一样在我胸中。埃泽希尔也是这样，他告诉我说，你骗了我们大家。你没有本事让一个人的心不知不觉地、毫无危险地从胸腔里被取走，除非你会魔法。"

"可我可以向你保证，"米歇尔不满地吼道，"你、埃泽希尔还有所有和我打交道的富人，你们都有一颗和你一样冰冷的心，你们原来的心全存在我房间里。"

"哎，你真会信口开河！"彼得哈哈大笑，"拿你这套鬼把戏骗别人去吧！你以为，我在旅途中这类戏法见得不够多？你房里存放的只不过是些用蜡仿制的心而已。你是一个大富翁，这点我承认；但魔法你却不会。"

巨人一听气愤极了，猛地把门拉开，说："进来，看看所有这些标签！瞧那边一颗写着：这是彼得·蒙克的心。看见了吗，它还在跳呢！这也好用蜡做吗？"

"是的，它就是蜡做的，"彼得回答，"一颗真正的心不是那样跳。我自己的心还在胸腔里。不，你根本不会魔法！"

"你是想我证明给你看！"巨人气冲冲地叫道，"你自己来体会吧，这就是你的心。"说着他抓起那颗心，扒开彼得的上衣，从他胸腔里取出一块石头来给他看。然后他朝手上的那颗心哈口气，再小心翼翼地把它放回到年轻人的胸腔里。彼得立刻感觉到它在跳动，他很高兴又有了自己的心。

"现在感觉怎么样？"米歇尔微笑着问道。

"确实，你说得对，"彼得一边回答，一边小心地从口袋里掏出他那小十字架，"我真没想到，你还有这样的本领。"

"不是吗？你看清楚了，我会魔法。可是你过来，我还得把石头重新给你装回去。"

"别急，米歇尔先生！"彼得喊道，同时朝后退了一步，把十字架直端端地对着他，"真是呀，抓耗子得用肥肉，这次是你上当了。"说着，他开始祈祷，想起什么经文便念什么经文。

巨人米歇尔顿时开始变小，而且越来越小。他倒在地上，像一条小蛆虫似的扭来扭去，不断地唉声叹气。与此同时，四周所有的心都开始抽搐和跳动，发出类似钟表匠作坊里的嘀嗒嘀嗒声。彼得吓得心惊胆战，急忙跑出小屋，逃离了那座房子。他吓得朝悬岩上爬去，因为他听见米歇尔正从地上爬起来，在他身后暴跳如雷，破口大骂。他爬到岩顶上，就朝枞树小坡跑去。这时突然下起一场可怕的暴风雨，他左右两边都电光闪闪，不少树木遭到了雷击。然而他却平平安安地进入了玻璃小矮人的地界。

彼得的心欢快地跳着，只因为它确实在跳。接着他回想起自己前一段时间的所作所为，不禁不寒而栗；他的过去就像刚才受到暴风雨摧残的美丽树木，枝零叶落，不堪回首。他想起自己漂亮、善良的妻子丽斯贝特，竟让他这个吝啬鬼给打死了。他感到自己已成为人类的渣滓，痛哭流涕地来到玻璃小人儿住的山坡。

守宝人已经坐在那棵枞树下，正吸着他的小烟斗，样子看上去比以前要愉快些。"你哭什么呀，烧炭工彼得？"他问，"你没有取回你的心吗？你胸腔里还是那个冰冷的东西吗？"

"唉，先生！"彼得叹了口气，说，"我的心是石头做的时候，我从来没哭过。那时我的双眼干得像七月的土地；现在我原来的心为我所干的坏事几乎都要碎了。我把欠我债的人逼得走投无路，我放狗咬穷人和有病的人，您还清楚，我的皮鞭是怎样打在了她那美丽的前额上！"

"彼得，过去你确实是个罪大恶极的人！"小矮人说，"贪财和懒惰把你毁了。你的心变成了石头，你不再知道什么是欢乐、忧愁，也不再懂得悔恨、同情。不过改悔可以减轻你的罪恶。只要我有把握，你确实已厌恶你现在的生活，我便可以帮你一把。"

"我不再存任何奢望，"彼得回答，悲伤地垂下了头，"我已经完蛋了，这辈子我再也高兴不起来了。我孤身一人活在这世上干什么？我对我母亲干了那么多蠢事，她永远也不会原谅我，没准儿已经被我气死了，我这个作恶多端的人！还有我的妻子丽斯贝特！守宝人先生，您干脆打死我吧！这样，我可悲的一生就一了百了啦。"

"好吧，"小矮人回答，"如果你再没有其他希望，这点要求能够办到，我手边正好有斧头在。"他不慌不忙地从嘴角上取下烟斗，把它磕掉烟灰后收拾好。随后，他慢吞吞地站起来，走到了枞树后面。这时候，彼得哭着坐到草地上，生命对他已无足轻重，便心平气和地等待着那致命的一击。过了片刻，他听见背后响起轻轻的脚步声，便想："这一斧头就要砍下来啦。"

"彼得·蒙克，回过头来看看！"小矮人叫道。彼得擦干了眼泪，扭回头一望，却瞧见——他的母亲和妻子丽斯贝特，她俩正和蔼可亲地望着他呢。

他高兴得一下子蹦起来，"你没有死呀，丽斯贝特？你也来了，母亲，您肯原谅我吗？"

"她们会原谅你的，"玻璃小矮人说，"你既然真心悔过，过去的事就应该忘掉。现在回到你父亲的茅屋里去，还是和从前一样地当你的烧炭工吧！只要你为人正直、诚实，你就会为你的手艺感到自豪。你的邻居也会喜欢你、尊重你，好像你家有金山一样。"说完，玻璃小人儿和他们告别了。

她们二人称赞他，为他祝福，随后便和他一块儿回到了家里。

曾经有钱的彼得那富丽堂皇的住宅已荡然无存。雷电击中了它，将里边的所有财宝化为了灰烬。不过，离这儿不远就是彼得父亲的茅屋。他们朝茅屋走去，对那巨大的损失一点儿也不难过。

当他们走近茅屋，他们是何等的吃惊啊！原来的茅屋已变成一座漂亮农舍，里面布置得很朴素，但却又舒适又洁净。

"这一定是那个好心的玻璃小人儿干的！"彼得欢呼道。

"太好啦！"丽斯贝特说，"我觉得，这儿比那座有很多仆人的大宅子要自在得多。"

打这以后，彼得·蒙克变得又老实又勤快。他非常满意他所拥有的一切，异常勤奋地干他的营生。就这样，他凭自己的劳动使家境慢慢富裕起来，在整个黑森林地区受到人们的尊敬和爱戴。他再没有和他妻子丽斯贝特吵架，也孝敬他的母亲。对来上门求助的穷人，他总是慷慨大方。过了几年，丽斯贝特生下一个可爱的男孩。彼得马上去到那个小山坡，念诵他的歌谣。但是玻璃小人儿没有露面。"守宝人先生！"彼得大声呼唤，"请听我说，我来找您不为别的，只是想请您做我小儿子的教父。"然而没有回音，只有一阵风从枞树间拂过，把几粒枞树种子吹落在了草丛中。"喏，您不肯见我，那我就把它们捡回去作个纪念吧！"彼得大声说。他把枞树种子装进口袋，回家去了。谁料当他脱掉这件礼拜天穿的上衣，他母亲把口袋翻转过来，准备放进柜子里去时，口袋里突然掉出四大卷钞票来。他们打开一看，全是崭新的巴登币，没有混进任何一张假的。这就是枞林里的小矮人送给小彼得的受洗礼物。

一家人就这样安安静静、勤勤恳恳地过日子。多年以后，彼得·蒙克的头发已变得灰白，仍旧经常说：

"宁肯钱少而心满意足，不可腰缠万贯，却怀揣着一颗冷酷的心。"

　　大约已经过了五天，费里克斯、狩猎师和大学生仍旧被拘押在强盗窝里。他们虽说受着强盗头儿及其手下的优待，却还是十分渴望获得自由，因为时间越是过去，他们越是担心暴露。第五天傍晚，狩猎师向他的难友宣布，他已决心在当天夜里逃走，哪怕为此会送掉老命。他鼓动他的旅伴做同样的决断，并告诉他们如何才能逃出去。

　　"由我干掉那个离我们最近的岗哨；这是迫不得已的自卫，困厄中没有戒律可以遵循，他只好死。"

　　"死！"费里克斯惊叫起来，"您准备杀死他？"

　　"我决心这么做，为了搭救两个人的性命。你知道吗，我听见强盗们在忧心忡忡地交头接耳，说是林子里已经有清剿队在搜寻他们，那些老娘儿们怒气冲冲，说明盗帮已对咱们起了歹意；她们骂咱们，警告咱们，说一旦他们遭到攻击，咱们就不得好死。"

　　"我的上帝啊！"小伙子一声惊呼，用双手蒙住了脸。

　　"趁他们还没有把刀架在咱们脖子上，"狩猎师继续说，"咱们得抢先采取行动！等天一黑，我就溜到最近那个岗哨面前去；他会喝住我，我将低声告诉他，伯爵夫人突然生了重病，他一转脑袋，我就戳倒他。随后我来接你们，年轻人；第二个岗哨同样逃不出咱们手心儿；第三个咱们三对一更不在话下。"

　　狩猎师在说这段话时样子十分怕人，费里克斯也对他产生了畏惧。他正想劝他放弃这血腥的打算，房门却无声无息的开了，一下子溜进来一个人影。来人正是那个强盗首领。只见他小心翼翼地把门重新关上，摆摆手示意人质们别出声。然后他坐在费里克斯身边，说道：

"伯爵夫人，您现在处境险恶。您的丈夫不但没如约送来赎金，反而通知了周围一带的当局；为了抓住我和我的弟兄，武装清剿队已从四面八方搜索这座森林。我警告过您的丈夫，一旦他有攻击我们的举动，我就杀死您；他要无动于衷，就意味着要么他不把您的死活当一回事，要么不相信咱们的誓言当真。您的性命攥在咱的手心儿里，按咱们的律条非玩完儿不可。您对此有什么说的？"

　　人质们都惊惶地低下了头，不知道如何回答，因为费里克斯心里清楚，承认自己是冒充的伯爵夫人处境还会更加危险。

　　"可我不能眼睁睁看着您，"强盗头儿继续说，"看着一位自己无比敬仰的夫人处在危险之中。所以我想建议您一个逃生的办法，也是您尚存的唯一生路：我愿意带领您一起逃出去。"

　　人质们大感意外，都愕然地望着他。他却接着往下讲：

　　"我的多数弟兄决定去意大利，入伙当地一个势力强大的盗帮。我讨厌替别人当下手，因此不打算和他们一起去。只要您答应我，伯爵夫人，答应替我说说情，利用您强大的影响对我进行保护，我就可以在还不太晚的时候把您放掉。"

　　费里克斯尴尬地沉默着；诚实的天性不容他昧着良心，将这个自愿救他性命的人置于危险的境地，因为他将来没办法救人家。他仍旧缄默不语，强盗首领继续说：

　　"眼下到处都在征兵，我只要能有个小差事便心满意足。我知道您神通广大，但并不抱什么奢望，只求您在这件事情上稍微帮帮我。"

　　"那好吧，"费里克斯低垂着眼睑回答，"我答应您尽力而为，能帮您多少帮您多少。令我感到欣慰的是，您自愿中止这盗匪的生活。"

　　强盗首领感动得吻了吻仁慈的"夫人"的手，随即悄声告诉她，准备在天黑以后两小时动身，然后便跟来时一样小心翼翼地离开了木屋。等他走后，人质们才舒了一口气。

"真的！"狩猎师叫起来，"是主叫他回心转意！我们的得救简直是个奇迹！我做梦也想不到世界上会有这等事，想不到自己会有这样的冒险经历！"

"奇迹，真的！"费里克斯应和着，"可是，我欺骗这个人也对吗？我的保护对他有什么用？您自己讲，狩猎师，我不坦白告诉他我是谁，难道不等于诱骗他上绞架吗？"

"哎，你怎么能有这样的顾虑，小伙子！"大学生回答，"你把自己这个角色演得呱呱叫嘛！不，对此你没啥好担心的，这仅仅是自卫，没有什么不允许。他可是先造了孽，把一位贵夫人卑鄙地劫持了来，要不是有你挺身而出，谁知道她现在还活没活着呢？不，你干得不错；再说我也相信，他身为首领而能够自首，上了法庭也会赢得一点宽恕。"

最后一说使年轻金匠感到宽慰。怀着喜悦而激动的心情，同时对计划能否成功也充满疑虑，他们熬过了最后的几个钟头。天完全黑了，强盗首领突然溜进屋来，放了一包衣服在费里克斯面前道：

"伯爵夫人，为了更容易逃出去，您必须换上这些男人的衣服。快快准备起来！咱们一小时后动身。"

他说完便扔下了人质，狩猎师好不容易才忍住没有大笑起来。

"这可是你第二次乔装改扮了啊，"他大声说，"我敢起誓，这一次对你更加适合！"

他们解开包裹，发现里边是一套完完整整、漂漂亮亮的猎装，对费里克斯再合身不过啦。等他穿戴齐整以后，狩猎师就准备把伯爵夫人的衣服扔到一个屋角里，费里克斯却不答应；他把它们叠成一个小包，说打算请求伯爵夫人送给自己作终生的纪念，以便他保留下对这些遭遇奇特的日子的记忆。

强盗首领终于来了。他已全副武装，并且把火铳还给了狩猎师，外加一角筒火药。他还给大学生一支猎枪，给费里克斯一把猎刀，请他随身带着，在万不得已时作自卫用。对三个人质来说幸好天色已晚，要不然年轻金匠在接过武器时两眼炯炯发光，一定会让强盗头儿识破他的真面目。他们一行悄悄摸出木屋，狩猎师发现往常守在近旁的那个岗哨今天空着。这一下他们就可能神不知鬼不觉地从那排宿舍旁溜过去；然而强盗首领今回没走从山谷直通林子的那条小路，而是朝着他们正对面一道看似没法涉足的、近乎陡直的峭壁走去。到了跟前以后，他才指给他们一架悬挂在岩壁上的绳梯。他把长枪往背上一背，带头爬上梯子，然后叫"伯爵夫人"跟上去，同时伸出手来搀扶"她"；最后由狩猎师压阵。翻过了峭壁，他们便循着另一条羊肠小道继续前进。

"这条小路连接着通向阿莎芬堡的大道，"强盗首领说，"我们准备去那儿，因为我有确切情报，您的丈夫伯爵大人目前就在城里。"

他们默默地继续往前走，强盗一直在头上开路，其他三人紧随其后。走了三个小时，他们才停下来；强盗头儿邀请费里克斯坐在一棵树桩上休息。他取出一个面包，一罐子陈年老酒，让走得累了的人质们享用。

"我相信，咱们还走不了一个钟头，就会碰上官兵在林子里布置的警戒线。到时候我请您和他们的指挥官说一说，希望他能优待我。"

费里克斯同样答应了，尽管他相信这不会有多大用处。他们再休息了半小时，然后继续往前走。他们又走了大约一个钟头，就已来到大路边。天开始亮了，林子里弥漫着清晨的雾霭，突然一声"站着！什么人？"止住他们的脚步。他们站住了，朝他们走来五个士兵，喝令他们跟着去见他们的少校长官。他们跟着走了约莫五十步，但见左右两旁的小树林里有枪械闪闪发光，显然驻扎着一支大部队。少校带着一群军官们和平民，坐在棵橡树底下。四个俘虏被押到面前，他正准备盘问他们"打哪儿来""奔哪儿去"，他身边的一个男人突然跳了起来，大呼：

"我的主啊，怎么回事？这不是咱们的狩猎师歌特弗里德么！"

"是我啊，管家老爷！"狩猎师兴奋得提高了嗓音，"我回来啦，从那帮坏蛋手里奇迹般地得救了。"

在这儿见到他军官们都很惊讶。狩猎师却把少校和管家请到旁边，三言两语讲了他们如何得救的，以及那陪着他和年轻金匠的第三个人是谁。

少校听得十分高兴，立刻安排手下押走那名要犯；随后却把年轻的金匠引荐给自己的同事，称他是个勇敢豪侠的青年，凭着自己的胆量和镇定，搭救伯爵夫人于危难时刻。所有人都高高兴兴地来与费里克斯握手，赞扬他，没完没了地让他和狩猎师讲他们的历险故事。

这期间天已大亮。少校决定亲自送几位脱险者进城去。他领他们和伯爵夫人的管家先到邻近的一座村子里，这儿停着他的马车；费里克斯被安排与他一起坐在车里，狩猎师、大学生、管家和一大群军官骑着马，走在车前，跟在车后。一行人就这么浩浩荡荡，向城里进发。

关于在林中客栈发生劫持事件和小金匠舍身救人的消息，早已如野火一般在整个地区传遍；同样地，他意外获救的故事，也迅速家喻户晓，口口相传。所以难怪他们进城后走到哪儿，那儿的街道两旁便挤满了争着一睹小英雄风采的民众。男女老少一齐拥上街头，夹在其间的马车只能慢慢向前。

"快瞧，"有人喊起来，"瞧他坐在那边的车上，挨着少校！这小金匠真了不起啊！"紧接着，千百条嗓子齐声欢呼，声震云霄。

费里克斯既难为情，又为民众的纵情欢跃所感动。可更感动他的，却是在市政厅前上演的一幕。一位衣饰华贵的中年男子，站在台阶旁迎候他，眼含着热泪将他拥抱。

"叫我怎么报答你好啊，我的孩子？"他高喊，"在我眼看将失去许多许多的时候，你为我挽救了它们！你搭救了我的妻子，搭救了我孩子们的母亲！要知道她那样弱不禁风，哪受得了被抓去当人质的惊吓啊。"说这话的人就是伯爵夫人的丈夫。就跟费里克斯死也不肯讲自己想要什么舍己救人的偿报，伯爵也坚持要报答他，说什么都不罢休。这当儿，小伙子突然想到了强盗首领的不幸处境，便告诉伯爵这人怎么救了自己，而他想救的原本是伯爵夫人呢。伯爵被感动了，答应尽量帮助在押的强盗；但打动他的并非强盗首领的所作所为，而是小金匠舍己为人的无私精神。这一高贵精神，通过小金匠选择替强盗首领说情作为对自己的报偿，又一次得到了新的证明。

还在当天，伯爵就在勇敢的狩猎师陪同下，带年轻金匠回到自己府邸；在那儿，伯爵夫人一直关怀着这个替她做出牺牲的年轻人的命运，日夜期盼得到好的消息。当她丈夫牵着她这救命恩人的手跨进房中的一刹那，谁描写得出伯爵夫人是多么的喜悦兴奋哦！她没完没了地询问他，感激他，让人把她的孩子们领来，指着心地高尚的青年对他们说，他们的母亲对他真是感激不尽啊。孩子们于是拉着费里克斯的手，对他保证说，他将被他们看作这个世上除父母亲之外最亲近的人。如此幼稚纯真的感激之情，在费里克斯看来，乃是对他在强盗窝里忍受的那许多苦闷惊吓，那些个不眠之夜的最好补偿。

幸福重逢的最初欢乐时刻过去以后，伯爵夫人就示意一个仆人，让他马上去取来了费里克斯在林中客栈交给她的那些衣服和背囊。

"全在这儿呢，"她笑眯眯地说，"在那可怕的时刻您托付给我的东西。您给我裹在身上的是一件宝衣，让存心抓我的匪徒变成了瞎子。现在它们又物归原主了。只是我想提个建议，我希望保留这些衣服作为对您的纪念，把它们送给我吧；作为交换，请您也收下一笔款子，也就是强盗们为释放我所规定的数目。"

费里克斯被如此厚赠吓了一跳，他高尚的品格不容他为自愿做的事情接受任何奖赏。

"尊贵的夫人，"他激动地回答，"这事我不能从命。衣服如您吩咐的留下好啦，可您说的那笔钱我不好收下。不过呢，我知道您希望怎么奖励我一下，那好，我不需要任何别的赏赐，只请您保持着对我的恩宠，万一有一天我需要您的帮助了，请允许我再来求您吧。"

他们劝了年轻人很久很久，可怎么也改变不了他的想法。伯爵夫人和伯爵最后只好作罢，仆人已打算重新拿走衣服和背囊，费里克斯却突然想起了那件首饰；刚才只顾高兴，他竟把它给忘记了。

"等等！"他喊道，"还有件东西请允许我从背囊中取出来，夫人；别的一切通通归您啦。"

"您请便吧，"伯爵夫人回答，"尽管我想留下所有的东西作纪念。凡是您觉得少不了的都只管拿吧！不过允许我问一下，什么宝贝叫您如此珍爱，竟舍不得送给我？"

说着，小伙子已经揭开背囊，取出一个莫洛哥山羊皮做的小红匣儿来。

"凡是我自己的东西都可以给您，"小金匠微笑着说，"可这个属于我亲爱的教母，是我亲手打好了给她送去的。这是件首饰，尊贵的夫人，"他继续说，一边揭开首饰匣儿，给伯爵夫人递过去，"我要用它试试我自己的本领。"

夫人接过匣子，可刚往里瞅了一眼，马上惊讶得连连后退。

"什么？这些宝石！"她叫起来，"它们是给您教母的，您说？"

"是的，"费里克斯回答，"我的教母把它们带给了我，我把它们镶嵌成首饰，正在亲自送去它们的路上。"

伯爵夫人激动地望着小金匠，泪水夺眶而出。

"这么说你就是纽伦堡的费里克斯·佩尔纳？"她喊道。

"就是我！可您怎么这样快就知道了我的名字？"小伙子愕然地望着她问。

"哦，老天绝妙的安排！"她激动地对自己惊讶的丈夫讲，"这就是费里克斯，咱们的小教子，他妈是我的贴身女仆萨比娜！费里克斯！我正是你想去找的人；这意味着你在不知道的情况下救了你的教母。"

"什么？您就是我和我母亲的大恩人伯爵桑道夫人？这儿就是我打算去的马茵堡？我太感谢仁慈的命运啦，是它使我与您经历了这等奇特的相逢，是它让我以行动向您表明了自己深深的感激，尽管这行动微不足道！"

"你给我的恩惠大过我任何时候能够给你的帮助，"伯爵夫人回答，"不过，在有生之年，我一定尽最大努力让你了解我是多么感激你。让我丈夫做你的父亲，我的孩子做你的弟妹，我自己做你的母亲吧！这些个首饰，这些个在我身处危难之时把你领到我身边来的首饰，将成为我的至宝；因为让我永远想起你和你高贵的品质。"

伯爵夫人这么说了也这么做了。她给了准备去漫游的费里克斯慷慨资助。他精通自己的手艺后回到纽伦堡，她又给他买了一幢房子，并且完全装修布置好；在其中最漂亮的那个房间，最贵重的饰物乃是几幅精美的油画，画的正是林中客栈之夜的一个个场景，以及费里克斯在强盗窝里的生活片断。

费里克斯成了纽伦堡一位杰出的金匠，广受赞誉的手艺加上有关他的那段英雄传奇，为他招徕了全德意志帝国的顾客。许多外国人观光游览美丽的纽伦堡，总喜欢让人领到著名的费里克斯师傅的工场里来，既为一睹他本人的风采，也想在他这儿订打一件漂亮的首饰。可最受他欢迎的客人却是狩猎师、铁匠、大学生和马车夫。最后这位从维尔茨堡赶车到费尔特去，每次都要到他工场里看看；狩猎师年年送来伯爵夫人给他的礼物；铁匠呢，在周游各个邦国之后，也要来费里克斯师傅处歇歇脚。有一天，大学生也光临了。他如今已成为帝国的一位要员，然而仍不耻于来与费里克斯师傅和铁匠共进晚餐。他们一块儿回忆林中客栈的一幕幕情景，前大学生于是讲，他在意大利还见过那位盗首。此人已痛改前非，成了效忠那不勒斯国王的一名勇敢士兵。

费里克斯听了非常高兴。不是此人他也许不会有那次历险，但没有他费里克斯同样不可能从强盗窝儿里脱身。就这样，每当回忆起施佩萨特林中客栈，豁达能干的金匠师傅心情总是既愉快，又平静。